LA HIJA DEL CANÍBAL

ESTA OBRA OBTUVO POR UNANIMIDAD EL I PREMIO PRIMAVERA DE NOVELA, CONCEDIDO POR EL SIGUIENTE JURADO: ANA MARÍA MATUTE, FRANCISCO NIEVA, LUIS MATEO DÍEZ, RAMÓN PERNAS Y JUAN GONZÁLEZ ÁLVARO.

ROSA MONTERO
La Hija del Caníbal

ESPASA e BOLSILLO

ESPASA © BOLSILLO

Director Editorial: Juan González Álvaro
Editora colección de narrativa: Constanza Aguilera
Editora colección de bolsillo: Nuria Esteban
Diseño de colección: Álvaro Reyero
Ilustración de cubierta: Alberto Ruggieri

© Rosa Montero
© Espasa Calpe

Primera edición de bolsillo: abril, 1998

Depósito legal: M. 5.747-1998
I.S.B.N.: 84-239-9656-5

Impreso en España/Printed in Spain
Impresión: Huertas, S. A.

Editorial Espasa Calpe, S. A.
Carretera de Irún, km 12,200. 28049 Madrid

Unas palabras previas

Quiero dejar constancia de las principales fuentes en las que he documentado el trasfondo histórico de esta novela: el magnífico artículo de Marcelo Mendoza-Prado sobre las andanzas de Durruti en América, publicado en *El País* el 27 de noviembre de 1994; el bellísimo libro de Hans Magnus Enzensberger *El corto verano de la anarquía;* los dos volúmenes de *Los anarquistas* editados por Irving Louis Horowitz, y los tres de la *Crónica del antifranquismo,* de Fernando Jáuregui y Pedro Vega; *La España del siglo xx,* de Tuñón de Lara; *Durruti,* de Abel Paz; *Anarquismo y revolución en la sociedad rural aragonesa,* de Julián Casanova, y la *Historia de España* de Tamames.

Añadiré una obviedad: aunque los datos históricos son sustancialmente fieles, me he permitido, como es natural, unas cuantas licencias. Por ejemplo, es cierto que, durante la posguerra, uno de los líderes catalanes de la CNT era un infiltrado de la policía, y que al ser descubierto fue ejecutado por dos pistoleros anarquistas venidos expresamente desde Francia; pero la escena en sí es por completo imaginaria, y además he cambiado los nombres de los tres implicados para no herir la posible susceptibilidad de los familiares.

También es verdad que el famoso José Sabater murió en noviembre de 1949 en un tiroteo con la policía; pero el pobre Germinal que les delata es un invento mío de arriba abajo. Me interesa que esto quede bien claro, porque la realidad es una materia vidriosa que a menudo se empeña en imitar a la ficción; de modo que a lo peor luego aparece por ahí algún Germinal (nombre libertario por excelencia) y sus descendientes se sienten impelidos a defender la buena fama del abuelo. La vida, como diría Adrián, uno de los personajes de este libro, está llena de extrañas coincidencias.

Aunque en el ambiente anarquista he cambiado prudentemente algunas identidades, en el taurino, por el contrario, todos los citados existieron. Si doy aquí los nombres verdaderos de *Crespito*, de Teófilo Hidalgo y de Primitivo Ruiz es precisamente para rescatarlos del olvido negro de la muerte, como un modesto tributo a sus vidas épicas y terribles.

La mayor revelación que he tenido en mi vida comenzó con la contemplación de la puerta batiente de unos urinarios. He observado que la realidad tiende a manifestarse así, insensata, inconcebible y paradójica, de manera que a menudo de lo grosero nace lo sublime; del horror, la belleza, y de lo trascendental, la idiotez más completa. Y así, cuando aquel día mi vida cambió para siempre yo no estaba estudiando la analítica trascendental de Kant, ni descubriendo en un laboratorio la curación del sida, ni cerrando una gigantesca compra de acciones en la Bolsa de Tokio, sino que simplemente miraba con ojos distraídos la puerta color crema de un vulgar retrete de caballeros situado en el aeropuerto de Barajas.

Al principio ni siquiera me di cuenta de que estaba sucediendo algo fuera de lo normal. Era el 28 de diciembre y Ramón y yo nos íbamos a pasar el fin de año a Viena. Ramón era mi marido: llevábamos un año casados y nueve años más viviendo juntos. Ya habíamos pasado el control de pasaportes y estábamos en la sala de embarque, esperando la salida de nuestro vuelo, cuando a Ramón se le ocurrió ir al servicio. Yo debo de

tener algún antepasado pastor en mi oculta genealogía de ple-
beya, porque no soporto que la gente que va conmigo se dis-
perse y, lo mismo que mi Perra-Foca, que siempre se afana en
mantener unida a la manada, yo procuro pastorear a los amigos
con los que salgo. Soy ese tipo de persona que recuenta con frecuencia a la gente de su grupo, que pide que aviven el paso a
los que van atrás y que no corran tanto a los que van delante, y
que, cuando entra con otros en un bar abarrotado, no se queda
tranquila hasta que no ha instalado a sus acompañantes en un
rinconcito del local, todos bien juntos. Es de comprender que,
con semejante talante, no me hiciera mucha gracia que Ramón
se marchase justo cuando estábamos esperando el embarque.
Pero faltaba todavía bastante para la hora del vuelo y los servicios estaban enfrente, muy cerca, a la vista, apenas a treinta metros de mi asiento. De modo que me lo tomé con calma y sólo le
pedí dos veces que no se retrasara:

—No tardes, ¿eh? No tardes.

Le miré mientras cruzaba la sala: alto pero rollizo, demasiado
redondeado por en medio, sobrado de nalgas y barriga, con la
coronilla algo pelona asomando entre un lecho de cabellos casta-
ños y finos. No era feo: era blando. Cuando lo conocí, diez años
atrás, estaba más delgado, y yo aproveché la apariencia de en-
jundia que le daban los huesos para creer que su blandura interior era pura sensibilidad. De estas confusiones irreparables están hechas las cuatro quintas partes de las parejas. Con el tiempo
le fue engordando el culo y el aburrimiento, y cuando ya apenas
si podíamos estar juntos una hora sin desencajarnos la mandíbula a bostezos, se nos ocurrió casarnos para ver si así la cosa
mejoraba. Pero a decir verdad no mejoró.

Me entretuve pensando en todo esto mientras contemplaba
el batir de la puerta de los urinarios, si bien lo pensaba sin pensar, quiero decir sin ponerle mucho interés a lo pensado, sino
dejando resbalar la cabeza de aquí para allá. Y así, pensaba en
Ramón, y en que tenía que hablar con el ilustrador de mi último
cuento para decirle que cambiara los bocetos del Burrito Habla-
dor porque parecía más bien una Vaquita Vociferante, y en que
estaba empezando a sentir hambre. Pensé en ir a ver la *Venus* de
Willendorf en Viena, y la imagen de esa estatuilla oronda me

trajo de nuevo a la cabeza a Ramón, que tardaba demasiado, como siempre. Del servicio de caballeros entraban y salían de cuando en cuando los caballeros, todos más diligentes que mi marido. Ese muchacho que ahora empujaba la puerta, por ejemplo, había entrado mucho después que Ramón. Empecé a odiar a Ramón, como tantas veces. Era un odio normal, doméstico, tedioso.

Ahora un *chaqueta roja* sacaba de los urinarios a un viejo medio calvo que iba en silla de ruedas. Dediqué unos minutos de reflexión a lo llenos que están los aeropuertos últimamente de ancianos en carritos. Muchos viejos, sí, pero sobre todo muchísimas viejas. Ancianas sarmentosas y matusalénicas atrapadas por la edad en el encierro de sus sillas y trasladadas de acá para allá como un paquete: en los ascensores las colocan de cara a la pared y ellas contemplan estoicamente el lienzo de metal durante todo el viaje. Pero, por otro lado, son ancianas triunfadoras que han vencido a la muerte, a los maridos, a las penurias probables de su pasada vida; viejas viajeras, zascandiles, supersónicas, que están en un aeropuerto porque van de acá para allá como cohetes y que probablemente se sienten encantadas de ser transportadas por un *chaqueta roja*; qué digo encantadas, más aún que eso, probablemente se sientan vengadas: ellas, que llevaron a multitud de niños durante tantos años, ahora son llevadas, como reinas, en el trono duramente conquistado de sus sillas de ruedas. Una vez coincidí con una de estas ancianas volanderas en el ascensor de no sé qué aeropuerto. Estaba encajada en su silla como una ostra en su concha y era una pizca de persona, una mínima momia de boca desdentada y ojos encapotados por el velo lluvioso de la edad. Yo la estaba contemplando a hurtadillas, a medio camino entre la compasión y la curiosidad, cuando la anciana levantó la cabeza súbitamente y clavó en mí su mirada lechosa: «Hay que disfrutar de la vida mientras se pueda», dijo con una vocecita fina pero firme; y luego sonrió con evidente y casi feroz satisfacción. Es la victoria final de las decrépitas.

Y Ramón no salía. Estaba empezando a preocuparme.

Pensé entonces, no sé bien por qué, en si alguien sabría identificarme si yo me perdiera. Un día, en otro aeropuerto, vi a un hombre que me recordaba a un ex amante. Había estado varios meses con él y hacía apenas un par de años que no le veía, pero en ese momento no podía estar segura de si ese hombre era Tomás o no. Lo miraba desde el otro lado de la sala y por momentos se me parecía a él como una gota de agua: el mismo cuerpo, la misma manera de moverse, el pelo liso y largo recogido en la nuca con una goma, la línea de la mandíbula, los ojos ojerosos como un panda. Pero al instante siguiente la semejanza se borraba y se me ocurría que no eran iguales, ni en el gesto, ni en la envergadura, ni en la mirada. Me acerqué un poco a él, disimulando, para salir de la agonía, y ni siquiera más cerca conseguí estar segura; tan pronto me convencía su presencia y me acordaba de mí misma pasando la punta de la lengua por sus labios golosos, como adquiría la repentina certidumbre de estar contemplando un rostro por completo ajeno. Quiero decir que, con tan sólo dos años de no verle, ya no era capaz de reconstruirle con mi mirada, como si para poder reconocer la identidad del otro, de cualquier otro, tuviéramos que mantenernos en constante contacto. Porque la identidad de cada cual es algo fugitivo y casual y cambiante, de modo que, si dejas de mirar a alguien durante un tiempo largo, puedes perderlo para siempre, igual que si estás siguiendo con la vista a un pececillo en un inmenso acuario y de repente te distraes, y cuando vuelves a mirar ya no hay quien lo distinga de entre todos los otros de su especie. Yo pensaba que a mí podría sucederme lo mismo, que si me perdiera tal vez nadie podría volver a recordarme. Menos mal que en esos casos cabe recurrir a las señas de identidad, siempre tan útiles: Lucía Romero, alta, morena, ojos grises, delgada, cuarenta y un años, cicatriz en el abdomen de apendicitis, cicatriz en la rodilla derecha en forma de media luna de una caída de bicicleta, un lunar redondo y muy coqueto en la comisura de los labios.

En ese momento empezaron a llamar para nuestro vuelo por los altavoces y la sala entera se puso de pie. Agarré la bolsa de Ramón y la mía y me dirigí enfurecida hacia la puerta batiente del servicio, a contra dirección de todo el mundo, sintiéndome una torpe fugitiva que, en el momento crucial de la huida masiva de la ciudad sitiada, pone rumbo hacia el lugar inadecuado. En todas las subidas y bajadas de un avión hay algo de éxodo frenético.

—¡Ramón! ¡Ramón! ¡Que se va el vuelo! ¿Qué haces ahí dentro? —llamé desde la puerta

De los urinarios salieron apresuradamente un par de adolescentes y un señor cincuentón con cara de tener problemas de próstata. Pero Ramón no aparecía. Empujé un poco la hoja batiente y atisbé hacia el interior. Parecía vacío. La desesperación y la inquietud creciente me dieron fuerzas para romper el tabú de los mingitorios masculinos (territorio prohibido, sacralizado, ajeno), y entré resueltamente en el habitáculo. Era un cuarto grande, blanco como un quirófano. A la derecha había una fila de retretes con puerta; a la izquierda, las consabidas y tripudas lozas adheridas al muro; al fondo, los lavabos. No había ni otra salida ni una sola ventana.

—Perdón —voceé, pidiendo excusas al mundo por mi atrevimiento—. ¿Ramón? ¡Ramón! ¿Dónde estás? ¡Vamos a perder el avión!

En el silencio sólo se escuchaba un tintineo de agua. Avancé hacia la pared de los lavabos, abriendo las puertas de los reservados y temiendo encontrarme a Ramón tumbado en el suelo de alguno de ellos: un infarto, una embolia, un desmayo. Pero no. No había nadie. ¿Cómo era posible? Estaba convencida de no haber dejado de vigilar la entrada de los servicios durante todo el tiempo. Bueno, estaba *casi* convencida: era evidente que Ramón había salido, así es que tenía que haberme distraído en algún momento; seguro que Ramón estaría ahora esperándome fuera, tal vez hasta se sentiría irritado por no encontrarme, a fin de cuentas era yo quien tenía los billetes. Salí corriendo de los urinarios y me dirigí a la puerta de embarque, frente a la que se apelotonaba aún un buen número de gente, y busqué a Ramón con la mirada entre la masa abigarrada de viajeros. Nada. Entonces le odié, cómo le odié, uno de esos odios de repetición, secos y fulminantes, que tanto abundan en el devenir de la conyugalidad.

—Pero qué cabrón, dónde demonios estará, seguro que se ha ido al *free shop* a comprar más tabaco, siempre me hace lo mismo, como si no supiera lo nerviosa que me pongo con los viajes —masculle en tono casi audible.

Y me retiré a un lado de la cola, en un sitio bien visible, depositando las pesadas bolsas en el suelo y esperando desesperadamente su regreso.

Las horas siguientes fueron de las más amargas de mi vida. Primero el aluvión de pasajeros que se agolpaba ante la puerta fue disminuyendo y disminuyendo de la misma manera, fluida e implacable, con que un reloj de arena vacía su copa, y al rato ya no quedaba nadie frente al mostrador. La empleada de Iberia me dijo que pasara, yo le expliqué que estaba esperando a mi marido, ella me pidió que lo buscara porque el vuelo estaba ya muy retrasado.

—Sí, claro, buscarlo, pero ¿dónde? —gemí desconsolada.

Y sin embargo lo busqué, dejé las bolsas a la empleada y corrí alocadamente por el aeropuerto, me asomé al *free shop*, al bar, a las tiendas, al quiosco de prensa, mientras oía cómo empezaban a llamarle por los altavoces:

«Don Ramón Iruña Díaz, pasajero del vuelo de Iberia 349 con destino Viena, acuda urgentemente a la puerta de embarque B26.»

Regresé sin aliento y empapada de sudor dentro de mis ropas invernales, con la esperanza de encontrármelo, contrito y con alguna explicación plausible, junto a la puerta. Pero desde lejos pude ver que no estaba. Eso sí, había aumentado el número de empleados de la compañía. Ahora había dos hombres y dos mujeres uniformados.

—Señora, el vuelo tiene que salir, no podemos esperar más a su marido.

Siempre me ha deprimido que me llamen señora, pero en aquel momento deseé morirme.

—No se preocupe, pasa muchas veces. Luego resulta que aparecen bebidos, por ejemplo —decía una de las mujeres, supongo que con la pretensión de consolarme.

Y yo tenía que balbucir que Ramón era abstemio.

—O se han marchado porque sí, tan tranquilamente. ¿Te acuerdas de aquel tipo que se cogió otro vuelo para escaparse de fin de semana con su secretaria? —comentó con su compañero uno de los hombres.

Y yo intentaba reunir algún fragmento de dignidad para decir que no, que Ramón desde luego jamás haría eso.

Me pareció advertir, aun dentro de mi tribulación, que en los comentarios de los empleados de Iberia se agazapaba una irritación considerable, cosa en cierto modo natural si tenemos en cuenta que tuvieron que sacar nuestras maletas de la bodega del avión y que, entre unas cosas y otras, el vuelo salió con cerca de hora y media de retraso. Una supervisora de Iberia y un señor de civil que luego resultó ser policía se quedaron hablando conmigo durante unos minutos. Conté por enésima vez lo de los urinarios y el policía entró a inspeccionarlos.

—No parece haber nada raro. Mire, señora, yo que usted me marchaba a casa, seguro que luego acaba apareciendo, estas cosas ocurren en los matrimonios más a menudo de lo que usted piensa.

¿Pero qué cosas *ocurrían* en los matrimonios? La frase del policía sonaba críptica, ominosa. De repente me sentí como una adolescente ingenua y boba que ignora las más básicas realidades de la vida adulta: cómo, ¿pero no sabes que los maridos siempre muestran una curiosa tendencia a volatilizarse cuando entran en los retretes públicos? El rubor me subió a las mejillas y me sentí culpable, como si la responsabilidad de la desaparición de Ramón fuera de algún modo mía.

La supervisora me vio arder la cara y aprovechó mi turbación para quitarse el muerto de encima y despedirse. Otro tanto hizo el policía, y de pronto me encontré sola en medio de la sala de embarque vacía, sola con un carrito cargado de maletas que ya no iban a ninguna parte, sola en esa desolación de aeropuerto desierto, viajera estancada y sin destino, tan desorientada como quien se ha perdido dentro de un mal sueño.

En ese estupor pasé unas pocas horas, no sé cuántas, esperando el milagro del advenimiento de Ramón. Me recorrí varias veces el aeropuerto empujando el incómodo carrito y vi embarcar un número indeterminado de vuelos desde la fatídica puerta B26. Al fin la certidumbre de que no iba a volver se fue abriendo paso en mi cabeza. Tal vez me ha abandonado, me dije, tal y como sostenía el policía. Quizá se haya ido con su secretaria a las Bahamas (aunque Marina tenía sesenta años). O puede que, en efecto, esté borracho como una cuba, tendido y oculto en cualquier esquina. Pero ¿cómo habría podido hacer todo eso sin abandonar los urinarios? Yo le había visto entrar, pero no había salido.

De manera que cogí un taxi y me fui a casa, y cuando comprobé lo que ya sabía, esto es, que Ramón tampoco estaba allí, me acerqué a la comisaría a presentar denuncia. Me hicieron multitud de preguntas, todas desagradables: que cómo nos llevábamos él y yo, que si Ramón tenía amantes, que si tenía enemigos, que si habíamos discutido, que si estaba nervioso, que si tomaba drogas, que si había cambiado últimamente de manera de ser. Y, aunque fingí una seguridad ultrajada al contestarles, el cuestionario me hizo advertir lo poco que me fijaba en mi marido, lo mal que conocía las respuestas, la inmensa ignorancia con que la rutina cubre al otro.

Pero esa noche, en la cama, aturdida por lo incomprensible de las cosas, me sorprendió sentir un dolor que hacía tiempo que no experimentaba: el dolor de la ausencia de Ramón. A fin de cuentas llevábamos diez años viviendo juntos, durmiendo juntos, soportando nuestros ronquidos y nuestras toses, los calores de agosto, los pies tan congelados en invierno. No le amaba, incluso me irritaba, llevaba mucho tiempo planteándome la posibilidad de separarme, pero él era el único que me esperaba cuando yo volvía de viaje y yo era la única que sabía que él se frotaba minoxidil todas las mañanas en la calva. La cotidianeidad tiene estos lazos, el entrañamiento del aire que se respira a dos, del sudor que se mezcla, la ternura animal de lo irremediable. Así es que aquella noche, insomne y desasosegada en la cama vacía, comprendí que tenía que buscarlo y encontrarlo, que no podría descansar hasta saber qué le había ocurrido. Ramón era mi responsabilidad, no por ser mi hombre, sino mi costumbre.

Bien, no he hecho nada más que empezar y ya he mentido. El día que desapareció Ramón no fue el 28 de diciembre, sino el 30; pero me pareció que esta historia absurda quedaría más redonda si fechaba su comienzo en el Día de los Inocentes. El cambio se me ocurrió sobre la marcha, a modo de adorno estilístico; aunque supongo que en realidad eso es lo que hacemos todos, reordenar y reinventar constantemente nuestro pasado, la narración de nuestra biografía. Hay quien cree que la música es el arte más básico, y que desde el principio de los tiempos y la primera cueva que habitó el ser humano hubo una criatura que batió las palmas o golpeó dos piedras para crear ritmo. Pero yo estoy convencida de que el arte primordial es el narrativo, porque, para poder ser, los humanos nos tenemos previamente que *contar*. La identidad no es más que el relato que nos hacemos de nosotros mismos.

Yo siempre he disfrutado inventando. Es algo natural en mí, no puedo evitarlo; de repente se me dispara la cabeza, y todo lo que pienso me lo creo. Recuerdo que una vez, yo debía de tener unos nueve años, mi Padre-Caníbal me dejó esperando dentro del coche de la compañía en la que trabajaba como actor, mientras él recogía los bártulos en el local de ensayo antes de salir de gira por los pueblos. El coche era un Citroën *Pato* destartalado y negro; era junio, el sol se aplastaba sobre la chapa y yo me estaba muriendo de calor. No sé si fue cosa del agobio o del aburrimiento, pero el caso es que me puse de rodillas en el asiento, asomé medio cuerpo por la ventanilla abierta y empecé a pedir socorro.

—¡Socorro! ¡Ayúdenme, por favor!

No había mucha gente por la calle, pero enseguida se pararon dos muchachos, y luego un matrimonio joven, y una señora gorda, y un anciano. Eran tiempos inocentes todavía.

—¿Qué te pasa, bonita?

Compungidísima, fui respondiendo a sus preguntas y les conté mi vida: mis padres habían muerto atropellados por un tren, sí, los dos a la vez, una mala suerte, una cosa horrible: y ahí empezaron a saltárseme las lágrimas, aunque luché con bravura por contenerme. Yo vivía con mis tíos, que me trataban muy mal. Me pegaban y me mataban de hambre: ahora mismo llevaba sin comer desde el día anterior. Para que no les molestara, me encerraban durante horas en el coche; a veces, incluso me habían hecho pasar la noche ahí. Para entonces yo ya sollozaba amargamente y los transeúntes estaban por completo horrorizados; intentaron abrir la puerta del Citroën, pero mi Padre-Caníbal había echado la llave para evitar que yo anduviera zascandileando, de manera que el hombre que estaba allí con su mujer me agarró por los sobacos y me sacó a través de la ventanilla. Era un tipo joven, fuerte y guapo, y yo me abracé a su cuello dejándome mecer por su dulce consuelo, tan necesario para mí en aquel momento de orfandad triste y negra. Pero justo entonces llegaron mis progenitores, y antes de que las cosas pudieran aclararse el Caníbal ya había recibido un par de guantazos. Terminamos todos en comisaría. Creo que el Caníbal no me ha perdonado aquello todavía, aunque después se pasó muchos años repitiendo: «Esta chica ha salido como yo, va a ser actriz.» Pero también en eso se equivocó.

A Ramón siempre le irritaron mis improvisaciones sobre la vida, mi sentido de la innovación. Por ejemplo, una vez fuimos a pasar un fin de semana a un hotel de Cuenca, y la señora de la recepción, confundiendo mi traje flotante e informe con un embarazo, me preguntó con una sonrisita de complicidad matriarcal si era mi primero.

—¿Mi primero? No, mi sexto —respondí de inmediato, aprovechándome de que Ramón se había acercado al coche y me había dejado sola unos momentos.

—¿Seis? ¡Admirable! Las mujeres de ahora ya casi nunca tienen tantos hijos. Yo misma sólo tengo tres, y eso que soy de otra generación.

—Pues sí, yo tengo seis: los gemelos y luego Anita y Rosita, y después Jorge y Damián.

—Pero entonces este es el séptimo, no el sexto —dijo la mujer con puntillosa sorpresa, siguiendo el cómputo de mis hijos con sus gruesos dedos.

—Eso es, el séptimo. Pero es que a los gemelos, como se parecen tanto, casi siempre les consideramos como uno solo.

Cuando Ramón se enteró de que tenía seis hijos se puso furioso. Pero como siempre fue un cobarde respecto al qué dirán, no se atrevió a contradecirme públicamente. Cuando desayunábamos, cuando comíamos, cada vez que entrábamos o salíamos, la matrona nos hacía algún comentario sobre nuestra prole; o sobre los cuidados idóneos que se deben guardar en el cuarto mes de embarazo, que era el mío; o sobre los dolores y las grandezas del parto. Era una de esas mujeres que viven por y para la maternidad, como si parir fuera la obra suprema de la Humanidad, aquella que nos entroniza en el Olimpo junto a los conejos.

—Qué, ¿ya han hablado hoy con los niños? —nos preguntaba la matrona, por ejemplo, con enternecida obsequiosidad.

—Pues sí, pues sí —contestaba yo mientras Ramón se ponía amarillo.

—¿Y qué tal?

—Nada, muy bien, todo estupendo: Rosita se ha caído y se ha pelado una rodilla, los gemelos están algo acatarrados y a Jorgito se le ha empezado a mover el primer diente. Ya sabe usted lo que sucede con los niños, siempre les ocurre algún percance…

—Claro, claro —contestaba la mujer, refulgente de sabiduría maternal.

Entre unas cosas y otras, para Ramón fue un fin de semana muy amargo.

Yo no tengo niños. Quiero decir con esto que sigo siendo hija y sólo hija, que no he dado el paso habitual que suelen dar los hombres y las mujeres, las yeguas y los caballos, los carneros y las ovejas, los pajaritos y las pajaritas, como diría yo misma en mis abominables cuentos infantiles. A veces esta situación de suspensión biológica resulta algo extraña. Todas las criaturas de la creación se afanan prioritaria y fundamentalmente en parir y poner y desovar y empollar y criar; todas las criaturas de la creación nacen con la finalidad de llegar a ser padres, y hete aquí que yo me he quedado detenida en el estadio intermedio de hija y sólo hija, hija para siempre hasta el final, hasta que sea una hija anciana y venerable, octogenaria y decrépita pero hija.

Volviendo al principio: también he mentido en otros dos detalles. En primer lugar, no soy lo que se dice alta, sino más bien bajita. O sea, para ser exactos, diminuta, hasta el punto de que los vaqueros me los compro en la sección de niños de los grandes almacenes. Y tampoco tengo los ojos grises, sino negros. ¡Lo siento! No pude remediarlo. Sí es cierto que, para mi edad, parezco más joven. Incluso muchísimo más joven. Muchas veces la gente, al verme tan menuda, me toma por una adolescente cuando estoy de espaldas. Luego me contemplan por delante y dicen: «Perdone usted, señora», sin advertir que es justamente esa frase lo que no les perdono. Una vez me encontraba tendida boca abajo en la playa, en biquini, lagarteando al sol, cuando escuché una voz chillona a mis espaldas:

—¿Te quieres venir conmigo a dar una vuelta en el pedaló?

Me incorporé sobre un codo y miré hacia atrás: era un chaval de unos quince o dieciséis años. No sé cuál de los dos se quedó más atónito.

—¿Cómo? —dije torpemente.

—Que si se quiere venir usted a dar una vuelta en el pedaló —repitió el muchacho con gran presencia de ánimo.

—No, muchas gracias; el mar me marea.

Tras lo cual el chico se retiró y los dos seguimos a lo nuestro, aliviadísimos. Fue como un encuentro intergaláctico en la tercera fase.

De modo que parezco más joven, y aunque mis ojos son negros son bonitos. Mi nariz es pequeña y la boca bien dibujada y más bien gruesa. Tengo también unos dientes preciosos que son falsos, porque los míos los perdí todos en el accidente de hace tres años. A veces, cuando estoy muy nerviosa, me dedico a mover la prótesis para atrás y para delante con la punta de la lengua.

Asimismo es cierto que Lucía Romero posee un lunar coqueto en la comisura de los labios. Esa marca menuda es el centro de gravedad de su atractivo, el vértice de sus relaciones con los hombres, porque todos sus amantes, incluidos los más vertiginosos y fugaces, han pretendido poetizar sobre ese milímetro de piel. «Es el mojón que marca el camino hacia tu boca», le dijo una vez uno, por ejemplo. «Es una isla desierta en la que he naufragado», adornó un segundo. «Es un lunar de puta que me la pone dura», comentó algún otro expeditivamente. De manera que el núcleo del erotismo de Lucía Romero, la base de su supuesto encanto, es un fragmento de carne renegrida y defectuosa, una equivocación de la epidermis, un cúmulo de células erróneas que en algún momento tal vez devenga en cáncer.

Por último, a veces a Lucía Romero le parece estar contemplándose desde el exterior, como si fuese la protagonista de una película o de un libro; y en esos momentos suele hablar de sí misma en tercera persona con el mayor descaro. Piensa Lucía que esta manía le viene de muy antiguo, tal vez de su afición a la lectura; y que esa tendencia hacia el desdoblamiento hubiera podido ser utilizada con provecho si se hubiera dedicado a escribir novelas, dado que la narrativa, a fin de cuentas, no es sino el arte de hacerse perdonar la esquizofrenia. Pero algo debió de torcerse en la vida de Lucía en algún momento, porque, pese a que siempre deseó dedicarse a escribir, hasta la fecha sólo ha pergeñado horrorosos cuentos para niños, insulsos parloteos con cabritas, gallinitas y gusanitos blancos, una auténtica orgía de diminutivos.

A base de escribir todas esas necedades para los más pequeños, Lucía Romero se ha hecho un nombre entre los autores infantiles y es capaz de vivir de sus libros. Pero no se puede decir que su trabajo le apasione. De hecho, y como la mayoría de sus colegas, Lucía detesta a los niños. Porque los escritores de literatura infantil suelen odiar a los niños, de la misma manera que los críticos cinematográficos odian las películas y los críticos literarios odian leer. A veces, Lucía coincide con sus colegas, en una feria, por ejemplo, o en un congreso; y es entonces cuando más abominable y más insoportable le parece su oficio, con todos esos hombres y mujeres tan talludos fingiendo destreza juvenil e insensata alegría. Todos esos charlatanes, ella incluida, embadurnando el aire de viscosa dulzura y de diminutivos. Cuando cualquiera sabe que la infancia es en verdad cruel y siempre mayúscula.

Con la desaparición de Ramón aprendí que el silencio puede ser ensordecedor y la ausencia invasora. No es que echara exactamente de menos a mi marido: ya digo que estábamos acostumbrados a ignorarnos. Pero llevábamos una década viviendo a dos, y eso crea una relación especial con el espacio. Ya no me cruzaba con él en el cuarto de baño por las noches, no le oía resoplar en la cama a mi lado, no encontraba los restos de su café en la cocina cuando me levantaba —porque siempre me levantaba después que él: Ramón era funcionario del Ministerio de Hacienda y tenía un horario regular—. Cuando vives a dos el mundo se adapta a ese ruido, a ese ritmo, a esos perfiles, y la súbita ausencia del otro desencadena un cataclismo en el paisaje. Me sentía como el ciego a quien un día cambian los muebles de lugar sin advertírselo, de manera que el salón de su casa, tan conocido, se convierte de repente para él en un territorio tan ajeno y desconcertante como la tundra.

La mañana del 31 de diciembre, después de una noche insomne e interminable, telefoneé temprano a la comisaría para ver si tenían alguna noticia. No, no sabían nada; pero ante mi desesperación y mi insistencia me sugirieron que me acercara a la central de la calle Rafael Calvo, en donde podría hablar con los inspectores encargados de las desapariciones. Llegué a Rafael Calvo casi vestida de viuda, con un sobrio, férreo traje de chaqueta color plomo, para intentar impresionar con mi apariencia: a las personas menudas siempre nos es difícil que nos tomen en serio. Pero de todas maneras me hicieron esperar en una salita miserable durante casi una hora. Al fin entró un tipo a hablar conmigo. Se llamaba García. José García, un nombre original. Tenía aspecto de estar aburridísimo.

—Yo que usted me quedaba tranquila durante algunos días. Seguro que al final regresará. Estas cosas pasan muy a menudo —dijo el tipo, como antes había dicho el policía del aeropuerto, sin darle la menor importancia a mi inquietud.

Sus palabras me hicieron visualizar un mundo abarrotado de esposas abandonadas, una muchedumbre de mujeres esperando con eterno desasosiego junto al teléfono. Me sentí insultada.

—¡Estupendo! ¡Así trabaja la policía en este país! ¡Por supuesto que es mucho más cómodo pensar que Ramón me ha dejado que ponerse a buscarlo! —barboté, furiosa.

Sin perder su expresión de aburrimiento, el hombre abrió una carpetilla azul de gomas y sacó unos cuantos faxes y papeles mecanografiados.

—Mire. Sí que le buscamos. Hemos seguido la rutina habitual. Todos los hospitales, todos los centros de primeros auxilios, todas las estaciones de tren y autobús. Y el aeropuerto, claro. Además del depósito de cadáveres. No está. Mire, hoy es 31 de diciembre. Fin de Año. Hay fiestas, compromisos, cosas. De repente a la gente le entran ganas de cambiar de vida. Si yo le contara. Déle usted unos días.

García tenía tendencia a hablar sincopadamente, usando pocos verbos y llenándose la boca de puntos y seguido. Era un hombre alto y enjuto, de piel cetrina, con una cara difícil erizada de huesos: la barbilla puntiaguda, la nariz aguileña. Uno de esos rostros que, cuando intentan besar una mejilla, sólo picotean en el moflete con sus prominencias óseas, sin que la boca sumida en las profundidades alcance jamás a tocar la carne. Hablaba García moviendo sus labios abisales y yo, al escucharle, imaginé a millones de mujeres desdeñadas que se comían las uvas de fin de año a solas, ataviadas con brillantes y lacrimosos trajes negros. Sentí náuseas y me despedí. No se puede decir que aquella primera entrevista fuera un éxito.

Pasé por la guardería a recoger a la Perra-Foca y luego regresé a casa. No sabía qué hacer, así es que empecé a llamar a los amigos. Se iban quedando atónitos a medida que se enteraban de la historia. Pero cuando les comentaba lo que me había dicho el policía, creí advertir en ellos (¡en mis amigos!) un silencio estúpido y turbado. Tal vez la tensión y el agotamiento fomentaron en mí la paranoia, pero me pareció intuir que aceptaban como posibles las ridículas sospechas del inspector. Por eso, cuando Gloria comentó con poco tiento que «hacía tiempo que se nos veía un poco mal», colgué el auricular furiosa y decidí no telefonear a nadie más. De hecho, activé el contestador automático para que me sirviera de parapeto frente a las numerosas llamadas que enseguida se empezaron a producir; y bajé al máximo el volumen, para no tener ni siquiera la tentación de contestar. ¿Qué amigos tenía yo que no sabían actuar como yo esperaba que actuasen? ¿Cómo podían creer en algo tan absurdo como que Ramón había desaparecido de modo voluntario? No había más remedio que reconocerlo, aunque resultara una constatación amarga: más que amigos eran conocidos, parejitas con las que cenar una vez al mes, relaciones puramente sociales. Lucía Romero, autora infantil, pierde de repente a su marido en los urinarios de un aeropuerto y no tiene a nadie a quien recurrir. Qué drama tan ridículo, qué lugar tan desairado el de las mujeres abandonadas, viudas sin viudez, hembras que se desesperan esperando.

Entré en el despacho de Ramón, que era un cuartito pequeño que daba a un estrecho patio, y durante un buen rato contemplé el lugar con atención: la librería, la mesa, la silla rotatoria, el televisor de catorce pulgadas. Todo ello dispuesto con una pulcritud meticulosa: el cenicero siempre en la misma esquina, los libros alineados por orden alfabético, los adornos equidistantes en las baldas. Incluso los clips estaban colocados apretadamente de pie dentro de una cajita: una manía suya de obsesivo. Miré y remiré por todo el cuarto antes de atreverme a tocar nada, porque a Ramón le ponía frenético que le revolvieran sus cosas. Y cuando al fin aventuré mi mano y abrí los compartimentos de la mesa, asumí por vez primera en toda su dimensión que Ramón no estaba, porque de otro modo jamás hubiera metido un solo dedo en sus cajones. Era una sensación obscena, casi escatológica, como si estuviera hurgando en las vísceras de un muerto. Perseguía una revelación, pero no encontré nada: porque uno no sabe ver aquello que ignora que está buscando.

Aunque, a decir verdad, sí que me topé con algunas cosas. Sorpresas pequeñas, poco trascendentales, como, por ejemplo, tres cajas de condones apiladas al fondo del cajón. Que no eran, desde luego, para usar en nuestro lecho conyugal. Además había lápices, todos con las puntas relucientes y afiladas, como soldaditos en formación con bayonetas; chequeras de nuestros bancos, cuadernos cuadriculados con las cuentas domésticas, agendas de regalo sin utilizar de años pasados, caramelos de menta, unos folletos turísticos sobre unas Fabulosas Vacaciones En Tailandia (no, no pensé que se hubiera escapado allí con una rubia: un par de años atrás estuvimos a punto de hacer ese viaje), varias llaves de diferentes formas guardadas en una vieja caja de bombones, calderilla de distintas monedas europeas metida dentro de una bolsa transparente y un fajo de los recibos más recientes: el gas, la luz, el agua, todos ellos sujetos con una gran pinza metálica. Los revisé de modo somero e iba a volver a dejarlos en su lugar cuando uno de los papeles despertó en mí una vaga inquietud. Lo saqué del mazo: no era más que una simple cuenta de teléfono. Pero un momento: aunque estaba a nombre de Ramón, la cuenta no correspondía a nuestro número, sino a un 908. ¡De modo que Ramón tenía un móvil! Qué cosa tan extraña: ¿por qué no dijo nada? Me puse a leer con atención el desglose del servicio: la inmensa mayoría de las llamadas habían sido hechas al extranjero. Tuve una intuición, una sospecha; cogí el teléfono y tecleé el primer número, que además se repetía varias veces:

—Hola, amor… Te estaba esperando… Estoy desnuda, y me he pintado los pezones de rojo para ti... —susurró una voz rasposa al otro lado.

Eran teléfonos eróticos. Ramón tenía un móvil clandestino

para que le dijeran guarradas al oído. Marqué al azar un par de números más:

—Mmmmm... Menos mal que llamas, estoy tan caliente que ya no te podía esperar más... He empezado a tocarme...

Todas decían que estaban esperando, lo mismo que las esposas abandonadas esperaban, también ellas, una llamada de hombre en sus teléfonos.

—Te estaba esperando, cabrón... Quieres follarme, ¿verdad? Pero me das miedo, porque eres muy malo y siempre me haces daño...

¡Y encima juegos sádicos! Estaba asombrada. Para entonces yo ya sabía que los seres humanos somos como icebergs, y que sólo enseñamos al exterior una mínima parte de nuestro volumen: todos ocultamos, todos mentimos, todos poseemos algún pequeño secreto inconfesable. Con la convivencia, sin embargo, la imagen del otro se suele ir quedando más y más achatada, como si el iceberg se disolviera en el caliente mar de la rutina. Y a menudo terminamos reduciendo a nuestro cónyuge a un simple garabato en dos dimensiones, a una calcomanía de persona, a una imagen tan repetitiva y tan estrecha que resulta a la fuerza aburridísima. Esta es una de las muchas maneras en que puede terminar un matrimonio: cuando los dos se miran y al otro lado sólo ven una cabecita plana, como un sello.

Pues bien, dentro del estereotipo que yo me había hecho de Ramón no casaba que llamara a los números eróticos, ni que tuviera apetencias sadomasoquistas, y ni tan siquiera que fuera capaz de gozar telefónicamente: ¡pero si en la cama era tan mudo como un madero! El descubrimiento del recibo me dejó un tanto sobrecogida: de repente se había abierto ante mí, espectacular, la enormidad del enigma de las personas, la imposibilidad absoluta de conocer al otro.

Abandoné el despacho y me senté en la sala, seguida como siempre, mansa en su gordura, por la Perra-Foca. Escuché los mensajes del contestador: un revoltijo de pitidos y de frases ansiosas de diversos amigos, algunos invitándome a pasar la noche con ellos (entonces recordé que era fin de año); una llamada histérica de mi madre desde Palma de Mallorca, diciéndome que se había enterado por televisión, y un cuervo periodista intentando picotear en la carnaza. Pero, cómo, ¿el asunto había salido por televisión? Miré el reloj: eran las seis en punto de la tarde. Puse Radio Nacional, para ver si decían algo en el boletín informativo. Y sí, sí que lo decían, al final, en medio de una especie de resumen. No debían de tener muchas más noticias que contar en el 31 de diciembre:

«Desaparece un funcionario de Hacienda en el aeropuerto de Madrid-Barajas mientras espera la salida de su vuelo. Ramón Iruña, de cuarenta y seis años, está casado con Lucía Romero, hija del veterano actor Lorenzo Romero y escritora de cuentos infantiles, entre los que destaca la conocida serie de *Patachín el Patito*.»

Eso fue todo. Apenas cuarenta palabras y un fastidioso error, porque la autora de *Patachín el Patito* es Francisca Odón, mi más directa competidora y enemiga (mi personaje más famoso es *Belinda, la Gallinita Linda*). Y para colmo me definían filialmente, como si toda mi identidad estuviera basada en el hecho de ser la Hija del Caníbal. La única compensación ante tanta amargura fue que calificaran a mi Padre-Caníbal de Veterano Actor, en vez de Célebre, o Famoso, o Estupendo. Estaba segura de que a él le iba a repatear verse tratado así.

Apagué la radio en cuanto que comenzaron a emitir villancicos. El teléfono seguía sonando y el contestador contestando: de nuevo mis amigos, de nuevo el periodista, de nuevo mi madre. No descolgué: me sentía incapaz de hablar con nadie. La Perra-Foca se levantó pesadamente. Se acercó a mí y empezó a darme enérgicos cabezazos en las piernas: no era una manifestación de cariño, sino su manera de decirme que quería hacer pis y que tenía hambre. Las necesidades de la Perra-Foca son siempre puras, concretas, perentorias. Así es que la saqué a la calle, y ella meneó su viejo corpachón de pastora alemana por las esquinas de la vecindad; y después regresamos a casa y le llené el cuenco con su ración de pienso.

Atendida la bestia, me quedé sin saber qué hacer con mi tiempo y mi vida. Afuera de las ventanas era ya de noche; de cuando en cuando se escuchaba el festivo estallido de un petardo. Era uno de esos raros instantes de suspensión del mundo, como si el rotar de la Tierra se hubiera detenido y las cosas estuvieran conteniendo la respiración. Lucía Romero hubiera debido estar en esos momentos en Viena, preparándose para la cena de gala. Lucía Romero había perdido a su marido súbitamente, incomprensiblemente. Cuando él regresara de quién sabe dónde, Lucía se abrazaría a él y le diría: «Ramón, Ramón, ¿qué ha sucedido?», con la voz enronquecida por la emoción y los ojos enternecidos, líquidos. Aunque tal vez no, tal vez Ramón hubiese muerto. «Ha muerto, señora. Lo siento», diría el policía. Y Lucía se agarraría al marco de la puerta con mano temblorosa, y le faltaría el aire, y ni siquiera le dolería, de primeras no, es así como hieren los traumas, al principio ni siquiera le dolería aunque las lágrimas corrieran aparatosamente por sus mejillas. Justo en ese instante sonó el timbre de la puerta y Lucía fue a abrir, incluso corrió a abrir, por si se trataba de Ramón (¿habría perdido la llave?) o del policía portador de la fatal noticia. Pero no era ninguno de los dos. Tan sólo era un viejo. Lucía se lo quedó mirando con aturdimiento.

—Hola. He oído las noticias. Sólo quería recordarle que estoy ahí enfrente, para lo que usted quiera. No dude en avisarme.

Entonces lo reconocí: era el vecino. Un anciano discreto y educado que vivía solo al otro lado del descansillo. Jamás habíamos intercambiado otras palabras que algún saludo casual y pasajero.

—Me llamo Félix, Félix Roble. Tenga usted…

Me tendió un pañuelo blanco y bien doblado, y entonces advertí que mi cara estaba cubierta de lágrimas. Enrojecí, a medias avergonzada y a medias furiosa: me irritaba no sólo haberme puesto a llorar con mis ensoñaciones, sino que además el vecino me hubiera sorprendido. Debía de estar dando la típica imagen de la viuda desconsolada. Un exhibicionismo repugnante.

—No se imagine cosas raras —dije con sequedad, mientras le arrebataba el pañuelo de las manos y me frotaba la cara expeditivamente—. Estaba viendo una película y por eso he llorado —añadí sin mentir demasiado.

—Claro. Yo también lloro a menudo en el cine. Pero lo mío es cosa de la edad. Con el tiempo nos volvemos blandísimos.

Y diciendo esto sonrió. Fue una sonrisa muy agradable, ni

conmiserativa ni paternalista, una sonrisa cotidiana y tranquila que me devolvió a la realidad.

—No sé por qué me da la sensación de que no ha debido de comer usted mucho últimamente —añadió el hombre—. En casa tengo un jamón de Jabugo excepcional, un paté pasable, un rioja estupendo y pan fresco y crujiente. Me haría usted feliz si quisiera acompañar a este pobre viejo.

Siempre he detestado a las personas que usan lugares comunes al hablar, pero el hombre dijo «este pobre viejo» como si fuera un reto, una broma privada, una coquetería. Como si en realidad no fuera viejo cuando desde luego que lo era, viejo viejísimo y cubierto de arrugas por todas partes. Pero era un viejo gracioso y con estilo. Y yo, lo descubrí de repente, tenía hambre. Así es que antes de que pudiera darme cuenta ya estaba en casa de Félix, el vecino, descorchando la botella de rioja; la cual, por cierto, me bebí yo sola, porque el anciano no probó ni una gota.

Dos horas más tarde yo sabía ya que Félix Roble estaba jubilado, que era viudo, que había regentado una papelería en el barrio pero que la había traspasado a raíz de la muerte de su mujer, que no tenía hijos y que acababa de cumplir ochenta años.

—¡Ochenta! Pues está usted estupendo.

Lo dije para halagarle, pero además era verdad. Vestía de una manera informal que le confería un aire juvenil, con pantalón de pana, jersey y chaqueta de *tweed*: parecía un profesor emérito de Oxford. Era alto y delgado y se movía con bastante agilidad: tan sólo el cuello, pegado con cierta rigidez al tronco (cuando giraba la cabeza también hacía girar los hombros), delataba el endurecimiento de un esqueleto añoso. En la oreja llevaba incrustado un sonotone y, por lo que pude advertir, no te entendía del todo bien si no le estabas mirando mientras hablabas. Tenía mucho pelo, todo blanco y brillante, y unos ojos azules muy hermosos: algo lagrimeantes, pero aún intensos de color y de expresión. El resto era una cara fina y aguileña sepultada entre arrugas muy profundas.

—No se lo creerá usted, pero hago una hora de gimnasia todos los días —respondió el vecino con un orgullo pueril que me encantó.

Entonces comencé a explicarle con todo detalle el absurdo misterio de la desaparición de mi marido. No sé por qué lo hice: supongo que necesitaba contárselo a alguien. Félix Roble escuchó con atención, inteligentemente. O eso me pareció a mí, perdida como estaba entre los vapores del vino tinto.

—Bien, recapitulemos sobre lo que tenemos —dijo al cabo—. Primero, una desaparición cuya causa ignoramos por completo. No hay ninguna sospecha, ningún indicio, ningún presentimiento. Y segundo, un enigma que aún no se ha resuelto: cómo salió Ramón del cuarto de baño sin que usted lo viera. Creo que por el momento podríamos concentrarnos en intentar resolver ese acertijo. No por qué se fue, sino cómo se fue. Y se me ocurre que sólo hay cuatro posibilidades: una, que no se fuera.

—¿Qué quiere decir?

—Que Ramón siga allí, en los servicios.

—¿Pero cómo? Yo miré…

—Sí, pero hay paredes dobles, trampillas, armarios escondidos. ¿Sabe usted si algún especialista de la policía ha revisado los urinarios?

Guardé silencio: acababa de visualizar a Ramón emparedado detrás de las pulcras baldosas blancas del retrete; Ramón metido en un'zulo; Ramón asfixiado, apuñalado, amoratado, muerto.

—Dos —prosiguió el viejo—. Que, lo mismo que puede haber un armario escondido, haya también alguna puerta camuflada. Esto es, que haya salido o le hayan sacado por otro lado.

Félix calló y se me quedó mirando atentamente.

—¿Y qué más? —le animé.

—Tres, que haya salido por la puerta normal… y que usted estuviera distraída y no se diera cuenta.

—No. No es posible. Lo he pensado mucho y no es posible. Estuve vigilando el baño todo el rato. Soy un poco maniática, ¿sabe usted? Y me pone nerviosa que a la gente se le ocurra irse al servicio justo cuando nos vamos a embarcar.

—Y cuatro, entonces: que haya salido por la puerta, pero disfrazado. Esas son las únicas posibilidades que tenemos. Yo creo que merecería la pena que nos acercáramos ahora mismo a Barajas a inspeccionar esos urinarios, ¿no le parece?

Bien, lo más extraordinario es que me pareció. El nivel de mi estupor etílico puede intuirse en el hecho de que me resultara tan normal la idea de irnos al aeropuerto, en mitad de la noche de Nochevieja, para escudriñar al alimón unos retretes públicos. En un abrir y cerrar de ojos me encontré instalada en el asiento delantero del coche de Félix Roble. Porque el hombre tenía coche: para ser exactos, un vehículo bastante extraordinario. Era un viejo Renault 5 pintado a mano de color amarillo rabioso, con una gruesa franja negra, también artesanal, que cruzaba de la proa a la popa trepando por el techo:

—Se lo compré a un macarrita de discoteca. Es feo, pero me salió barato y marcha bastante bien —explicó mi vecino.

Íbamos por el paseo del Prado en mitad de un río de coches todos despendolados. Félix charlaba con animación, soltaba el volante demasiado a menudo, no miraba jamás por el retrovisor, se cambiaba de carril sin previo aviso. Alrededor nuestro las muchedumbres nos pitaban, pero mi vecino no parecía darse por aludido. Abrí de par en par la ventanilla: el aire frío de la noche me entumecía las mejillas, pero iba introduciendo un resquicio de luz en el pegajoso caos de mi cabeza. Estábamos en Cibeles y Félix acababa de atascar la circulación al intentar hacer un giro prohibido a la exasperante velocidad de una tortuga coja. Las muchedumbres empezaron a insultarnos. Contemplé consternada a mi vecino: se le veía por completo sobrepasado, sumido en la desorientación y el desconcierto.

—¡Vete al asilo, viejo! —rugió alguien a nuestro lado.

Y era cierto: ahora yo también veía que Félix era un viejo, por primera vez me parecía un verdadero anciano. ¿Qué demonios estaba haciendo yo allí a esas horas, en ese coche absurdo, con ese octogenario extravagante?

Sin embargo, llegamos. Nos perdimos un par de veces en la autopista, pero llegamos. El aeropuerto estaba prácticamente vacío, salvo una legión de alborotados japoneses que se arrojaban serpentinas unos a otros mientras esperaban ser embarcados. Pasamos a la salida internacional enseñando nuestro carné de identidad y sin que nos pidieran la tarjeta de embarque: reinaba una atmósfera de fiesta y de relajo. Félix fue el primero en entrar a los servicios: le vi desaparecer tras la puerta batiente con una inquietud casi supersticiosa, como si ahora fuera a eva-porarse también él, como si esa modesta puerta un poco amari-llenta fuera la boca camuflada de un agujero negro. Pero al ins-tante me llamó:

—Pase usted, que no hay nadie.

En efecto, los urinarios estaban tan vacíos como cuando yo había entrado el día anterior. Roble había sacado una llave in-glesa de no sé dónde y estaba dando golpecitos en los muros.

—Por favor, mientras yo acabo con esto, pulse usted todas las cisternas y abra todos los grifos a ver si funcionan normal-mente —me ordenó con una voz que de repente me pareció acostumbrada al mando.

Obedecí, y a los pocos minutos nos encontrábamos inmersos en un tronar de agua semejante al de las cataratas del Niágara. Aquí estábamos, en mitad de unos retretes de luz desangelada que olían a meados, ensordecidos por el rugir de las cisternas y buscando inútilmente una puerta imposible.

—No hay nada —gritó al fin el vecino sobre el estruendo—. De modo que ahora estoy casi por completo convencido de que su marido era aquel viejo inválido que vio usted sacar en silla de ruedas por un *chaqueta roja*.

Me quedé impresionada a mi pesar: por supuesto, ¿cómo no había caído antes? Un súbito fogonazo me hizo fijar de nuevo la mirada en Félix Roble: el hombre había encendido una bengala y la mantenía frente a sí sujeta entre el índice y el pulgar. El vivo fulgor de los chisporroteos me hizo descubrir que tenía la mano mutilada: le faltaban, arrancados de raíz, los dedos meñique, corazón y anular. La última de las cisternas soltó un postrero y desanimado gorgorito y se calló. En el silencio recién recupe-rado se oía el sisear de la bengala.

—Feliz Año Nuevo —dijo Félix Roble—. ¿No se ha dado cuenta? Son las doce.

A veces me embarga la intuición de la profundidad, de que somos más que el mero momento que vivimos y que la carne efímera. De esa visión singular, que te asalta en los momentos más absurdos (mientras tuestas una rebanada de pan para el desayuno, mientras conduces en medio de un atasco, mientras estás guardando cola para pagar los impuestos municipales), extrajeron los iluminados de todas las épocas el impulso necesario para inventar sus religiones. Como no soy creyente, para mí esta emoción del Más Allá se confunde con un deseo de belleza, tan agudo y concreto como si se tratara del ataque de hambre de un bulímico. Estoy hablando de cosas vulgares y cotidianas, porque, ¿qué puede haber más tópico y ramplón que ese afán de ser y no morir? No ha debido de existir ni un solo ser humano, desde el principio de los tiempos, que no haya experimentado alguna vez ese espejismo de hermosura, esa necesidad de permanencia. Hasta los idiotas tienen inquietudes trascendentes y aspiran alguna vez a la eternidad. La metafísica es la más común de las bajas pasiones.

Pues bien, estaba yo el día 1 de enero melancólicamente

sumida en un rapto trascendente de este tipo, asomada a la ventana de mi casa a eso de las diez de la mañana (el aire frío, el mundo quieto y transparente tras los excesos de la fiesta, los perfiles de las cosas cristalinos), cuando el teléfono sonó a mis espaldas sacándome del trance. Descolgó el contestador y primero escuché mi voz grabada, tremendamente ruidosa en el silencio. Luego, una voz seca y ronca que jamás había oído me congeló la sangre:

—Este es un mensaje de Orgullo Obrero. Si quiere volver a ver con vida a Ramón Iruña, reúna doscientos millones de pesetas. No avise a la policía o lo lamentará. Volveremos a ponernos en contacto.

Corrí al teléfono, pero no llegué a tiempo. No se puede decir que mis reflejos fueran excepcionales ese día.

Acabo de mentir: sí que llegué. Tenía el aparato al lado y hubiera podido descolgar e interrumpir el mensaje del comunicante; hubiera podido interrogarle, increparle, insultarle. Pero no me atreví. Sufrí una repentina sensación de riesgo, sudores fríos, mareos, galopar de pulso, agitación de pecho, toda la parafernalia de los cobardes. Siempre fui muy miedosa. Así es que mi mano se quedó detenida a dos centímetros del auricular, y allí se mantuvo un largo rato, incluso bastante tiempo después de que aquel hombre hubiera colgado. A Ramón, es curioso, no le importaba que yo tuviera siempre tanto miedo. A decir verdad, creo que incluso le gustaba. Ramón Iruña era un hombre rutinario y aburrido, muy poco expresivo y tan indolente que casi nunca se tomaba la molestia de discutir con nadie. O sea, era lo que todo el mundo entiende por un buen hombre. Pero cuando yo sufría alguno de mis ataques de cobardía aguda, entonces se transmutaba en otro: era atento, ocurrente, cariñoso, gracioso. Por ejemplo: cruzábamos un río en un paseo campestre y yo me quedaba atrancada en la mitad del cauce, agarrotada de temor en una piedra y sin atreverme ni a retroceder ni a saltar por encima de la espuma hasta el próximo apoyo. Pues bien, en esas ocasiones, Ramón regresaba desde la otra orilla y me decía lindezas, me intentaba calmar, me hacía reír, aguantaba mis exabruptos, estiraba la mano sobre el agua rugiente, me explicaba una y otra vez cómo poner mis torpes pies sobre el filo rocoso y al fin lograba sacarme del atolladero agradecidí-sima. Creo que esos momentos de ternura y compenetración (su juego protector encajando como en un rompecabezas con mi miedo) fueron lo más cercano a la pasión que Ramón y yo hemos vivido.

Volviendo a aquel 1 de enero, cuando conseguí desencallar de mi ataque de pánico y recuperar la movilidad, rebobiné el mensaje y lo escuché de nuevo: Orgullo Obrero, ¿pero qué demonios era eso? ¿De manera que Ramón había sido secuestrado? ¿Eso que siempre les ocurre a otros? ¿Eso que sucede dentro de la televisión y en las películas? Corrí a la casa del vecino y aporreé la puerta. Félix abrió mucho tiempo después, o eso me pareció. Tenía todo el pelo alborotado alrededor del cráneo, como plumas blancas de gallina.

—¿Qué ocurrió, qué pasa, qué ha sucedido? —dijo, aturullado, en todas las gamas verbales. Seguro que le había levantado de la cama.

No perdí tiempo con explicaciones: le empujé hacia mi casa y él se dejó llevar, arrastrando un poco al caminar sus chancletas de fieltro.

—Escuche —exclamé, tal vez en un tono demasiado trágico.

Y reproduje el mensaje de los secuestradores.

—¿Qué le parece? —pregunté

—¿Cómo? —dijo el vecino, arrimándose una mano a la oreja.

Resulta que no tenía encendido el sonotone, así es que tuvimos que empezar de nuevo. Pasé la cinta varias veces hasta que el viejo consiguió que su oído reacio pescara todas las palabras de los secuestradores.

—Vaya, vaya. Pues sí. Así es que estas tenemos… —murmuró al fin muy pensativo.

A mí de repente me acometió la risa:

—¡Y los muy cretinos piden doscientos kilos! ¡Ya puestos, podrían haber pedido mil! ¿Pero se creerán que están tratando con Rockefeller? ¡Entre Ramón y yo no reunimos ni siquiera dos millones, así es que ya pueden esperar sentados! ¡Ja! ¡Tiene gracia! ¡Se van a quedar con un palmo de narices esos desgraciados! ¡Vaya equivocación!

Entonces vi la expresión con la que el vecino me miraba, entre el desconcierto y la censura, y en ese mismo instante comprendí que la situación no era chistosa en absoluto. La risa se me petrificó en la boca.

—Claro... Usted cree que el hecho de no poder reunir los doscientos millones empeora aún más la situación del pobre Ramón. Oh, Dios mío, cómo me ha podido hacer gracia que... No sé qué me pasa, estoy tan confusa...

Estaba, en efecto, tan confusa que permití que Félix Roble tomara la iniciativa en todo y me dejé llevar por sus consejos. Hoy lo pienso y me parece una locura: no lo conocía de nada, y además no era más que un anciano. En vez de cuidarlo yo a él, como correspondería por la edad, él se hizo cargo de mí y de mi problema. Y su primera decisión fue que llamáramos en el acto a la policía.

—Pero en el mensaje me ordenan precisamente que no haga eso...

—No importa. Eso lo dicen todos los secuestradores en sus comunicados. Es una especie de norma profesional, una costumbre del oficio. Quiero decir que lo sueltan de manera rutinaria, como el administrativo que escribe siempre eso de «en respuesta a su atenta carta del 17 del corriente». Bueno, pues los secuestradores siempre dicen que no se avise a la policía. Pero todo el mundo sabe que sí que la van a avisar.

Hora y media después estábamos en un bar esperando al inspector García. En un bar porque, cuando le localizamos a través de su móvil, García dejó claro, con bastante desinterés, que ese 1 de enero él se encontraba de vacaciones, y que no tenía ninguna gana de pasarse sus vacaciones en la comisaría. Cuando llegó, con veinte minutos de retraso, seguía igual de aburrido y de apático.

—Bien —resopló, desplomándose en el asiento—. ¿Han traído la cinta?

Sí, claro, la habíamos traído. El inspector sacó una pequeña grabadora del bolsillo, introdujo la minicinta del contestador y escuchó el mensaje con atención un par de veces. Luego se quedó pensativo y callado: el esfuerzo cerebral le apelotonaba el ceño en cuatro pliegues.

—A ver. Tengo una duda. Quiero consultarles —dijo al fin.

Félix y yo adelantamos nuestras cabezas, expectantes.

—¿Debo o no debo tomar alcohol? Estoy de vacaciones. Podría beberme una copa de coñac. Es lo que me apetece. Pero también estoy de servicio. O algo parecido. Quiero decir aquí, con ustedes. Y estando de servicio, se acabó la bebida. Todo el mundo lo sabe. ¿Ustedes qué piensan?

Nos quedamos atónitos. Antes de que pudiéramos decir nada, el inspector García levantó el brazo hacia el camarero:

—¡Una cerveza! —gritó; y luego se dirigió a nosotros nuevamente—. Una cerveza es mitad y mitad. Ni carne ni pescado. Ni fu ni fa. Es una solución de compromiso.

Empecé a sentirme irritadísima:

—¿Pero qué hay del mensaje? ¿Qué es eso de Orgullo Obrero? ¿Cree que de verdad le han secuestrado? ¿Estará bien? ¿Lo van a matar? ¿Qué podemos hacer? Porque no se creerá que hemos venido aquí sólo para tomarnos una caña —exclamé.

José García sacó la cinta del aparato, la metió en un sobre blanco, escribió en la solapa: «Caso Ramón Iruña. Prueba Uno», y se guardó el sobre en el bolsillo, todo con desesperante lentitud. Luego se bebió la mitad de su jarra y chascó la lengua:

—Muchas preguntas. Algunas respuestas. Primero, no me suena eso de Orgullo Obrero. Preguntaré a los especialistas. Segundo, sí, parece que está secuestrado. Tercero, no sé si está bien. Cuarto, no sé si lo van a matar. Quinto, si usted paga el rescate, acabará en la cárcel.

—Pero ¿cómo? Eso es injusto. Y, además, yo no tengo doscientos millones.

—Si nos enteramos, si nos enteramos de que paga, la tendremos que detener.

—¿No me oye? ¡No tengo ese dinero!

—Está prohibido pagar rescate a terroristas. Pero, claro, todo el mundo lo intenta. A escondidas. Yo que usted, a lo mejor pagaba. Salvar al secuestrado. Eso es lo primero para la familia. Pero yo soy policía. No puedo enterarme de que paga. Porque mi deber es impedirlo.

—No tengo ese dinero —repetí, a punto de echarme a llorar.

—Muy bien. Allá usted. Yo sólo le digo que no quiero saber

nada. Es un aviso. Yo, mientras tanto, investigaré y estudiaré. Eso hacemos los policías. Investigamos. Somos inspectores. Inspeccionamos. Y ahora tengo que irme. Estaremos en contacto. No se preocupe.

Regresamos a casa muy desanimados: de todos los policías del Estado, nos había tocado el más estúpido. Eso dijo exactamente mi vecino mientras salíamos del ascensor en nuestro piso:

—Nos ha tocado el policía más estúpido.

No pude por menos que advertir esa primera persona del plural con que Félix se había sumado a mi tragedia. Ahora resulta que estábamos los dos desanimados, desconcertados e inquietos. Félix se había apoderado del caso como si fuera suyo. Estos jubilados son tremendos, pensé con rencor: hacen lo que sea para llenar sus vidas. Entonces abrí la boca para decir algo apropiado que lo alejara de mí, para despedirme educadamente de él, para darle las gracias y la espalda. Pero no llegué a musitar palabra, porque de pronto descubrí que por debajo de mi puerta asomaba el pico de un papel. De nuevo la sensación de riesgo, los sudores fríos, los mareos. Fue una intuición de cobarde, una intuición certera: el papel (un folio grande dentro de un sobre en blanco) era una carta de los secuestradores. Mejor dicho, era una carta de Ramón:

«Por favor, haz lo que te dicen estos hombres. Dales lo que pidan. Me tratan bien, pero están dispuestos a cualquier cosa, de verdad, Lucía, A CUALQUIER COSA. Tengo dinero. ¿Te acuerdas de la herencia de mi tía Antonia? Es más de lo que te dije. Está en una caja de seguridad en el Banco Exterior de España. En la central. La caja tiene el número 67 y la abrí a nombre de los dos, por si pasaba algo: fue aquel papel del banco que te hice firmar hace unos meses. Perdona que no te dijera nada de todo esto, pero me daba vergüenza. Es dinero negro y trabajo en Hacienda. Por favor, vete a recogerlo cuanto antes. La llave está en el cajón de mi mesa. Y haz todo lo que esta gente diga. Por favor, por favor, HAZLO. Te quiero mucho.»

Reconocí enseguida la letra de Ramón, aunque sus contornos, normalmente tan meticulosos y regulares (mi marido tenía una letra pulcra y diminuta), estaban ahora temblorosos y crispados, lo cual denotaba, no me cupo la menor duda, un estado de ansiedad casi insoportable. Leer sus palabras me hizo daño: cada frase pesaba como el plomo. Además, ¿qué era eso de que tenía dinero? ¿Cuánto dinero? ¿Tanto como para poder pagar un rescate astronómico? Y lo peor de todo, ¿cómo había llegado ese sobre a mi puerta? Con sólo plantearme la pregunta se me heló el espinazo: era evidente que habían venido en persona hasta allí. Hasta mi casa. Hasta el mismo umbral. Los secuestradores. Los de Orgullo Obrero. Los terroristas.

—Venga. No se deje hundir. Vamos a buscar la llave —dijo Félix con oportuno ánimo.

Y echó a andar pasillo adelante alisándose las greñas con los dedos.

Revolvimos entre las llaves del cajón y encontramos una, grande y modesta, de latón, que tenía el número 67 grabado en la cabeza.

—¿Dónde está la central del Banco Exterior? —preguntó Félix.

—En la Carrera de San Jerónimo.

—Iremos mañana mismo, en cuanto que abran —dictaminó mi vecino, usando nuevamente esa primera persona del plural tan fastidiosa.

—Bueno. Iremos algo más tarde, sobre las once —puntualicé con recelosa puñetería, sólo por dejar bien sentado que era yo quien tomaba las últimas decisiones.

Pero lo cierto era que no estaba en el mejor de mis momentos para decidir nada. De hecho, en aquellos instantes lo único que me daba vueltas en la cabeza de manera obsesiva era la frase final de la carta de Ramón, ese «te quiero mucho» acongojante que me había dejado desconsolada, aunque para entonces yo supiera de sobra que es siempre en los momentos de debilidad cuando más creemos querer a quien necesitamos. (La última vez que Ramón me había dicho «te quiero mucho» fue cuando le operaron del apéndice.)

Después de su conversación con el inspector García, Lucía Romero había decidido no contar nada a la policía sobre la carta de Ramón y el dinero de la caja de seguridad. De manera que Félix y ella se encontraron abandonados a su suerte y obligados a decidir por su cuenta y riesgo un sinfín de complicados pormenores. Para ir sobre seguro se estuvieron preparando el esquema de la jornada durante el desayuno, con la misma minuciosidad con que Atila debió de prepararse la invasión de las Galias. En primer lugar, Lucía tendría que llevar un bolso con capacidad suficiente como para meter un número indeterminado de millones, de modo que después de mucho reflexionar se decidió por una bolsa de loneta que usaba para la playa en los veranos. Pero luego estaba el tema del transporte, porque no era cosa de pasearse por todo Madrid con una fortuna colgando del hombro.

—Llevaremos mi coche —propuso Félix—. Y como el banco está en una zona en la que no se puede aparcar, daré unas cuantas vueltas a la manzana mientras usted recoge su dinero.

Cuando termine, quédese en la puerta, junto a los guardias, esperando hasta que yo pase de nuevo por delante.

Acordaron hacerlo así, aunque en realidad a ella la presencia del vecino le parecía un engorro. La compañía de semejante viejo le impediría moverse con la necesaria celeridad: no sólo iba a tener que cuidar de los millones, sino también de él. Pensaba en todo esto Lucía y se iba enfureciendo, pero se sentía incapaz de enfrentarse al dinámico anciano. Eso, la falta de carácter en los momentos álgidos, era uno de sus defectos principales. Lucía callaba demasiado, consentía demasiado, asentía demasiado; era asquerosamente femenina en su silencio público, mientras por dentro la frustración rugía. Lucía envidiaba a aquellas mujeres capaces de imponerse y de pelearse dialécticamente en el espacio exterior, siempre tan desolado. Como Rosa Montero, la escritora de color originaria de la Guinea española: era un tanto marisabidilla y a veces una autoritaria y una chillona, pero abría la boca la tal Rosa Montero (dientes deslumbrantes en su rostro redondo de luna negra) y la gente callaba y la escuchaba. Lucía hubiera deseado ser así, un poquito más animosa y más segura.

Pero no lo era, y por eso se veía ahora como se veía, cargando con un abuelo cargante, de la misma manera que antes cargó con Ramón durante demasiados años, cuando ya los dos sabían que la relación se había terminado. En fin, ahora no quería ponerse a criticar a Ramón, al pobre Ramón, en manos de unos facinerosos sin escrúpulos. Ahora incluso había veces en que el recuerdo de su marido la conmovía tanto que creía poder recuperar su amor por él.

Salieron hacia el banco a la hora que ella había dicho, en torno a las once de la mañana, y llegaron a eso de las doce tras quedarse sin gasolina, meterse por una dirección prohibida y discutir con el guardia que les paró.

—Hágame el favor de no buscarse más líos con el tráfico —dijo Lucía al bajarse del coche frente a la puerta.

—No se preocupe. Usted, tranquila; ocúpese del dinero, que yo estaré esperando.

El banco era un edificio imponente y opresivo, tan solemne como un ministerio estalinista. Lucía entró amedrentada en el vestíbulo reluciente de latones y preguntó por las cajas de seguridad.

—Dos pisos más abajo, por esas escaleras o por el ascensor.

Un agobio, una angustia. Descender era como ir bajando hacia la tumba; era ir sintiendo crecer, en las espaldas, la pesadumbre del dinero y de la piedra. Abajo, al fin, una cripta acorazada. Por todas partes aceros y barrotes, y un señor muy aburrido en una mesa.

—Yo quería... ejem, querría sacar algo de una caja... —tartamudeó Lucía, sintiendo la misma culpabilidad que si viniera a atracar el banco.

El hombre abrió la reja y la miró con cierto recelo, o eso pensó ella.

—Identificación, por favor.

Lucía sacó el carné de identidad, la llave. Le temblaban las manos y optó por dejarlo todo encima de la mesa para disimular las sacudidas.

—Firme aquí, por favor. Venga conmigo.

Entraron en la cámara acorazada, una habitación de regulares dimensiones forrada en todas sus paredes con casilleros metálicos. El número 67 era uno de los grandes; el hombre insertó las dos llaves, abrió la portezuela y sacó con evidente esfuerzo una caja de considerables dimensiones, que depositó en la repisa del centro de la sala.

—Avíseme cuando termine —dijo, antes de retirarse, como quien recita una apolillada frase de película.

Toda la operación tenía algo de escatológico, algo de necesidad íntima inconfesable: la cripta era como un urinario subterráneo y el hombre como un ayudante de hospital acostumbrado a bregar con inmundicias. Lucía aguantó la respiración y abrió la tapa. Ahí estaban las vísceras, azuladas, impresionantes. Era enorme. Era mucho. Era una cantidad espectacular. Todo en billetes de diez mil, fajos y fajos, un mareo de papeles bien cinchados. ¡Caramba con tía Antonia! Fue contando los fajos a medida que los metía en el bolso: le salieron en total 201. Cupieron bien, y colocó por encima unos periódicos para disimularlos; pero al ir a levantar la bolsa se dio cuenta de que no había pensado en el peso del botín. Era una carga abrumadora que deformaba la estructura de loneta y que tironeaba aparatosamente de las asas. Lucía levantó el bolso en vilo: por todos los santos, debía de pesar lo menos veinte kilos. Se lo colgó con doloroso esfuerzo del hombro derecho y llamó al empleado.

—Ya estoy.

Cuando el encargado levantó la caja para colocarla de nuevo en su lugar se quedó mirando a Lucía inquisitivamente: claro, tradujo ella con paranoica intuición, se ha dado cuenta de que ya no pesa, y sabe que ahora llevo encima de mí toneladas de billetes fraudulentos. Intentó estirarse y caminar con toda naturalidad, como si el hombro no se le estuviera partiendo en dos; pero la bolsa pesaba tanto que antes de llegar al ascensor tuvo que detenerse, depositar la carga en el suelo y descansar un poco, so pena de quedar desmembrada en ese mismo instante. El hombre la miraba sin decir palabra ni ofrecer su ayuda, sabedor de la cualidad innominable de la mercancía y de que su misión como encargado de la cripta bancaria consistía precisamente en no enterarse. Al fin, Lucía reptó hasta el ascensor, y luego, ya en la planta principal, del ascensor a la puerta, arrastrando el bolsón penosamente e intentando aparentar que en realidad era un bulto muy leve. Por fortuna, ahí estaba esperando el viejo Félix con su coche amarillo rabioso. Después de todo, a lo mejor la idea de venir con el vecino no había sido tan mala.

—Ya está. Es una cantidad increíble. Montones y montones de dinero —le dijo a Félix nada más entrar en el vehículo; y se dio cuenta de que estaba susurrando sin necesidad.

¿Decía Lucía que había 201 fajos? Pues entonces eran 201 millones, porque cada uno de los atados contenía cien billetes, dictaminó Félix Roble tras escuchar sus agitadas explicaciones. Mientras el vecino conducía, ella recontó su tesoro: sí, 201. De manera que tenían suficiente para el rescate. Ramón estaba salvado: porque le devolverían sano y salvo, ¿no era así? Pero entonces a Lucía le asaltó una idea aterradora:

—Le han torturado.

—¿Cómo dice? —preguntó el anciano.

—¿De qué otra manera podían saber los terroristas que tenían que pedir doscientos millones? Han torturado a Ramón y por eso le han sacado la información.

—Tranquila, mujer, tranquila. No lo creo. Ya tenían que conocer lo del dinero antes de secuestrarle, porque, si no, ¿para qué molestarse en hacerlo? Pudieron sacar el dato por otro lado, no sé, quizá algún empleado del banco les dio el chivatazo...

El hombre de la cripta, pensó ella. El hombre de la cripta podía ser tan buen profesional que dedujera, con tan sólo sopesar las cajas en el aire, cuántos millones se acurrucaban dentro. El hombre de la cripta podía ser un infiltrado de Orgullo Obrero, o tal vez un delator mercenario que vendiera sus conocimientos al mejor postor, ora a un grupo terrorista, ora a una divorciada dispuesta a exprimir a su ex marido, ora a unos pandilleros de la zona salvaje de Madrid. Quizá en ese mismo instante el hombre de la cripta hubiera empuñado el teléfono negro de las delaciones y estuviese informando a algún facineroso de que acababa de salir una palomita con más de veinte kilos de sobrepeso.

Tuvieron mucha suerte con el aparcamiento: había sitio en una esquina cerca de la casa. Antes de salir del coche estudiaron la calle con recelo, a la espera de un momento de tranquilidad y de relativo vacío de peatones. Al fin se aventuraron arrastrando el bolsón, sin entretenerse pero sin correr para no hacerse notar. Se detuvieron frente al portal, como siempre cerrado a cal y canto; Félix empezó a rebuscarse los bolsillos en pos de la llave, mientras Lucía se impacientaba.

—Tranquila... —exhortó el vecino—. Aquí la tengo. Bueno, pues ya estamos en casa.

Justo en ese momento, cuando Félix daba la vuelta a la llave, empujaba la hoja y soltaba su frase de triunfo, Lucía sintió una oscura embestida en sus riñones. Se precipitó dentro del portal dando un traspié y escuchó el retumbar de la puerta que se cerraba a sus espaldas.

—¿Pero qué...?

No pudo decir más: el centelleo de una hoja de metal en la penumbra cautivó su atención y la dejó muda. Frente a ella había un cuchillo de dimensiones colosales flotando en el aire, con la punta enfilada hacia su estómago. Aunque en realidad el cuchillo no flotaba en el aire por sí solo: al mango tenía adherida una mano, y la mano se continuaba en el cuerpo de un varón amenazante.

—Dame la bolsa, rápido —dijo el hombre.

La bolsa o la vida, pensó Lucía bobamente en el estupor del momento; y por encima de su agresor, que era más bien bajo, vio cómo otro hombre tenía sujeto a Félix por el cuello y le apretaba una navaja contra la garganta.

—¡Dámelo, estúpida!

El tipo alargó la mano para coger la bolsa, pero ella se echó hacia atrás de manera instintiva. El dinero de Ramón, pensó. La vida de Ramón. Y apretó el puño que sujetaba el asa. Una actitud insensata que hubiera podido resultar fatal de no ser por la repentina aparición, en el recodo de la escalera, de un chico joven.

—¡Ehhhhh! ¿Pero qué es esto? —gritó el muchacho.

Y se lanzó sobre el delincuente que atenazaba a Félix, que era el que más cerca le pillaba, con el mismo ardor heroico con que don Pelayo debió de lanzarse a la Reconquista. Ayudado por la sorpresa, el muchacho embistió con tal energía al asaltante que le postró de rodillas, y hubiera podido arrancarle la navaja de las manos si no hubiera sido porque el otro hombre, abandonando momentáneamente a Lucía y su bolsa, golpeó con algo contundente la cabeza del chico, que se desplomó sobre el suelo como un traje vacío.

De manera que ya estaban otra vez como al principio, pensó Lucía a mil por hora mientras repasaba de una ojeada la situación: volvían a tener el control los asaltantes.

—A ver, quietos todos. Tirad los cuchillos y levantad los brazos.

No, no tenían el control los asaltantes. Era increíble, era imposible, era sin duda el producto de una alucinación de los sentidos, pero Félix tenía una pistola en las manos, o por mejor decir un pistolón, un arma negra y enorme y de aspecto pesado y peligroso, un hierro mortal que él manejaba como si tal cosa. A Lucía casi le dio más miedo el viejo que los atracadores.

La acción se congeló entonces durante unas décimas de segundo, como si todos se hubieran convertido en las figuras de sal de una maldición bíblica. Entonces el chico golpeado se removió en el suelo y se quejó, Félix bajó la vista un breve instante y los ladrones salieron disparados hacia la puerta. Abrieron atropelladamente y se lanzaron calle abajo a todo correr. También Félix salió detrás de ellos con la pistola:

—¡Alto o disparo!

—¿Qué hace? ¡No sea loco! —gritó Lucía.

Pero antes de que pudiera evitarlo le vio plantar los pies con firmeza en la acera, bien separados, y agarrar el pistolón delante de sí con las dos manos, como en las películas. Apuntó atentamente y luego bajó el ángulo de tiro, buscándoles las piernas. Y disparó.

Sonó un clic ridículo, impropio de un pistolón tan imponente.

—¡Maldita sea! —farfulló Félix—. ¡Ya se me ha estropeado otra vez!

—¿Otra vez? ¿Pero es que esto de disparar lo hace a menudo? —dijo Lucía, horrorizada.

— Tengo que engrasarla. Una pena, porque yo creo que le hubiera dado.

—¡Por todos los santos!

Un nuevo gemido interrumpió sus palabras. El chico que les había ayudado se asomó a la puerta, apoyado de modo precario en el umbral.

—¡Ay! Mi cabeza…

Se llevó la mano a la coronilla y luego la puso delante de sus ojos: tenía la palma embadurnada de sangre. Al constatar que estaba herido se puso blanco como la tiza y empezó a escurrirse pared abajo.

—¡Ay, ay, ay!

—¿Qué tienes, qué te duele, dónde te ha dado, cómo te llamas, dónde vives? —preguntó Lucía sin emplear más de medio segundo en decir todas las frases.

—¡Ay, ay, ay!

—No es nada. Un golpecito. La sangre, que es muy escandalosa —dijo Félix, estudiándole la brecha.

—¿No deberíamos llevarlo al hospital?

—Bueno. Dentro de un rato, cuando se recupere, si él quiere, vamos. Yo creo que no hace ni falta. Mira, ya no sangra.

Así es que le ayudaron a subir a casa de Lucía, y le lavaron la cabeza, y le dieron una copa de coñac, además de las gracias más efusivas. Se llamaba Adrián y llevaba un par de meses viviendo en los altillos del edificio, que habían sido remozados para hacer apartamentos diminutos. Era gallego, dijo, y quería ser músico. De vez en cuando tocaba la gaita con un grupo de irlandeses en un bar. Contó todo esto repantingado en el sofá de la sala, y luego colocó las piernas sobre la mesa, reposó la heroica cabeza herida en un cojín y se quedó inconcebiblemente dormido:

—¡Ha entrado en coma! ¡Eso es del golpe! —se espantó Lucía, que tenía la pésima costumbre de pensar siempre en lo peor.

Adrián tuvo la delicadeza de soltar un ronquido.

—¡Pero qué coma ni qué nada! Está como un tronco: ya le has oído decir antes que anoche tuvo una actuación, seguro que todavía no se había acostado —dijo Félix—. Mejor que se quede aquí un rato, así comprobamos que está bien.

Le abandonaron en la sala, pues, arropado amorosamente con una manta, y se trasladaron los dos a la cocina. Los dos y la bolsa de loneta, que habían dejado a la vista, en el disimulo de su aparente inocencia, durante toda la conversación con el muchacho.

—¿Y ahora qué hacemos con todo este dinero? —dijo Lucía.

—Esconderlo. Guardarlo bien guardado por el momento.

—Sí, pero ¿dónde? Abulta mucho.

—No sé, ¿en el horno?

Lucía imaginó el horno encendido por equivocación, los billetes crepitando y churruscándose como en el infierno de un banquero.

—No, no; en el horno, no.

—¿En una caja de zapatos? —aventuró Félix.

—No cabrían. Ya está, ya sé, tengo una idea.

Y era una buena idea: en el paquete de pienso de la Perra-Foca. Se trataba de un saco de veinte kilos y estaba a la mitad. Lucía sacó el pienso que quedaba, metió el dinero en bolsas de plástico, lo colocó en el fondo del costal y luego volvió a extender por encima las secas y polvorientas bolas. La Perra-Foca inspeccionó todo el proceso con mirada curiosa y vagamente inquieta. Era muy glotona y nunca le gustó bromear con la comida.

Una vez libres del peso del dinero, Lucía y Félix se sentaron con un suspiro de alivio en torno a la mesa de la cocina.

—Estoy agotada.

—No tienes por qué estar asustada, querida. Yo estoy aquí —respondió el anciano palmeándose el pecho a la altura del corazón y de la pistola.

Lucía lo miró con incredulidad y desagrado:

—No he dicho «asustada», sino «agotada». Estoy agotada —repuso fríamente.

—Ah, eso. Yo también, la verdad.

Pero qué viejo loco, pensó ella. Aunque, por otra parte, había que reconocer que el hombre la había salvado.

—¿Quieres tomarte un coñac? —le preguntó; y en ese momento se dio cuenta de que llevaban algún tiempo tuteándose.

—Prefiero un café, gracias —contestó él.

Mientras preparaba la cafetera, Lucía observó de refilón al anciano: pálido y ojeroso pero erguido, con los pelos alborotados en la cabeza.

—¿Tienes todavía por ahí la pistola esa?

—Claro —dijo Félix.

Se metió la mano al pecho, por dentro de su chaqueta informe, y sacó el armatoste espeluznante. Lucía lo contempló con esa mezcla de temor y desprecio que suelen sentir las mujeres por las armas de fuego.

—Le hubieras matado, así, sin más —gruñó con voz reprobadora.

—No. Apuntaba a las piernas.

—Los cementerios están llenos de gente a la que algún listillo apuntó a las piernas.

—Pero yo sé disparar —contestó Félix, muy tranquilo.

—Ya. Y aunque así fuera, ¿les hubieras disparado por la espalda mientras huían?

No sabía bien por qué, pero Lucía se sentía cada vez más furiosa.

—Pues sí, porque pensé que a lo mejor tenían algo que ver con el secuestro, pensé que tal vez podrían llevarnos hasta Ramón.

—¿Tú crees? —dijo Lucía, impresionada a su pesar por el razonamiento—. No puede ser; yo creo que son los típicos atracadores y que nos siguieron a la salida del banco.

—Es posible.

—Porque, ¿para qué nos iban a robar los secuestradores? —prosiguió Lucía con inquietud—. Si de todas maneras les vamos a dar el dinero…

El viejo sonrió y se encogió de hombros, levantando las manos delante de sí, como dando a entender lo enigmático e impredecible del comportamiento humano. El pistolón reposaba en la mesa, junto a la taza de café. Lucía se lo quedó mirando, pensativa.

—A mí me parecía que los comerciantes que enseguida tiraban de pistola eran más bien los joyeros, los de los bares, gente así. Pero no creí que el dueño de una librería o de una papelería como tú le tuviera esa afición a las armas.

—Yo no saqué ni una sola vez la pistola en mi tienda. Mi mujer ni siquiera sabía que la tenía.

—¿Ah, no?

—Pues claro que no. Una de las poquísimas ventajas que tiene envejecer es que vas acumulando vida a las espaldas. Esta pistola viene de un tiempo antiguo. Muy antiguo. Antes de ser librero yo tuve otras vidas.

Mientras decía esto, Félix se quitó la chaqueta de *tweed* y la colgó en el respaldo de la silla vecina. Sobre el jersey, sujeta con correas, llevaba una sobaquera de cuero vieja y arañada. Cogió el pistolón y empezó a desmontarlo con destreza. Su mano mutilada se movía con toda precisión, como una pinza.

—¿Qué otras vidas? —preguntó Lucía en un susurro.

Félix suspiró:

—Es una historia muy larga.

—No importa —dijo ella mientras rellenaba las tazas de café—. Lo que más me gusta en el mundo es una buena historia.

Todo esto que acabo de relatar me ha sucedido a mí, pero podría haberle ocurrido a otra persona: resulta que a menudo los recuerdos propios nos parecen ajenos. Ignoro de qué sustancia extraordinaria está confeccionada la identidad, pero es un tejido discontinuo que zurcimos a fuerza de voluntad y de memoria. ¿Quién fue, por ejemplo, la niña que yo fui? ¿Dónde se ha quedado, qué pensaría de mí si ahora me viera?

Tampoco mi cuerpo sigue siendo el mismo: no sé dónde leí que cada siete años renovamos todas las células de nuestro organismo. Así es que ni siquiera mis huesos, de los que hubiera esperado cierta contumacia y continuidad, son presencias fiables en el tiempo. Desde el astrágalo del pie al diminuto estribo del oído, todos esos huesecillos y huesazos han ido mutando con las décadas. Nada hay hoy en mí que sea igual a la Lucía de hace veinte años. Nada, salvo el empeño de creerme la misma. Esa voluntad de ser es lo que los burócratas llaman identidad; o lo que los creyentes llaman alma. Yo me imagino a la pobre alma como una sombra flojamente entretejida en el vapor de una tela de araña; y esa sombra se aferraría con dedos transparentes a las células vertiginosas de la carne (células veloces que mueren y que nacen a toda prisa) intentando mantener la continuidad, de igual manera que una vasija, puesta debajo de un grifo y rebosante de agua, impone en el líquido una misma forma, aunque el agua que contenga sea siempre distinta. O sea que, bien mirados, los humanos no somos otra cosa que una especie de botijos rebosantes. Gracias a los desvelos de esa alma sombría, en fin, puedo decir ahora que este cuerpo mutante es *mi* cuerpo. Lo cual es un alivio y simplifica mucho las cosas a la hora de escribir en primera persona.

Pero en realidad yo no soy la que fui ni la que seré; como mucho, no soy más que este instante de conciencia en la negrura, y ni siquiera estoy segura de ser eso, porque a menudo me veo a mí misma desdoblada. Como cuando Félix y yo estuvimos pensando en dónde esconder el dinero de Ramón: me veía ahí fuera, enfrente de mí, en esa escena típica de película *negra*, discutiendo sobre el botín en torno a una mesa de cocina, con las tazas manchadas de café, la botella de coñac y la pistola, como una atracadora con su colega. No sé qué es lo que tienen los momentos de acción, que tienden a ser vividos disociados, o aún más disociados que otros instantes de la vida. Cuando sufrimos un accidente de coche, cuando nos caemos por las escaleras, cuando corremos los metros finales para ganar un premio deportivo: al rememorar todos esos instantes siempre los sentimos como imágenes exteriores, como recuerdos de otro. Y qué decir de la sexualidad, que es acción por excelencia, esquizofrenia pura: mientras nos amamos nos estamos viendo en la distancia, como los actores de una mala película pornográfica (a veces, cuando hay suerte, como los actores de una buena película).

Y todavía hay más: sucede que en ocasiones no alcanzo a distinguir con nitidez un recuerdo mío del pasado de algo que soñé o imaginé, o incluso de un recuerdo ajeno que alguien me narró vívidamente. Como el extenso, fascinante relato que empezó a contar Félix esa tarde. Sé que yo no soy él, pero de algún modo siento parte de sus memorias como si fueran mías; y así, creo haber vivido la aguda emoción de los atracos, y el mortífero fragor del público en una plaza de toros miserable, y el embrutecimiento del alcohol, y sobre todo la quemadura irreparable de la traición. Aunque a veces imagino que en realidad todo es imaginario; que vivimos un presente dormido desde el que soñamos que tuvimos pasado. De modo que yo, Lucía Romero, soñaría que viví cuarenta y un años antes de este presente eterno; y puede que incluso sueñe que un día conocí a un tal Félix Roble que a su vez me contó lo que soñaba.

Yo nací en 1914, el año en que estalló la Gran Guerra, cuando el mundo conocido se hizo trizas. Después de aquello nada volvió a ser igual —dijo Félix Roble la tarde en que empezó a contarme su pasado—. Fue una mala fecha para nacer, un comienzo nefasto. Pese a ello, o quizá a causa de ello, mis padres me llamaron Félix. No me quejo, aunque a veces, cuando me sentía un desgraciado, el nombre me parecía un sarcasmo. Mi hermano se llamaba Víctor. Y fue derrotado en casi todo. Los nombres son importantes, eso deberían saberlo los padres. Los nombres actúan sobre nosotros, nos condicionan, nos obligan. Y a veces son como una maldición de la que resulta imposible escaparse.

De modo que nací en 1914, pero siempre he considerado que mi vida empezó de verdad en marzo de 1925, cuando descendí en el puerto mexicano de Veracruz de un carguero tan negro y apestoso como una ballena. Todo lo que sucedió antes de aquel día no me interesa, todo lo anterior he intentado olvidarlo. Ahora que soy viejo, sin embargo, aquellos años primeros vuelven a mí, obsesivos como malos sueños, cada vez más frecuentes. Ahora recuerdo a menudo a mi padre, Beni Roble, que fue un conocido cenetista. Era un andaluz emigrado a Barcelona, en donde yo nací. Y era tipógrafo de profesión, haciendo honor a la tradición libertaria española. ¿Sabes cómo llegó el anarquismo a España? Fue cosa del italiano Fanelli, antiguo compañero de armas de Garibaldi y luego fervoroso seguidor de Bakunin. Fanelli vino a Madrid en 1868 y se reunió con diez tipógrafos. Fanelli sólo hablaba francés e italiano, y los tipógrafos sólo hablaban español; pero el espíritu santo libertario les debió de conceder el don de lenguas, porque al final se entendieron o se adivinaron. Cinco años más tarde ya había 50.000 anarquistas en el país.

De esa tradición fundacional de tipógrafos-apóstoles descendía mi padre. Murió muy joven: mi hermano y yo crecimos enseguida por encima de la línea de su edad. Siempre llevamos a mi padre en la memoria, Víctor y yo, como si en vez de padre hubiera sido un hermano más pequeño, el benjamín malogrado y mártir. Era un recuerdo que pesaba como el plomo. Mi padre murió en 1921, cuando la huelga de La Canadiense y las revueltas de Barcelona. El general Martínez Anido y el jefe de policía Arlegui organizaron una represión tan brutal que incluso pareció excesiva en aquella época. Utilizaban pistoleros y aplicaban la *ley de fugas*. Así, por la espalda, asesinaron a muchos. Mi padre cayó junto al líder cenetista, el *Noi del Sucre*.

Luego fue peor. Lo diré pronto y sin adornos, porque aún me quema en la memoria: mi madre murió de tuberculosis, de miseria y de hambre. También era muy joven; mi hermano Víctor nació cuando nuestros padres eran casi unos críos. Toda mi vida he querido olvidar los años de la infancia. Suenan demasiado truculentos, demasiado mezquinos. Suenan a costumbrismo. Toda mi vida he odiado el costumbrismo. Prefiero la picaresca; al menos el pícaro es un héroe que sabe defenderse, a base de ingenio, de las atrocidades del destino. Sin embargo ahora, en la vejez, vuelven a perseguirme los recuerdos. Imágenes alucinadas y fugaces. Sobre todo, mi madre. Mi madre junto al ventanuco abierto, jadeando.

Pero te decía que en realidad empecé a vivir el 16 de marzo de 1925, cuando desembarqué en Veracruz con mi hermano Víctor y con Gregorio Jover. El anarquista Gregorio era uno de los activistas del mítico grupo de los *Solidarios*. Era un hombre atractivo que siempre vestía impecable: trajes con chaleco, camisa, corbata. Le llamaban *el Chino* por sus ojos rasgados y sus fuertes pómulos, y las mujeres se volvían locas por él. Eso fue lo primero que me gustó de los *Solidarios:* que las mujeres se volvieran locas por Gregorio. Ahora bien, él no les hacía ningún caso; los anarquistas auténticos eran unos tipos austeros, puritanos, casi calvinistas. Estaban en contra del alcohol y eran fieles a sus compañeras hasta la muerte. A mí, a los once años, aquello me parecía un desperdicio. A mí siempre me gustaron demasiado las mujeres. Por eso nunca fui un buen anarquista. Y por eso sucedió al final lo que sucedió. Pero esa es otra historia. Una historia agobiante y angustiosa; y ahora no tengo ganas de acordarme de ella. Prefiero volver al barco y a Veracruz.

Como te iba contando, los *Solidarios* eran muy puritanos, una especie de misioneros ateos que extendían su fe a sangre y fuego. Sin embargo, *el Chino* debía de haber tenido en su pasado alguna etapa más frívola, porque recuerdo que un día, estando todavía en alta mar, se puso a conversar conmigo sobre la mujer, ese inmenso enigma de la Humanidad, y tuvo la condescendencia de enseñarme cómo tenía que bailar con las muchachas. Según él, había una manera infaliblemente viril de cogerlas por el talle:

«Tienes que pasar bien el brazo, nada de quedarte en la mitad de la cintura de la chica. El brazo tiene que cruzar dos tercios de espalda, tampoco más, porque eso le haría sentirse demasiado atrapada, que luego las mujeres son muy mañosas; dos tercios es la distancia justa. Y luego tienes que abrir bien la zarpa y depositarla en la carne con firmeza, sin apretar, pero sintiendo cómo apoyas toda la palma y cada uno de los dedos, ¿te enteras?, para que ella se dé cuenta de que está en tus manos.»

De Jover conservo el recuerdo de ese consejo, que me dejó agradecido e impresionado durante mucho tiempo; pero en todo lo demás, en lo fundamental, en la creación del mundo, mis héroes eran Buenaventura Durruti y mi hermano Víctor, en este orden; si bien Víctor, que tenía dieciocho años, me parecía mucho más fácil de imitar que Durruti, que debía de andar por los veintimuchos y era para mí monumental, el Gran Líder, el Héroe, la Leyenda.

Porque Víctor y yo fuimos a México para unirnos a la banda de Durruti y Ascaso. Mejor dicho, el que tenía que unirse a ellos era mi hermano, a quien Durruti había reclamado a su lado en honor de la memoria de mi padre. Pero Víctor se negó a dejarme huérfano y miserable en Barcelona y me embarcó con él. Cuando llegamos a Veracruz, Ascaso se puso furioso:

«No sabía yo que hubiéramos venido a América a cuidar nenitos», siseó desdeñosamente. Sus cóleras eran frías y sarcásticas, tanto más temibles cuanto más tenue fuera el tono de su voz.

Francisco Ascaso y Durruti eran amigos inseparables y constituían, junto a Juan García Oliver, la cabeza del anarquismo español: la gente les llamaba *los tres Mosqueteros*. Ellos crearon los *Solidarios*, un grupo clandestino de pistoleros enfrentados a los pistoleros del Estado. Por entonces, los matones policiales asesinaban a centenares de sindicalistas de la CNT, a palos o con un tiro por la espalda, como hicieron con mi padre. A eso se le llamaba el *Terror Blanco*, como *blancos* eran los rusos contrarrevolucionarios; el *azul* no había aparecido todavía en la historia como color político y amenazante. Los *Solidarios*, por su parte, respondían matando policías, empresarios, chivatos: en realidad, se trataba de una guerra encubierta. Los obreros acudían al trabajo con un revólver en la caja de herramientas y sin saber si regresarían vivos por la noche; y en el café Español, en el Paralelo de Barcelona, los cenetistas distribuían las pesadas pistolas Browning y discutían con vehemencia sobre quiénes serían las personas que a su vez ajusticiarían ellos al día siguiente. Una tarde estuve allí con mi madre, en el café Español; no sé bien a qué fuimos: a recoger algún dinero, me supongo, porque tras la muerte de mi padre nos ayudaron económicamente en lo que pudieron, que era poco. Aquel día escuché cómo planeaban sus acciones; tenían los rostros encendidos y las voces roncas y ponían las pistolas abiertamente sobre la mesa. Uno de ellos, un hombre de bigote, me dio un terrón de azúcar empapado en leche.

· Los *Solidarios* habían llevado a cabo acciones espectaculares. Mataron al arzobispo de Zaragoza, por ejemplo; y atracaron el Banco de España en Gijón, con el fin de sacar fondos para la CNT. Eran tipos violentos, desde luego. Pero ya te digo que también los tiempos eran violentos. Tiempos desesperados, increíblemente injustos, en los que la gente moría de hambre y de miseria. Tiempos de oligarcas y de víctimas. Fíjate si serían pobres los afiliados a la CNT que, a pesar de que llegaron a ser un millón, el sindicato siempre estaba en quiebra, hasta el punto de que en 1936 sólo disponían de un empleado a sueldo. Ser un sindicalista libertario era entonces muy duro: les estaban ilegalizando y metiendo en prisión continuamente. Durruti fue condenado tres veces a muerte y se pasó media vida entre rejas.

Entonces, en 1925, cuando llegamos a Veracruz, la CNT atravesaba por una de sus etapas de clandestinidad. Era la época de la dictadura de Primo de Rivera y había 40.000 anarquistas en la cárcel. Por eso murió mi madre: porque el sindicato no tenía dinero para sostener a tanta familia desahuciada. La situación era tan crítica que los *Solidarios* decidieron hacer una temporada de atracos en América para llenar las arcas cenetistas. Y para allá marcharon Durruti y Ascaso en diciembre de 1924 con pasaportes falsos, en un carguero holandés con destino a Cuba. Se fueron solos, y primero se pusieron a trabajar la zafra en Santa Clara. Pero hubo una huelga para reclamar una subida de sueldo, y los capataces hicieron lo que solían hacer los capataces de entonces con los huelguistas: cogieron a tres de los campesinos y los apalearon sañudamente, dejándolos reventados y medio muertos. A la mañana siguiente, el propietario de los cañaverales apareció en su casa con la cabeza atravesada de un disparo. Sobre el pecho tenía un papel escrito a lápiz que decía: «La justicia de los *Errantes*».

Fue la primera vez que se mencionó ese nombre. Era una idea de Ascaso: pensó que, mientras que durara el periplo americano, los *Solidarios* deberían cambiar su denominación por la de los *Errantes*. Ascaso era así, tenía ideas. Pero no sabría decirte si eran buenas ideas. Era un hombre ardiente, muy menudo, muy irónico. Tenía aspecto de señorito y modos retadores. Como si tuviera que compensar su talla exigua y lo escuchimizado de su envergadura. Era uno de esos tipos que, cuando entran en un cuarto, impregnan de inmediato el aire de tensión. Me lo imaginaba en su oficio de camarero, achicharrándose de furia por el oprobio del uniforme y de la servidumbre. Aunque probablemente soy injusto con él: nunca me cayó bien porque cuando llegué a Veracruz me hizo sentir como un gusano. Yo quería ser un hombre y él me humilló públicamente:

«Bien, muy bien. La próxima vez que nos enfrentemos a la policía le decimos a este mocoso que les llore un poco. A lo mejor les impresiona. En serio, Pepe, no podemos tener con nosotros a un crío de mierda.»

Y ni siquiera se dirigía a mí, sino a Durruti. No me miró ni una sola vez, eso fue lo que más me destrozó. Pero entonces Buenaventura se me acercó, grandón y peludo, y me miró a los ojos, él sí, como midiendo o sopesando; luego colocó en mi hombro su manaza de metalúrgico y se volvió hacia Ascaso con una sonrisa suave:

«Tienes razón, Paco, tienes razón como siempre, pero por ahora el chico se va a quedar, y luego ya veremos.»

Así es que me quedé, porque Durruti era el que decía siempre la última palabra, aunque se las apañaba para que pareciera que Ascaso decía *más palabras* que él.

Formaban una curiosa pareja, Durruti y Ascaso. Buenaventura, al que todos los íntimos llamaban Pepe, era un hombrón atlético y vehemente que daba puñetazos sobre las mesas y hacía temblar el aire con su vozarrón. Era un personaje de increíble energía; y parte de esa energía, eso era evidente, podía ser letal. Ante Durruti, sentías con claridad que era un hombre que, de desearlo, *podía* matarte: tenía la fuerza, la furia, la disciplina, la decisión, la fiereza necesarias. Pero también percibías, con el mismo nivel de certidumbre, que Durruti *no deseaba hacerlo*. Luego, durante la guerra, se acuñó una leyenda de increíbles desmanes supuestamente cometidos por él. Como eso de que prendió fuego a la catedral de Lérida. Mentira: su columna pasó por allí un mes antes del incendio, y cuando los pirómanos, que fueron unos anarquistas rezagados, se juntaron en el frente con las tropas de Durruti, éste les hizo castigar. Siempre intentó ser justo; era un hombre vehemente y emotivo, pero tenía un prodigioso sentido de la medida a pesar de lo desmesurado de su época: de la guerra, de la revolución, del caos. Fue un héroe sangriento porque le tocó vivir los años de la sangre, pero nunca perdió del todo la inocencia.

ROSA MONTERO

Ascaso era distinto. Ya te digo, sé que soy injusto con su memoria: pero todos somos subjetivos, no hay más realidad que la que completamos, traducimos, alteramos con nuestra mirada. Tantas realidades como ojos. Y mis ojos me dicen que Ascaso era frío, desdeñoso, altivo. Siempre con su sonrisilla sardónica en los labios. Donde Durruti tenía sentimientos, Ascaso tenía ideología. Él era el intelectual del grupo, el famoso estratega. Un hombre fino e inteligente, desde luego. Pero a mí me daba miedo. Durruti el gigante, con su vozarrón de trueno y sus puñetazos sobre los veladores, no asustaba ni la mitad que Ascaso el gnomo, menudo, tranquilo y susurrante. Era cinco o seis años más joven que Durruti, y Buenaventura le trataba con el amor admirativo y protector con que se trata a un hermano pequeño, a ese benjamín al que reconoces más listo y más leído, pero que aún tiene que aprender mucho de la vida. Por eso Ascaso hablaba mucho, y se le escuchaba con toda atención; pero cuando Durruti decía una palabra, era definitiva.

Por lo demás, eran jóvenes, ardientes, audaces, atractivos. Eran los más leídos en un mundo de analfabetos, los más modernos, los más innovadores, la avanzadilla de la época. Tenías que haberlos visto: con sus trajes bien cortados, los lazos de pajarita, el pañuelo asomando a juego por el bolsillo. Vestidos a la última. Eran los disfraces, la ropa de pasar inadvertidos, para no parecer los pistoleros que eran. O tal vez fuera justamente para parecerlo, porque recuerdo que los matones de la derecha también iban vestidos así. Como maniquíes. En cualquier caso, los *Solidarios* caminaban por las calles comiéndose el mundo. Lo recuerdo con claridad porque yo iba con ellos; aunque no fuera más que un mocoso que se pavoneaba con los mayores, yo también sentí ese vértigo, esa fiebre. Date cuenta de que por entonces estábamos convencidos de que el futuro salía de nuestras manos, de que nuestros actos de hoy creaban el mañana. ¿Tú sabes lo que habían hecho los *Solidarios* con el dinero que robaron en el banco de Gijón? Eso fue en 1923, antes de Veracruz. Pues verás, se fueron exiliados a París y abrieron la Librería Internacional, en el número 14 de la calle Petit. Y empezaron a editar la *Enciclopedia Anarquista*. Porque estaban creando un mundo nuevo y necesitaban nuevas palabras para nombrarlo.

En eso metieron todo el dinero que tenían, absolutamente todo. «La pistola y la Enciclopedia son las llaves de la libertad», solía decir Ascaso. Era muy aficionado a soltar frases.

Nunca se quedaron con una sola peseta de los atracos. Para vivir, para comer, para pagar el alquiler de sus ruines casas y las medicinas de los niños, todos ellos dependían de sus empleos. En París, por ejemplo, Durruti trabajó de mecánico en la Renault. Buenaventura siempre fue más pobre que una hormiga: se pasaba la mitad del tiempo en la cárcel y luego no le quería contratar nadie, era demasiado famoso como sindicalista. A menudo no disponía de dinero ni para tomarse un café. Cuando lo mataron en el 36 no tenía más posesiones que la ropa que llevaba puesta, la pistola, una muda, unas gafas y su gorra de cuero, esa típica gorra que luego fue llamada *la durruti*, ya sabes cuál te digo. Aunque no, probablemente no lo sepas: ha pasado ya tantísimo tiempo...

Pero me estoy adelantando. Estábamos en Veracruz y Durruti había dicho que me quedaba. Así es que me quedé. Nos fuimos todos a una granja en Ticomán para preparar las acciones. La granja era de la viuda de un anarquista: una mujer entrada en carnes que a mí me parecía muy mayor pero que debía de estar todavía en la treintena. Era muy morena, con una sola ceja recta y negra que le atravesaba de parte a parte la frente, como si fuera un bigote. Pero tenía unos ojos hermosos, y los dientes más blancos que jamás he visto. Al atardecer, cuando sonreía en la penumbra de la casa, encendía las paredes con su brillo. Aunque no sonreía casi nunca. Sólo cuando miraba a Gregorio Jover. Entonces le relampagueaban los ojos y enseñaba sus dientes luminosos.

Allí nos pasábamos los días, ellos, los mayores, encerrados en una habitación haciendo planes, y yo de pinche de la viuda, arreando al buey hasta la charca, sacando agua del pozo, recogiendo tomates. La viuda era una matarife espeluznante: cogía una gallina, colocaba la pelona cabeza sobre el tajo de madera y antes de que el bicho pudiera parpadear ya le había seccionado el cuello con el hacha. Degollaba gorrinos, desnucaba gazapos, rebanaba el gaznate de indefensos corderos. Ahí aprendí a matar: le corté el pescuezo a un pato. Recuerdo el brillo de la sangre bajo el sol mexicano: un reguero de gotas refulgentes.

Un día se fueron todos de la granja, muy temprano, en un Ford enorme y despintado. Mi hermano me abrazó muy fuerte antes de subir al automóvil: no me había dicho nada, pero yo sabía que iban a dar un golpe. Desaparecieron entre el polvo del camino y nos quedamos los dos solos, la viuda y yo, en esa granja asfixiante y reseca. La viuda suspiró ruidosamente y luego mató un gallo. No sé por qué lo hizo: no nos lo comimos. Yo creo que fue un rito auspiciatorio, un sacrificio antiguo, un residuo de su memoria azteca.

Funcionó, porque a los dos días regresaron. Venían muy contentos: habían asaltado un par de fábricas y traían un botín sustancioso.

«Fue todo facilísimo, no pegamos ni un tiro», gallardeó mi hermano. Víctor estaba muy cambiado: ahora se embadurnaba el pelo para atrás con brillantina, como Jover, y dejaba resbalar la mirada por las comisuras de los ojos, como Ascaso. Ahora se sentía importante, ahora se había ganado su lugar entre los *Solidarios*. Se encontraba de muy buen humor, como todos los demás, por otra parte: a todos ellos se les veía contentos. Durruti, eufórico, me puso un programa de lecturas: estaba muy preocupado con mi educación, como buen anarquista. Y luego, por las noches, me enseñaba el oficio de activista. Así aprendí a construir bombas con pólvora y viejas latas de carne, por ejemplo. O a mirar fijamente a los ojos al hombre al que estás atracando:

«El truco consiste en no dejar de mirarlo ni un momento; tienes que pillarle los ojos y no soltarlo, como si fuera un pez colgando del sedal», explicaba Durruti. «Si de repente entra un hombre en el banco en el que trabajas y te pone un pistolón a la altura de la boca y te mira a los ojos de ese modo, te aseguro que te entra tal espanto que tú no ves más que el agujero negro del arma y el agujero negro de las pupilas y el agujero negro de tu propio pánico. Así que el atracador hasta puede ir con la cara descubierta, porque luego los testigos no le recuerdan.»

Incluso Ascaso parecía dulcificado. Empezó a dirigirme la palabra y ni siquiera se quejó cuando los demás se pusieron a planear el futuro en mi presencia. Pronto tuve claro, para mi inmenso alivio, que me iban a llevar con ellos cuando dejáramos la granja. A partir de ahí iba a empezar lo mejor: los golpes más audaces, el viaje más aventurero, el sabroso peligro. Yo estaba excitadísimo, contando los días para la partida; lo mismo que los contaba la viuda, pero ella melancólica. Supongo que andaba algo enamorada de Gregorio, pero fue a mí a quien buscó la noche antes de nuestro viaje. Yo estaba durmiendo encima de un jergón en la cocina, como siempre, cuando me despertó un roce, una presencia. Abrí los ojos espantado: era la viuda. Se había acuclillado junto a mí y me miraba con una expresión extraña, indescifrable. Estaba cubierta desde el cuello a los pies con un camisón grisáceo de tela grosera; con una mano sostenía una vela torcida, y con la otra me acariciaba ligeramente la cabeza. Era ese leve toque lo que me había espabilado.

«¿Ocurre algo?», casi grité, ronco de susto y sueño.

«Shhhhhh», dijo ella, arreciando en sus caricias, como quien calma a un niño: «Shhhhhh.»

Y se tumbó a mi lado, en el jergón.

Estuvimos juntos hasta el amanecer. Ella, que nunca hablaba, me susurró interminables dulzuras maternales: nanas apenas tarareadas, arrullos mimosos, consejos saludables.

«Cuídate, m'hijito, mi chaparrito, abrígate bien, que la Virgen te bendiga, pórtese bien, estése usted sosiego…»

He conocido luego, en el amor, a mujeres taciturnas y calladas a las que la cama desataba, sorpresivamente, una lengua florida y prodigiosa. Algo parecido sucedió aquella noche con la viuda, pero la voz que se desanudó en su garganta no fue erótica, sino íntima y doméstica. No hubo nada sexual entre nosotros: la viuda, sin marido y sin hijos, en la frontera de la edad madura, vio en mí durante algunas horas a su propia criatura; y yo, huérfano y añorante de madre, me dejé mecer embelesado en sus brazos inmensos. Así estuvimos hasta el amanecer, apretados el uno junto al otro, mi camisola deshilachada y sucia contra su camisón basto y crujiente, su olor nutritivo a pan y a sudor perfumándolo todo, sus manos de matar gallos y cochinos y patos acariciando mi cabeza con un roce dulcísimo, esas poderosas manos de mujer capaces de degollar y alimentar y apaciguar de manera indistinta. Fue una noche inolvidable, porque a partir de entonces se acabó mi niñez. Fue la noche de la última inocencia.

Yo estaba sola y eso no me gustaba.

Aunque son tan diminutos que no podemos verlos, lo cierto es que nos encontramos rodeados de billones de organismos microscópicos que comparten el mundo con nosotros. Los más comunes son los ácaros, unos arácnidos ínfimos que andan por todas partes. Los he visto en fotos magnificadas: tienen el cuerpo globuloso, largas patas y un aspecto horroroso de criatura extraterrestre y deletérea. Desde que leí que en cada centímetro de nuestro colchón hay no sé cuántos cientos de miles de estos bichos, por las noches, cada vez que me acuesto, los escucho conversar bajo mi oreja. Cri-crís, chasquiditos, rumores de pasos menudísimos. Los ácaros ignoran que su Universo entero no es más que mi colchón. Pensándolo bien, a lo peor nuestro propio Universo no es más que el colchón de un megagigante. Teniendo en cuenta lo atiborrado que está el mundo de vidas, entre insectos, ácaros, bacterias y otros microbios, no sé cómo es posible que los humanos nos sintamos solos.

Pero así es como me sentía yo cuando secuestraron a Ramón, sola hasta la desesperación, sola hasta el miedo. Ahora comprendía por qué no me había separado de mi marido: aunque me aburriera con él, aunque me exasperara, Ramón era el aliento animal de mi guarida, el cobijo elemental del otro de tu especie, unos ojos que te ven y una presencia cómplice frente al terror de la intemperie, frente a ese mundo exterior lleno de tormentas, violentos huracanes y cataclismos. Por entonces la soledad me daba pánico.

Debió de ser por eso por lo que permití que Félix Roble se metiera de tal modo en mi vida, por lo que le abrí de la noche a la mañana las puertas de mi casa y de mi cotidianidad. Félix, por su parte, entró a tumba abierta. Él también debía de sentirse acorralado por la soledad, como tantos otros ancianos viudos y jubilados. Dadas sus circunstancias, no era de extrañar que se sumara al caso desde el primer momento.

Algo parecido sucedió con Adrián. Aquel primer día del frustrado atraco, nuestro joven vecino despertó de su siesta y nos pilló en la cocina a Félix y a mí hablando de Durruti y engrasando el viejo pistolón. El muchacho se quedó contemplando el arma con sorpresa, y creí conveniente ponerle en antecedentes de la situación. Claro que no le expliqué toda la verdad: me guardé de decirle, por ejemplo, que tenía 200 millones de pesetas metidos en el saco de pienso de la Perra-Foca.

—¿Que han secuestrado a tu marido? —se asombró Adrián, claramente fascinado por la noticia—. Qué cosa tan tremenda. Desde luego, me gustaría ayudarte. Puedes contar conmigo para lo que quieras.

Era un chico agradable, un poco taciturno. No hablaba demasiado: pensé que era tímido. No obstante, le invité a cenar aquella noche en casa, junto con Félix Roble. Adrián apareció con un cactus de regalo, una plantita diminuta y delicada con una menudencia de flor en todo lo alto; y se me antojó que esa mezcla de rudeza espinosa y de fragilidad podría representar su propio carácter. El viejo, por su parte, llegó con una botella de rioja de la cual tampoco probó un solo trago.

Fue una cena estupenda. Para mi sorpresa, me encontraba muy cómoda con ellos. Claro está que les necesitaba, y uno tiende a idealizar aquello que necesita. Yo precisaba de ellos porque no quería estar sola y porque no soportaba ni a mi familia ni a mis amigos, con toda su circunspección, su pamema de duelo permanente, sus preguntas insidiosas, sus paternalismos. Cuando mis parientes y conocidos me llamaban por teléfono, o cuando venían a mi casa (pues en los primeros días acudieron a visitarme de improviso unos cuantos), percibía en el tono de su voz o en sus ojos escrutadores una actitud censora tan cargante que me deshacía de ellos enseguida, probablemente con demasiados malos modos, porque pronto dejaron de insistir. No sé bien qué actitud esperaban mis amigos de mí como esposa de un secuestrado, pero yo veía con claridad que esperaban alguna: tal vez un agobio elegante, un desasosiego contenido, una especie de viudez en suspensión.

Félix y Adrián, en cambio, no exigían nada de mí: ninguna representación, ninguna respuesta. Establecimos entre nosotros una intimidad de crecimiento rápido, una de esas camaraderías aceleradas que suelen brotar entre los viajeros en vacaciones, o entre los damnificados de un barrio inundado. El secuestro de Ramón fue la fuerza mayor que nos atrajo, náufragos como debíamos de ser los tres de quién sabe qué remotas derivas. A fin de cuentas, ninguno de nosotros tenía un trabajo fijo, nada definido que hacer en la vida, ninguna responsabilidad familiar concreta. Primero fue Félix el que empezó a pasarse las horas muertas en mi casa con una excusa u otra; y enseguida Adrián se fue sumando a esa nueva rutina. Vivaqueábamos en mi piso, a la espera de que los secuestradores se pusieran en contacto conmigo, como quien habita en un campamento sitiado, echando a los imprudentes que se atrevían a llegar hasta mi puerta, despachando escuetamente a los que telefoneaban, diciéndole mentiras al inspector García, comiendo naranjas y tortillas a la francesa y escuchando a retazos el relato de la vida de Félix. A las veinticuatro horas nos queríamos tanto que ya le habíamos dicho a Adrián que teníamos cuarenta millones de pesetas escondidos en el bote de azúcar. A los dos días nos sentíamos tan íntimos que le confesamos que no eran cuarenta millones, sino doscientos, y que estaban encima del armario. Y al tercer día, inseparables ya, le explicamos con pelos y señales lo del saco de pienso de la Perra-Foca.

—Ya lo sabía —contestó Adrián.

—¿Cómo que lo sabías?

—Pues sí, desde el primer día. No estaba dormido del todo y os escuché cuchichear y barajar posibles escondites y arrastrar la bolsa de pienso y todo eso.

—¿Y por qué no lo dijiste, por qué nos has dejado hacer el ridículo todos estos días?

—Pues ya ves. Quería comprobar que confiabais en mí. El hombre que no teme a las verdades nada debe temer a las mentiras. Es una frase de Thomas Jefferson. Además, estaba seguro de que el engaño no iba a durar mucho. Una mentira nunca vive hasta hacerse vieja. Esto lo dijo Sófocles.

Al cuarto día era como si siempre hubiéramos vivido así, en esa especie de existencia entre paréntesis, a la espera de algo impreciso pero definitivo. Sólo nos separábamos para dormir, cosa que cada uno hacía en su casa. Yo cerraba la puerta detrás de ellos echando con frenesí todas las llaves, tiraba a la basura las cáscaras de naranja, dedicaba a la barriga de la Perra-Foca la correspondiente sesión de caricias nocturnas, me metía en la cama, leía durante horas la misma página de una novela porque la ansiedad me impedía concentrarme y, cuando el amanecer empezaba a golpear la persiana de mi cuarto con la consabida barahúnda de pájaros piando y vecinos pulsando clamorosas cisternas, apagaba la luz y me dejaba caer en el pozo del miedo. Entiéndeme bien: no estoy hablando del temor por la suerte de Ramón ni del sobresalto por el secuestro, sino del miedo personal que cada uno arrastra, del pozo que te vas cavando alrededor a medida que creces, ese miedo exudado gota a gota, tan tuyo como tu piel, el pánico de saberte viva y condenada a muerte. Quién no ha visitado ese pozo del miedo alguna noche, en el entresueño antes de aletargarse. Dormir es ensayar la muerte, por eso atemoriza.

Tuve un amante una vez que no soportaba meterse en la cama: tenía en su habitación un lecho escueto y monacal sobre el que en ocasiones nos amábamos, pero él para dormir siempre utilizaba el sofá de la sala. Allí se instalaba, entre cojines, a medio desvestir y con una manta de viaje sobre las piernas, como si en vez de acostarse sesteara, como si no existieran las noches ni los días, ni el paso del tiempo, ni ese sueño profundo que te borra de la faz de la tierra, sino tan sólo una sucesión de ligeras e intrascendentes cabezadas, situaciones siempre provisionales y reversibles. Justo es reconocer que la cama es un mueble inquietante, el nido de las pesadillas, el último reducto o madriguera del animal que somos. En íntimo refrote con ese cachivache pasamos la mayor parte de nuestra vida, ahí sudamos y enfermamos y sanamos y soñamos y engendramos, y en ese barco varado de metal o de tablas nos morimos. Porque, en efecto, lo más probable es que muramos dentro de una cama, tal vez incluso dentro de *nuestra propia cama*, en ese maldito mueble tomado por los ácaros que frecuentamos más que ningún otro lugar del planeta y en el ahora ensayamos, cada noche, la oscuridad del fin. Sólo pensar en esto, desde luego, te hace cobrar antipatía a los colchones.

El caso es que entre la ansiedad del secuestro y mis miedos de siempre yo no pegaba ojo por entonces; y cuando al fin caía dormida, de madrugada, era con un sopor de piedra, como desmayada. Por eso cuando empezó a sonar el teléfono en la mañana del quinto día tardé un tiempo incalculable en despertarme.

—¡Ya va, ya va! —grité absurdamente, atrapada aún entre las telarañas del sueño e incapaz de discernir qué era ese ruido.

Poco a poco fui aterrizando en el planeta. La casa estaba fría y por la ventana entraba un sol tardío e invernal. Anduve descalza hasta el teléfono, que seguía chillando como un animal rabioso: ya no ponía nunca el contestador, por si acaso llamaban los secuestradores. Descolgué el auricular de mal humor:

—¿Qué pasa?

—Escuche con atención. Este es un mensaje de Orgullo Obrero. Le voy a dar las instrucciones para el pago del rescate. Escuche con atención: sólo voy a decirlas una vez y le conviene no olvidarse.

Eran ellos. Al fin. El sueño se me quitó de golpe, pero fue sustituido por una especie de estupor, por una sensación de cámara lenta. Pensé: estoy sola, todos estos días he estado acompañada y justamente ahora resulta que estoy sola, qué mala suerte. Pensé: no sabré hacerlo, no sabré escucharle, no sabré entenderle, se me olvidará, lo confundiré todo, Ramón será asesinado por mi culpa. Pensé: se me están quedando los pies helados, debí ponerme las chanclas, sólo me faltaba ahora constiparme. Todas estas cosas se me pasaron por la cabeza mientras el hombre hacía un ínfimo instante de pausa en el punto y seguido que venía después de «no olvidarse». Enseguida continuó:

—Vaya a los grandes almacenes Mad & Spender y compre una maleta del nuevo modelo de Samsonite, la más pequeña de la gama, en carcasa dura y de color negro. El dependiente le atará al asa una bolsa de la tienda: no la quite. Vuelva a casa, meta el dinero dentro de la Samsonite y pegue en el exterior, con cinta adhesiva, el recibo de la compra. Regrese esta tarde a los Mad & Spender, vaya a la sección de maletas y póngase en la cola de la caja central, como si quisiera hacer una devolución. Coloque la maleta a su lado, en el suelo, y mire hacia delante; de lo demás nos encargamos nosotros. Tiene que estar en la cola a las siete en punto de la tarde. No avise a la policía o no volverá a ver a su marido.

Eso fue todo. El hombre colgó y yo me quedé temblando. ¿Cómo había dicho que era la maleta? ¿De qué tamaño? ¿A qué hora tenía que estar? Tuve que repetir el mensaje varias veces, extrayéndolo de la memoria mecánica auditiva, para ir entendiendo su significado. Cuando lo tuve claro lo apunté en un papel y corrí a casa de Félix.

—Mmmm. Insiste tanto en el recibo y en que mantengas la bolsa de plástico atada al asa porque esos son los comprobantes de que la Samsonite no ha sido robada —reflexionó el vecino—. O sea, que piensan salir de los Mad & Spender con la maleta en la mano, como si fueran clientes y la acabasen de comprar. Qué desfachatez, qué desparpajo. Hace falta temple para atravesarse así los grandes almacenes: hasta alcanzar la calle van a ser muy visibles durante largo rato. Desde luego, no se puede negar que tienen redaños.

Y lo dijo, cosa extraordinaria, como si le encantara que los secuestradores fueran eficientes, como si la dimensión de los enemigos diera la medida de su propia gloria.

uego resultó que no. Luego resultó que, pese a las admirativas sospechas de Félix, los secuestradores no iban a ser nada visibles en el momento de la entrega del rescate. Era el 7 de enero. O sea, justo el día en que comienzan las famosas rebajas de Mad & Spender, de modo que los grandes almacenes parecían Sarajevo en el momento más crudo de la guerra. Masas desaforadas de compradores asaltaban los percheros por doquier, hociqueando entre los colgadores como animales de presa. Los dependientes, pálidos y sudorosos, ellas con los botones de las blusas arrancados y ellos con el nudo de las corbatas debajo de la oreja, se atrincheraban vanamente detrás de los mostradores. Tardamos casi dos horas en comprar la maldita maleta, y eso que íbamos a tiro hecho. Salimos de la tienda medio mareados. Y por la tarde aquello prometía ser aún peor.

No sé si sabré contar atinadamente lo que sucedió aquella tarde. Lo recuerdo a fragmentos, como en la alucinación de una fiebre. O como los retazos de una pesadilla. Pero la adrenalina te hace vivir las cosas así, convulsas, hipnóticas en su claridad, descoyuntadas. Es una droga más poderosa que el hachís. Y aquella tarde íbamos todos altos de adrenalina.

En vista del gentío, decidimos llegar al lugar de la cita una hora antes, de manera que a la seis atravesábamos las puertas de los almacenes arrastrando penosamente la maleta, que para entonces ya estaba atiborrada de dinero y pesaba como un cadáver. Habíamos llegado a la aventurada suposición, producto de mi pánico a acudir sola, de que la prohibición de avisar a la policía no tenía nada que ver con que me acompañara algún amigo; porque en todo secuestro hay intermediarios de la familia, y si eso lo sabía yo gracias a las noticias y a las películas, mejor aún lo debían de saber los secuestradores. Así es que Félix se vino conmigo todo el tiempo: su edad, confiábamos, le haría merecedor de la dispensa de los bandidos. En cuanto a Adrián, después de mucha discusión se decidió que nos seguiría a prudente distancia y disimulando. Y fue en verdad tan disimulado y tan prudente que desde que entramos en los grandes almacenes le perdí de vista.

Llegamos, pues, al departamento de maletas, que estaba en la planta de caballeros; y aunque esta no era una de las zonas más disputadas del edificio, el barullo resultaba de todas formas indescriptible. Rugían las masas, con un rumor sordo y amenazante, como de mar furioso; y a veces los empujones de los vecinos te desplazaban tres o cuatro metros hacia la derecha o hacia la izquierda de tu ruta. Atravesarse la planta arreando con el peso muerto de la maleta fue desde luego heroico. Félix y yo alcanzamos las estribaciones de la caja central sin aliento, empapados en sudor y temblorosos.

Nos quedamos allí, cerca de la caja y precariamente resguardados por una columna, durante media hora, a la espera de que llegara el momento exacto de la cita. Estábamos tan ansiosos que durante todo ese rato no cruzamos palabra. Yo no sé qué hizo Félix: no le miré. Estaba concentrada en escuchar mi propia respiración y el zumbido del tiempo en mis oídos, transcurriendo a una velocidad menuda, exasperante, los segundos dividiéndose en fragmentos de segundo y arrastrándose como gusanos paralíticos unos detrás de otros. Contemplaba los rostros de la gente: la señora mayor de abrigo de piel y frente perlada de sudor, el joven de cara desagradable y chaqueta demasiado grande, el dependiente flaco de aspecto comatoso. ¿Sería alguno de ellos el secuestrador? Incluso el dependiente, ¿por qué no? En este lío, bien podría colocarse una chapa en la solapa y fingir ser empleado. O incluso se podría haber contratado para la ocasión: durante las rebajas, los grandes almacenes echaban mano de muchos trabajadores eventuales. Lo que era evidente es que *ellos* tenían que estar ya allí. Sentí la certidumbre de que en esos momentos me estaban observando. Una gota de sudor helado resbaló desde mi nuca cuello abajo.

Bien, aunque parezca mentira, todo se acaba. Esto es, no sólo se terminan los momentos felices, los amores, el sexo apasionado, el dinero y la juventud, sino también, es un alivio, las discusiones, los dolores de cabeza, las noches tenebrosas y las sesiones del dentista. Igualmente acabó aquella crispante espera en el departamento de maletas y llegó la hora convenida. A las siete menos dos minutos nos pusimos en movimiento; y a las siete menos treinta segundos estábamos instalados al final de la nutrida cola de la caja central. Dejé la maleta en el suelo junto a mí, y los dos, Félix y yo, nos pusimos a mirar hacia otro lado con expresión olímpica e inocente.

Al cabo de un tiempo larguísimo no pude resistirlo más y bajé los ojos hacia el lugar prohibido: demonios, aún seguía ahí la Samsonite, como por otra parte me temía, porque no había notado ningún movimiento junto a mí. Miré el reloj: ¡las siete y cuatro! ¿Pero cómo era posible que sólo hubieran transcurrido cuatro miserables minutos?

—¿Y si no vienen? —aventuré con voz ahogada.

—Vendrán. Ahora mismo están dando vueltas a nuestro alrededor, verificando que todo esté en orden. Quédate tranquila y quieta —respondió Félix.

Me quedé quieta pero no muy tranquila, si he de ser sincera. Ocasionalmente teníamos que avanzar un paso, porque la cola progresaba con lentitud. Era una cola apelotonada y con clara tendencia al juego sucio; de vez en cuando se organizaba un pequeño guirigay por delante o por detrás nuestro, y dos o tres individuos se enzarzaban en una chillona discusión sobre quién estaba antes; además, se trataba de una cola tan larga que era constantemente rota por las personas que la cruzaban transversalmente. En mitad de ese caos, Félix y yo le íbamos dando patadas a la maleta hacia delante. Pero el tiempo pasaba y nada sucedía. Yo me esforzaba por seguir manteniendo la mirada al frente, pero cada poco se me escurrían los ojos hacia el costado, con la misma ansiedad y el mismo miedo de sorprender a los secuestradores como cuando, de niña, me despertaba en mitad de la noche de Reyes y miraba a hurtadillas hacia los pies de la cama, para ver si ya habían pasado sus majestades y me habían dejado los regalos (haber pillado a los Reyes Magos en el instante de depositar los paquetes hubiera resultado también una pifia fatal).

Y pasaron diez minutos, y luego veinte, y después media hora; y a las siete y cincuenta ya estábamos en el último tramo de la cola, junto a un mostrador alargado que llegaba hasta la caja, y por delante de nosotros sólo quedaban siete u ocho personas. Pues bien, justo en ese momento, después de tanta y tan exasperante inactividad, sucedió de repente un desgraciado cúmulo de acontecimientos. En primer lugar, Félix, que estaba delante de mí, se desplomó súbitamente como un pelele. Me abalancé sobre él, lo mismo que otra media docena de personas: los españoles solemos ser muy cooperativos en los desmayos públicos.

—¡Félix!

—Es un desvanecimiento —dijo uno.

—A ver. Con el calor que hace —dijo otra.

—Con el lío este que hay.

—No, si yo también estoy mareada, y no hace ni dos minutos que le he dicho a mi hija: «Laurita, si no salimos pronto de aquí me voy a caer redonda.»

—A ver. Con todo este barullo.

—Y la edad, porque es viejo, el pobre.

—No le digo, si hasta yo me estaba mareando, así es que el abuelo, pues calcule.

De rodillas en el suelo junto a Félix, le levanté la cabeza y le abaniqué la cara con una tarjeta de garantía que alguien me dejó. Me sentía consternada e irritada conmigo misma: por supuesto que se había desvanecido, ¿pues qué esperaba yo? La vivacidad y la buena disposición del vecino me hacían olvidar que era un anciano. Pero lo era. Demasiado viejo para meterle en estos trotes. Félix abrió los ojos. Me miró aturdido, intentando recolocar el mundo:

—¿Qué ha pasado?

—Nada. Te has desmayado.

—El calor —dijo uno.

—El barullo —terció otra.

—A ver.

—¿Te encuentras bien? —le pregunté.

—Sí —contestó Félix, algo más despejado.

Entonces torció la cara hacia la derecha y se puso rígido.

—Mira —musitó con voz estrangulada.

Miré hacia donde él miraba. Ya he dicho antes que nos encontrábamos a la altura del mostrador corrido; desde el suelo, en donde estábamos ahora, descubrí que el mostrador era más bien una especie de cajón alargado, con dos baldas vacías y sin fondo, de manera que se podía ver a través de él. Y nosotros vimos: es decir, vimos asomar al otro lado, medio parapetado detrás de unas perchas y a ratos oculto por la muchedumbre, el rostro pilongo e inconfundiblemente estúpido del inspector José García. El corazón se me detuvo durante una décima de segundo, y en ese tiempo pensé todo lo que tenía que pensar para la ocasión. Por supuesto, me dije, soy una idiota: ¿cómo no me iba a controlar la policía? Probablemente incluso tenía el teléfono intervenido. Era obvio que el inspector nos estaba vigilando, si bien todavía no se había dado cuenta de que le habíamos descubierto. La presencia de García ponía en peligro toda la operación; sin duda intentaría detener al secuestrador, con lo cual Ramón lo pasaría muy mal, y además me incautaría los 200 millones, eso desde luego. ¿Cómo iba a poder pagar el rescate, después de eso?

—¿Qué ocurre? —preguntó Adrián, apareciendo de pronto a nuestro lado: el desmayo de Félix le había asustado.

—¡Hay que abortar la entrega! —sólo atiné a balbucir.

Y me volví para coger la maleta. Medio agachada aún, entre el gentío, contemplando rodillas por todas partes, agarré el asa. Pero el asa se removió bajo mis dedos, blanda, caliente y húmeda. Estupefacta, comprobé que mi mano estaba encima de otra mano; y durante un vertiginoso instante mis ojos se miraron en otros ojos, también a mi misma altura, también sorprendidos, unos ojos negros, masculinos y jóvenes, sólo eso vi, no podría añadir ni un dato más de su propietario. Entonces el secuestrador pegó un tirón y se quedó con la Samsonite, pero su triunfo resultó muy efímero: justo en ese momento una especie de tromba pasó entre nosotros y le arrancó la maleta de las zarpas. Era Adrián. El hombre de los ojos negros desapareció de inmediato en el bosque de piernas, tan silenciosa y rápidamente como una piedra desaparece en un pantano. Yo me puse de pie, aturdida; en la mano aferraba aún el recibo de compra de la maleta: debí de arrancarlo durante el forcejeo. Miré a mi alrededor: no había ni rastro del inspector García, ni rastro del secuestrador, ni rastro de Adrián.

—Te espero en el aparcamiento, donde el coche —le dije a Félix.

Y, movida por una corazonada, corrí todo lo que pude entre la muchedumbre hacia las escaleras mecánicas de bajada, y luego hacia la salida. Casi había alcanzado la puerta principal cuando vi a Adrián: estaba un par de metros delante de mí, cerca del umbral, y acababa de ser detenido por un tipo corpulento vestido de civil que evidentemente era un vigilante de Mad & Spender.

—¿Le importaría enseñarme el recibo de compra de la maleta, por favor? —estaba diciendo el *gorila*, muy fino él.

Adrián tartamudeó no sé qué, dejó la Samsonite en el suelo, procurando que no se notara lo que pesaba, e hizo ademán de rebuscarse en los bolsillos. De una zancada llegué junto a ellos:

—No mires más, que lo tengo yo.

Tendí al hombre el papel engurruñado. El tipo lo analizó atentamente y luego me lo devolvió con una leve sacudida de cabeza.

—Muy bien, muchas gracias.

Adrián volvió a coger la maleta con fingida desenvoltura y nos encaminamos hacia la salida. Corrimos hasta el aparcamiento arrastrando el bulto sin decirnos palabra y sin que nadie más nos detuviera. Casi nos derrumbamos al llegar al ruinoso coche de Félix. Estábamos empapados en sudor y jadeando.

—¿Adónde ibas tan deprisa cuando te alcancé en la puerta? —dije al fin, al cabo de un rato, cuando el resuello me lo permitió. Y creo que mi voz no sonó muy amistosa.

—¿Cómo que adónde iba? Pues intentaba poner a salvo el dinero, como es obvio.

—¿A qué le llamas tú poner a salvo? —insistí.

—¿Qué quieres decir? —contestó Adrián encapotando el ceño.

Bien, ya estábamos los dos en el mismo punto, cuestionándonos el uno al otro con evidente suspicacia. Reflexioné durante unos instantes sobre el camino verbal a seguir y aventuré una nueva pregunta.

—¿Por qué te llevaste la maleta?

—¿Cómo que por qué? Tú me acababas de decir que había que abortar la operación.

—Eso es verdad.

—Si crees que me quiero llevar tus doscientos millones, te los puedes meter por donde te quepan.

—No te enfades. Perdona. Estoy hecha un lío. Como te vi salir a esa velocidad...

—Se me ocurrió que lo mejor sería salvar el dinero y esperaros aquí, en el coche.

En efecto, era lógico que pensara en encontrarnos aquí; de hecho, ahora también estábamos los dos aquí esperando a Félix. Miré a Adrián: se le veía rabioso. Estaba muy guapo con su aire atormentado y ese gesto altivo de dignidad doliente. Yo no sé si lo he dejado claro antes, pero Adrián es guapo. Muy atractivo. Miré sus ojos verde oscuro, más oscurecidos ahora por la furia, y sentí un vacío en el estómago, un pellizco de náusea, un ligero mareo. Sentí ese desfallecimiento singular que uno a veces percibe cuando se asoma a depende qué precipicios, a depende qué ojos. Suspiré y el aire me salió tembloroso de la garganta.

—Perdona —repetí—. Estoy muy confusa.

Adrián desarrugó el ceño, me miró, sonrió. Creo que pude oler sus feromonas en el frío viento de la noche de enero. El espacio que mediaba entre él y yo, apenas dos palmos de distancia, se convirtió en aire incandescente.

—Bueno. En realidad, no importa. Mira, ahí está Félix —dijo al fin Adrián, rompiendo el sortilegio.

Y era cierto. El anciano avanzaba sorteando los coches, agitando una mano, sonriendo en la negrura. Ya éramos tres de nuevo.

A drián era joven, raro e impertinente. Solía citar frases célebres, probablemente porque aún no confiaba lo suficiente en las suyas propias. Y poseía un conocimiento extraordinario de hechos por completo irrelevantes. Quiero decir que coleccionaba curiosidades y coincidencias de la misma manera que otros muchachos coleccionaban cómics o discos de *rock* duro.

—¿Sabías que Carlos II de Inglaterra llevaba una peluca que se había mandado hacer con el vello del pubis de sus amantes? —decía, por ejemplo.

Pues no, no lo sabía, y sospecho que dicha información no alumbró mi vida de manera especial. Adrián era obstinado y áspero. Tenía cara de gato y un cuerpo un poco incongruente con la ligereza de su cabeza; porque era robusto, musculoso de muslos y de brazos, ancho de estructura, pesado de osamenta. A mí, que siempre me han encantado los hombres correosos y de culo fino, más delgados que fuertes, me atraía sin embargo extrañamente ese niño con corpachón de hombre. Porque era un niño. De hecho, yo hubiera podido ser su madre. Ya lo dijo él mismo con pérfida inocencia:

—¿Así que tienes cuarenta y un años? Vaya, qué gracia. Mi madre acaba de cumplir cuarenta y dos.

Yo no le veía la gracia por ninguna parte. Como mucho, veía el despropósito, la inquietud de que me resultara atractivo ese mocoso. Yo no soy una estrecha. Tuve, siendo joven, mis más y mis menos amatorios. Pero Adrián era veinte años más pequeño; y yo me teñía las canas de la cabeza, y me daba cremas reafirmantes en el pecho, y tenía celulitis en las nalgas, y por las noches, encerrada a cal y canto en el cuarto de baño, me quitaba los malditos dientes para lavarlos. ¿Alguna miseria más? Pues sí: manchitas en el dorso de las manos, el interior de los brazos pendulante, arrugas insufribles en el morro, las mejillas alicaídas y apagadas. Quiero decir que creo que no estaba preparada psicológicamente para coquetear con un muchacho como Adrián.

Era una situación exasperante. Una vez le puse la mano en el pecho en un gesto casual, o quizá no tan casual, mientras hablaba, y descubrí debajo de la punta de mis dedos, al otro lado del levísimo lienzo de la camisa, una carne de caucho contundente y tibia que me erizó el cabello. Y cuando él me tocaba casualmente, o quizá no tan casualmente; por ejemplo, cuando me rozaba la espalda con un brazo al cruzar una puerta, en el punto de contacto entre ambos se hubiera podido encender una astilla. Sin embargo, tanto él como yo nos comportábamos con total compostura y representábamos con pulcritud nuestros papeles; y así, él me hablaba con fruición de su madre y de las chicas que le gustaban, de modo alternativo, y yo le aconsejaba y reprendía cordialmente, como si fuera mi hijo. Pero no lo era, porque yo no tengo hijos. Y donde las madres ven carne infantil, culitos empolvados retroactivos, reminiscencias del cándido pataleo en el baño o del dodotis (ellas, que hicieron el milagro de crear cuerpos de varón en sus entrañas, son capaces de imaginarles siendo niños), yo sólo veía carne masculina, turbadora e intensa carne de hombre, el enigma del otro que te completa.

Por lo demás, Adrián era imprevisible y un poco loco. Tenía visiones, barruntos, fantasías. Una mañana, al principio de conocernos, bajó a desayunar a casa; y estábamos los tres, Félix, él y yo, sentados a la mesa de la cocina masticando tostadas, cuando Adrián comenzó a hablar:

—Os voy a contar algo. Veréis, están dos montañeros subiendo a una cima remota de los Alpes cuando…

—¿Es un chiste?

—No, no es un chiste. Decía que están subiendo a una cima remota de los Alpes cuando de repente cede la nieve y queda al descubierto un bloque de hielo. Y resulta que dentro del hielo están atrapados los cadáveres desnudos de un hombre y una mujer. Los montañeros, asombrados, rompen el hielo y sacan los cuerpos a la superficie. Los miran y remiran bien y entonces uno de los escaladores se excita muchísimo y dice: «¡Son Adán y Eva! ¡Hemos descubierto la primera pareja de la Humanidad!» ¿Por qué?

—¿Por qué, qué?

—Por qué está tan seguro el tipo ese de que los cadáveres son de Adán y Eva.

Me encogí de hombros.

—Ni idea. ¿Por qué?

—No, si yo tampoco lo sé. De vez en cuando sueño acertijos de este tipo, adivinanzas. Y luego a veces me obsesiono durante horas o durante días hasta que descubro la respuesta. Lo de Adán y Eva lo acabo de soñar esta misma noche.

Adrián no era un genio, pero tenía un encanto especial. Claro que los hombres y mujeres guapos suelen parecer criaturas especiales con una frecuencia sorprendente, mientras que los feos tienen que sudar tinta para demostrar sus cualidades. Tendemos a atribuir a la belleza virtudes ajenas a lo meramente físico, como si los seres hermosos en la carne tuvieran que serlo también en el espíritu. Y así, del guapo no solemos decir que es guapo, sino justamente todo lo demás: qué inteligente, qué elegante, qué estilo, qué serenidad, qué simpatía, qué bondad. Luego puede ser un asesino en serie, como ese psicópata de Milwaukee que descuartizó a una veintena de adolescentes; pero qué perfil de ángel poseía, qué ojos azules tan inocentes, qué labios tan perfectos para besar bebés. Cuántas mujeres debieron de suspirar por él, cuántas vecinas le considerarían sensible y tiernísimo, ignorantes de que en ese mismo momento el celestial muchacho andaba despellejando niños en el sótano.

Yo temía que a mí me estuviera sucediendo lo mismo con Adrián. Que a lo peor me hubiera cegado su guapeza, haciéndome confiar en él de modo prematuro. No podía apartar de mi memoria la imagen del chico arrebatando la maleta y corriendo como una exhalación hacia la salida. En realidad, no tenía ni idea de quién era ese Adrián. Había salido de la nada apenas una semana antes. Por lo que yo sabía, el chico podía ser un *yonqui*, o un ladrón. O incluso, ahora que lo pensaba, incluso podía estar compinchado con los de Orgullo Obrero. ¿No había irrumpido en mi vida justamente después del secuestro de Ramón? Félix, por lo menos, había sido mi vecino desde siempre; no le trataba, pero le conocía de vista. Pero Adrián se había instalado en el ático, qué casualidad, apenas un mes antes de la desaparición de mi marido. Y los grupos terroristas eran así: contaban siempre con apoyos sociales, con militantes legales camuflados.

Me obsesioné de tal modo con estos pensamientos que hablé con Félix del asunto al regreso de nuestra frustrada expedición a los grandes almacenes.

—¿Adrián un ladrón? Nooooo, no creo —respondió el vecino—. Si hubiera querido robarnos los doscientos millones podría haberlo hecho antes. Recuerda que sabía dónde los guardábamos.

—Pero date cuenta de que en mi casa nunca estuvo solo —repuse, dando por no escuchada esa primera persona del plural con la que Félix se *adueñaba* del dinero—. Aquí hubiera sido más difícil para él, habría tenido que sacar los billetes del escondite y guardarlos en algún lado; no sé, supongo que era más sencillo agarrar la maleta y salir corriendo en mitad del barullo de Mad & Spender.

—Tonterías. Si hubiera querido robar la maleta en la tienda, ¿por qué esperar hasta que el secuestrador y tú la tuvierais agarrada? Y si pertenece, como dices, a Orgullo Obrero, ¿para qué le iba a arrebatar el rescate a su compañero? Piensa un poco: si Adrián quería llevarse los millones, pudo cogerlos cien veces antes, en casa, de una manera más discreta y más cómoda. Por ejemplo, pudo drogarnos y dormirnos. Pudo sacar copia de la llave de la puerta y entrar por la noche. O simplemente pudo aprovechar algún descuido nuestro. En realidad, era fácil. No, yo creo que esta tarde Adrián ha salido corriendo porque es un chico muy nervioso. Cuando dijiste que había que abortar la operación, se le disparó la cabeza. Hizo lo primero que pensó, y lo hizo incluso antes de acabar de pensarlo. Adrián es un *tocino*, o sea, un novato. Pero, en fin, tampoco lo ha hecho tan mal. Ahora ya nunca podremos saber si el secuestrador se las habría apañado para llevarse la maleta, pero es probable que el inspector García hubiera interrumpido la entrega. Así es que la intervención de Adrián puede haber sido providencial.

Las palabras de Félix me tranquilizaron considerablemente, pero no por completo. Porque había visto las miradas de todos cuando sacamos el dinero del saco de pienso: la expresión de increíble avidez con que Adrián y Félix contemplaron el montón de fajos alineados. Y el fascinado Adrián llegó incluso a exclamar:

—¡Qué espectáculo!

Pongamos que Adrián fuera un buen chico. Pongamos que nunca hubiera pensado con anterioridad en robar nada a nadie. Pero pongamos también que fuera un tipo lo suficientemente débil. Que no hubiera podido soportar el deslumbramiento de la tentación; esto es, que la visión material del dinero le hubiese emborrachado hasta el punto de salir al galope con la maleta. La vida es justamente eso, un camino azaroso entre tentaciones; y la probidad no depende únicamente de la virtud de cada cual, sino también, y en cierta medida, de la suerte. De cómo, cuándo y dónde te han tentado. Tengo para mí que en el mundo hay una minoría irremediable de malvados, gente dura, cruel y desfachatada que vive instalada en la perfidia; y también una sólida minoría de personas honestas y maduras, capaces de mantener la dignidad hasta en el peor de los momentos. Y entre estos dos extremos se extienden los demás, la masa viva, criaturas bien intencionadas pero débiles; seres normales, esto es, dubitativos y confusos, que serán buenos si el entorno es favorable, y malos si el medio en el que viven se pervierte. En esa

pulsión entre lo mejor y lo peor que somos vamos construyendo o tal vez destruyendo nuestro camino.

Pues bien, quizá 200 millones de pesetas en billetes supusie-
ran una tentación demasiado abrupta, demasiado grosera.
Quizá el joven Adrián no pudiera o no supiera resistirse ante
tanta opulencia. Esto es lo que yo pensaba aquella noche; pero
no compartí con Félix mis últimos temores, porque, bien mirado, también él podría ser material ético fungible, también él
podría sucumbir a la ambición. A fin de cuentas, ¿no había sido
Félix en el pasado un ladrón de bancos, un atracador y un ban-
dolero? Él mismo lo había contado, con todo detalle, en aquellos primeros días de enero, mientras esperábamos la llamada
de los secuestradores y comíamos naranjas escuchando el relato de su vida.

De México nos fuimos a Santiago de Chile —había seguido relatando Félix Roble—. Entonces el mundo era mucho más grande de lo que ahora es. Para ir desde México hasta Chile se tardaban semanas, sobre todo si tenías que viajar con papeles falsos. Cogimos trenes, barcos, coches. A veces nos alojábamos en hoteles de lujo y en otras ocasiones dormitábamos en pensiones inmundas. Dábamos, permíteme el plural aunque yo era un mico, dábamos la mitad del dinero que robábamos a las organizaciones anarquistas locales, para que hicieran escuelas y socorrieran viudas y compraran libros, y los compañeros de ultramar nos consideraban unos dioses. Yo me miraba en los espejos y me decía: «Atento, Félix, no te pierdas ni ripio: perteneces a la banda de Durruti, estás en América, este es el mejor momento de tu vida.» En realidad, a mí no me llevaban a los golpes: asaltaron el Club Hípico de Chile y luego un cajero de los ferrocarriles, y yo me quedé en casa, cocinando. Me tenían de pinche y de criada. Pero era cierto que convivía con la banda de Durruti, y que mi destino estaba unido al de ellos, y que en cualquier momento podía llegar la policía y dejarnos secos. El peligro era para mí un incentivo, el mayor divertimento de todo aquello. Los adolescentes comprenden tan dificultosamente lo que es el morir que suelen tomar su propia muerte como un atributo de la vida, como si fuera algo que uno pudiera hacer y luego explicar animadamente a los amigos: «¡Imaginaos, fue todo tan emocionante y tan peligroso que incluso me mataron!» Fueron unos meses maravillosos.

Un día, el 16 de julio de 1925, en pleno invierno, planearon cometer una acción muy importante. Iban a asaltar un banco, la sucursal Matadero del Banco de Chile. Yo estaba fastidiado porque me dejaban siempre en casa; haciéndome el distraído y aguzando la oreja había conseguido enterarme de los pormenores del atraco, y decidí no perderme esa magna ocasión. Fui a Matadero en un tranvía y me quedé remoloneando por los alrededores del banco. Al poco llegó un taxi grande, un Hudson, que ellos habían asaltado a punta de pistola, obligando al taxista a que los trasladara: ya habían utilizado este método en otras ocasiones. Víctor se quedó con el conductor para impedir su huida, mientras Jover, Ascaso y Durruti entraban en la sucursal. No permanecieron dentro mucho tiempo: se escucharon disparos, gritos, un ruido de cristales al romperse. No pude resistir la tensión y salí como un autómata de detrás del árbol en el que me escondía; pero antes de que pudiera llegar a la altura del taxi aparecieron los tres en la puerta del banco a la carrera, con las pistolas en las manos y las caras embozadas en pañuelos. La calle estaba bastante concurrida, pero todos los peatones se quedaron quietos, congelados, contemplando la escena sin hacer nada. Y lo más grande es que entonces el coche falló, o a lo mejor fue cosa del taxista, que estaba nerviosísimo y no atinaba; el caso es que el Hudson no arrancaba, fue una escena increíble, Durruti y Ascaso sacando la cabeza y las Browning por las ventanillas y gritando: «¡Adelante, adelante, vamos, vamos!», y aquello que no se movía ni un centímetro. Mientras tanto, también dentro del banco arreciaban los gritos de «¡ayuda, ayuda, al ladrón!»; y al poco aparecieron en la puerta dos empleados llamando a voces a la policía, pero cuando vieron que los atracadores aún no se habían ido se callaron de golpe. Durruti y Jover se bajaron del coche y empezaron a empujarlo. Era un automóvil de los de antes, enorme y tan pesado como un tanque. Víctor siguió apuntando al conductor y Ascaso vigilaba la concurrencia, que para entonces había formado ya un corro amplio y atento, todos los vecinos muy entretenidos viendo cómo un par de pistoleros enmascarados se dejaban los riñones empujando ese monstruo. Yo no pude resistirlo y me arrimé a ellos, añadiendo mis escasas fuerzas al empellón. «¿Qué haces aquí?», rugió Buenaventura cuando me vio; pero no le dio tiempo a decir más porque mi incorporación al grupo animó insospechadamente a los mirones. Tres o cuatro hombres que estaban en el corro se sumaron al envite, y entre todos consiguieron darle al Hudson el suficiente impulso. Arrancó el motor y Buenaventura me metió en el taxi agarrándome con su manaza por el cogote, como quien agarra a un conejo. A lo lejos se escuchaban ya las sirenas de la policía. Pero los despistamos.

Por la noche hubo reunión de análisis. Mi hermano Víctor fue reconvenido por permitir que el conductor apagara el motor, y yo recibí una buena bronca por haberlos seguido. Pero en el fondo estaban tan contentos que enseguida se les pasó el enfado. Habían conseguido 30.000 pesos de botín; aquel fue el primer asalto a un banco de la historia de Chile. «Después de todo —dijo Durruti—, tenemos que agradecerle a Félix que haya venido detrás nuestro. Si no llega a ser por él, los demás no se animan a empujarnos. ¿Lo ves, Paco? Este chico nos da suerte. Desde que está él todo nos sale bien. Es nuestra mascota.»

A partir de entonces Buenaventura empezó a llamarme *Fortuna*, y con ese nombre me quedé; y además se me permitió una mayor participación en la vida del grupo. Siguieron dejándome en casa cuando los atracos, por supuesto, pero empezaron a adjudicarme algunas tareas menores. Por ejemplo, yo fui el encargado de ir a llevarle dinero a la esposa del taxista. El Hudson había sido localizado por la policía y el conductor detenido. No quisieron creer que el pobre hombre era inocente y le metieron un montón de meses en la cárcel, además de darle unas cuantas palizas y de arrancarle los dientes para que hablara. No recuerdo su nombre, pero sí el de su esposa: Engracia. Era una mujer delgadísima de la cintura para arriba, con el pecho hundido y los huesos frágiles; pero de cintura para abajo engrosaba extraordinariamente, lo que le daba cierto aire de centauro. Durruti pensó que un niño como yo no llamaría la atención, de manera que fui a verla de parte de los *Errantes* y le llevé 2.000 pesos. «Tengo unos amigos que son amigos de su marido», le dije. «Esto es por los inconvenientes.» Me había aprendido las palabras de memoria. Ella no decía nada, sólo me miraba y lloraba como una Magdalena. «Por los inconvenientes», repetí, empujando el dinero hacia la señora. Yo creía que la mujer del taxista se iba a volver loca de contenta con los 2.000 pesos, que eran una fortuna; creí que me iba a mirar con agradecimiento, adoración y asombro. Pero no, nada de eso: de haber algo en sus ojos, además de una increíble cantidad de lágrimas, era rabia y desprecio. «Ninguno de los amigos de mi marido tiene tanta plata», dijo al fin con voz ronca. «Así que esto tiene que ser de un enemigo.» No quise saber más; dejé los billetes sobre la mesita y me marché. Pero me fui muy inquieto, muy revuelto por dentro. Todavía me parece estar viéndola, ese torso tan chiquito y delicado posado como un pájaro sobre las nalgas opulentas. Fue el único punto oscuro de aquellos meses formidables.

Después de dar dos o tres golpes más en Chile nos fuimos a Buenos Aires. Allí nos instalamos en una pensión limpia y decente, porque Durruti quería «salir a flote», que era como él llamaba a pasarse una temporada sin delinquir y viviendo más o menos legalmente, para despistar así a nuestros perseguidores. Porque para entonces todas las policías de los países hispanos estaban siguiendo el rastro de un grupo de bandidos y revolucionarios españoles. De modo que en Buenos Aires Ascaso se contrató de cocinero en un hotel, Jover de ebanista, mi hermano de chico de los recados en un colmado y Durruti, que era un toro, de estibador en el puerto. En cuanto a mí, me mandaron al colegio sin contemplaciones, y no tuve más remedio que aplicarme porque Víctor me tomaba las lecciones los domingos. Así estuvimos un par de meses, como si fuéramos una familia normal, sólo que no había mujeres y que teníamos las pistolas cosidas dentro de los colchones.

Pero un día Víctor, Durruti, Ascaso y yo volvíamos en tranvía desde el centro, cuando de repente se me heló la sangre. Justo encima de las cabezas de Ascaso y de Buenaventura, que estaban sentados, había un cartel de *Se Busca* con sus fotos y sus nombres. La semana anterior una banda había atracado dos bancos en Buenos Aires, y aunque esta vez no habíamos sido nosotros nos habían adjudicado los delitos y estábamos en condición de caza y captura. De modo que nos arrojamos en marcha del tranvía, corrimos hasta la pensión y nos pusimos nuestras mejores ropas, yo un jersey y un pantalón de aplicado escolar y ellos los disfraces de pistoleros, trajes caros; y vestidos de este modo, con las armas debajo del sobaco, sacamos pasajes de primera clase en el primer barco que salía hacia Uruguay. Supongo que aquí debo explicar que, antes de la Segunda Guerra, el mundo era otra cosa. Por entonces había tanta distancia entre la primera clase y las clases segunda y tercera como entre el Sol y la Luna. El mundo se dividía en compartimentos estancos, en realidades tan ajenas las unas de las otras que jamás se mezclaban. Era esa organización rígida y jerárquica lo que los anarquistas intentábamos reventar con nuestras bombas.

En aquel momento de apuro, sin embargo, el clasismo extremo nos ayudó: porque la policía no osó molestar a los exquisitos viajeros de primera y sólo pidió la documentación a los de las clases inferiores. Esta discriminación no era tan estúpida como parece a simple vista; ya digo que la distancia entre los mundos era a la sazón enorme, y resultaba verdaderamente muy difícil que un obrero pudiera confundirse con un señor: por sus modos, sus ropas, su manera de hablar y comportarse; por su físico, hambriento de generaciones en el caso del pobre y lozano y rozagante en el del rico. De manera que la policía suponía que sólo en la tercera clase, o como mucho en la segunda, podrían pasar inadvertidos esos rudos y malencarados bandidos y revolucionarios españoles.

Pero se daba la circunstancia de que algunos de los líderes anarquistas eran más leídos y más refinados que muchos de los grandes burgueses. Por su aspecto y sus modos, Ascaso podía pasar perfectamente por un petimetre desdeñoso; mi hermano Víctor, que en los últimos meses de alimentarse bien había echado envergadura y pecho de hombre, estaba cada día más elegante (con el tiempo se ganaría el apodo de *el Figurín*), y en cuanto a Jover, ya quedó dicho que era un tipo sobrio y de

ROSA MONTERO

buena planta. El problema era Durruti. Veréis: Durruti también llevaba un traje caro, pero dentro de él seguía teniendo aspecto de patán. Su pelo era imposible: espeso como el de un gorila, y disparado. Y lo mismo sus manos, esas manazas rústicas, enormes y llenas de callos, o sus andares. Durruti tenía una mirada llena de inteligencia y era capaz de actuar con una sensibilidad y una finura sorprendentes, pero su aspecto era tan rudo como el de un ogro y no tenía ni idea de las normas de urbanidad, que formaban parte de las convenciones sociales que él despreciaba. Por ejemplo, siempre se negó a llevar sombrero porque le parecía una prenda de señoritos, y sólo consintió en ponerse gorra; una obcecación bastante peligrosa en una época en la que la ausencia de sombrero era uno de los signos inequívocos de la baja estofa.

Todo esto estuvo a punto de crearnos un grave problema en aquella ocasión de nuestra huida. El trayecto tan sólo duraba unas pocas horas, pero coincidía con el almuerzo, así es que decidimos acudir al restaurante, como el resto del pasaje de primera, para disimular mejor. Pero ya a la entrada del salón Durruti empezó a equivocarse: no le dio su gorra al botones de la puerta, como hubiera sido lo normal, y cuando el chico corrió detrás de él para pedírsela, Buenaventura se metió la gorra toda arrebuñada en un bolsillo, ante el pasmo de la concurrencia. Un pasmo que no hizo sino aumentar al contemplar los modos gastronómicos de nuestro amigo. Entiéndeme, no es que fuera un cerdo comiendo, pero desde luego tampoco era la reina Victoria: destripaba las naranjas con sus enormes dedos y comía el pan a bocados de la barra. Cada vez llamábamos más la atención y Ascaso se estaba poniendo nerviosísimo: «Nos vamos a delatar, nos está mirando todo el mundo. Tenemos que inventar algo. Podríamos decir que somos artistas», sugirió. Pero Durruti no lo veía claro: «¿Artista yo? ¿Qué quieres, que me ponga a caminar de un modo raro?», dijo. A veces, Durruti era un ser de lo más elemental. Entonces a mí se me ocurrió una idea magnífica. Permitidme que alardee de ello: a fin de cuentas sólo tenía once años; hace tanto tiempo de todo esto que es como si estuviera hablando de otra persona, no de mí. Y esa personita que yo fui propuso: «¿Por qué no os hacéis pasar por pelotaris?»

88

Y eso dijeron que eran, campeones pelotaris españoles que venían para un torneo; y la coartada era tan buena, y parecía tan apropiada y tan real, que en cuanto que se la soltamos al camarero, y éste, a su vez, al resto de los presentes en la sala, vimos cómo se relajaba el ambiente en torno nuestro, cómo cundían las sonrisas de cortesía de mesa en mesa, cómo el aire se iba volviendo respirable. «Muy bien hecho, *Fortuna*», dijo Ascaso. Fue la única vez que Ascaso me felicitó, la única vez que utilizó mi apodo.

La situación en América era ya tan peligrosa para nosotros que tuvimos que dividirnos: Ascaso y Durruti se quedaron no recuerdo por dónde, y Jover, Víctor y yo regresamos a México. En México gobernaba con mano dura el general Plutarco Elías Calles. Apenas si quedaban residuos de la revolución de Zapata y Pancho Villa, y los anarquistas estaban en una situación de extrema debilidad y consumidos por las luchas internas. Era un ambiente asfixiante y depresivo; malvivíamos en una choza horrible, una chabola que nos habían prestado y de la cual apenas si se nos permitía salir, para no llamar la atención. Fue un cambio demasiado duro, después de tanta libertad y tanta gloria. Echaba mucho de menos a Durruti y me sentía encendido por los ideales libertarios: nunca volví a estar tan enardecido por la pasión política como entonces. Aunque quizá sí: quizá al principio de la guerra, de nuestra guerra.

Sea como fuere, el caso es que allí estaba yo, a mis once años, como un potro desbocado, totalmente desesperado por la inactividad y la situación. Entonces, para rematar mi desconsuelo, me enteré de algo horrible: la viuda de Ticomán había muerto. Siguiendo nuestra pista, o tal vez a consecuencia de un chivatazo, la policía había tomado la granja en la que estuvimos y se había llevado a la viuda de la gran ceja negra. La mujer murió en las dependencias policiales, unos días después, en circunstancias oficialmente no aclaradas: previsiblemente de las palizas. Recordé aquella última noche en la granja: su olor a carne maternal y blanda, la aspereza de la tela del camisón. Yo no quería llorar porque ya era mayor; no quería llorar porque yo era un *Errante*, un pistolero revolucionario de la banda de Durruti, aunque todavía no llevara pistola. Pero me ardía tanto el pecho y tenía tan apretada la garganta que tuve que hacer algo. Y así, para no soltar la lágrima, construí una bomba.

Utilicé una lata de carne en conserva, tal y como me había enseñado Buenaventura; y pólvora de casquillos deshechos, y tornillos rotos, y estopa, y un cabo de vela. Me quedó una bomba pequeña pero bastante apañada, o eso pensé yo; la había construido por las noches, cuando no me veían ni Víctor ni Jover.

Una mañana, en fin, salí de la choza muy temprano, antes de que los otros se despertaran. Llevaba el artefacto en el bolsillo del pantalón y la camisa por encima con los faldones sueltos. Cogí la camioneta de extrarradio y me fui a la central de la policía. No sabía en qué comisaría había muerto mi viuda, pero pensé que atacar el cuartel general sería venganza suficiente. En la puerta puse cara de desolación y de inocencia y expliqué que era español e hijo de emigrante; que vivíamos en la miseria en unos galpones a las afueras de la ciudad, y que mi padre había desaparecido cuatro días atrás y yo ya no sabía qué hacer. Se tragaron la milonga como unos benditos, yo creo que confundidos por la falsa ingenuidad de mis ojos azules y mi pelo rubio, y me hicieron pasar a un vestíbulo destartalado y grande con un montón de gente esperando.

Mi plan consistía en arrojar la bomba y aprovechar el revuelo para darme a la fuga; pero había demasiadas personas alrededor, campesinos y ancianas enlutadas y hombres desasosegados embutidos en trajes demasiado estrechos que olían a sudor rancio y naftalina. Tipos inocentes, en fin, que no merecían reventar, y que además probablemente hubieran dado la voz de alarma si me veían manipular el artilugio. Porque yo tenía que sacar la bomba y colocarla en algún sitio idóneo y lo suficientemente cerca del objetivo, ya que era un explosivo poco potente; y por añadidura había que encender la mecha con el chisquero y evitar que alguien la apagara en los segundos que necesitaba de combustión. En mi imprevisión y mi estupidez, yo había creído que, una vez dentro del edificio, podría moverme más o menos libremente y a mi antojo. Pero no, no era así. Ser un terrorista no era tarea fácil, ahora me daba cuenta; y pasaban los minutos, y corría el peligro de ser llamado por el burócrata de turno para solventar mi situación, y a lo peor mi mentira iba a terminar poniendo en riesgo a toda la banda. Empecé a sudar de pánico y de angustia. Fue extraordinario, porque después he pasado en mi vida por muchos momentos de desesperación y de agudo miedo, pero nunca volví a sudar como en aquel instante. Estaba sentado en el filo de una banqueta y mis manos goteaban como fuentes y formaban dos charquitos en el suelo; me agarré las rodillas para disimular y empapé en un segundo los pantalones.

Entonces se me ocurrió una idea salvadora: irme a los retretes. El conserje me indicó un pasillo al final del vestíbulo y hacia allá me dirigí, con las piernas temblando. El pasillo desembocaba en una habitación apestosa, grande y destartalada, con unas cuantas letrinas adosadas al muro y unas puertas medio rotas y sin cerrojo que apenas si tapaban al ocupante. Los hombres entraban y salían del lugar: visitantes civiles, pero también policías de uniforme. Me metí en uno de los cubículos y cerré la puerta, sujetándola con la mano por el borde inferior de la hoja. A mi izquierda había un muro, pero a mi derecha había otro retrete; por debajo del sucio panel separador, que no llegaba al suelo, yo podía ver el agujero de la letrina y los pies y los pantalones bajados del usuario. Estuve un rato en el cuartito, atufado por la peste reinante y viendo pasar alpargatas y zapatos agrietados, hasta que al fin entraron un par de botas de reglamento. Era un policía, de eso no cabía la menor duda: al momento vi caer el pantalón del uniforme. Todas las letrinas tenían, al fondo del cubículo, medio bidón roñoso para los papeles sucios; yo había pensado colocar mi bomba ahí detrás, de manera que pasara inadvertida. Así es que aguanté la respiración, intenté no temblar y encendí la mecha con el chisquero, mientras el vecino gruñía y refunfuñaba dedicado a lo suyo. Y la mecha prendió y se puso a arder silenciosa y constante, como las mechas de las bombas de los chistes, o mejor aún, como las de las bombas de verdad. Alargué la mano con mucho cuidado y coloqué el explosivo detrás del bidón, en el rincón más cercano a la pared, a dos palmos del culo del sujeto. No le había visto ni siquiera la cara, pero yo era tan bestia por entonces que me regocijaba la idea de reventarle.

Pero todo salió mal, peor que mal. Todo se estropeó en medio segundo. Yo me había apresurado a dejar mi letrina en cuanto que coloqué el regalo en su lugar: me movía con ligereza pero sin correr, para no quedar grabado en la memoria de ningún testigo. Pero apenas si estaba enfilando hacia el pasillo cuando escuché unos ruidos a mi espalda: me volví y vi salir del excusado a *mi* policía, todavía subiéndose los pantalones el muy guarro. Pero lo peor es que inmediatamente entró otro hombre en su lugar: un tipo con aspecto campesino, de camisa barata, un ojo bizco y las mejillas picadas de viruela. No me paré a pensarlo, fue un gesto automático: corrí de nuevo hacia mi letrina, que aún estaba vacía; cerré la puerta de una patada tras de mí, me arrojé de rodillas sobre el pringoso suelo y estiré la mano intentando recuperar la bomba y apagar la mecha.

Lo demás, en fin, podéis imaginarlo. El artefacto estalló y me destrozó la mano: desde entonces tengo este muñón tal y como lo veis. La mampara intermedia me protegió, pese a su endeblez, del resto del impacto. A decir verdad, no sentí nada. Sólo un ruido seco, un golpe en la espalda. De primeras pensé que simplemente me había caído, que había resbalado. Me recuerdo sentado sobre el agujero de la letrina, con los hombros apoyados en el muro. Me miraba la mano mutilada y no me dolía. Al lado, el bizco clavaba sus fijos ojos en mí mientras permanecía tumbado sobre un montón de astillas ensangrentadas. Había voces, gritos, revuelo de personas a mi alrededor. Me tomaron en brazos y corrimos por habitaciones y pasillos. Quizá me desmayé: sólo recuerdo con claridad el hospital, y eso fue después.

Tuve mucha suerte. Aquel pobre hombre al que mató mi bomba guardaba un machete dentro del pantalón, cosa que, por otra parte, solían llevar muchos campesinos. Pero la presencia del arma hizo creer a los policías que era él quien había traído la bomba; que se había metido en las letrinas para cebarla, y que le había estallado encima por simple falta de pericia. Detuvieron entonces a los dos indios que venían con él, un cuñado y un hermano joven; y les torturaron hasta que el muchacho confesó que sí, que el bizco había estado construyendo la bomba por las noches en la cocina del cuchitril en que vivían. En cuanto a mí, pensaron que yo, el verdadero asesino, era su víctima; y me llevaron al hospital y me cuidaron bien, temiendo repercusiones diplomáticas. Un par de semanas después apareció mi hermano por el hospital: los compañeros le habían preparado una nueva documentación y se hacía pasar por recién llegado de Venezuela.

«¿Cómo se te pudo ocurrir esa estupidez?», me susurró, indignado. «Para ti se te ha acabado la aventura. Una prima de Jover, que trabaja en una frutería de Madrid, ha consentido en hacerse cargo de ti. En cuanto que te pongas bueno te vuelves para España.»

Me sentí humillado, pero no protesté. Estaba atormentado por la muerte del bizco: no dormía por las noches, y cuando lo hacía me despertaba chillando. Y no se trataba tan sólo de la zozobra por el asesinato, de la mirada fija de mi víctima y de su pobre vida desperdiciada, sino también del martirio de los otros dos, de su estancia en la cárcel y de la desesperanza de las esposas y de la viuda, de todas esas mujeres enlutadas y hambrientas que los pobres siempre dejan atrás. Me volvía loco mi responsabilidad en todo ese dolor, hasta el punto de que no quería pararme a pensar en ello. Por eso cuando mi hermano me dijo que regresaba a casa, la medida me pareció en el fondo un castigo justo y una toma de distancia favorable.

De manera que ahí me tenéis poco después, en el barco de vuelta, manco, con doce años recién cumplidos y teniendo ya una muerte en la conciencia. Abandonar México alivió mi angustia: fue como cumplir condena por el mal cometido. Me recuerdo acodado en la borda del transatlántico pensando animadamente en mi futuro. ¿No era yo *Fortuna*, el chico de la suerte? La suerte había hecho que el pobre tipo bizco volara en mi lugar; y la suerte me enviaba ahora de nuevo para España, en donde me quedaba por delante, eso pensaba yo, una vida enorme y llena de aventuras. Con ese egoísmo feroz de los adolescentes decidí olvidar lo sucedido en México. Pero no todo lo sucedido, por supuesto, sino sólo la parte dolorosa. Era tan ignorante por entonces que creí que podría dejar a mi muerto atrás pero mantener el orgullo por mi proeza. Porque me enorgullecía haber sido capaz de construir una bomba, y de meterla en la central de la policía, y de hacerla estallar. Y sobre todo me vanagloriaba de estar mutilado: mi mano reventada era una especie de condecoración de anarquista duro y veterano. Es curiosa la relación que los humanos tenemos con la pérdida: entonces, en la primerísima juventud, la pérdida de mis tres dedos fue vivida en realidad como una ganancia: porque adquiría una cicatriz, una herida gloriosa y, sobre todo, un pasado que atesorar y que contar.

Luego, con el tiempo, me sucedieron dos cosas inevitables. Una, que aquel muerto inocente no se resignó a ser olvidado y se fue convirtiendo más y más en mi propio muerto, hasta el punto de que su rostro picado de viruelas me persigue ahora, cuando cierro los ojos, con mayor claridad que en mis primeros años juveniles. Y dos, que fui aprendiendo de verdad lo que es la pérdida. Cómo no aprenderlo, si vivir es perder, precisamente. Desde entonces, desde mis doce años, lo he ido perdiendo todo. La vista, el oído, la agilidad, la memoria. También perdí la guerra; y a Margarita, mi querida compañera de la madurez. A *Manitas de Plata*, que fue mi ruina y mi locura; y a mi hermano. No quiero seguir hablando. Las pérdidas, después, llegan a ser imposibles de nombrar. Insoportables. De niño uno cree que la vida es una acumulación de cosas, que con los años vas conquistando y ganando y coleccionando y atesorando, cuando en realidad vivir es irte despojando inexorablemente. Y así, creí que mi mano manca no era sino el comienzo del acopio, cuando en realidad era el comienzo, sí, pero de la infinita decadencia. Era tan ignorante que pensé que, al volarme tres dedos, estaba haciendo una suma y no una resta.

A veces me pregunto si la Perra-Foca tendrá conciencia de su finitud. Si le dará miedo morirse, como a mí. Tiene doce años, que equivalen a ochenta y cuatro en un humano. De manera que viene a ser de una edad parecida a la de Félix Roble, aunque me parece que su estado general es bastante peor. Está gorda y torpe, y a veces le fallan las patas traseras; además, se ha quedado sorda como una piedra, y como no hay sonotones para perros hay que hablar con ella por medio de gestos. Vente para acá, siéntate, vete, mira en tu cacharro de comida: todo se lo tengo que decir con vaivenes de manos. Con vaivenes muy amplios, porque además padece cataratas. Yo no sé si en su obstinado cerebro de mosquito la Perra-Foca sabe que se está muriendo, o si esa percepción de la fatalidad nos pertenece sólo a los humanos, egocéntricos como somos, atosigados por el *yo*, empeñados en tener recuerdos y futuro.

Sí, ya sé que los animales no poseen, o eso se supone, la prerrogativa y el tormento de la autoconciencia. Pero a veces miro a la Perra-Foca y se me ocurre que sí, que ella conoce que el fin está cercano, que la negrura acecha. En el mundo salvaje, los

ROSA MONTERO

animales viejos saben bien de su indefensión; saben que serán
desbancados por el próximo competidor, o devorados por el próximo tigre. La Perra-Foca carece de tigres enemigos, pero no carece de miedo. De hecho, no hay criatura viviente que no tenga
miedo: se diría que la sustancia misma de la vida es el temor.

Y así, la Perra-Foca teme evidentemente su propio desam-
paro. Teme no escuchar a quien llega y no oler a quien ama.
Teme no enterarse y no controlar. Desde que está así, achacosa
y atontada, se pega mucho más a mí, para no perderse; y se
tumba en mitad de las puertas, para que quien entre tenga que
chocar inevitablemente con su cuerpo; y suspira melancólica,
porque el perro es el único animal, además del ser humano, capaz de suspirar; y pone la cabezota entre sus patas y me mira
con cara de vieja y de tristeza. Claro que sí: ella también lo sabe.
Ella también barrunta la pérdida, como Félix diría; y el desconsuelo.

Claro que, para pérdidas apoteósicas, las mías en aquellos
días del secuestro. Porque no sólo había perdido a mi marido,
sino que además había estropeado la oportunidad de pagar el
rescate y de acabar con la pesadilla. A la mañana siguiente de la
fallida operación en los grandes almacenes yo me encontraba
histérica.

—¿Y ahora qué va a pasar? ¿Le harán daño a Ramón? ¿Tú
qué crees que deberíamos hacer? —le pregunté a Félix a la hora
del desayuno.

—Pues ahora no tenemos más remedio que esperar —respondió él—. Se volverán a poner en contacto con nosotros, estoy seguro.

—Pero los secuestradores no deben de entender nada —sos-
tuve, cada vez más agitada—. ¡Ellos no conocen al inspector!
Y si le reconocieron, todavía peor: creerán que fuimos nosotros
quienes avisamos a la policía.

—No, mujer, tranquila —dijo Félix—. Estoy seguro de que
no vieron a García, de otro modo no se hubieran atrevido a coger la maleta.

—¡Pues entonces, peor! Porque pensarán que les hemos traicionado, que estamos locos. ¡Imagínate! —gemí—. Justo cuando

el tipo agarra el dinero, ¡hala!, aparece Adrián como un poseso y se lo arranca de las manos.

—Yo no aparecí como un poseso —se picó Adrián—. Yo te oí decir que había que abortar la entrega y la aborté.

—Sí, sí, sí. Perdona, hombre —me disculpé—. No he querido criticarte. Es que estoy... ¡estoy angustiada! Pero sí, tienes razón, a lo mejor si no te llevas la maleta el inspector hubiera detenido al tipo aquel, y entonces sí que se nos hubiera caído el pelo.

—En efecto —intervino Félix—. Lo mejor es aceptar la vida como viene. Porque las cosas son como son, y siempre hubieran podido ser mucho peores. De hecho tuvimos la increíble suerte de que García no detuviera a Adrián. Eso es algo que todavía no acabo de entender...

—A lo mejor quiere atraparnos justo cuando le demos el dinero al secuestrador. Para pillarnos a todos, quiero decir —aventuré.

—Supongo que sí, debe de ser eso. Pero de todas formas tuvimos mucha suerte. Quizá Adrián actuó un poco atolondradamente, pero su reacción...

—Puede que yo actuara atolondradamente, pero actué —le cortó Adrián—. Mientras que tú, tan listo como eres y tan veterano y tan acostumbrado a los atracos y todo eso, ahí estabas tirado en el suelo como una momia.

—Bueno, el caso es que estamos otra vez como al principio —intervine para abortar la naciente discusión—. O peor. Porque ahora sabemos que la policía nos vigila. ¿Tú crees que debo llamar al inspector García, Félix?

El vecino calló, muy digno, mientras se servía otra taza de café con la cafetera colocada a una altura innecesaria y excesiva. Me había dado cuenta de que a veces hacía cosas así; en ocasiones, cuando creía puesta en cuestión su capacidad física y mental, cuando se sentía tachado de viejo, Félix ejecutaba ciertos alardes juveniles, pequeñas pruebas de potencia y pericia. Por ejemplo, intentaba saltar de una sola zancada los tres escalones del portal; o se empeñaba en abrir inabribles tarros de mermelada. O, como ahora mismo, lanzaba el chorro de café desde la estratosfera, para demostrar que conservaba aún un pulso magnífico. Pero no lo conservaba. La mitad del líquido inundó el platillo y le salpicó generosamente la pechera.

—Pues sí, creo que deberíamos llamar al inspector —dijo, ignorando con elegancia el café vertido y utilizando su fastidiosa primera persona del plural—. Hazte la inocente. A ver qué nos dice. No sabemos nada de él desde ayer, y conviene tenerlo controlado. Además, tal vez hayan descubierto algo de utilidad. Aunque lo dudo.

—¿A que no sabes cómo se hace el nudo de una horca? —me preguntó de repente Adrián lleno de animación.

—Ni lo sé ni me importa —contesté sin prestar mucha atención a su pregunta. Luego proseguí, dirigiéndome de nuevo a Félix—. Tienes razón. Ahora que lo pienso, es extraño que el inspector no haya llamado hoy.

Desde la desaparición de Ramón, García telefoneaba todas las mañanas.

—Pues sí. Y es doblemente raro si pensamos que el inspector sospechaba algo sobre la entrega. Quiero decir que, si yo estuviera en el lugar de García, y me hubiera enterado de lo del pago del rescate, bien porque nos haya intervenido el teléfono, o por medio de un chivatazo, o como haya sido, pues hubiera llamado inmediatamente para intentar sonsacarte alguna información —reflexionó Félix.

Mientras tanto, Adrián se había quitado una de sus zapatillas deportivas, la había puesto el muy cerdo sobre la mesa del desayuno y estaba muy entretenido sacando afanosamente el cordón de sus ojales. Una súbita sospecha iluminó mi mente con claridad diáfana:

—Adrián — dije con severidad—. No estarás quitando ese cordón para hacer el nudo corredizo de una horca, ¿verdad?

Adrián detuvo sus manejos.

—Ah. ¿No quieres verlo?

—¡Claro que no! Es el colmo. Es… morboso. Es idiota.

—Bueno, vale.

Arrugó el ceño, algo abochornado, y volvió a meter el cordón en su sitio.

—El ombligo —dijo Félix con delectación.

—¿Cómo?

—La adivinanza del otro día. Esa que dices que soñaste. La solución es el ombligo. El hombre y la mujer encerrados en el bloque de hielo no tienen ombligo, y por eso se conoce que son Adán y Eva.

—Ya lo sabía —gruñó Adrián, desdeñoso—. ¡A buenas horas vienes con la solución! Resolví el enigma enseguida, el primer día. Era una estupidez de adivinanza.

—Sería estúpida, pero fuiste tú quien la planteaste.

—Hay algo peor que ser viejo, y es ser un viejo gruñón e impertinente —masculló Adrián medio para sí.

—¿Cómo dices? —se irritó el vecino, abarquillando la mano sobre su oreja: le indignaba no poder escuchar lo que le decían—. ¡A ver si hablas más claro, que no se te entiende una palabra!

Así estábamos, en mitad de la bronca, cuando sonó el timbre de la puerta. En casa de un secuestrado todos los timbres son un sobresalto; de modo que nos pusimos los tres de pie y fuimos hacia la puerta amedrentados. Atisbé por la mirilla y vi un casco brillante de pelo blanco-rubio. Un color y un corte inconfundibles. Abrí. Era mi madre.

—¡Pero mamá! ¿Qué haces aquí? —exclamé consternada. Me había ofrecido venirse a Madrid al principio del secuestro, y yo había conseguido quitarle la idea de la cabeza con relativa facilidad. Pero se ve que no había logrado convencerla del todo.

—¿Pues qué voy a hacer, hija mía? Cuidarte, ayudarte y apoyarte.

—Por Dios, mamá: me cuidabas, me apoyabas y me ayudabas muy bien desde Mallorca.

—¿Pero qué dices? ¡Si todos los días me colgabas el teléfono enseguida! Y no contestabas a ninguna de mis preguntas. Eres igual de seca y de desagradable que tu padre, hija.

Fue como un conjuro. No había hecho más que nombrar al Caníbal cuando, en una de esas coincidencias imposibles que a veces se dan en la vida real, el hombre apareció por la escalera como una alucinación, medio calvo, adiposo y resoplando. Los dos se miraron el uno al otro, sorprendidos, y tras un instante de silencio se saludaron con recelo:

—Hola, mamá.

—Hola, papá.

Resultaba chocante que siguieran tratándose de mamá y papá, teniendo en cuenta que llevaban lo menos diez años separados y bastantes sin verse.

—¿Qué haces aquí? —preguntó mamá, asumiendo el mando en plaza inmediatamente.

—Eso digo yo, ¿qué haces aquí? —me apresuré a intervenir.

—¿Cómo que qué hago? Acabo de regresar de viaje. Y eres mi hija. He venido corriendo para ayudarte en lo que pueda —dijo el Padre-Caníbal con aire ofendido. No había que preocuparse: la dignidad herida era una de las emociones que mejor interpretaba en los escenarios.

Tuve que hacerles pasar, naturalmente, y preparar otra cafetera, y convencerles, desplegando mis mayores encantos, de la conveniencia de que se fueran.

—Os agradezco de corazón a los dos que hayáis venido, pero si os quedáis por aquí yo sé que estaré tensa y preocupada por vosotros, y eso es lo último que necesito ahora.

—No queremos que te preocupes por nosotros, lo que pretendemos es cuidarte.

Cuidarme. A estas alturas. Después de no haberme hecho el menor caso durante toda mi infancia. No sabes lo que es tener dos padres artistas. Aunque tal vez el problema no radicara en que fueran artistas, sino en que fueran *ellos*. Estaba convencida de que, si no habían venido antes, era porque uno y otro habían esperado a terminar sus planes de Navidad. Mi Padre-Caníbal, sus vacaciones en Roma. Mi madre, sus fiestas de Reyes con sus amigos. Por eso habían coincidido ahora los dos, ansiosos de cuidarme en su tiempo sobrante.

Al cabo, y con la elocuente ayuda de Félix y de Adrián, que juraron acompañarme todo el tiempo, conseguí convencerles para que se marcharan: mamá, al piso de una amiga y después a Mallorca; el Caníbal, a su casa de las afueras de Madrid.

—Pero nos llamarás inmediatamente si necesitas algo.

—Desde luego.

Quedé para cenar con ellos, un día con cada uno, por supuesto, porque, para mayor agobio, siempre me reclaman por separado: la gente no suele tener en cuenta que los hijos de padres divorciados tienen que duplicar sus desvelos filiales. Y al fin, al cabo de tres horas, les pude empujar con suavidad escaleras abajo. Se marcharon discutiendo y yo quedé agotada.

Hubiera querido meterme en la cama, taparme la cabeza con la almohada y fallecer en paz, o al menos dormir durante un buen rato, pero Félix y Adrián no me dejaron. Empecé a preguntarme cómo se las habrían arreglado para vivir antes de conocerme a mí, antes de verse inmersos en un secuestro. Ahora se habían puesto a preparar unos espaguetis para la comida. No sé cómo lo hacíamos, pero nos pasábamos la mitad de nuestro tiempo sentados alrededor de la mesa de la cocina.

Íbamos a empezar el almuerzo cuando sonó de nuevo el timbre de la puerta. Otra visita insospechada: el inspector García.

—¡Inspector! ¡Qué sorpresa! Precisamente le iba a haber llamado esta mañana. Pero luego vinieron mis padres y…

El hombre entró sin esperar a ser invitado y dejándome con la palabra en la boca. Cerré la hoja y le seguí. García echó un vistazo rápido a la sala y levantó un par de cojines del sofá, como si pudiéramos tener a Ramón escondido en los entresijos de la tapicería. ¿O tal vez andaba detrás del dinero? Recordé con alivio que los millones estaban de nuevo bien ocultos en el saco de pienso de la Perra-Foca. Comencé a impacientarme:

—¿Busca algo?

El inspector me lanzó una sonrisa torcida desde el abismo de sus labios. ¿Estaría casado ese tipo horroroso? ¿Tendría alguna esposa amante o resignada que le esperara en casa, una esposa que algún día fue novia y que pudo desear, aunque la idea misma resultara intolerable, atravesar el hondo desfiladero que formaban la nariz y el mentón del policía, para llegar, con afán inconcebiblemente lujurioso, a estampar un beso en su boca remota?

—¿Por qué? —contestó García.

—Hombre, porque parece que está usted husmeando por ahí entre los cojines…

—Digo que por qué quería llamarme esta mañana.

—¡Ah! Pues para ver si había novedades, naturalmente. Llevábamos algún tiempo sin hablarnos.

Habíamos llegado, cómo no, a la cocina, y nos sentamos los cuatro en las cuatro sillas en torno a la mesa recién puesta.

—Iban ustedes a comer —comentó García inexpresivamente.

—Pues sí.

—Espaguetis. Me gustan los espaguetis —añadió con la misma atonía.

Hubo un instante de silencio. En general me resulta muy difícil ser grosera, pero no podía soportar la idea de comer con ese hurón delante. Así es que respondí, algo forzada y ronca:

—A nosotros, también.

Nuevo silencio. García suspiró con lo que parecía hondo sentimiento; luego hizo chascar las articulaciones de los dedos y se aclaró la garganta.

—Bien. Lo preguntaré una vez. ¿Ha tenido noticias de los secuestradores? —dijo.

—No.

—Ya veo. Yo pregunto. Usted niega. Así es el juego. Yo investigo. Usted negocia a mis espaldas. Eso hacen todos.

—Yo no negocio nada.

—No sea tonta: no conteste aquello que no le he preguntado. ¿Para qué mentir innecesariamente? Se ve que no tiene usted costumbre de secuestrada.

—Pues no, desde luego. ¿Y usted, tiene usted costumbre de policía? Quiero decir, ¿hace usted algo, investiga o trabaja, además de venir aquí a mirar debajo de los cojines? —contesté, furiosa. García tenía la virtud de sacarme de mis casillas.

—Muy nerviosa. Está usted muy nerviosa, como todas las esposas de los secuestrados. Pues sí, trabajamos. Y descubrimos cosas. Primero, sabemos que está vivo.

—¿Y cómo se ha enterado de eso?

—Secretos del oficio. Segundo, Orgullo Obrero. Orgullo Obrero es un grupúsculo político de extrema izquierda de orígenes maoístas. Han formado una guerrilla urbana influida por las tácticas del grupo peruano Sendero Luminoso. Creemos que son los mismos que secuestraron a un alto cargo autonómico en Valencia hace unos meses. Son pocos, pero muy peligrosos. Y eficientes. Lo que dicen, lo cumplen.

Me estremecí.

—¿Y entonces?

—Entonces. Yo investigo. Usted negocia y paga. Yo no me entero. Usted me avisa cuando el señor Iruña quede en libertad. Así son las cosas. Me parece que se les están quedando fríos los espaguetis.

Se nos había quedado mucho más frío el ánimo. Después de que el inspector se fuera, sólo Adrián pudo devorar, con su proverbial hambruna de lobezno, el cuenco de pasta pegoteada. Félix y yo estuvimos intentando desentrañar la razón de la visita de García.

—Quizá no quiera nada. Quizá venía tan sólo a decirnos lo que sabía y a aconsejarnos honestamente que pagáramos —aventuré.

—No, no, no. Eso sería demasiado simple. Creo que, en efecto, quiere que paguemos, pero para utilizarnos de cebo. Creo que pretende atrapar a los secuestradores en el acto de cobrar el rescate, y apuntarse así un tanto. Le importa un comino lo que esos fanáticos puedan hacerle a tu marido.

Entonces, qué día tan fatídico, volvió a sonar el timbre de la puerta, como en un vodevil de enredos, pero tenebroso. Y en esta ocasión era el portero: que mientras estaba fuera en la hora de la comida le habían dejado un paquete para mí en la portería. Era un paquete pequeño, como la cuarta parte de una caja de zapatos. Lo remitía la editorial de *Belinda, la Gallinita Linda*. Rompí el papel de estraza con cierta ilusión , esperando un detalle de aliento por parte de mi editor, un regalito enviado con cariño. Dentro había una bonita caja de cartón floreada; dentro de la caja, un montón de papel de seda muy arrugado. Y dentro del papel de seda, como acurrucado en ese nido pálido y crujiente, había un dedo seccionado. El dedo meñique de la mano izquierda de Ramón.

Lo reconocí enseguida, el dedo ese. No se puede vivir diez años con un hombre sin saber cómo son sus dedos, el olor de sus axilas, los pelánganos que le asoman por la oreja. Todas esas intimidades que llegas a conocer del otro como si fueran tuyas. El dedo de Ramón era largo y bien formado: siempre tuvo las manos bonitas. Tenía la uña cuadrada y recortada con primor (incluso en el secuestro: me admiré), y un puñadito de vellos en la primera falange. El corte era limpio, sin pingajos de piel o de tendones, sin astillas de huesos. Tan limpio como si lo hubieran seccionado con un hacha, ¿o quizá la violencia del hachazo hubiera aplastado o maltratado más la piltrafa de carne? También era posible que hubieran utilizado una cuchilla de cortar embutidos. Estuve barajando mentalmente estas opciones y me tuve que ir a vomitar. Después me pasé llorando toda la tarde.

El dedo de Ramón. Pobre dedo, tan solo, pálido y muerto, carente de sangre y sustancia. Pobre Ramón, sometido al horror, al dolor y a la mutilación. Mi cabeza no funcionaba bien, estaba llena de relámpagos de cuchillas. El dedo de Ramón. Yo había dado la mano a ese dedo cuando estaba vivo y lleno de movimientos y adherido al resto del continente ramoniano. Yo había sentido moverse ese dedo, caliente y sudoroso en verano, frío en invierno, pero seguro que nunca tan frío como ahora, en el hueco de la palma de mi mano. Ese dedo me había acariciado la cabeza, me había pasado el periódico durante el desayuno, incluso debía de haber estado dentro de mí: diez años de vida conyugal dan para todos los dedos, aunque se trate de una conyugalidad bastante mortecina. Y ahora ese pedazo de persona no era más que un fragmento de basura orgánica.

—Es una brutalidad, es un espanto, es cierto. Pero también te digo que en estos casos se suele sufrir más con la imaginación que con el hecho en sí —me decía Félix, intentando sacarme del ataque de angustia—. Tú estás ahora reviviendo mil veces, y de mil maneras distintas, el momento de la mutilación. Pero para él ese instante acabó hace tiempo. Te recuerdo que yo perdí tres dedos y tampoco fue un trauma tan terrible.

—Pero tú mismo has dicho que para ti no fue una pérdida. No tiene comparación en absoluto. Lo que habrá sufrido, pobrecito.

Ramón había perdido su dedo y yo había perdido a Ramón, mucho antes incluso de que lo secuestraran. Lo había perdido dentro de mí, junto con mi juventud, mis dientes, mis ambiciones literarias, mi capacidad para sentirme viva, mis ganas de enamorarme, mi cuerpo de mujer y tantas otras cosas sonoras y sustanciales en las que no quería ni pararme a pensar. Félix estaba en lo cierto: vivir era perder. Todo se acababa, todo decaía.

Mis padres, por ejemplo. En el rato que estuvieron en casa hablaron de mil temas, compitiendo en locuacidad como siempre habían hecho. En un momento dado empezaron a relatar la extraña historia que les había contado muchos años atrás un amigo dentista. Fue mi madre quien llevó la voz cantante en la narración:

—Pues la cosa sucedió cuando el doctor Tobías acababa de montar su nueva consulta. Un día le llegó un tipo mayor con su mujer diciendo que quería que le arreglara la boca a la señora —explicó mi madre.

—Un arreglo caro e importante —añadió el Caníbal.

—Y este señor era Marrasate, ya sabes, el de los embutidos Marrasate, un tipo riquísimo.

—Forrado de millones —apuntó él.

—Entonces el doctor Tobías le presentó el presupuesto para que lo firmara, como siempre hace, pero Marrasate le contestó que él era tan rico que no firmaba presupuestos previos. Era un chulo, ya ves. Y al doctor Tobías le dio apuro insistir.

—No se atrevió.

—Total, que le arregla la boca a la señora, termina el trabajo y le manda la factura al millonario. Y pasan dos semanas y nada, no hay respuesta. Así que una tarde el doctor Tobías se acerca por la casa de Marrasate, que daba la casualidad que vivía cerca de la consulta…

—En el portal de al lado.

—Y entonces el portero le explica que no están, que se han ido corriendo a Barcelona porque la señora se ha puesto muy enferma. Bien, con esto el doctor Tobías se queda más tranquilo y vuelve a su trabajo. Y pasa un mes o así y una tarde llaman a la puerta de la consulta y es un mensajero que le entrega un paquete a la enfermera.

—Un paquete pequeño.

El Caníbal apuntalaba el relato de mi madre con sus acotaciones sin entorpecerlo ni interrumpirlo, y mi madre se tomaba a bien esas intervenciones, que no eran un intento de arrebatarle la palabra y el protagonismo, sino, por el contrario, una aportación para la voz común, para el discurso dual de las parejas. No hay nada que dé mejor la dimensión de la veteranía de una convivencia como esa manera inconsciente y automática de conversar a dos, de completar con el rebote de tus pensamientos el pensar del otro. Porque el roce continuo de la conyugalidad termina emborronando los límites del ser. Al cabo de los años, de muchos años, todo lo has vivido con el otro, o se lo has contado infinitas veces, o se lo has oído hasta el aburrimiento. No hay palabra, pues, que no resuene.

—Y abren la cajita y ¿qué te crees que había dentro? Pues los dientes de la mujer, o sea, los puentes falsos. Porque la señora se había muerto y ese tipejo le había arrancado los dientes para devolvérselos al dentista y no pagarle. Y date cuenta además de que eran puentes fijos, de esos que se quedan totalmente pegados, o sea que para quitarlos había que liarse a golpes con la boca de la muerta.

—A martillazos.

Mis padres habían vivido juntos más de treinta años, y no sólo todavía se llamaban entre sí papá y mamá, sino que además, me estremeció advertirlo, seguían manteniendo el eco marital, esa palabra compartida y pegoteada por la costumbre. Pero todo eso, esa construcción de la pareja, tan lenta y pertinaz como la formación de una estalactita, reventó al final en un momento dado. Mis padres se separaron hace más de una década. Atrás quedó el embeleso de su noviazgo, el aburrimiento de su madurez y la exasperación de los tiempos finales. Todo perdido. De los treinta años de convivencia sólo les queda ahora el viejo automatismo de un relato a dúo.

A veces voy por la calle y me pregunto qué historial de duelos tendrá cada uno de los peatones con los que me cruzo. Cuándo y cómo habrán perdido todos lo que todos perdemos. Ese señor del traje, por ejemplo, ¿habría llorado mucho la pérdida de su cabellera? ¿Cuánto tardó en aceptar su cráneo mondo, en dejar de estremecerse, por las mañanas, cuando se contemplaba en el espejo? ¿Sentiría todavía un hipo melancólico cuando se veía en fotos antiguas, con todo el pelo y todo el futuro brotándole con vigor juvenil de la cabeza? Y esa señora gorda, vieja y dilatada, ¿cómo pudo acostumbrarse a volverse invisible, a perder para siempre la mirada del hombre? Veamos ahora este autobús: ¿cuántos de los pasajeros habrán perdido ya a sus padres? ¿Cómo se vive eso, cómo lo llora y lo olvida cada uno? ¿Y casar a una hija, y romper con un amante, y dejar un empleo, y jubilarse? El otro día recibí la hoja publicitaria de un seguro de vida. Había una tabla minuciosamente descriptiva con la valoración de unas cuantas pérdidas atroces. Pérdida total del movimiento del hombro derecho, tres millones de pesetas; del izquierdo, dos. Ablación de la mandíbula inferior, tres millones. Amputación parcial de un pie, incluidos todos los dedos, cuatro millones. La lista proseguía de modo interminable con gélida indiferencia administrativa, como si uno pudiera reducir a una línea contable todo el duelo y la palpitación y la vida rota que se agazapan detrás de esas catástrofes. Pérdida de tres dedos de la mano, salvo pulgar e índice, dos millones y medio: eso es lo que hubiera podido cobrar Félix. Pérdida del medio, anular o meñique de la mano, un millón. Eso es lo que podría reclamar mi marido. Con todo, a la tabla de la compañía de seguros le faltaban las entradas más importantes; por ejemplo, no incluía la pérdida de la autoestima, pese a ser una dolencia tan grave y tan común. Y tampoco decía nada de los dientes arrancados de cuajo al chocar contra la trasera de un camión. Mi boca mutilada no tiene precio.

La pérdida, cualquier pérdida, es un aperitivo de la muerte. No nos cabe la pérdida en la cabeza, de la misma manera que no nos cabe la idea de nuestro fin. Uno nunca está preparado para perder.

—Yo no estaba preparada para esto —me dijo una mujer, hace algunos años, en la antesala del dentista.

Porque después del accidente, y una vez dada de alta en el hospital, tuve que ir durante muchos meses al dentista para intentar arreglar lo inarreglable: extraer las raíces partidas, recoser las encías, remendar la mandíbula. Y en una de mis múltiples visitas coincidí en la sala de espera con aquella mujer. Tenía unos treinta años y no era fea; pero estaba calva, calva por completo.

—Yo no estaba preparada para esto —me explicó con voz débil señalando su cráneo reluciente—. Nunca pensé, ni en mi niñez ni en mi adolescencia ni después, que me podría quedar sin un solo pelo en la cabeza. Pero me ha sucedido, y es una situación insoportable. Hay un antes y un después en mi memoria: antes era yo y después me convertí en una desconocida.

Me han mandado al dentista para ver si él puede encontrar alguna relación entre el estado de mi boca y el de mis cabellos. Pero yo sé que todo es inútil, sé que esta situación es irreversible. Más que perder el pelo es como si me hubiera perdido a mí misma. Me he perdido en mitad de mi vida, como otras personas se pierden en un bosque.

Eso dijo aquella mujer, y me sentí reflejada en sus palabras de tal modo que tuve una reacción inopinada y absurda: me saqué de la boca mis dientes de resina provisionales y los lancé al aire, hacia el techo del cuarto, como haciendo con ellos juegos malabares. Y durante un buen rato nos reímos las dos hasta llorar, la calva y la desdentada, reconciliadas con la precariedad por un momento.

Todo se pierde, antes o después, hasta llegar a la pérdida final. Incluso la Perra-Foca perdió vista y oído y ya no corre nada: ahora sólo caza gatos cuando está soñando. Ramón perdió su dedo. Y yo perdí a Ramón.

—Pero eso no es verdad. Vivir no es sólo perder. Vivir es viajar. Dejas unas cosas y encuentras otras. «La vida es maravillosa si no se le tiene miedo»; esta es una frase de Charles Chaplin —dijo Adrián.

Eso fue por la noche, pocas horas después de que hubiéramos recibido el dedo amputado de mi marido. Yo estaba metida en mi pijama chino y en la cama, me había tomado un válium, Félix se encontraba en la cocina preparándome una manzanilla, y Adrián, sentado en la butaquita junto a mí, había estado contándome tonterías para animarme. Eran los dos tan buenos conmigo...

—Eso lo dices porque tienes veintiún años —respondí—. Ya verás a mi edad.

—Tú no tienes edad. Pareces una niña ahí en la cama. Bueno, eres una niña.

Cogió mi mano entre las suyas y la palmeó un poco torpemente. Una sacudida eléctrica subió por mi brazo, como si hubiera metido los dedos en un enchufe. Tal vez él sintiera lo mismo, porque me soltó. Estaba muy guapo con su cara de gato y sus hoyuelos. Pero yo no era una niña.

—Adrián, ¿cómo se te ocurrió esta mañana eso de ponerte a hacer el nudo de una horca con tus cordones? —pregunté.

Adrián enrojeció.

—Sí, fue una tontería. Una estupidez de crío. No sé, quería demostrarte que yo también sabía cosas curiosas. Quería llamarte la atención. Sólo le haces caso a Félix. En cuanto que abre la boca, te quedas pasmada. Todas esas cosas de su vida que cuenta. Son muy interesantes, sí, pero… A mí nunca me preguntas nada. Sólo le consultas a él.

Me lo quedé mirando. En realidad, tenía razón.

—Vale, bien, te pediré consejo más a menudo. Pero no te lo tomes tan a pecho. Es lógico que Félix tenga muchas más cosas que contar. Es una de las pocas ventajas que te aporta la vejez, precisamente. Félix está lleno de recuerdos y de palabras interesantes; y tú…

—¿Y yo?

—Tú tienes la vida, Adrián, y eso me llena de irritación y de envidia. No te quejes tanto y aprovecha.

Creo que ya va siendo hora de que hable un poco de mí. Es decir, ya va siendo hora de que hable de Lucía Romero. Porque me resulta más cómodo referirme a *ella:* el uso de la tercera persona convierte el caos de los recuerdos en un simulacro narrativo y disfraza de orden la existencia. Como si estuviéramos aquí para algo, cuando de todos es sabido que este desvivirse que es la vida en realidad no conduce a nada.

En el comienzo de este libro, Lucía Romero estaba atravesando una época muy mala. De hecho, el secuestro de Ramón fue la guinda que colmó su congoja: porque por entonces se sentía perdida. La vida es como un viaje, y en mitad del trayecto, Lucía lo acababa de descubrir, comienza el desierto. ¿Adónde se había ido la belleza del mundo? ¿En qué momento había perdido su fe en la pasión y en el futuro? De repente, Lucía se encontraba mayor. No importaba que su apariencia física se mantuviera más o menos bien: esto no era más que el último bastión, la postrera línea de resistencia ante el derrumbe. Y además, ella conocía a la perfección, mejor que nadie, los fallos ocultos de la heroica defensa: las carnes fatigadas, las primeras arrugas. Y, sobre todo, los dientes de mentira. Cuando estampó sus verdaderos dientes en la carrocería de aquel camión, algo se le rompió por dentro. Algo se acabó para siempre jamás.

Pero la edad no se le manifestaba sólo en el cuerpo. El desierto peor era el mental. Ya no soñaba por las noches con ser otra persona que la que ya era. Y la que era le aburría bastante. Ya no pensaba en escribir mejor, en amar mejor, en conocer gente, en viajar por el mundo y tener aventuras. Su relación con Ramón era tediosa, sus amigos eran convencionales, su trabajo insulso y su gallinita *Belinda* una petarda insoportable. En cuanto a sus padres, estaban viejos, solos, en la cuesta de la decrepitud y la decadencia: dentro de poco tendría que empezar a hacerse cargo de ellos. El mundo entero le parecía un lugar inquietante, demasiado brutal, demasiado cínico y corrupto. Y además, tenía miedo. Cada vez más miedo. Un terror ontológico y elemental: tenía miedo de envejecer y de morir. No era esto, en fin, lo que ella había esperado de la vida en su niñez, en su adolescencia, en su juventud. No es que ella hubiera tenido unas ideas muy claras, una percepción del porvenir precisa y diáfana, pero de cualquier manera, de eso estaba segura, no previó este mundo alicaído y miserable, este mundo de mala calidad que parecía haber encogido tanto súbitamente que las sisas le empezaban a apretar de un modo insoportable. «Tú lo que tienes es la crisis de los cuarenta», le decía Emilio, su editor. «A lo mejor te estás poniendo menopáusica», comentaba Ramón cuando tenía el detalle de advertir que le pasaba algo. ¡Menopáusica! Sólo faltaba eso. No, no era el cambio hormonal: todavía era joven. Pero lo peor era pensar que se dirigía hacia allí de modo inexorable; y, si ahora ya se sentía tan mal, ¿cómo iba a estar después, en la árida meseta menopáusica, cuando tuviera que sumar a la depresión el consabido azote de las sofoquinas?

La crisis de los cuarenta, desde luego. El otro día Lucía estaba tomándose un café en un bar próximo a su casa y en un momento determinado bajó al baño. Y digo bajó porque los servicios se encontraban en la planta inferior, al otro extremo de una escalera pina y estrecha. Cuando salió de los lavabos, Lucía se dio de bruces con un hombre como de cincuenta y pico años que esperaba su turno para el teléfono. El bar en cuestión es un local de barrio barato y popular, frecuentado por obreros y castizos; y el hombre era un prototipo celtibérico de la subespecie Agreste Camionero, uno de esos individuos que llevan la testosterona en la solapa y que devoran indefectiblemente con la mirada a cualquier mujer que se les ponga al lado, así sea la más horrorosa del planeta mundo. Y hete aquí que ese día Lucía llevaba un jersecito elástico muy prieto por encima de su pecho sin sujetador; y una faldita negra más bien corta y estrecha. Pasó Lucía por delante del tipo sin prestarle atención y comenzó a subir el tramo de escalera; y cuando ya iba a coronar el descansillo se le atravesó una inquietante idea en la cabeza: «Voy a verificar que el Agreste Camionero me está mirando», se dijo, segura de atrapar, como quien apresa un pescado en una red, la mirada lujuriosa y bovina del individuo. De modo que en cuanto que acabó la ascensión giró con disimulo la cabeza. Y sí, en efecto, el hombre se encontraba todavía ahí abajo: pero con la vista vuelta hacia otra parte y completamente ajeno a Lucía, a las piernas de Lucía y a sus pechos sin sujetador resaltados por el tricot elástico. «Se acabó, te volviste invisible», se dijo ella. «Ahora sí que la has jodido para siempre.»

Ya lo dicen las encuestas: a partir de determinada edad desapareces. Todos los sondeos y estudios estadísticos que en el mundo son vienen ordenados por la cronología de los sujetos entrevistados: de los 18 a los 25 años, de los 26 a los 35, de los 36 a los 44... Y en todos se llega a una frontera en donde da comienzo la oscuridad: «De los 45 en adelante», dicen las groseras tablas estadísticas, como si a partir de ese mojón se extendiera el espacio exterior, la Tierra del Nunca Jamás, el despreciable universo de los Invisibles. Pues bien, justamente ahí se encontraba Lucía: pisando el confín del acabóse.

Tal vez convenga hablar un poco del pasado de Lucía Romero. Lucía es hija única y siempre se creyó poco querida. El Padre-Caníbal era un seductor y un egoísta, un buen actor de repertorio que aspiró a ser estrella sin conseguirlo y que ahora vivía con discreción de unas pocas colaboraciones televisivas. Sonreía maravillosamente y derrochaba encanto. Era su único derroche, porque por lo demás resultaba imposible obtener nada de él: ni dinero, ni tiempo, ni auténtica atención. Nunca discutía, nunca daba un grito: carecía de pasiones y tal vez de ideas, y por otra parte estaba convencido de que el malhumor le envejecía y le afeaba, y él se cuidaba mucho. Era inconsistente, superficial, ausente; a no ser que hablara de sí mismo, ningún tema podía absorber su atención durante mucho tiempo.

Toda esta graciosa vaguedad se convertía en peligroso hierro, sin embargo, a la hora de defender sus intereses. Él siempre contaba que, siendo aún un muchachito cuando empezó la guerra, intentó pasarse al bando nacional desde Madrid: por entonces era un chico de derechas y con veleidades falangistas, aunque con el tiempo se fue haciendo antifranquista, al menos de apariencia. El caso es que escapó en pleno invierno con dos amigos suyos e intentaron cruzar a campo traviesa los picachos nevados de Navacerrada. Era de noche, nevaba, estaban agotados y la ventisca les cegaba; el hielo cedió bajo sus pies y cayeron los tres en una grieta. Uno murió inmediatamente; el otro y el Caníbal quedaron heridos y atrapados. En las siguientes horas enronquecieron de pedir auxilio; pero estaban perdidos en el monte, en la zona más inaccesible y más desierta, en mitad de una guerra; además, el frío extremo, que por una parte impidió que se desangraran a causa de sus heridas, por otra amenazaba con acabar con ellos. Todas estas consideraciones hicieron que el padre de Lucía sacara la navaja cabritera al caer la tarde del primer día y que le rebanara un filete de brazo al amigo muerto. Se alimentaron del cadáver y bebieron nieve durante cuatro jornadas, hasta que les encontró, medio congelados, una patrulla republicana. El sargento que comandaba la patrulla se quedó admirado de su resistencia; les curaron y luego les metieron en la cárcel. Y el sargento les dijo que, después de todo, habían tenido suerte; que si les hubieran encontrado los nacionales, con todo ese cacao mental de la religión y el alma y lo demás que tenían los fascistas, les habrían fusilado allí mismo por antropófagos. Y cuando el padre de Lucía contaba esto siempre añadía: «Seguro que aquel sargento tenía razón. ¡Pues menudos eran los nacionales!» Porque para entonces los tiempos habían cambiado y el mundo del teatro era mayoritariamente antifranquista, y él compartía de modo habitual todas las opiniones mayoritarias.

Lucía Romero no sabía si el relato de su Padre-Caníbal era auténtico o no, porque había descubierto, ya de mayor, que su propia tendencia a inventarse mentiras y vivirlas como si fueran ciertas era un rasgo heredado de su progenitor. Y digo que lo había descubierto de mayor porque Lucía había creído a pies juntillas al Caníbal durante muchos años. Seducida por el seductor, había obviado sus continuos desplantes, las fugas, las ausencias, la falta de interés, el olvido sistemático de sus cumpleaños y sus alambicadas y fenomenales excusas, sus mentiras tan ramificadas como un árbol viejo. Era posible e incluso probable, pues, que el padre de Lucía nunca hubiera devorado de verdad a ningún muerto; pero ella lo había creído así durante mucho tiempo, y por lo tanto la antropofagia paterna era en gran medida una realidad incontestable, porque todos somos lo que los demás nos creen y como nos miran. Además, Lucía consideraba que este instinto caníbal encerraba una verdad poética con respecto a su progenitor, una metáfora ajustada de su talante. A ella misma, por ejemplo, su padre se la había comido viva durante muchos años; y su madre estaba aún medio masticada y con señales de dientes por el cuerpo.

La madre de Lucía había sido hermosísima, histérica, cobarde. Era mejor actriz que su marido, pero una educación machista, un ambiente retrógrado y su natural debilidad habían hecho que claudicara en sus aspiraciones y que se sometiera a un destino mediocre. No aceptó oportunidades profesionales importantes para no menoscabar a su marido; y aguantó que el Padre-Caníbal anduviera con estas y con aquellas, incluso que desapareciera durante meses con las de más allá, con tal de mantener la unión de la familia. Una familia que, por otra parte, había terminado convirtiéndose en una cárcel para ella:

—No tengas hijos, nena —solía decirle la madre de Lucía a Lucía cuando ésta tenía sólo seis o siete años, mientras le regalaba juegos de química y tiraba sus muñecas a la basura.

—No tengas hijos nunca, cariño: por tenerte yo a ti es por lo que no me he separado de tu padre, y ya ves qué vida me está dando —le repetía años después, cuando Lucía andaba cumpliendo los catorce.

La madre de Lucía resolvía sus muchas frustraciones con ataques de nervios, fenomenales tormentas de chillidos, paroxismos de llanto. Pero después la vida seguía igual, cansina y postergada. Hasta que un día, cumplidos ya los sesenta y pico, en un arranque de valor o hartura inesperado, la mujer hizo sus maletas y se fue a Mallorca. El Caníbal, que a la sazón estaba enamorado de una chica de veinte, no se enteró de la deserción hasta después de unas cuantas semanas, cuando volvió mustio y envejecido, rechazado, barrigón y cercano a los setenta, para encontrarse con la casa vacía. Fue un abandono irreversible: la madre de Lucía no quiso saber más de su marido ni del teatro. En Mallorca se hizo relaciones públicas del mundo de la moda; bebía, bailaba, se pintaba y salía. Llevaba diez años viviendo como una septuagenaria adolescente.

Lucía Romero no quería parecerse a su madre. Tampoco a su Padre-Caníbal, claro está, pero era el fantasma de su madre el que la perseguía, era el destino de su madre lo que la sofocaba, eran las mismas carnes de su madre las que descubría, con horror, en el espejo de los probadores de las tiendas, cuando Lucía se estaba embutiendo unos vaqueros o un traje de verano y de repente atisbaba sin querer su espalda en el azogue y reconocía ahí, qué escalofrío, la misma caída de hombros que su madre, los mismos michelines incipientes que la edad empezaba a amasar en las caderas, la misma estructura, en fin, del envejecer y quizá del ser. Y es que hay un momento en la vida de todas las mujeres en que empiezan a parecerse a sus madres, pero a sus madres mayores, a la decadencia maternal, como si la progenitora, al ir sucumbiendo, desarrollara compensatoriamente una invasión genética de la hija, una posesión casi diabólica de su cuerpo y su espíritu. A Lucía le espantaba este destino, no quería parecerse a su madre de ningún modo, y menos aún teniendo en cuenta que ella, que era hija sin hijas, solamente hija para el jamás de los jamases, nunca podría proyectar su propia imagen sobre los genes de su sucesora, rompiendo así la cadena materna interminable de vampirizadas y vampiras.

—«La tragedia de los hombres es que nunca se parecen a sus

padres. Las mujeres, en cambio, siempre se parecen a sus madres: y esa es su tragedia.» Es una frase de Oscar Wilde —había dicho un día Adrián, en una de sus abundantes y a menudo irrelevantes citas.

Pero esta cita sí despertaba ecos en la cabeza de Lucía: la frase seguía manteniendo dentro de sí un latido vivo y doloroso aunque las cosas hubieran cambiado mucho desde los tiempos de Wilde hasta nuestra época. No, Lucía no deseaba ser cobarde, como su madre: pero llevaba años y años sin hacer lo que quería hacer y sin vivir como quería vivir. No deseaba frustrar sus ambiciones profesionales, como su madre: pero sólo se atrevía a escribir sobre gallinas. No deseaba prescindir de un amor feliz, como su madre: pero se había acomodado a una rutina plana y miserable con Ramón. De joven, Lucía había sido mucho más inquieta, mucho más atrevida, mucho más ambiciosa. Después, en el trayecto de la vida, de algún modo se le apagó el motor. Hubo una novela que intentó escribir y que fue incapaz de terminar, y el alboroto de unos cuantos amores que fracasaron, y el accidente. En total, nada catastrófico ni verdaderamente insuperable, pero Lucía no había sabido sobreponerse. Aunque tal vez lo que sucedía es que ella era, sin más, una mujer de aliento vital corto. Pensaba en todas estas cosas Lucía al principio de este libro y se sentía fatal.

Quizá resulte conveniente contar aquí algo que ocurrió hace algunos años. Se trata de una anécdota menuda, pero nos puede aportar alguna clave para que todos entendamos mejor a la protagonista de esta historia. Fue poco antes de conocer a Ramón, cuando ella estaba terminando una relación nefasta con un hombre casado. El hombre se llamaba Hans y era un artista conocido, un pintor de moda. Tenía unos ojos negros admirables, de pestañas profundas y ojeras misteriosas; y unas manos fuertes y cuadradas, calientes y secas, con las que amasaba el cuerpo de Lucía con la misma autoridad con que Dios debió de amasar en su momento a Eva. Cruzada sobre la cama, nuestra protagonista se dejaba desnudar con quieta codicia; y Hans, todavía vestido, de rodillas en el embozo, le sujetaba las muñecas por encima de la cabeza con una mano imperativa y dura, mientras que con la otra la recorría entera: el cuello, la garganta, las axilas calientes, los pezones, el borde rizado de las aureolas, el ombligo que Eva no tenía, la curva del vientre, las ingles mordedoras. Aquí se detenía y abría a Lucía con ambas manos, despacio, con dominio del tacto, desplegando la oscuridad marina de ahí abajo, todo eso sin que ninguno de los dos dijera una palabra, él escrutando los recovecos femeninos con mirada atenta de entomólogo o quizá de artista, ella jadeante y casi loca, toda cuerpo ya, gozando de su propia pasividad desaforada. Entonces él (y ya había transcurrido un tiempo infinito a estas alturas, tal vez dos o tres vidas de mortales) comenzaba a desvestirse: se quitaba la camisa, el cinturón, se arrancaba al final los pantalones. Y una vez desnudo, sólido y hermoso, se le metía dentro de un único empellón.

Ya habrá quedado claro, me imagino, que a Lucía le gustaba una barbaridad el susodicho Hans. Le deseaba con todo su cuerpo, que es lo mismo que decir que le amaba con todo su espíritu, porque el sexo es una experiencia mental y espiritual, un barrunto de fusión con el amante, una comunión de las almas realizada por vía genital. Y si carece de esta dimensión trascendente entonces es mal sexo, es sexo rutinario y gimnástico y mortecino, y siempre masturbatorio aunque se juegue a dos.

Lucía nunca pudo llegar a la rutina sexual con Hans, porque su amante la rehuía. Él cada vez se desentendía más de ella y ella cada vez se entendía menos a sí misma. Hans no la quería, la historia se acababa, y Lucía estaba atravesando ese momento de desesperación aguda del final, cuando una pierde la poca dignidad que le queda y telefonea cuando no debe telefonear, y suplica, y llora, y dice frases patéticas que jamás sospechó que pudiera escuchar de sus propios labios. Y, así como al herido todos los golpes le van a parar a la reciente brecha, al enfermo de desamor toda la realidad le aumenta la angustia de la pérdida. De modo que el corazón se le detiene cuando ve un coche semejante al de él; o cuando oye, a través de la televisión de cualquier bar, la canción que escucharon juntos una tarde; o cuando huele, en un peatón casual con el que se cruza (tal vez un gordo horrible con la nariz peluda), la estela inconfundible de la misma colonia que él usaba.

En mitad de ese tormento se encontraba Lucía Romero, precisamente, cuando sucedió lo que quiero contarte. Era Nochebuena y ella estaba sola. Hubiera podido irse a cenar con sus padres, que aún no se habían separado; pero por entonces no les soportaba, de manera que mintió y les dijo que estaría de viaje. Ellos, por otra parte, tampoco mostraron demasiado interés o pesadumbre.

Estaba sola, pues, y era Nochebuena, dos magníficas excusas para aumentar con saña masoquista su depresión de amante rechazada. Estuvo en su casa el día entero esperando el milagro de una llamada de Hans, pero por la noche, a la hora de la cena (ahora no iba a llamar; ahora estaría celebrando la fiesta con su mujer e hijos), sacó a pasear a la Perra-Foca, que por entonces no se había convertido en la Perra-Foca todavía, sino que era una Cachorrita-Linda de apenas unos meses. Al regresar había un recado parpadeando en el contestador. Pero no era de Hans, por supuesto. Decía así:

—Oye, soy tu tía Victoria. Te llamo para decirte que tu padre se está muriendo. Los médicos no creen que pase de esta noche. Está consciente y no hace más que preguntar por ti. Ya sé lo que piensas, pero es tu padre. Está en la clínica de La Concepción, habitación 507. Yo creo que deberías ir. Es tu padre y se muere. No seas descastada. En fin, yo ya he cumplido avisándote. Ahora allá tú con tu conciencia.

Eso decía el mensaje. Bastante inquietante, desde luego, sobre todo si consideramos que Lucía Romero no tenía ninguna tía Victoria. Lo primero que hizo Lucía fue llamar a su familia; cogió el auricular el Padre-Caníbal:

—¿Lucía? ¡Pero qué raro que llames! ¿Dónde estás?

—En Viena —mintió ella. Y en pocos minutos verificó que el Caníbal gozaba de perfecta salud y que ni él ni su madre la echaban de menos: habían invitado a cenar a unos amigos y se oía un jolgorio formidable.

Tras cumplir esta comprobación algo supersticiosa, lo segundo que hizo Lucía fue rebobinar el mensaje y volverlo a escuchar un par de veces. Descubrió entonces que la tía Victoria no decía al principio «Oye», sino «Toñi». Ella, pues, se llamaba Toñi. Ella se llamaba Antonia y tenía un padre agonizando en un hospital.

¿Y ahora qué iba a hacer? Allá tú con tu conciencia, había dicho tía Victoria, y la conciencia de Lucía estaba inquieta. Podía ignorar la llamada, borrar el mensaje y olvidarse de esa tía postiza. Pero la situación le parecía demasiado irrevocable, demasiado desgarradora como para quedarse sin hacer nada. Tenía que localizar a la tal tía Victoria, tenía que explicarle que Toñi, Antonia, no había escuchado todavía el mensaje. ¡Por Dios, pero si era Nochebuena! ¿Es que ni siquiera podía pasar la Nochebuena deprimiéndose masoquistamente en su propia casa sin que la molestaran? Sintió un ataque de autoconmiseración. Sólo a ella le sucedían cosas como esa. Era triste, su vida.

Intentó telefonear al hospital, pero la centralita no respondía a las llamadas. Claro, por supuesto, en una noche de fiesta como esa. Se hizo una tortilla a la francesa, probó dos bocados, telefoneó de nuevo inútilmente. A eso de las doce no pudo resistirlo por más tiempo y decidió ir allá.

La clínica era antigua, destartalada y laberíntica. No había nadie en la puerta, aunque un pequeño transistor vomitando villancicos sobre una mesa daba fe de la presencia de algún vigilante en el edificio. Lucía cogió el primer ascensor que encontró y subió al quinto piso. Pero allí no había habitaciones de pacientes, sino departamentos médicos (Oftalmología, Medicina Nuclear, Litotricia), todos ellos cerrados a cal y canto. Lucía subió y bajó escaleras, recorrió vestíbulos, se asomó a salas de espera fantasmales con horrorosos sillones de eskay rojo. Los pasillos estaban solitarios y en penumbra, únicamente iluminados por una débil luz de emergencia. De cuando en cuando se oía el estallido de alguna carcajada a lo lejos, o unos pasos menudos repiqueteaban en una esquina sin que se viera a nadie. Olía a medicina y las luces de situación rebotaban en los viejos azulejos de las paredes, pintando las sombras de reflejos turbios y anaranjados y confiriendo a los corredores del hospital un aspecto extraordinario y un poco inhumano, como si fueran pasadizos sumergidos bajo el agua o el interior de una nave de marcianos. De pronto, una pareja joven apareció riendo por la escalera: traían un ramo de flores y una botella de champán en una champanera llena de hielo. Saludaron a Lucía desternillados e intentando controlar el tono de voz; comprobaron los números de las puertas, golpearon brevemente en una de ellas e irrumpieron en el cuarto dando gritos festivos. Era la planta de Maternidad.

La habitación 507 pertenecía, en cambio, al departamento de Oncología. Allí el silencio le pareció más espeso a Lucía, el aire más sofocante y más oscuro. Se pasó cinco minutos ante la puerta sin saber qué hacer. Estaba loca, ella estaba loca, ¿qué pintaba allí? ¡Pero si ni siquiera sabía cómo se llamaba el moribundo! Si por lo menos hubiera encontrado a una enfermera, tal vez hubiera podido dejarle una nota explicándole el malentendido. También podía hacer eso, escribir una nota y pasarla por debajo de la puerta. O marcharse sin más, marcharse a su casa ahora mismo y olvidarse de todo. Pero no, una vez en el hospital ya no podía dejar las cosas así: se había acercado demasiado a la situación y había quedado atrapada en su campo gravitatorio. Cogió aire tres veces y golpeó la puerta con los nudillos. No hubo respuesta. Resopló como un ballenato y empujó muy despacio la hoja, que se abrió hacia dentro sin hacer ruido.

· La habitación estaba vacía. Esto es, vacía si exceptuamos al enfermo, que ocupaba una de las dos camas. Pero no había ni rastro de la tía Victoria. Lucía entró de puntillas en el cuarto. También se encontraba medio en sombras, alumbrado sólo por la luz de noche, un rectángulo luminoso empotrado en la pared a ras del suelo. La cama vacante estaba perfectamente hecha, con el embozo impecable y sin arrugas. El sillón y la silla que suelen amueblar todos los cuartos de hospital permanecían arrimados a las paredes con esmero, como si nunca hubiera venido nadie a visitar al enfermo. En cuanto a éste, Lucía se acercó de puntillas a observarlo: estaba boca arriba, quieto y tieso, una menudencia anciana y arrugada del color de las pasas de Corinto, con tubos por la nariz y por los brazos. Tenía los ojos cerrados y parecía muerto. Lucía se inclinó un poco más. No. No estaba muerto. Su barbilla temblaba, sus manos se movían ligeramente. Y se le escuchaba respirar, un pitido entrecortado y fatigoso. Le estaba contemplando Lucía apenas a dos palmos de distancia cuando el agonizante abrió los ojos. Ella dio un respingo. Los ojos del hombre eran dos pequeños botones opacos y febriles. El enfermo la miró durante un rato.

—Toñi —dijo al fin, con voz débil pero perfectamente audible.

Lucía calló.

—Antonia —volvió a decir el hombre, ahora con más vehemencia.

Y levantó una mano en el aire, temblorosa y ensartada de cables.

—Sí —contestó Lucía.

Cogió la mano del viejo entre las suyas.

El anciano cerró los ojos:

—No tengo orgullo —musitó.

Dos lágrimas resbalaron por sus mustias mejillas.

Lucía le apretó la mano engarabitada por la artritis y acarició el dorso maltratado. No quería hablar para no delatarse. Y además, ¿qué podría haber dicho? ¿Que se sentía más cerca de ese anciano moribundo y anónimo de lo que nunca se había sentido de su padre? Ahora se abrirá la puerta y entrarán el médico o la enfermera, se dijo Lucía con angustia; ahora se abrirá la puerta y llegará la tía Victoria y me preguntará que qué hago aquí, una intrusa, una hija fraudulenta, una impostora. Madrid, al otro lado de la ventana, parecía una ciudad deshabitada. Era una noche fría y líquida, con reflejos de semáforo sobre el asfalto mojado. Aferrada a esa mano terminal como el náufrago que se aferra a un madero, Lucía pensó que tal vez la vida entera no fuera más que una preparación para la salida, de la misma manera que el juego de ajedrez no era más que una preparación para el jaque mate. Y se dijo: cómo será mi hora, quién cogerá mi mano, qué llovizna caerá detrás de qué ventana, qué habré hecho de mi vida para entonces. Pero también pensó: tú te estás muriendo y yo estoy viva. Y sintió un alivio elemental y bárbaro.

Envolvimos el dedo de Ramón en papel de plata y lo guardamos en el congelador: fue una iniciativa de Adrián, una idea asquerosa pero tal vez sensata. Eso sí, mientras estuvo el despojo en la nevera no pudimos poner cubitos de hielo en nuestros vasos, porque me negué a volver a abrir ese provisional sepulcro electrodoméstico. Todo había empezado de nuevo, la espera y la impaciencia, la incertidumbre, el miedo. No salíamos de casa más que lo estrictamente necesario: para comprar leche, el periódico y el pan, o para pasear a la Perra-Foca, y siempre se quedaba alguno de los tres de guardia junto al teléfono. Pero el teléfono callaba, o, lo que era aún peor, sonaba y provocaba graves sobresaltos con llamadas inútiles y tediosas, del inspector García, por ejemplo, o de mi madre, o del Caníbal, o incluso de mi amiga Gloria, que ahora me parecía un ser insoportable y tan lejano a mí como un extraterrestre.

Era notable lo mucho que había cambiado mi percepción de las cosas desde el secuestro de Ramón, como si antes de aquello mi vida no hubiera sido verdaderamente mía sino de otra, de una mujer que se llamaba como yo y que se parecía a mí, pero que de algún modo no era del todo reconocible por mi yo de ahora, por este yo intenso y atípico y un poco alucinado de los últimos días, días que parecían semanas, que parecían meses, que parecían años, como si en realidad toda mi existencia hubiera consistido en esto, en ser la mujer de un secuestrado, en esperar la llamada de los secuestradores, en trasladar de acá para allá doscientos millones de pesetas con olor a pienso para perros. Si al principio de la ordalía me asombraba que Adrián y Félix hubieran podido vivir por sí solos antes de que apareciéramos mi problema y yo, ahora en cambio me resultaba difícil imaginar cómo me las había podido arreglar yo misma para ir tirando en aquella vida pálida y normal previa al desastre.

A ellos, al muchacho y al viejo, la desaparición de Ramón parecía haberles ordenado la vida, dándoles una razón para levantarse por las mañanas, para moverse, para hacer y deshacer. A mí, por el contrario, el secuestro me había desbaratado la existencia. Todo el orden anterior, mi trabajo, las conversaciones telefónicas con mis padres cada dos semanas, la gallina *Belinda*, las agradables y aburridas cenas con amigos, las discusiones con mi marido y con mi editor, los paseos estrictamente estipulados de la Perra-Foca, la melancolía de todas las tardes a las siete y las angustias de todas las madrugadas a las dos, todo ese orden, ese entramado de existencia previsible, compacta y continua, se había derrumbado como un castillo de naipes.

Con los años, los humanos nos solemos ir achicando por dentro. De las mil posibilidades de ser que tenemos todos, a menudo acabamos imponiendo sólo una: y las demás se petrifican, se marchitan. Los escritores-profetas del sentimiento ñoño le llaman a eso madurar, aclararse las ideas y asumir la edad, pero a mí me parece que es como pudrirse. Ahí están luego esos muertos vivientes: les conozco. Hombres y mujeres cuarentones, tal vez bien situados, incluso triunfantes en su profesión, que de cuando en cuando suspiran y te dicen: «A mí antes me gustaba tanto hacer deporte...» (ahora la sedentariedad les ha convertidos en gordos infames), «de joven me encantaba escribir» (ahora no sólo no escriben ni una sílaba, sino que además el único libro que han leído en los últimos cinco años es el manual de instrucciones del vídeo), o bien «no te lo creerás, pero yo antes vivía al día, disfrutaba haciendo cosas imprevistas y me pasé un año recorriendo Europa a dedo» (y, en efecto, resulta difícil de creer, porque ahora el tipo en cuestión es tan vital como una acelga y tan móvil como un champiñón, y ni siquiera se atreve a comprar el periódico en el quiosco sin haberlo reservado antes por teléfono). Todos ellos acarrean en su interior una colección de momias, todos tienen por almario una necrópolis. Cuando Ramón desapareció, yo también tenía el almario un poco enmohecido y las personalidades interiores con telarañas, y probablemente la crisis me ayudó a rescatarlas. La buena noticia es que, si sobrevives, el sufrimiento enseña. La mala noticia es que el verdadero sufrimiento casi siempre mata.

El caso es que estábamos otra vez como al principio, digo, pendientes del timbre telefónico como enamorados en síndrome de espera, cuando por fin se produjo la llamada al atardecer del segundo día. Fui yo quien levantó el auricular:

—Lucía…

¡Era Ramón! Sentí el sobresalto en el estómago, como una punzada, como un golpe. Era ridículo, pero no había pensado que pudiera llamarme Ramón en persona. Supongo que lo imaginaba enfermo, postrado, gimiente, febril. Pero era él, no cabía duda. Era él aunque hablara con esa voz tan rara, con voz de enfermo, de postrado, de gimiente y de febril.

—¡Oh, Ramón, cariño, qué te han hecho, cómo estás! —casi lloré.

—Mal, estoy mal… —balbució—. Escucha, Lucía, sólo me permiten hablar un minuto contigo, son feroces, son brutales, están dispuestos a todo, dales el dinero, por favor, haz lo que te dicen…

—¡Lo hago, lo hago, lo del otro día no fue por mi culpa, llevamos el dinero y lo hicimos todo, pero cuando llegamos allí descubrimos que estaba la policía, yo no les dije nada, te lo juro, debieron de seguirnos por su cuenta! —farfullé muy deprisa, sin pararme a pensar si nos estarían escuchando.

—Haz lo que te dicen o me matarán —gimió Ramón.

—¡Esta vez saldrá bien! —prometí.

Pero ya no me pudo oír: habían colgado.

Dos horas más tarde llegó a casa un chico de Interflora con

un maravilloso ramo de tulipanes azules. Precisamente de tulipanes, que era mi flor preferida: resultaba irónico, siniestro. Abrí el sobre de la tarjeta con dedos temblorosos; el mensaje, escrito en letra minúscula con una impresora láser, decía así:

«La entrega se efectuará esta tarde, a las 19.46, en la estación de Atocha. En el vestíbulo de la primera planta, a la altura de las vías del AVE y del Talgo, hay un quiosco de golosinas, y junto al quiosco, un banco. Siéntese en el extremo derecho y deje la maleta en el suelo, a su lado, perpendicular al banco. Mire hacia delante, disimule y espere hasta que la entrega se produzca. Esta es su última oportunidad. Si falla otra vez no volverá a ver con vida a su marido. Orgullo Obrero.»

¡Si fallaba otra vez! Pero entonces, ¿era de verdad todo culpa mía, como siempre temí? ¿Era culpable de ser una mediocre, de haber defraudado las expectativas de mis padres, de no querer adecuadamente a los demás, de quedarme tan bajita como soy, de haber estampado los dientes en la carrocería de un camión, de mi infelicidad, de la infelicidad de los demás y del hambre del mundo? ¿Y ahora además también era culpable del secuestro de Ramón y del fracaso de la primera entrega y de la amputación del dedo meñique de mi marido? Me entró una tiritera de puro terror.

—¡Tranquila! Todo va a salir bien esta vez —dijo Félix con voz serena.

Pero yo seguía temblando.

—Tranquila, bonita. Yo estoy aquí —dijo Adrián.

Y me abrazó por detrás, pegando su pecho a mi espalda (o más bien su estómago a mi espalda: soy tan diminuta) e inclinando su cabeza sobre mi hombro. Como un oso amoroso, como el rico abrigo de una capa en mitad del invierno, como un refugio protector, todo él tan fuerte y grande y cálido envolviéndome en sus brazos y en su aroma. Fíjate qué estupidez: se me acabó el temblor. En realidad, confiaba más bien poco en el muchacho, y no pensaba que su presencia pudiera proporcionarme una seguridad adicional ante los secuestradores ni tranquilizarme frente a mis propios miedos. Pero bastó la presión suave de sus brazos y su cara de gato tan hermosa y el calor de su cuerpo sobre mi espalda, e incluso bastó su inocente jactancia, ese «yo estoy aquí» que me hubiera parecido risible en otros labios, para que me derritiera por completo y se me aflojaran las piernas y dejara de temer y temblar, toda yo instantáneamente femenina, o más bien *feminoide,* lo cual es un estado regresivo, un retorno a las añejas esencias culturales, a la bicha de la mujer antigua, como si de repente apagaras la cabeza y fueras toda sustancia, toda víscera, algo semejante a una medusa marina, a un grumo de gelatina pulsátil, sal y agua, que flota ciegamente hacia donde las corrientes quieran llevarla.

De modo que me dejé mecer por los brazos de Adrián y gimoteé, ya algo más calmada:

—Volverá a salir mal. ¡Pero si ni siquiera entiendo bien las instrucciones!

Y era verdad: leí varias veces la tarjeta sin comprender palabra, como si estuviera repasando el enunciado de un problema de matemáticas en mitad de un examen.

—No te preocupes, es bastante sencillo —dijo Félix—. Sólo tenemos que preocuparnos de dos cosas: de llegar pronto, para evitar que el banco esté ocupado, y de que la policía no nos siga. Y de eso me encargo yo.

Eran las cuatro y media de la tarde y no disponíamos de mucho tiempo por delante. Volvimos a rebuscar en el saco de pienso, volvimos a llenar la maleta, volvimos a salir a la calle arrastrando el peso del maldito dinero. Félix tenía un plan, efectivamente, para evitar que fuéramos seguidos.

—En primer lugar, no vamos a llevar mi coche. Es demasiado identificable y fácil de seguir. Será mejor que cojamos un taxi.

—Está bien. Llamaré por teléfono para que venga uno —dije.

—No, no. Lo más probable es que tengamos el teléfono intervenido, y son capaces hasta de mandarnos un coche conducido por un policía camuflado. No, cogeremos el taxi en la calle, es más seguro.

Era más seguro, sí, pero también más lento y más incómodo, sobre todo teniendo en cuenta que llevábamos con nosotros doscientos millones de pesetas. Estuvimos casi diez minutos en el portal a la espera de que Adrián atrapara algún vehículo, y todo el tiempo me atormentó el recuerdo del intento de atraco que habíamos sufrido unos días atrás.

—Acabarán robándonos el dinero —gemí al fin, incapaz de aguantar la tensión en un digno silencio de heroína.

Félix sonrió y se abrió un poco la chaqueta de *tweed*. Horror, llevaba consigo el pistolón, negro como un mal pensamiento y recio como un cañón napoleónico. Al contrario que el abrazo de Adrián, que por lo menos despertó en mí ancestrales espejismos de cobijo, el arma de Félix no aumentó mi seguridad, sino mi desconsuelo. ¿Adónde iba yo con un octogenario majareta que llevaba un mortero de museo en el sobaco?

—Nos robarán el dinero y la pistola —aventuré lúgubremente.

Pero en ese momento llegaba Adrián subido al taxi.

—Vamos a la plaza de Callao —le dijo Félix al conductor.

El desvío formaba parte del plan de mi vecino para despistar a los posibles perseguidores. Cuando alcanzamos nuestro destino, Félix pagó al taxista y añadió una propina majestuosa.

—Mire usted, tenemos que recoger a mi esposa, que está muy enferma y tiene graves dificultades para moverse —explicó Félix al taxista poniendo un gesto compungido de anciano indefenso—. Nos haría usted un favor enorme si ahora se dirigiera al paso subterráneo de la plaza de Jacinto Benavente y nos recogiera allí abajo, junto a la entrada del *parking*. Estaremos allí en cinco minutos. Le quedaría muy agradecido y además le daría mil pesetas más sobre el precio de la carrera.

—Eso está hecho —dijo el taxista.

—Estupendo. Ya sabe, en el túnel. Debajo del túnel. Junto al *parking*. En cinco minutos.

—Voy para allá.

El plan era bueno, desde luego. La cosa consistía en bajarnos en Callao frente a la zona peatonal y recorrer andando la calle de Preciados: los músculos jóvenes de Adrián podían hacerse cargo de la engorrosa y pesada maleta. Nuestros supuestos perseguidores no tendrían más remedio que seguirnos a pie, y para cuando llegáramos al otro lado de la zona peatonal, el coche de la policía estaría lejos y tardaría en llegar hasta nosotros. Entonces nos meteríamos en el paso subterráneo, y allí abajo nos estaría esperando un taxi. Abandonado en mitad del túnel, con su propio coche de policía aún lejos y sin posibilidad alguna de coger inmediatamente otro taxi para perseguirnos, el policía que hubiera venido a pie detrás de nosotros no tendría más remedio que perder unos segundos preciosos hasta salir del paso subterráneo, y para entonces nosotros ya habríamos desaparecido en el espeso tráfico. Por último, unas cuantas calles más allá abandonaríamos ese vehículo de alquiler y nos subiríamos a otro, por si el perseguidor hubiera tomado la matrícula.

—Cumpliendo esa precaución última y elemental, es imposible que nos puedan seguir la pista —dijo Félix con tono satisfecho cuando nos explicó el programa de escape y disimulo.

Y sí, en efecto, parecía un buen plan, sensato y no demasiado complicado. Lástima que cuando llegamos a lo más hondo del paso subterráneo no apareciera el taxi por ningún lado. Nos pusimos a esperar.

—Qué raro —exclamó Félix con absoluto desconcierto.

—Pues vaya una idea tan estupenda. Ya me parecía a mí. Menudo profesional que estás hecho —gruñó Adrián, aún sudoroso y jadeante tras atravesarse medio Madrid a la carrera arrastrando veinte kilos de maleta.

Esperamos más. Los coches pasaban a nuestro lado haciendo vibrar el aire y atufándonos de anhídrido carbónico. Ni rastro del canalla del taxista. Me indigné con el tipo: la pobre mujer de Félix, muy grave e impedida, podía estar ahora mismo muriéndose de asco en el túnel infecto. Y luego pensé: en cualquier momento va a parar un coche a recogernos y serán los de la policía, que ya han llegado.

—No lo entiendo… —balbució Félix. Se le veía derrotado, confuso, de nuevo súbitamente envejecido.

—Pues no hay mucho que entender: que el tipo ese no viene —se impacientó Adrián.

Así es que tuvimos que volver a salir a la superficie, compuestos y sin taxi y tironeando de la Samsonite. Fuera, en la plaza, tardamos por lo menos otros cinco minutos en encontrar un vehículo libre. Me desojé mirando a todas partes y no pude descubrir ningún coche de aspecto o comportamiento sospechoso, de la misma manera que antes tampoco había identificado a ningún perseguidor entre los peatones. Pero, claro, la esencia del buen perseguidor estriba precisamente en la invisibilidad, de manera que no cabía seguridad alguna. Estábamos tan desfondados y tan deprimidos que nos dejamos de pamemas disuasorias y ni tan siquiera volvimos a cambiar de taxi. Nos dirigimos directamente a la estación de Atocha. Eran las seis y veinte cuando llegamos.

Habíamos acordado que entraría yo sola, para no inquietar a los secuestradores: esta vez no queríamos dejar ningún cabo suelto en la perfecta ejecución de la maniobra. De manera que Adrián y Félix se quedaron fuera, junto a la parada de taxis, y yo arrastré la maleta hasta el vestíbulo principal con el ánimo sobrecogido. Localicé el banco y, para mi alivio, estaba vacío. Tenía por delante hora y media de espera, y en el entretanto, para mayor seguridad, coloqué la maleta en el asiento y me mantuve bien agarrada a ella. De nuevo el tiempo transcurrió con lentitud crispante, de nuevo escruté con avidez todas las caras, intentando descubrir a los policías o a los secuestradores. Una estación central es un lugar muy transitado. A los pocos minutos los rostros se volvieron borrosos, mareantes. Fisonomías intercambiables y sin sentido. Pero nada parecía tener sentido entonces, sentada allí, en la atmósfera desoladora de la estación, en la fría luz artificial. Me vi reflejada en el cristal del comercio de enfrente: una silueta oscura, forrada de ropa de abrigo, que me pareció triste y ajena. ¿De verdad era yo esa mujer madura y solitaria sentada en un banco de estación? La quietud de la figura, la actitud de espera, el olor a invierno y a calefacción insuficiente y a ropa húmeda, el ruido de los pasos presurosos, todo me deprimía. A veces parece que la vida no es más que una estación de paso, de ferrocarriles o tal vez de autobuses, nada más que un vasto y destartalado vestíbulo de suelo gris y sucio con colillas y papeles de chicle en las esquinas, y el invierno apretándose en la puerta.

A las siete y cuarenta puse la maleta junto al banco, de acuerdo con las instrucciones recibidas, y el desvarío melancólico en el que estaba inmersa se trocó en ansiedad. ¿Y si ahora pasara un ratero cualquiera y se llevara tan tranquilamente la maleta? ¿Acaso no eran célebres las estaciones por la abundancia de ladrones que las pululaban? ¿Y no era mi maleta, colocada con aparente descuido junto a mí, una presa tentadora y fácil? En ese momento anunciaron la llegada de un AVE, y un minuto más tarde empezó a sobrepasar mi banco una nueva oleada de viajeros. Yo mantenía el rostro hacia delante, pero mi mirada, no podía evitarlo, se escurría por la comisura de los ojos hacia la maleta. La Samsonite era una mancha negra en torno a la cual se arremolinaba el flujo humano, como una roca lamida por las olas. Ahora tiene que ser, me dije. Justo ahora. Pero pasaban los minutos y el caudal de personas iba disminuyendo. Al cabo, los últimos viajeros se deslizaron presurosos a mi alrededor y el vestíbulo volvió a quedar en calma. Era una tranquilidad mortífera, exasperante.

—No va a salir bien. Lo presiento. Hoy tampoco sale —gemí para mí misma.

En ese instante se paró frente a mí una señora que arrastraba tras de sí a una niña zangolotina y cejijunta de la misma manera que otras señoras arrastran el carrito de la compra.

—Es usted… ¿Es usted? —dijo, redundante, señalándome con un dedo acusador.

—¿Cómo? —me sobresalté: no era posible que esa mujer fuera mi contacto.

—¡Sí, es usted! —insistió triunfal la señora, dándome golpecitos en el hombro con el dedo—. Usted es la escritora infantil esa, ¿verdad?

No eran ni el lugar ni el momento apropiados para entablar una charla literaria y hubiera debido mentir, fingir, librarme de la mujer, decir que no. Pero era la primera vez en mi vida que me asaltaba una *fan* en plena calle y no pude resistir la tentación de la gloria.

—Pues sí, supongo que sí.

—¡Qué alegría! Mira, Martita, esta señora es la autora de esos libros que te gustan tanto.

Martita sonrió con candor. Era como una copia reducida de su madre, con la misma narizota e idénticos mofletes poderosos.

—Qué alegría, precisamente los Reyes le han traído este año el último volumen de la colección, no se pierde ni uno, ¿verdad, Martita? Le encanta *Patachín el Patito,* los tiene todos.

Sentí un pequeño retortijón en el orgullo, que viene a estar localizado como a la altura del hígado.

—*Belinda. Belinda, la Gallinita Linda* —murmuré.

—¿Cómo dice?

—Que yo no soy la autora de *Patachín el Patito*. La autora es Francisca Odón.

—¡Vaya! ¡Qué me dice! ¿Está usted segura?

—Mis libros son los de *Belinda, la Gallinita Linda* —repetí con cierta esperanza mientras miraba a mi alrededor nerviosamente.

—¡Vaya! Pues esos no los conocemos, ¿verdad, Martita? ¡Qué pena! Pues nada, usted perdone, ¿eh? —dijo algo embarazada la señora.

Y salió a todo correr arrastrando a su hija tras de sí.

Me estaba intentando reponer del encuentro cuando se acercó a mí un niño pequeño y mugriento que vendía flores de plástico. Qué minuto tan intenso: en mi vida había estado tan solicitada. Con tanto visitante inopinado volvería a fracasar la operación de entrega del rescate.

—No quiero comprar nada, guapo —me apresuré a decirle: quería que se fuera y que no estorbara.

—Pero qué dices, tía. Si yo no vendo nada. Te traigo un recado. Y la flor te la regalo —contestó con desparpajo el mico, que apenas si levantaba un palmo del suelo. Y me metió en la mano un papelito y una rosa encarnada.

Desdoblé el papel: traía un texto impreso en letra minúscula, semejante a la del anterior mensaje de Orgullo Obrero. Decía así:

«Esto ha sido una cita de seguridad. Vaya ahora mismo, repetimos, AHORA MISMO, al cine Platerías. Compre una entrada y entre usted sola, repetimos, USTED SOLA. Siéntese en las últimas filas, en la zona de la derecha y en una de las butacas del pasillo, dejando libre un asiento a su lado. Ponga la maleta a sus pies y disfrute con la película. No se detenga a telefonear a nadie: la estamos vigilando.» Levanté la cabeza buscando al niño de las flores, pero había desaparecido. Me apresuré a salir de la estación y enseñé la nota a mis compañeros, que para entonces estaban ya desesperados por mi tardanza.

—Dicen que nos están vigilando —susurré, sobrecogida.

—Puede que sea cierto y puede que no —contestó Félix—. De todas formas, vámonos.

Un taxi nos trasladó en sólo diez minutos hasta el cine. El Platerías estaba en una calleja de la zona antigua de Madrid, por detrás de la Puerta del Sol. Era un local mísero y diminuto con un cartelón pintado a mano que decía: «Hoy, fabuloso programa triple: *El Último Nabo en París*, *Chúpate ésa* y *Huevos a Granel*». El cogote se me inundó de sudor frío: de manera que tenía que entrar *ahí* y además *sola*. Era noche cerrada y la calle estaba poco iluminada y aún menos transitada. El interior del cine parecía tan acogedor como la cueva de una serpiente cascabel.

—Pues me parece que no tienes más remedio que ir —dijo Félix.

—Te esperaremos aquí, no te preocupes —dijo Adrián—. Y si no sales en un ratito voy a buscarte.

Me acerqué a la taquilla para sacar la entrada, muerta de vergüenza de que me vieran. Pero a la taquillera, una momia de pelo pelirrojo y nariz verrugosa, mi presencia le pareció de lo más normal:

—Toma, tesoro. Y date prisa, que ahora mismo está empezando *Chúpate ésa*. Es la más bonita de las tres, tiene un argumento la mar de interesante —dijo la momia.

Y en efecto entré, arrastrando con dificultad la pesada maleta por encima de una moqueta sucia hasta la náusea. Atravesé una cortina ajada y me encontré dentro de una tórrida y sofocante oscuridad que apestaba a pies y a bajos mal lavados. Poco a poco empezó a emerger de las tinieblas el perfil de las butacas: era una sala pequeña y estaba casi vacía. Busqué un lugar a la derecha y hacia atrás, siguiendo las instrucciones, y me desplomé sobre el asiento con el corazón bailándome un zapateado dentro del pecho. Era una suerte que estuviera tan oscuro, porque así no podía ver la porquería que tapizaba los sillones: el posabrazos, en donde coloqué un instante mi mano, tenía un tacto húmedo y viscoso. Puse la maleta junto a mí, entremedias de mi silla y la de al lado, y me dispuse a esperar. Pasaron unos pocos minutos y empecé a ser consciente de lo que estaba viendo en la pantalla: carne por aquí y carne por allá, agujeros

negros y peludos, bocas babeantes, penes descomunales. Bien,
me dije con alivio, es una película porno para homosexuales.
Miré a mi alrededor y todos los demás espectadores estaban re-
partidos en parejitas, afanosamente atentos a lo suyo: de modo
que el Platerías era un cine *gay*, circunstancia que me tranqui-
lizó bastante. Si no cogía alguna enfermedad venérea, si no me
quedaba embarazada por el mero hecho de estar sentada en
uno de esos sillones sustanciosos, y si no moría asfixiada por el
aire fétido, tal vez conseguiría en esta ocasión entregar el di-
choso dinero del rescate, me dije esperanzada. Y en ese mismo
instante, como si hubiera sido convocado por mi mente, se
sentó a mi lado un tipo alto y grueso.

Lo de alto y grueso lo advertí por su sombra, por el volumen
de aire que desalojaba junto al rabillo de mis ojos, porque no me
atreví a mirarlo de frente. Seguí con la vista clavada en la pantalla, en donde un negro inmenso le clavaba a su vez la verga a un
blanco delgaducho. Bien, el recién llegado empezó a maniobrar
junto a mí. Noté que la maleta se movía: chocó contra mi pierna.
¿Pero qué demonios estaba haciendo el tipo? ¿Pretendía quizá
contar los millones antes de llevárselos? Entonces vi algo de refilón que me llenó de pánico: el hombre tenía en la mano una
pistola. ¿Tal vez iba a matarme? Me volví hacia él de manera
instintiva y lo miré de frente: un rostro ancho y anodino, la boca
medio abierta, la lengua asomando entre los labios. Y lo que había en sus manos era un sexo amorcillado y renegrido, tieso
como la vara de un perchero. No se trataba de mi contacto, no
era el terrorista, sino el único bisexual que debía de haber en
todo el cine, tal vez el único verdadero bisexual de todo el planeta, y justamente me había tocado a mí, justamente se le había
ocurrido sentarse a mi lado y meneársela.

Pegué un bufido, me puse de pie y salí arreando con la Samsonite. Y entonces sucedió: estaba retrocediendo por el pasillo
en busca de otra butaca, cuando alguien salió por detrás y agarró la maleta.

—Esto es nuestro —susurró una voz en mi oído.

Fue un movimiento suave y bien ejecutado: yo sentí su
mano sobre la mía y solté el asa. Vi las espaldas del hombre, en-
vueltas en un traje oscuro, caminando por delante de mí hacia

la salida. Me quedé paralizada en medio del pasillo durante unos instantes, hasta que un espectador empezó a protestar diciendo que no veía. Salí corriendo y me encontré con Félix y Adrián en la puerta del cine.

—¿Lo habéis visto, lo habéis visto? —les grité muy excitada.

—¿A quién?

—Al hombre de la maleta.

—No, no. Por aquí no ha pasado nadie. Debe de haber otra salida.

En realidad, me daba igual por dónde se hubiera ido: lo importante era que lo habíamos conseguido. ¡Habíamos conseguido pagar el rescate! El juego de policías y ladrones había acabado.

Regresamos a casa en silencio, agotados. Curiosamente, yo no había pensado en ningún momento en lo que pasaría después de la entrega: todas mis energías habían estado concentradas en la operación de pago del rescate. Ahora, una vez aflojada la tensión, mi cabeza se había sumido en el aturdimiento. Bien, habíamos conseguido pagar la cantidad exigida, y ahora era de suponer que Ramón sería liberado y que volvería a casa. Me aliviaba, claro que me aliviaba la idea de su liberación. Pero me acongojaba, claro que me acongojaba la idea de su regreso. Ahora que Ramón iba a volver conmigo ya no me parecía tenerle tanto cariño como en los días pasados. Me lo imaginaba entrando por la puerta con su mano maltrecha (pobrecito) y sentándose en la sala y explicando su secuestro una y otra vez, ciento cincuenta mil veces en los próximos años, ciento cincuenta mil explicaciones reiterativas y aburridísimas todas ellas, porque Ramón era lento y tedioso y un narrador horrible.

Me imaginé a Ramón contando su secuestro por milésima vez y fumando de la manera que él fuma, agarrando el cigarrillo con su mano mutilada (pobrecito) y sosteniéndolo recto ante la boca mientras chupa, para después hacer ruido con los labios al echar el humo; cierra y abre los labios con un chasquido húmedo y neumático, cierra y abre los labios como si fuera un barbo boqueante. Para entonces yo ya no soportaba ese ruidito ni esa manera piscil de abrir la boca. Es curioso ver cómo se desarrollan las inquinas domésticas: al principio lo que te desespera de tu pareja es que no te escuche cuando le hablas o que no sea todo lo cariñoso que esperabas o que tenga un mal genio inaguantable, pero luego, con el tiempo, superada ya la línea de flotación de las disputas conyugales, lo que de verdad te enferma y exaspera es que tu pareja haga ruiditos al comer la sopa o que tenga la costumbre de silbar en la ducha; de modo que estas manías personales, inocentes del todo, pasan a convertirse en el núcleo del rencor y del desencuentro, en la madre de todas las furias y del gran desencanto. Y así, lo que más me espantaba del regreso de Ramón era verle y oírle boquear mientras fumaba con su mano cortada (pobrecito): porque cada vez que se ponía a barbear me entraba por él un odio tal que, por poner un ejemplo, le hubiera incrustado gustosamente un paraguas de tamaño regular entre los labios.

Pensé con inquietud, por otra parte, que esta repentina ferocidad contra Ramón podía estar de algún modo influida por la turbadora presencia de Adrián. Volvería Ramón con su hablar parsimonioso y sus cigarrillos y su dedo amputado, pobrecito, y yo regresaría a mi vida de siempre. Sin Félix y sus estupendos relatos. Y sin Adrián. No es que yo quisiera llegar a nada con Adrián, ni mucho menos; pero nuestra relación era como un juego, algo cálido y brillante que iluminaba el mundo y emborrachaba un poco. Me iba a costar bastante quedarme sin los dos, ahora me daba cuenta. Me iba a costar bastante prescindir de él.

Pensando estaba en todo esto en la cocina mientras nos tomábamos unos bocadillos y un vaso de vino, cuando Adrián dijo en tono algo solemne:

—He descubierto algo que creo que es importante.

Le miramos con expectación.

—Veréis, un tipo de veintiocho años ha sido fulminado por un rayo en el zoo de Madrid. Y lo más curioso es que ese día no hubo ni una nube en toda la ciudad, ni una gota de lluvia, ni una tormenta, y desde luego ese rayo fue el único que cayó en toda la Comunidad.

Le miramos desconcertados.

—Otro chico, de veintitrés años, se estrelló con su coche en la carretera de Guadalajara. Resulta que el coche salió volando por una racha de viento fortísima que le sacó de la carretera. Pero ese día no había viento, y menos de la velocidad que hubiera sido necesaria para que desplazara el coche. El chico murió, naturalmente. Y otra cosa más: dos días más tarde, otro tipo de veinticinco años, que también iba conduciendo por una autopista madrileña, sufrió un accidente fatal cuando una piedra atravesó el parabrisas. Han analizado la piedra y era ¡un meteorito! ¡Un pedazo de materia estelar, un trozo de asteroide, un fragmento del cosmos! Que un meteorito atraviese tu parabrisas es algo tan improbable, por lo visto, que es casi imposible. Pero sucedió. ¿Qué os parece?

Le miramos un poco irritados.

—No sé. ¿Qué nos tiene que parecer? —dije.

—¡Pues muy raro, extremadamente raro, eso es lo que es!

—¿Adónde quieres ir a parar con todo esto?

—Bueno, es que... Ya sé que suena paranoico, o estúpido, o incluso ambas cosas a la vez, pero ¿no parecería algo así como una especie de conspiración para matar gente joven? Desde luego, se diría que hay algo paranormal en todo esto. Ya sabéis que no creo en las coincidencias.

Le miramos desconsolados. O quizá el desconsuelo fuera sólo mío: Félix se sonreía burlonamente. Ese chico inmaduro, ese muchacho absurdo, capaz de soltar apasionados disparates sin dejar de comer su bocadillo, me parecía hoy mucho más atractivo, más delicioso y más deseable que Ramón, mi marido (el pobrecito). De quedarme con Adrián, de convivir con él, probablemente llegaría un momento en el que le odiaría por hablar y masticar al mismo tiempo, como ahora mismo estaba haciendo, llenándolo todo de perdigones de pan y de saliva. Pero hoy incluso esa porquería me resultaba enternecedora. No hay en el mundo arbitrariedad mayor ni injusticia más atroz que la del sentimiento.

Pero no volvió. Me refiero a Ramón: no volvió esa noche, ni al día siguiente, ni el día de después del día siguiente. No volvió con su boca de barbo y su dedo cortado, el pobrecito. A medida que el tiempo transcurría sin saber nada de él, la culpabilidad empezó a roerme las entrañas. Pensé que, en efecto, la maleta se la había debido de llevar un vulgar ratero. Pensé que tal vez los secuestradores habían cambiado de parecer y ahora planeaban reclamar aún más dinero. Pero sobre todo pensé que mi marido no volvía porque yo había deseado que no volviera; que mi mal amor era la causa mágica y fatal de su desgracia; que quizá Ramón hubiera muerto, ejecutado por el desdén de mis sentimientos. Entonces tuve fiebre, me mareé, se me llenaron los labios de calenturas. Pero ni siquiera estos castigos consiguieron que Ramón apareciera.

Quien apareció fue una juez llamada María Martina. Al segundo día recibí una llamada sorprendente: se me pedía que acudiera a ver a la magistrada esa misma tarde. Era una visita informal, no una citación obligatoria; pero se trataba de un asunto concerniente a la desaparición de mi marido y me convenía acudir, explicó con altivez administrativa el secretario.

Llegué al juzgado un tanto intimidada: para cuando me introdujeron en el despacho de María Martina mi culpabilidad había adquirido dimensiones tan monumentales que hubiera podido admitir fácilmente la autoría del robo al tren-correo de Glasgow. Para mi sorpresa, yo no era la única convocada: en una silla, con aire modoso y aburrido, las rodillas muy juntas, como se suelen sentar las señoras talludas, estaba el inspector José García. Me saludó con un pequeño cabezazo e indicó con la mano la otra silla sobrante. Estábamos solos. El cuarto era pequeño y miserable, un perfecto ejemplo de oficina siniestra, con las paredes llenas de lamparones y una mesa de trabajo desvencijada y enorme que ocupaba casi todo el espacio disponible. No había más detalle personal que un cojín que cubría el sillón de madera de la juez; pero era desde luego un cojín llamativo, hinchado como un globo, amarillo rabioso, satinado, con una gallina blanca bordada en todo lo alto, una gallinita con tacones y falda de lunares. Mi sino parecía estar marcado por las gallinitas repugnantes.

—Gracias por venir, señora Iruña.

Me volví. La juez acababa de entrar en la habitación. Era casi tan bajita como yo y mucho más joven: tal vez menos de treinta años. Llevaba un traje suelto azul marino y una voluminosa barriga, un ostentoso tripón de embarazada que ella manejaba como el patrón de un yate de lujo maneja la proa de su nave: alardeando, desdeñando, embistiendo. Trepó con cierta dificultad a lo alto del cojín y dio un suspiro: tal vez quisiera el cojín para estar más alta que sus interlocutores, para imponerse más, para amedrentar. Era una mujer cortante, expeditiva. No me había mirado todavía, y aparte de su seca frase de la entrada no se había molestado en presentarse, en darme la mano o en intercambiar cualquier saludo convencional. Abrió una carpeta azul y se enfrascó en la lectura de unos papeles. Luego levantó la cabeza y se dirigió a mí:

—¿Desde cuándo estaba trabajando su marido con Orgullo Obrero?

—¿Cómo?

—¿Desde cuándo estaba pasando dinero su marido a los de Orgullo Obrero?

—¿Cómo dice?

En la vida hay conocimientos que se buscan y conocimientos que se encuentran. Los conocimientos que se buscan suelen ser técnicos, o eruditos. Normalmente se adquieren paso a paso, con una presunción previa de lo que vendrá. Claro que también puede tratarse de asuntos emocionales e íntimos; una muchacha virgen puede querer saber lo que es el sexo, por ejemplo. Pero, aun en estos casos, los conocimientos que se buscan suelen ser un desarrollo de la propia vida. Añaden, no restan. Aportan datos, memorias y vivencias. Acumulan.

Los conocimientos que se encuentran, por el contrario, suelen amputar una parte de ti. Por lo pronto, te roban la inocencia. Tú estabas tan tranquilo, ignorante feliz de tu ignorancia, cuando, zas, te atrapa una novedad, una maldita sabiduría a la que no aspirabas. Por lo general, una revelación es eso: un fogonazo de insoportable claridad, un rayo de realidad que te cae encima. Una luz despiadada bajo la que descubres que lo que antes eran para ti paisajes no son más que forillos, y que has vivido en un teatro creyendo que era vida; de modo que has de recolocar tu pasado, reescribir de nuevo tu memoria y perdonarte a ti mismo por tanta estupidez y tan feroz ceguera. Para bien o para mal, nada sigue igual tras una revelación como es debido.

Eso me sucedió aquel día en el despacho de la juez Martina: que los diez años de convivencia con Ramón cayeron hechos trizas bajo el terremoto de las palabras de esa mujer. Pero quién era realmente mi marido, qué pensaba, qué hacía. Y quién era yo, para no haberme enterado.

—Por lo que sabemos, Ramón Iruña llevaba varios años en contacto con Orgullo Obrero. En la caja fuerte de su despacho del ministerio hemos encontrado estas dos cartas.

¡En el despacho de Ramón, naturalmente! ¿Por qué no se me ocurrió a mí ir a mirar ahí? Aunque, por otra parte, ¿acaso los secuestrados van dejando pistas previamente de sus propios secuestros? Cogí los dos papeles que me tendía la juez y los leí con avidez. Eran cuartillas blancas impresas con la misma letra diminuta que la tarjeta de los tulipanes. La primera estaba fechada tres años atrás y decía así:

«Esta es la última vez que se lo decimos: esperamos el próximo pago para el día 27, cinco talones bancarios contra los bancos acordados. No aceptaremos ninguna excusa más. Colabore y todo irá bien. Pero si no colabora, morirá. Orgullo Obrero.»

El otro mensaje había sido escrito apenas un mes antes:

«Queremos los doscientos. No somos bandoleros, sino combatientes de la justicia social. No consentiremos que un pequeñoburgués corrupto como tú se aproveche de nuestra causa. Elige: o nos das el dinero o te lo quitamos. Pasado mañana, a las doce, en el punto Z. Tu ausencia tendría fatales consecuencias. Orgullo Obrero.»

—¿Qué le sugieren esas notas? —preguntó la juez.

Levanté la cabeza:

—No sé.

La juez estaba acariciando un gato salido súbitamente de quién sabe dónde. Pero no, no era un macho, sino una hembra: era una gataza atigrada y con un barrigón bamboleante de avanzada preñez.

—Veamos. Esto de los «doscientos» de la segunda carta, ¿le suena de algo? —dijo la magistrada en tono frío—. ¿Cree usted que se refiere quizá a doscientos quesos manchegos, o a doscientos tornillos, o a doscientos pares de patucos para bebés?

Vaya por Dios, la juez cultivaba el género sarcástico. Hemorroides. Tenía que usar ese horrible cojín porque sufría de hemorroides como casi todas las embarazadas, pensé con oscura satisfacción (¿o lo de las hemorroides era en las parturientas?).

—Supongo que se trata de dinero, de doscientos millones de pesetas —contesté muy digna.

—Eso es, doscientos millones. Justo la cantidad que usted les ha dado.

Guardé silencio.

—Mire, señora Iruña, creo que le conviene contármelo todo. Sabemos que tienen ustedes una caja de seguridad en el Banco Exterior; y sabemos que el día dos usted retiró algo muy pesado de esa caja. Le voy a decir algo más, porque quiero creer que no lo sabe: en los últimos cuatro años, su marido ha estado desviando fondos del ministerio, falseando informes y recolectando multas que en realidad no había incoado oficialmente. Hablo de mucho, muchísimo dinero: una cifra cercana a los seis mil millones. El dinero era ingresado en las cuentas de dos sociedades anónimas fantasmas, Capital SA y Belinda SA, y de ahí salía por medio de talones al portador o complicadas operaciones financieras. Las dos sociedades han desaparecido y los responsables han resultado tener identidades falsas. Quiero decir que los seis mil millones se han esfumado.

Entró una secretaria en el despacho y la magistrada se detuvo. No te lo creerás, pero la secretaria también estaba embarazada. Era alta y robusta como una lanzadora olímpica de disco, y tenía una panza como un planeta. La pequeña habitación empezó a oler a menstruos retenidos: la concentración de estrógenos por metro cuadrado era asfixiante. La juez firmó unos papeles, la grávida energúmena se fue y la exposición de los hechos continuó.

—Creemos que su marido fue contactado por Orgullo Obrero y forzado, bajo amenazas, a desviar los fondos del ministerio. No debe de ser al único funcionario al que han amenazado: nos consta que por lo menos hubo otro hombre en Valencia, un alto cargo autonómico. Ese hombre también desapareció, y estamos casi seguros de que fue secuestrado por Orgullo Obrero. Creemos que es una especie de impuesto revolucionario, sólo que muy selectivo. Extorsionar a los ricos no resulta fácil. Orgullo Obrero es una organización pequeña y probablemente les sea más rentable concentrarse en dos o tres personas colocadas en puestos decisivos y ordeñar al Estado a través de ellas. Claro que, para organizarlo todo, entre los terroristas debe de haber alguien con un buen conocimiento administrativo y financiero. ¿Observó usted algún cambio en el carácter de su marido en los últimos cuatro años? ¿Estaba más nervioso, inquieto, parecía asustado?

¿Observar? ¡Pero si hacía una eternidad que yo ni tan siquiera *miraba* a Ramón! Claro que esta era una de esas indignidades conyugales que todos nos callamos.

—No. No noté nada —dije con incomodidad.

—Ya veo. Bien, creemos que en algún momento de este proceso su marido empezó a quedarse con parte de los fondos que desviaba. Se fue haciendo un pequeño tesoro personal. Con el tiempo, suponemos, unos doscientos millones.

Calló y me miró con intención durante unos instantes.

—Probablemente la tentación de ver pasar todo ese dinero por sus manos fue superior a sus fuerzas. Aunque también es posible que estuviera reuniendo ese capital para desaparecer. Para fugarse. Debe de ser muy duro vivir sometido a un chantaje terrorista durante años.

Le agradecí mentalmente a la juez esa puerta abierta a la dignidad. Sí, se lo agradecí de corazón.

—El caso es que los de Orgullo Obrero se enteraron de algún modo de ese fondo alternativo que Ramón Iruña se estaba haciendo, y le conminaron para que se lo entregara. Pero parece evidente que su marido fue mucho más heroico a la hora de defender sus propios millones que cuando estaba en juego el dinero público. Debió de negarse, y entonces lo secuestraron.

Le retiré el agradecimiento a la magistrada. En realidad, se trataba de una mujer muy fastidiosa.

—Le diré que ha tenido usted el teléfono intervenido, y que por sus conversaciones, y porque suelo tener un talante apacible y confiar en la bondad humana, he decidido creer por el momento en su ignorancia sobre todo este asunto. Comprendo que al principio mantuviera usted el silencio para proteger a su marido, pero ahora le puede ayudar mejor si lo cuenta todo. Y de paso se ayudará usted misma. Porque podría procesarla por complicidad en los delitos cometidos por el señor Iruña. Que son una buena colección, se lo aseguro.

Pues sí, lo conté todo. Ya estaba pagado el rescate y la juez conocía todo lo que no debía conocer, así que ¿qué mal podía causar a estas alturas que yo hablara? Al contrario: Ramón no aparecía, y tal vez lo que yo pudiera decir ayudara a la localización de los delincuentes. Por consiguiente, expliqué lo de los millones, y lo de los almacenes Mad & Spender, y lo del dedo seccionado, todo ello ante la presencia berroqueña del inspector García, que ni se movió ni dijo palabra en todo el tiempo. Por cierto que fueron a buscar el dedo de Ramón y le hicieron unas pruebas en el laboratorio, comparando los vellos congelados de la falange con unos cabellos que yo recogí del cepillo de mi marido. Al cabo, dictaminaron lo que yo ya sabía: que ambas muestras pertenecían al mismo individuo. Pero esto sucedió una semana después y en el entretanto pasaron muchas cosas.

Aquel día regresé a casa y expuse a mis amigos lo que la juez había dicho. Al repetirlo en alta voz, advertí con mayor claridad lo bochornoso de mi papel en el asunto. ¿Cómo era posible no haber notado nada? Conocí una vez a una mujer que me contó su historia: estaba casada y tenía tres hijos ya crecidos, y, según ella, su familia la trataba con la misma atención y sentimiento con que trataban al calentador de la ducha o al frigorífico, unos útiles domésticos imprescindibles para la comodidad cotidiana, pero con los que no solían mantener conversaciones apreciables. Y como prueba de lo que decía explicaba que una vez se golpeó con la puerta de una alacena y se le quedó el ojo morado durante dos semanas; y que durante todo ese tiempo nadie, ni su marido ni los tres gamberros salidos de sus entrañas, mencionaron ni una sola vez el ojo machucado. Pues bien: esta omisión que a mí me pareció ignominiosa cuando me la contaron, este desapego escandaloso y bárbaro, quedaba ahora empalidecido ante la supina insensibilidad de mi comportamiento.

—Parece mentira. No me puedo creer que haya vivido todos estos años con Ramón sin conocerle en absoluto. Cómo es posible que le estuvieran extorsionando durante tanto tiempo y que yo no me haya dado cuenta de nada… Pobre Ramón.

—Pues sí, en efecto, parece mentira… —dijo Félix, pensativo—. Pero sobre todo porque toda la historia suena bastante rara.

—¿Qué quieres decir? A mí me parece de lo más lógica y razonable… O sea, todo eso del impuesto revolucionario y de ordeñar al Estado y demás que contó la juez.

—Ya. Y resulta que tu marido guarda en su caja fuerte dos cartas de los terroristas. No todas, sino sólo esas dos, que son justamente las que permiten deducir por qué defraudaba al ministerio y por qué le secuestraron.

—¿Y qué hay de raro en eso? Posiblemente fueran las únicas cartas que recibió. Seguro que los terroristas se comunicaban con él por teléfono, para no dejar huellas. O en persona.

—Eso es verdad —intervino Adrián, que le quitaba la razón a Félix siempre que podía—. Me han contado que los *etarras*, por ejemplo, utilizan mucho el contacto personal para sus extorsiones.

—Sí, claro —remachó el vecino—. Y también es muy habitual que los terroristas pongan la fecha en sus cartas amenazantes. Ponen fecha, mandan copia a los archivos y apuntan el número de la carta en el registro de entrada y salida de correspondencia. ¿Pero no comprendes que eso es ridículo?

Vale, bien, de acuerdo; ahora que lo mencionaba Félix, me daba cuenta de que el detalle de la fecha ya me había resultado algo chocante en el momento en que leí las notas. Me extrañó, pero no le di mayor importancia, embebida como estaba en el extrañamiento general de toda la situación, en la desmesura de las revelaciones de la magistrada.

—Sí, eso es algo raro —concedí—. Pero entonces, ¿tú qué crees que sucede?

—A lo mejor hay una conspiración para intentar cargar a Ramón con las culpas del robo —se animó Adrián—. A lo mejor han falsificado las cartas y han secuestrado a tu marido para que parezca que el responsable es él. Por eso no notaste nada, porque no sucedía nada, porque todo es mentira.

Me sentí muy tentada de creer esa versión tan consoladora, esa versión que exculpaba a Ramón, que me exculpaba a mí. Félix sacudió la cabeza, incrédulo:

—Hay demasiados puntos oscuros en esta historia. Deberíamos buscar entre las pertenencias de tu marido, a ver si descubrimos algo.

—¿Como qué?

—Lo que sea, algo, cualquier cosa que nos proporcione alguna información suplementaria. Por cierto, ¿no dijiste que habías encontrado la cuenta de un teléfono móvil? Repasemos todos los números. Tal vez haya alguno que sea interesante.

Era una buena idea, desde luego. Lástima que resultara imposible localizar la dichosa cuenta. Miramos en la mesa de trabajo de mi marido, en el cajón de la cocina en donde guardo los papeles de la casa, encima de las estanterías, junto al cuaderno del teléfono, entre los libros, entre las cartas del recibidor, incluso escudriñamos debajo del armario, por si se había caído. Nada. Nos pasamos una hora buscando ese papel, que yo creía haber dejado encima del escritorio de Ramón; y a medida que la batida se iba revelando infructuosa empecé a abrigar locas sospechas que guardé para mí: porque sólo podía haber sido Adrián quien se lo hubiera llevado. Él estaba en mi casa todo el tiempo, él entraba y salía con libertad, le hubiera sido muy fácil deshacerse del recibo del teléfono. A fin de cuentas, no conocía a ese muchacho en absoluto, me dije de nuevo. A fin de cuentas, había aparecido catapultado en mitad de mi vida como un alienígena llegado en una nave. No tenía amigos, no había referencias, nadie daba fe de su identidad y de su pasado. Y esa forma suya de ser tan contradictoria, en ocasiones aniñado y en ocasiones lúcido y maduro, ¿no sería en realidad una impostura? Como el hecho mismo de su coquetería. Porque a esas alturas ya estaba casi segura de que coqueteaba conmigo. ¿Era normal que un chico de veintiuno años encontrara atractiva a una mujer de cuarenta y uno? ¿O tal vez eso también formaba parte de su papel de emboscado, de su disfraz?

—Está bien —dijo Félix—. Olvidémonos de la dichosa cuenta. Vamos a ver si encontramos alguna otra cosa de interés.

Entonces iniciamos un registro sistemático de la casa y en especial de las zonas de influencia de mi marido, como sus armarios, sus estanterías y sus maletas. Resultó ser un trabajo extenuante, inútil y molesto. Al caer la tarde no habíamos hallado nada de interés y habíamos tragado más polvo que si hubiéramos atravesado una tormenta de arena en mitad del desierto. Iba a rendirme ya cuando Félix cantó victoria:

—¡Mirad lo que hay aquí!

Era un teléfono móvil. Es decir, debía de ser el móvil de Ramón, ese aparato que yo nunca le había visto usar y con el que llamaba a los números eróticos. Estaba metido dentro de un calcetín y escondido en la puntera de una bota de mi marido. Un sitio un tanto extravagante, desde luego, para guardar un teléfono. En la otra bota, y arropado por otro calcetín, encontramos el cargador de la batería.

—¡Qué raro que lo tuviera tan oculto! ¿No? —exclamó Adrián.

Félix no dijo nada: sólo gruñó de modo lastimero. Llevaba un buen rato a cuatro patas rebuscando entre los zapatos del armario y ahora estaba intentando ponerse de pie sin conseguirlo.

—Echadme una mano, por favor —tuvo que pedir al fin, mortificado.

—Perdona, sí, perdona —me apresuré a decir.

—Es cosa de la rodilla. Tuve un choque con una furgoneta y la articulación se me quedó algo dura —exclamó Félix, muy digno, cuando le levantamos: prefería creerse y hacernos creer que su decadencia tenía una causa externa y accidental, que no era producto de esa ignominia personal que es la vejez que nos crece dentro.

—Todavía le dura la batería. Está bajo, pero no se ha descargado del todo —dijo Adrián tras encender el móvil.

Y entonces Adrián hizo algo evidente, algo que se me acababa de ocurrir también a mí, algo en lo que hubiera pensado Félix al instante si no fuera porque Félix pertenece a otro mundo, a otra época, a una realidad sin teléfonos móviles ni memorias electrónicas: pulsó la tecla de llamada y la pantalla mostró automáticamente el último número que había sido marcado en ese aparato. Era el 91-3378146. No era una línea erótica, sino un abonado de Madrid.

—¿Te suena ese teléfono? —dijo Félix.

—No. En absoluto.

—Entonces podríamos probar, a ver si hay suerte.

—¿Probar a qué? —pregunté, temiéndome la respuesta.

—Podríamos llamar. A ver qué pasa. Llama tú. Y si contestan, di que es de parte de Ramón. Di que eres su mujer. Es la verdad.

Nunca me ha gustado hablar por teléfono, y resulta comprensible que aún me hiciera menos gracia hablar por el móvil que mi marido secuestrado tenía escondido en la puntera de una bota. Pero también a mí me intrigaba ese número. Tomé aire, apreté la tecla con mano temblorosa y me arrimé el aparato al oído. Un timbrazo, dos, tres. Empezaba a relajarme pensando que no contestaría nadie cuando descolgaron al otro lado:

—Qué hay.

Era una voz de hombre joven y desabrida.

—Ho... hola, soy... Llamo de parte de Ramón.

Hubo un brevísimo silencio.

—Se ha equivocado.

—De Ramón Iruña. Ya sabe... Iruña.

El silencio fue mayor en esta ocasión. Cuando volvió a hablar, la voz del hombre se había tensado. Ahora era cortante, más chillona.

—No conozco a ningún Ramón.

—Creo que sí que lo conoce. Ramón me dijo que le llamara. Soy Lucía. La mujer de Ramón.

—Le he dicho que se ha equivocado. No moleste más —barbotó el tipo. Y colgó abruptamente.

Bien, la conversación no había servido de mucho. Pero yo estaba convencida de que aquel tipo mentía. Que ocultaba algo. Que por supuesto que conocía a mi marido. Estaba explicándoles esta sensación a mis amigos, y describiendo el tono de mi interlocutor y sus silencios, cuando de repente sonó el timbre del móvil. Dimos un respingo los tres y nos miramos los unos a los otros, sobrecogidos. Era como recibir una llamada telefónica del Más Allá.

—¡Cógelo! ¡Cógelo! Terminará colgando —me instaron al fin Félix y Adrián.

Agarré el aparato con extremo cuidado, como si se tratara de un alacrán, y me lo acerqué al oído, temerosa:

—¿Sí?

—¿Ramón Iruña?

Era la voz. Era el mismo tipo con el que antes había hablado.

—No... No está. Soy Lucía, su mujer. Ya... ya le he dicho que le llamaba de parte de él.

De nuevo una breve pausa.

—Ajá. Comprenderá que tenía que comprobar la llamada —dijo al fin.

—Sí, sí, claro.

—Además, él me dijo que usted no sabía nada.

—Sí, sí, claro. O sea, no sabía. No, no, no sabía.

—¿Estamos hablando de lo mismo?

—Sí, sí, claro —dije, más perdida que Robinsón Crusoe.

—Ajá. Pues siento el susto, pero comprenderá que no era nada personal.

—Nada. Nada personal.

—Yo soy un profesional, que quede claro.

—Por supuesto.

—Ajá. Bien, dígame.

—¿Qué? —me espanté.

—¿Qué quiere que haga?

—¡Ah, eso! —me espanté más: se me había quedado la cabeza en blanco.

—Pero le aviso de que ahora mi precio ha subido al doble. Esta vez no quiero más sorpresas.

—Ajá —asentí, mimética perdida por mi nerviosismo. Entonces se me ocurrió una idea salvadora—. Mire, no quiero hablar del tema por el móvil. Ya… ya sabe cómo son los móviles, lo que dices lo escucha todo el mundo. Mejor nos vemos.

—Bien. ¿En el sitio de siempre?

—Ajá. ¡Digo no! En el sitio de siempre, no. Mejor en… En…

Félix me pasó una notita garabateada a toda prisa.

—¿En la barra del Paraíso? —aventuré—. Ya sabe, el café que está en…

—Ajá. Lo conozco. Muy bien, mañana a la una de la tarde en el Paraíso. Y traiga dinero. Sin dinero no hay trato.

Corté la comunicación presa de una excitación increíble. Sudaba, me ardían las orejas, me temblaban las manos y el corazón me daba brincos en el pecho, y he de decir que todos estos síntomas resultaban enardecedores, estimulantes. Supongo que el placer ancestral del cazador es semejante a eso.

Sin embargo, a medida que se me fue pasando el vértigo del acecho y enfriando el nerviosismo hizo su aparición otra emoción que al cabo de pocos minutos ya se había adueñado por completo de mi cabeza: un ataque de terror puro, acompañado del arrepentimiento más completo por habérseme ocurrido telefonear a nadie.

—¡Dios mío! ¿Pero cómo he podido ser tan irresponsable, cómo me habéis dejado hacer lo que he hecho? ¡Ahora he quedado con no sé quién, tal vez con un terrorista, o con un asesino, y ahora ese asesino me pide dinero por no sé qué, y sabe quién soy yo, y debe de saber también en dónde vivo, y si no aparezco mañana en el Paraíso me vendrá a buscar, y si aparezco seguro que todavía será mucho peor!

Tanto me angustié, y, a decir verdad, tenía tantas razonables razones para angustiarme, que acabamos decidiendo entre los tres que avisaríamos a la policía. De modo que llamé al inspector García, que en cuanto se enteró de lo que se trataba se vino para casa presuroso. A la media hora lo tenía sentado a la mesa de la cocina, con el móvil en la mano y su cara de hurón anoréxico algo más vivaz que de costumbre.

—Muy interesante. Importante pista. Bien hecho. La cita. La llamada. Mañana iremos todos —telegrafió en su habitual estilo.

—¿Cómo? ¿Pretende usted que vaya al Paraíso?

—Claro. Estará protegida. No pasará nada. Muchos policías.

—¡*Eso* es precisamente lo que más me asusta! Que esté todo lleno de policías. O sea, el tipo ese se dará cuenta de que le he traicionado y me rebanará el cuello.

—No, no. Le detendremos. Seguro.

—¿Y no podrían poner a una mujer policía en mi lugar? —aventuré, recordando alguna película.

—No. Él la conoce a usted. Me parece. Tiene que ir.

En efecto, eso también lo sabía yo: tenía que ir. Era la única pista que podía llevarnos a Ramón, que seguía sin dar señales de vida. Ramón y su dedo amputado, pobrecito; Ramón desconocido, Ramón ignorado por mí, un Ramón un poco turbio e inquietante pero que seguía siendo mi marido y que tal vez se encontrara ahora mismo en una situación de extremo peligro. Se lo debía.

De manera que fui. En ayunas, porque vomité la tila que intenté beberme. El Paraíso es ese antiguo café de la Gran Vía al que suelen acudir habitualmente los artistas: pintores, escritores. Tiene una barra grande en forma de U y unos veladores de hierro oscuro y mármol que fueron tomados por una horda de policías camuflados. Fue un despliegue de seguridad digno de una superproducción de Hollywood; pero, a diferencia de las películas, aquí los agentes del orden despedían tal peste a policías que resultaba imposible ignorar su presencia. Por muy de paisano que estuvieran, era evidente, al menos para mí, que aquellos tres sólidos y rústicos muchachos de la esquina, con un sonotone cada uno en la oreja, no eran parroquianos casuales, lo mismo que el hombre de bigote de la puerta que leía eternamente la misma página del periódico, por no hablar del inspector José García, que permanecía acodado en el viejo mostrador de bronce y madera con un aire tan desinteresado e inocente como el de un buitre junto a un moribundo. Para las doce y media, me dijeron, ya estaban todos los hombres en sus puestos; para la una menos diez llegué yo. Me instalé en un extremo de la barra, el más lejano de la entrada, y permanecí allí con la boca seca, basculando el peso de un pie a otro y dejando de respirar cada vez que alguien empujaba desde fuera la alta y estrecha puerta de cristales opacos. Transcurrió muchísimo tiempo; el café que me habían servido se enfrió sin que lo probara, y las mandíbulas me empezaron a doler de tanto apretar los dientes. A las dos y cuarto de la tarde hubo un sobresalto, un súbito revuelo, una carga policial en toda regla. Un muchacho que había intentado escapar fue zarandeado, espachurrado en cruz contra la pared, acoquinado y registrado. Le encontraron una china de hachís y un gramo de coca de calidad mediocre, pero evidentemente no era nuestro hombre. A las tres de la tarde, mientras los del sonotone pedían bocadillos de jamón de Jabugo al camarero, el inspector García decidió que debíamos dar por terminada la operación.

—No funcionó. Estas cosas pasan. Ser policía es duro. Es una vocación, más que una profesión —me dijo, taciturno—. Quizá no ha venido. Quizá sí ha venido y sospechó algo. Voy a ponerle escolta, por si acaso.

O sea que regresé a casa de la peor manera posible: con el mismo miedo que antes, con mayor inseguridad e incertidumbre y con dos hombres de vigilancia pegados a la espalda. Los *gorilas* subieron conmigo y entraron los primeros en mi piso para verificar que todo estuviera en orden, y después se bajaron al portal.

—Por lo menos ahora, con los guardias ahí abajo, te sentirás más segura —dijo Adrián, intentando animarme.

Pero a mí me parecía que era justo al contrario: los guardias estaban ahí abajo precisamente porque la situación era ahora más indeterminada y peligrosa. Mi vida de antes, tediosa e insustancial, empezaba a parecerme la mejor de las vidas. Siempre he sido muy cobarde: tengo la imaginación y la debilidad emocional suficientes para ello. Así es que en esas horas posteriores a la cita frustrada del café imaginé las mil y una maneras posibles de asesinarme: cómo el desconocido del teléfono se colaría por la ventana de la cocina descolgándose desde la terraza; cómo despistaría a los policías y entraría tranquilamente por la puerta; cómo se habría escondido en el cuarto de calderas del sótano; cómo subiría trepando por el canalón del patio; o cómo se encontraría ya (tal vez) en casa de Adrián, si es que Adrián (tal vez) tenía relación con los secuestradores.

Sin embargo, este rapto de paranoia acabó muy pronto y de manera abrupta. Esa misma noche recibí una llamada del inspector García. Fue al filo de las doce, la hora de las maldiciones y las brujas.

—Véngase a comisaría, por favor. Información importante.

Fui para allá con el ánimo encogido y escoltada por los *gorilas*. El inspector me hizo pasar enseguida a su despacho, que olía a tigre y a tabaco frío. Me tendió un periódico abierto por las páginas locales.

—Es *El País* de mañana.

«Hombre asesinado a tiros a la salida de su casa en un posible ajuste de cuentas», decía el titular, y debajo venía una pequeña foto de carné: un tipo joven, moreno, con aspecto campesino, no desagradable en sus facciones. Un rostro para mí familiar.

—Creo… Creo que este hombre fue uno de los que nos intentaron atracar —dije con desmayo.

—¿Sí? Interesante.

García me enseñó entonces otras fotografías, retratos de archivos policiales, sombrías instantáneas hechas en los momentos de la detención. Sí, no cabía duda: ese hombre era el atracador.

—Pues él era él —dijo García tautológicamente—. El del Paraíso. Al que esperábamos. Su teléfono es el teléfono. Por eso no vino.

—¿Por qué?

—Porque estaba tieso.

151

Leí la noticia con atención: le habían matado a las 10.45 de la mañana. Desde un coche. Una mano desconocida asomando con letal precisión por la ventanilla. El método no era muy común, pero había sido abundantemente usado por los terroristas. «Urbano Rejón Olla, alias *el Ruso,* tenía numerosos antecedentes por robo a mano armada, extorsión y estragos.» Urbano Rejón Olla era el finado, la voz, mi atracador. Un muerto que me salpicaba con su sangre, haciéndome sentir extrañamente implicada o incluso responsable, hundiéndome un poco más en el pantano de la pesadilla.

—Mala suerte. Alguien lo ha callado para que no hablara.

Regresé en taxi, porque García decidió quitarme la escolta esa misma noche. Según él, desaparecido Urbano, yo ya no estaba en peligro, un razonamiento que yo no acababa de entender.

—Tengo la sospecha de que no te puso la escolta para protegerte, sino para usarte de cebo y detener a Urbano si intentaba ponerse en contacto contigo —dijo Félix—. En realidad, no creo que tú hayas corrido nunca ningún riesgo.

Podía ser; pero el asesinato del atracador demostraba que esta gente mataba. No sólo secuestraban, no sólo rebanaban dedos: además, mataban. Pobre Ramón. Aunque no, tal vez pobre de mí. Porque ahora empezaba a entender la conversación del móvil con el hombre. Lo que le habían dicho que yo no sabía. Y por qué decía que no era nada personal. ¿Le había encargado Ramón que me atracara? Pero no, era absurdo, no tenía sentido. Alguien debía de haberse hecho pasar por mi marido. Eso sí. Eso era posible. Alguien que aparentaba ser lo que no era. Eso es fácil de hacer. Eso es muy común. Cuántos hay que fingen que son otros, que son quienes no son. Esa mañana, Adrián había bajado muy tarde a desayunar: eran casi las once y media de la mañana. Dijo que había pasado una noche muy mala, inquieta e insomne, y que después había dormido en exceso. Muchas explicaciones, tal vez demasiadas. Palabras para tapar la ausencia y para construir una coartada. Palabras que camuflan la posibilidad de un viaje en coche y de una mano armada que dispara y que mata.

Cabría preguntarse por qué Lucía Romero desconfiaba tanto de Adrián. ¿Por qué no sospechaba de Félix, que a fin de cuentas, y según propia confesión, había sido un delincuente y un terrorista? ¿O de José García, el inspector, que tenía la mirada torva y la boca sumida de un malo de película? Pero no, ella concentraba sus recelos en el muchacho. Era cierto que contra él se podían aducir algunas raras coincidencias, el entramado acusador de un puñado de suposiciones. Pero eran argumentos nimios y a la postre inconsistentes. No bastaban para justificar su actitud.

Probablemente el miedo de Lucía viniera de otro lugar. De la juventud de Adrián, por ejemplo. De su atractivo. Y del hecho fundamental de que fuera un hombre. La juventud, por empezar por el principio, era un atributo inquietante. Algunos suponían que toda juventud era inocente, entendiendo la inocencia como una suerte de predisposición automática a la bondad. A Lucía, en cambio, los jóvenes le producían desasosiego por su imprecisión: no eran inocentes, sino indeterminados, seres a medio hacer que todavía no habían revelado su capacidad para la grandeza o la miseria, para la solidaridad o la tiranía. Y no es que no fueran ya, dentro de sí, lo que luego serían: egoístas mediocres, o salvadores de la humanidad, o asesinos seriados. Eran todo eso y mucho más, sólo que aún no habían cumplido los actos que los construirían públicamente como personas. Hitler fue adolescente, y Jack *el Destripador* fue adolescente, y Stalin debió de lucir, en su primera edad, una sonrisa deliciosa de adolescente georgiano. De modo que los jóvenes eran una especie de emboscados de sí mismos, identidades camufladas que se iban construyendo con los años, hasta llegar a la culminación final del ser, que es la vejez. Por eso Félix no asustaba a Lucía: el anciano ya había demostrado lo que era, había completado la metamorfosis. Pero Adrián todavía era una incógnita. A saber qué traiciones, qué maldades e ignominias podía esconder aún dentro de sí.

Pero todavía temía más Lucía, en Adrián, el peligro del hombre. No hay mujer en la tierra que no conozca o no intuya el daño del varón, el dolor que el otro puede infligirte, cómo a través del amor llega la peste. Y con esto Lucía no se refería a las lágrimas del desamor y del desencanto, a que no te quieran como tú deseas ser querida, a que al final tu amado te abandone por otra. Estos son dolores simples de corazón, aunque resulten lacerantes como un cuchillo al rojo. No, lo que de verdad temía Lucía, el peligro del hombre en su sustancia, era todo lo indecible que engloba el otro sexo, era la perversión, el espejo oscuro. La capacidad que el hombre tiene de acabarte.

Todos llevamos dentro nuestro propio infierno, una posibilidad de perdición que es sólo nuestra, un dibujo personal de la catástrofe. ¿En qué momento, por qué y cómo se convierte el vagabundo en vagabundo, el fracasado en un fracaso, el alcohólico en un ser marginal? Seguramente todos ellos tuvieron padres y madres, y tal vez incluso fueron bien queridos; sin duda, todos creyeron alguna vez en la felicidad y en el futuro, y fueron niños zascandiles, y adolescentes de sonrisas tan brillantes como la de Stalin. Pero un día algo falló y venció el caos.

La perdición personal es insidiosa: se agazapa en nuestro interior como una enfermedad tropical, latente y furtiva, aguardando durante años o puede que décadas a que bajemos la guardia, a que se nos agrieten las defensas, para poner en marcha entonces el mecanismo de la demolición. Ahora bien, Lucía había observado que el amor era a menudo el caballo de Troya que permitía el triunfo del enemigo interior. Ese era el miedo principal de Lucía al hombre: miedo a perderse, a enajenarse. Pavor al varón que tiraniza y a la mujer que se deja tiranizar. A darlo todo por él, incluso la cordura, y llamar amor a ese penoso acto de vulgar destrucción. A basar la relación en el dolor y depender de ello. Por toda esa oscuridad que hay entre los sexos, Lucía temía a los hombres. Y tal vez fuera por eso por lo que sospechaba de Adrián: era peligroso porque era atractivo.

Años atrás, mucho antes de que apareciera Ramón en su vida, en una época promiscua y un tanto loca, a Lucía le sucedió algo extraño. Empezó a encontrar mensajes insultantes en su contestador: «Guarra, puta, cabrona.» Era una voz de mujer, una voz joven; y desgranaba insultos muy manidos, muy poco elaborados, casi cándidos en la simple rotundidad del exabrupto. En otras ocasiones alguien llamaba mientras Lucía estaba en casa, y al descolgar el auricular no se escuchaba nada, o, mejor dicho, se escuchaba ese silencio expectante y húmedo, empapado de aliento retenido, que una presencia al otro lado de la línea siempre impone. El asunto duró tres o cuatro semanas y para Lucía era un pequeño fastidio sin importancia, porque ni la voz ni el contenido de los mensajes resultaban en verdad alarmantes: tal vez fuera una adolescente estúpida, tal vez una loca inofensiva, tal vez una telefonista aburrida que fuese al mismo tiempo adolescente, estúpida y un poco loca. Salvo en el momento de escuchar los mensajes, Lucía ni se acordaba de esa voz anónima.

Una noche regresaba de cenar y estaba abriendo la puerta de la calle cuando escuchó el timbre del teléfono. Se abalanzó hacia el aparato con el sobresalto que provocan las llamadas tardías, y supongo que también con la esperanza de que fuera Hans. Pero no. Era una voz de mujer.

—¿Lucía?

—Sí.

—Soy Regina.

—Ah, Regina —dijo Lucía, disimulando educadamente

mientras rebuscaba en su memoria. El nombre no era demasiado común, pero pese a ello no le evocaba nada—. Regina... ¿Qué Regina?

—Hazte la tonta ahora... Hazte la despistada... No creí que fueras capaz de fingir que no me conoces.

Lo que más sorprendió a Lucía no fueron las palabras, sino el rencor y la amargura con que fueron dichas.

—¿Pero qué dices? Perdona, pero ahora mismo no tengo ni idea de quién eres.

—Soy la mujer de Constantino —escupió la voz.

Nueva indagación en la memoria. Constantino: ni un eco en las neuronas. Y mucho menos ya el binomio Regina y Constantino, tan de emperadores austrohúngaros. De haberlos conocido, no hubieran sido fáciles de olvidar con ese nombre.

—Pues sigo igual: no me suena ningún Constantino y no te localizo.

—¡¿También le niegas a él?! ¡Pero qué cinismo! Eres lo... lo más bajo, eres... eres horrible.

Cualquier persona sensata que recibe una llamada de este tipo a las doce y media de la noche, no se queda con el auricular en el oído dejando que una loca anónima la insulte. Incluso Lucía, a quien no se puede definir como sensata, estaba en efecto a punto de colgar, harta de la incoherente agresividad de su interlocutora, cuando la mujer añadió algo más:

—En cambio, para ser la amante de mi marido, para alardear de él y pasearlo por todo Madrid, sí que tienes descaro, pero ahora no te atreves a admitirlo delante de mí. Eres una cobarde.

¿Amante de su marido? Nueva búsqueda frenética por los recovecos de la memoria: Constantino, o quizá Constante, o tal vez Tino, ¿conocía ella a alguien llamado así? ¿Se habría acostado con él, quizá, y lo había olvidado? Un abismo se abrió a los pies de Lucía: ¿era posible que hubiera mantenido una relación semejante sin recordarlo? ¿Podemos vivir una vida diurna paralela y amnésica, semejante a la vida nocturna del sonámbulo? La habitación, fría y todavía medio a oscuras, porque con las prisas sólo había encendido provisionalmente la luz del pasillo, empezó a convertirse bajo la mirada de Lucía en un lugar extraño, como si ya no fuera posible reconocer los conocidos muebles, como si todas las superficies hubieran sufrido una ligera pero indudable distorsión, como si el aire mismo empezara a convertirse en un aire inhumano e irrespirable.

—¿Cómo dices? —preguntó Lucía con la boca seca.

—Y le regalas sortijas para que se las ponga y me mortifique.

Ah, no, eso sí que no. Ella no recordaba haber regalado nunca una sortija a un hombre. No se le ocurriría. ¡Qué mal gusto! No entraba en su cabeza. ¡No podía ser ella, por supuesto! El aire recuperó su antigua ligereza y la habitación dejó de derivar hacia la irrealidad.

—Pero ¿con quién quieres hablar? —preguntó entonces, más tranquila.

Por primera vez, la voz del otro lado pareció algo confundida:

—Con... Con Lucía Romero, claro.

—¿Lucía la chica morena, pequeñita, como de veintitantos años? —insistió Lucía, redefiniéndose en cada dato frente a la inquietud de un posible e indeterminado aluvión de Lucías Romero pululando por ahí y regalando sortijas a los hombres casados.

—Sí, sí, ¡claro! La que escribe cuentos para niños —replicó la otra con impaciencia.

Lucía suspiró: pues sí, era ella. Pero no era ella.

—Pues soy yo, en efecto. Pero no soy yo. Te aseguro, te prometo, te juro que no conozco a ningún Constantino.

Regina empezó a mostrar alguna fisura en su convencimiento: enumeró sus pruebas con voz airada, pero en realidad parecía recitarlas para convencerse:

—¡Cómo que no, si le he oído hablar contigo por teléfono, si he leído cartas tuyas, si he visto la sortija!

Y dale con la sortija.

—¿Has oído mi voz cuando se supone que él hablaba conmigo? ¿A que no has oído nada? Y las cartas se pueden falsificar muy fácilmente. Lo mismo que la sortija. Se la habrá comprado él.

—Es verdad que una vez, cuando quise coger el auricular, ya habías colgado... —murmuró Regina, pensativa—. Pero no puede ser. No puede ser que todo sea mentira, no me lo creo. Y además, él lo conoce todo de ti y de tu casa, él sabe tu dirección y tu teléfono, ¡a que te puedo describir la sala en donde estás! Tienes una mesa redonda con un paño indio sobre el tablero, y una mecedora antigua de rejilla, y un sofá rojo...

Cualquier persona sensata a la que llama una mujer anónima a las doce y media de la noche para contarle una historia tan peregrina como esta hubiera decidido a estas alturas que ya había tenido suficiente, y habría cortado la comunicación sin más demora. Pero Lucía tal vez no esté del todo en sus cabales, y además era cierto que tenía una mesa redonda con un paño indio, y una mecedora de madera. El sofá, en cambio, era azul oscuro, pero en la penumbra alucinada de la habitación el color empezó a virar rápidamente hacia un rojo sangrante. Lucía hizo un esfuerzo para controlarse:

—Sí, que el tal Constantino conozca algunos datos míos es inquietante, y me gustaría saber por qué es así. Pero te aseguro que no sé quién es, y que no tenemos ninguna relación, y que yo no le he regalado una sortija a nadie.

Eso, la sortija, era el principio de realidad, el detalle tranquilizador e inamovible.

—Y si no me crees, estoy dispuesta a encontrarme con ese tal Constantino ahora mismo, a ver si es capaz de mantener su historia. Mira, a mí me da lo mismo, pero lo digo por ti, porque ten por seguro que ese hombre te está engañando.

Cualquier persona sensata, etcétera; pero Lucía, en vez de etcétera, es decir, en vez de colgar, empezaba a sentirse imbuida de un afán clarificador irresistible. Es por esta chica, es por esta pobre víctima, por la tal Regina, por solidaridad con la esposa engañada, se decía Lucía mientras intentaba convencer a la mujer de que se vieran. Pero en realidad era por la inquietud que le producía la existencia de esa otra Lucía Romero fantasmal. Necesitaba acabar con ella, asesinarla, saberse definitivamente a salvo de esa otra vida suya. Bastante barullo era ya tener que convivir con las personalidades interiores como para tener que afrontarlas además en la superficie.

De modo que Lucía consiguió convencer a la angustiada y dubitativa Regina, que para entonces ya estaba francamente histérica, de la conveniencia de hacer una cita.

—Pero él no querrá venir, estoy segura...

—No le digas que has hablado conmigo. Llévatelo a algún bar al que vayáis normalmente, y ahí aparezco yo.

El lugar elegido fue un mísero barecito en la calle de la Victoria, porque los Emperadores Austrohúngaros vivían cerca. Regina iría a recoger a su marido, que trabajaba en la cocina de un restaurante y salía a la una y media de la mañana (antes había sido repartidor de pizzas, y se supone que fue así como conoció a Lucía, eso contó la chica: un día salió Lucía en televisión y Constantino dijo: «a esa mujer la conozco, ésa es clienta mía, la he llevado algunas pizzas, es una coqueta, quiere ligar conmigo), y le convencería para acercarse al bar.

Cuando Lucía llegó al cafetucho de la cita no había nadie. Eran las dos menos veinte de la madrugada y el malencarado camarero se negó a servirla:

—Estamos cerrando.

Tuvo que salir y esperar en la puerta: el efecto sorpresa quedaba estropeado. Era el mes de febrero, hacía frío, las estrechas calles estaban desiertas. Los vetustos edificios, desconchados y sucios, parecían más pobres y más tristes a la luz desapacible de las farolas. El camarero arisco echó estruendosamente el cierre y se marchó. Lucía siguió esperando, cada vez más inquieta. No le gustaba estar allí, en el viejo centro de Madrid, sola y de noche. Estaba empezando a pensar en marcharse cuando vio llegar corriendo a una muchacha.

Porque era una muchacha: no aparentaba más de veinte años.

—Hola… Soy Regina… —dijo sin aliento.

Era verdaderamente guapa, una belleza, pese a su pelo mal teñido de rubio, y a sus pantalones baratos muy apretados, y a la horrorosa chaqueta vaquera forrada de borrego sintético y con tachuelas doradas sobre los hombros. Pero tenía unos ojos verdosos espectaculares, la expresión fina y viva, una boca perfecta; y era alta, mucho más alta que Lucía, una chica grande y bien formada.

—No he podido traerle… Ha sospechado algo… Se ha ido corriendo en dirección a casa… Si nos damos prisa, lo alcanzamos.

Y se dieron en efecto tanta prisa que Lucía no pudo pararse a pensar en lo que estaba haciendo. Salió Regina disparada y Lucía fue detrás, torciendo esquinas del laberinto urbano, escurriéndose entre coches mal aparcados, enfilando calleja tras calleja, cada vez más oscuras, más estrechas, negros callejones húmedos y relucientes por la cercana lluvia, abandonados pasadizos de una ciudad fantasma, hasta que Regina se internó en un pasaje comercial, una decrépita galería que debía de resultar sórdida incluso a plena luz, pero que ahora, con las tiendas cerradas y en penumbra (ruines pañerías, mercerías polvorientas, destartaladas casas de ortopedia), era el escenario de una pesadilla. Adónde me lleva, qué quiere verdaderamente de mí esta mujer, por qué me he metido en esta trampa, se dijo Lucía con terror súbito mientras cruzaba el corredor infame, ensordecida por el eco de sus propios pasos y con la cabeza llena de vagas imágenes sangrientas. Pero no, ya acababan de atravesar la galería, ya salían al otro lado, de nuevo la calle y la noche y la lluvia y las farolas de luz mortecina. El pasaje comercial había sido un atajo, porque allí, unos metros más arriba, en la otra acera, una figura cabizbaja y oscura caminaba con rapidez entre las sombras.

—Es él —gimió la muchacha—. Es Constantino.

Salió corriendo en pos del hombre con fuerte zancada de valquiria, mientras Lucía la seguía al paso y sin aliento. Les vio juntarse en lo alto de la cuesta, dos cabezas inclinadas susurrando inaudibles murmullos, y el fatigado corazón le dio un brinco en el pecho. Era el final de la búsqueda, la solución del enigma, el espejo encantado. Hizo un esfuerzo por avivar el paso y cubrió los últimos metros de la subida. Cayó sobre la pareja por la espalda; estaban a poca distancia de un farol y pudo verle bien la cara cuando se volvió. Era también joven, tal vez veinticinco. Menudo, muy bajito, apenas un palmo más alto que Lucía; feo y dentón, con cara de roedor y cuatro pelos lacios y rubiatos que ya dejaban entrever los estragos de una calvicie prematura. Pero lo más llamativo eran sus ojos, agrandados por unas gruesas gafas de astigmático, unos ojos despavoridos que parecían enormes y bulbosos tras los lentes, sus ojos como peces espantados moviéndose dentro de la pecera de las gafas.

—Perdón… perdón —balbució el roedor medio desfallecido.

No le conocía, pensó Lucía con alivio triunfante, era verdad

LA HIJA DEL CANÍBAL

que no le conocía, la otra Lucía Romero no existía, sólo había
una Lucía Romero y era ella. Y también pensó: de modo que era
esto. Un hombre extraordinariamente feo y una mujer bellí-
sima. Un hombre inseguro que tortura a su amada para rete-
nerla. Y una mujer masoquista que ama a quien le daña. Reconocía Lucía esa materia abisal, magma caliente. Los infiernos
acaban siendo parecidos. En alguna de sus vidas, presentía Lucía, ella podría haber sido Regina, o Constantino, o la amante
que regalaba anillos. En el daño hay una zona oscura, indeterminada, en donde todos los papeles son intercambiables.

—Bueno, no... No te preocupes —respondió Lucía al hombrecito de los desencajados ojos peces—. No importa, está
perdonado, por mí no pasa nada; ahora tienes que cuidarte tú y
ver por qué haces eso, porque no es muy normal.

No, no era normal, o tal vez fuera lo más normal del mundo,
propio de la locura general que nos habita, que Constantino se
inventara una vida falsa, que Regina telefoneara anónimos insultos a la supuesta rival, que Lucía saliera a todo correr a perseguir espejeantes quimeras de madrugada. Y todo esto, el dolor, la inquietud, la indigna dependencia, la miseria de los días
y las noches, todo esto por amor, o así denominaban a esta pato-
logía, a la necesidad del otro que destruye, a la ferocidad antro-
pofágica, son caníbales aquellos que para amar devoran. Si lo
siniestro es la irrupción del horror en lo cotidiano y lo apacible,
no hay nada más siniestro que el amor que envilece; y por ese
agujero negro, rugiendo como un dragón y echando fuego,
emerge la perdición de cada cual.

Recordaba ahora Lucía, apenas veinticuatro horas después
de la muerte del delincuente, aquella vieja historia de Constantino y Regina, y sentía que con Adrián podría correr el riesgo de
abrir un pantano parecido. Su relación con el muchacho era
cada vez más turbia, más fangosa. Cada vez desconfiaba más
de él, pero era un recelo irracional, involuntario. Adrián había
bajado tarde a desayunar el día anterior, pero esto ¿le convertía
acaso en un asesino? ¿Creía verdaderamente Lucía que Adrián
estaba en connivencia con los terroristas? No, la verdad es que
no, en el fondo Lucía no lo creía. Entonces, ¿por qué tantas sus-
picacias, y por qué sentía esa agresividad creciente hacia él?

Una agresividad idiota e incontrolable que hacía que se comportara como una niña. Así había sucedido esa misma tarde, después de comer, cuando Félix y Adrián se enzarzaron en una de sus discusiones habituales:

—Pues sí, por supuesto, claro que creo que hay algo más. No digo un Dios, un Dios a la antigua, me refiero, pero sí algo, no sé... Por ejemplo, la reencarnación me parece una idea de lo más sensata —estaba diciendo Adrián acaloradamente.

—Ya, la reencarnación. Pues ya ves, a mí no me cabe en la cabeza. Eso de haber sido una prostituta en el siglo XVI, pongo por caso. Absurdo —contestó Félix, displicente.

—Es que no es eso, exactamente. Lo estás ridiculizando, lo estás abaratando.

—Puede que sí. Pero es que tú no sólo crees en la reencarnación, sino que pareces dispuesto a creer casi en cualquier cosa. Tienes una credulidad universal. Eres un chico listo, pero a veces te impresionan cosas que pertenecen directamente al ámbito de la magia de feria. De verdad, sin ánimo de ofender, a veces sostienes unas tonterías irracionales que me dejan atónito. Como esa teoría tuya de las coincidencias, de los rayos sin tormentas y las muertes extrañas —dijo Félix.

—Vaya, me encanta, es comodísimo eso de decir: «sin ánimo de ofender, sin ánimo de ofender», y luego ponerse a insultar al oponente. Y además, no me llames chico listo: me revienta. En cuanto a lo otro, yo no digo que tenga una respuesta para todas esas muertes, y ni siquiera aseguro al cien por cien que sea un fenómeno paranormal; sólo digo que son unas coincidencias muy extrañas, y no soy el único en desconfiar de las coincidencias, ¿sabes? Arthur Koestler, por ejemplo, que era un intelectual muy interesante, tiene un libro que dice que las coincidencias son...

—¡Bah! Un comunista, el Koestler ese. Menudos intelectuales, los comunistas.

—No señor, no señor, porque da la casualidad de que se salió enseguida del partido y escribió libros feroces denunciando el estalinismo, así que ya ves por dónde te estás equivocando —alardeó de erudición Adrián, encantado de haberse apuntado un tanto tan fácil.

—Da lo mismo que se saliera luego, ya sé que lo dejó. Es el haber pertenecido al partido alguna vez lo que indica el modo en que tenía organizada la cabeza. El anarquismo enseñaba a pensar, enseñaba a leer, a desarrollar el criterio individual, a ser libre intelectual y moralmente. Pero el comunismo siempre fue una secta. Allí iban a parar las mentes débiles que buscaban el alivio de los dogmas de fe y de las certidumbres.

—No pienso ponerme a discutir ahora sobre el comunismo o sobre la cuadratura del círculo. Estábamos hablando de la cantidad de cosas que no conocemos. Mira, el libro este de Koestler, *El abrazo del sapo,* trata de un biólogo vienés de los años veinte, Paul Kammerer, que dijo que las coincidencias no existían, sino que se debían a una ley del Universo aún no descubierta, una ley física como la de la gravedad, él la llama la ley de la serialidad, por la cual las cosas y los elementos y las formas y los hechos tienden a ordenarse por tandas de semejanza, por series homogéneas. Porque en el Universo, decía Kammerer, hay una pulsión ciega hacia la armonía y la unidad.

—No, si acabarás inventando a Dios un día de estos.

—Pues te diré que la teoría de Kammerer le pareció muy interesante a un montón de gente importante, ¿sabes? A Einstein y a Jung y gente así. Claro que para entenderla hay que tener la cabeza un poco abierta, porque tú alardeas mucho de flexibilidad intelectual, pero a mí me parece que eres un dogmático.

—¿Dogmático yo? Ahora sí que eres tú el que está insultando. ¿Dogmático yo, que he combatido toda mi vida contra el totalitarismo intelectual y político? ¿Pero tú tienes alguna idea de lo que es el anarquismo? Mira, te voy a decir lo que sucede. Lo que sucede es que los de vuestra generación no tenéis cojones para ver el mundo como es, un mundo sin Dios y sin paraíso y sin Más Allá; no hay más mundo que este y eso es duro de tragar, eso amarga, hay que ser muy persona para aguantar el miedo, y eso te lo digo yo, que tengo ochenta años y casi estoy ya en el agujero; y que he visto cómo casi todos mis conocidos, a medida que iban envejeciendo, se iban haciendo creyentes como por milagro, de jóvenes eran ateos furiosos y luego se convirtieron en meapilas; porque la oscuridad acojona, te lo aseguro. Pero hoy los jóvenes sois tan cobardicas, tan insustanciales y poco sólidos, que ni siquiera de jóvenes aguantáis el vacío, y así os va, que estáis dispuestos a creer hasta en los cuentos de hadas, hasta en el *Imperio de las Galaxias*, vamos, con tal de creer en algo. Los de mi generación, por lo menos, supimos aguantar el vértigo de vivir sin apoyarnos en ninguna creencia.

En realidad, Lucía no estaba de acuerdo con el viejo; en realidad, pensaba que en los años de juventud de Félix el mundo estaba lleno de creencias, tal vez no divinas pero sí religiosas, creencias en la victoria final del proletariado, o en la revolución futurista de las máquinas, o en la refundación nacional-socialista; incluso el propio Félix había sido un hombre de fe, un apóstol de la buena nueva, un predicador de la humanidad feliz y libertaria. En realidad, era ella, Lucía, ella y su generación de cuarentones, quienes se habían quedado de verdad en tierra de nadie, en un mundo desprovisto de fe y de trascendencia, en una sociedad mediocre y sin grandeza en la que nada parecía tener ningún sentido. ¡Qué sabía Félix de vivir en la inclemencia y sin abrigo! Todo esto era lo que hubiera debido contestarle a Félix, pero eso hubiera supuesto un apoyo, un refuerzo para Adrián, y Lucía no estaba dispuesta a concederle al muchacho ni una brizna de aprecio aquella noche. Antes al contrario, quería hacerle daño y vengarse de las heridas aún no recibidas, de las cicatrices del porvenir. De manera que dijo:

—Estoy de acuerdo contigo, Félix.

Y lanzó a su vecino una sonrisa encantadora que en realidad estaba dedicada sólo a Adrián.

El muchacho frunció el ceño:

—Está bien, si os ponéis ya los dos en contra de mí, entonces no quiero seguir con esta discusión absurda —dijo, y se levantó y salió de la cocina.

Lucía le echó de menos al instante. Pero qué me sucede, pensó con turbación, por qué me comporto de este modo. Porque por entonces Lucía sabía mucho menos de sí misma que lo que yo sé ahora sobre ella, y todas estas cosas que acabo de escribir sobre el miedo a los hombres, y el peligro, y el daño, aunque ya las barruntaba Lucía por entonces, no las tenía tan claras. Así es que echó de menos a Adrián y se sintió furiosa por añorarlo. Entonces decidió reparar la lámpara de la sala, que llevaba rota un par de meses. Sí, repararía la lámpara y así arreglaría cuando menos una diezmillonésima parte de este jodido mundo. Cogió la escalera plegable, los destornilladores, los alicates. Era una lámpara halógena, un grueso cuenco de vidrio y metal. Podía ponerse a mayor o menor altura, subiéndola o bajándola del techo por medio de un sistema de poleas, pero uno de los cables se había salido de su riel y la lámpara había quedado arriba del todo, escorada y atrancada. Desasosegaba verla, lo mismo que desasosiega un cuadro torcido.

Lucía abrió la escalera de mano y subió a ella. La casa era antigua y los techos altos, de manera que tuvo que trepar hasta el último escalón, el quinto, para alcanzar la lámpara; y aun así necesitaba empinarse y estirar los brazos. Era muy incómodo y bastante inestable. Resultaba un fastidio ser tan pequeñita.

—Te vas a caer. Déjame a mí —dijo Félix.

Ni pensarlo, se dijo Lucía. Pues sólo faltaba ahora que se subiera el viejo a la escalera y se descalabrara. Ni pensarlo.

—No, no. Puedo perfectamente.

Bueno, no tan perfectamente. El cable estaba pillado debajo de un reborde y era imposible liberarlo, sobre todo teniendo en cuenta que apenas si alcanzaba. Decidió descolgar la lámpara, arreglar con comodidad el desperfecto y después instalarla de nuevo. Comenzó a desatornillar trabajosamente los soportes.

—Te vas a caer. Ya te dije que eso lo iba a arreglar yo.

Era Adrián, que había aparecido junto a ella. Cierto, Adrián había dicho que él enderezaría la lámpara. Así es que para qué demonios se había metido Lucía en ese lío. Además, al muchacho le hubiera sido todo más fácil. Para empezar, era mucho más alto.

—No te molestes —respondió Lucía con voz gélida—. Ya me las arreglo sola.

Estaba furiosa. Agarró la media esfera de cristal y tiró de ella hacia fuera, sacándola de las guías metálicas. Un inmenso error, porque el vidrio, descubrió de repente, pesaba muchísimo, mucho más de lo que ella podía soportar de puntillas en el quinto peldaño de una escalera sin desnivelarse.

—¡Que te vas a caer! —repitió Félix.

Más que una advertencia fue un grito descriptivo, pues Lucía, en efecto, se estaba ya cayendo abrazada a la lámpara.

Pero no, no llegó a golpearse. Porque Adrián, con una agilidad sólo comparable a su fuerza (y ambas parangonables a las de los héroes de las novelas románticas), se subió de un brinco a la escalera y sujetó a Lucía y su lámpara mientras se desplomaban. Acogida en el nido de sus brazos, con el pecho del muchacho de respaldo y su aliento cosquilleándole la oreja, Lucía sintió la deliciosa tentación del desfallecimiento. Puedo desmayarme, se dijo en un instante alucinado, casi sin pensarlo, no más que sintiendo las palabras. Puedo desmayarme en su regazo, y dejarle que me coja, y convertirme en una segunda piel, toda pegada a él. Como adivinando su pensamiento, Adrián la levantó en vilo y la bajó hasta el suelo. Luego, tras quitarle el cristal y depositarlo en el sofá, se la quedó mirando.

—Por qué poco... Pero mira que eres cabezota, Lucía —dijo Adrián.

Y sonrió encantador, tal vez incluso tierno.

El amor es un invento occidental, un invento reciente, quizá no más antiguo que el Romanticismo, se dijo Lucía. En la India, en China, en Etiopía, hombres y mujeres habían vivido sin amor durante cientos de años, y se casaban por medio de matrimonios de conveniencia que probablemente resultaban más felices y estables que los matrimonios apasionados. En sociedades así, los vaivenes del corazón no ocuparían ningún espacio de importancia en la vida.

—Déjame en paz —gruñó Lucía, venenosa de ira.

Adrián arrugó la frente con gesto herido:

—Descuida, ya te dejo.

Tal vez fuera la ausencia de creencias, la carencia de marco, la falta de sentido a la que antes se refería Félix. En la sinsustancia de la vida moderna, en el caos de los días, el amor podía ser una luz deslumbrante, como el fanal del pescador al que acuden los peces sin saber que aquello que los embelesa va a matarlos. El amor como droga, compulsivo. El amor como abismo y como peligro. Ese amor espléndido por el que uno se pierde.

En lo que yo creía de verdad cuando regresé a España, a los doce años recién cumplidos, con unos cuantos huesos y pellejos y uñas menos, era en la absoluta, completa veracidad de mi sobrenombre —dijo Félix Roble un día, retomando el hilo de su relato—. Yo era *Fortuna* porque era auténticamente afortunado, y pensaba comerme el mundo ayudado por mi buena estrella. De aquella época recuerdo sobre todo eso, el hambre de vivir, la confianza. Y el tiempo, el tiempo tan lento, tan enorme, horas que parecían días y minutos que parecían horas. ¡Cuánto dura el tiempo en la niñez! Justo cuando no lo necesitas. Un desperdicio.

Llegué a Madrid en marzo de 1926 y me pareció una ciudad fría y gris, una ciudad del Norte, aunque estuviera más al sur que mi Barcelona natal. La dictadura de Primo de Rivera estaba en su apogeo y la situación de los compañeros era muy penosa. Las cárceles se encontraban atestadas de anarquistas, y hay que recordar cómo eran las cárceles de la época: sucias y ruinosas, infrahumanas. Allí dentro la gente se moría de frío y de hambre.

Paquita, la prima de Jover que había ofrecido hacerse cargo

de mí, era una mujer de edad indefinida, muy fea y muy robusta. Regentaba un diminuto puesto de frutas y verduras en el mercado de la plaza del Carmen, en el centro de Madrid, y se las apañaba para sacar ella sola adelante su negocio y para cuidar de sus cuatro hijos pequeños, el mayor apenas si tendría siete años, a los que dejaba todo el día encerrados bajo llave en la mísera casa en la que vivían, un único cuarto con estufa a modo de calefacción y de cocina. Del padre nunca supe: tal vez se hubiera muerto, tal vez se hubiera ido, quizá era un anarquista encarcelado o quizá incluso hubiera varios padres que se repartieran la responsabilidad de la prole. Porque los niños, pese a ser tan iguales de edad, eran físicamente muy distintos: uno moreno, otro pelirrojo, otro con la nariz demasiado larga. Nunca me atreví a preguntarle nada a Paquita: sobrecogía porque siempre estaba de muy mal humor, era áspera y cortante y más callada que una piedra. Trabajaba todo el día como una bestia y supongo que en su vida no había tenido muchas razones para sentirse alegre. Paquita poseía unas enormes manos de pelotari con las que era capaz de partir en dos una manzana, proeza que no he vuelto a ver en toda mi vida. Esto, partir manzanas en público, era su única debilidad, el único momento de placer que se permitía. De cuando en cuando venían a solicitarle una exhibición los chicos del barrio, o los clientes, o algún forastero que había escuchado hablar de la extraordinaria gesta. Ella siempre se hacía de rogar, sacudiendo con enfado la cabeza:

«¡Bobadas! ¡Bobadas! ¡Ahora no tengo tiempo! ¡Ahora no tengo tiempo!»

Pero al final cogía una manzana, le daba dos o tres vueltas entre sus gruesos dedos para encontrar el agarre adecuado y luego, zas, de una sola y en apariencia facilísima torsión la rompía limpiamente en dos mitades. Y entonces sonreía, un relámpago de sonrisa diminuta y desdentada en la comisura de sus labios. En el mercado la llamaban *la Sansona*. Era una buena mujer. Parte del dinero que ganaba con tan enconado esfuerzo se esfumaba en manos de los compañeros anarquistas.

«Los hombres, ja… Todos son iguales. O detrás de una mujer o detrás de una imaginación, pero nunca trabajan», refunfuñaba a veces.

O bien:

«Ya podían dejarse de tanta pamplina anarquista y tanta *pamparrucha* [por paparrucha] y arrimar el hombro como es debido.»

Pero a pesar de todas sus protestas, luego daba para la causa todo lo que podía: era tan generosa como sólo pueden serlo los pobres. Paquita pertenecía a esa clase de mujeres que se han ido haciendo cargo de la vida cotidiana a lo largo de la historia, mientras los hombres guerreaban y descubrían continentes e inventaban la pólvora y la trigonometría. Si no llega a ser por ellas, que se ocuparon de gestionar cosas tan vulgares y nimias como la alimentación y la procreación y la realidad, la Humanidad se habría acabado hace milenios.

Yo dormía en el puesto de verduras, cosa que tomé como un cumplido, porque demostraba que Paquita me consideraba un hombre, o al menos lo suficiente hombre como para que no durmiera con ella en el mismo cuarto. Por lo demás, me trataba igual que a sus hijos, con el mismo malhumor y torpísimo cariño, e incluso me pagaba un salario de aprendiz siempre que podía.

Sin embargo, después de tanto alardear y de haberme sentido en la gloria con Durruti, yo me adaptaba bastante mal a la vida menestral del mercado del Carmen. Me humillaba verme obligado a llevar el blusón de faena, y me desesperaba tener que callar, por prudencia clandestina, mi reciente y espléndido pasado. En el mercado del Carmen yo era un aprendiz más dentro de una legión de aprendices mugrientos y famélicos. ¡Si ellos supieran que he estado en América, que he puesto bombas, que he atracado bancos con Durruti! ¡Si ellos supieran que tengo un muerto mío!, me decía por las noches, lleno de frustración, mientras daba vueltas en el jergón de la parada. Y durante el día me dedicaba a zurrarme con los compañeros. Me llamaban *el Manco,* y yo no lo podía consentir. Me pegué con todos, me parece, aunque mi muñón estaba todavía rosa y tierno y apenas si podía utilizar la mano. Pero no debí de hacerlo del todo mal, porque al final conseguí imponer mi sobrenombre y ser de nuevo *Fortuna* para todos.

Intenté tomarme ese tiempo mediocre como un castigo por

mi error, como pago por el dolor causado y por mi muerto, que no dejaba de atosigarme la conciencia. Pero aun así la frustración y el tedio resultaban excesivos. Víctor me había prohibido meterme en líos políticos sin estar él cerca para controlarme, y Durruti me había hecho prometer que estudiaría. Yo cumplía con los dos, pero me desesperaba. Necesitaba hazañas, aventuras y gloria.

Una mañana, era el mes de noviembre, noviembre de 1926, sucedió algo extraordinario. Yo estaba en el puesto y vi cómo una agitación inexplicable empezaba a extenderse entre los vendedores y los parroquianos. Era como el empuje de una ola, como la brisa que va tumbando la mies conforme avanza. Al fin, el rumor alcanzó mi puesto:

«¡Un toro! ¡Un toro!»

Era un toro que llevaban al matadero; se había desviado del pastoreo y había subido por la Gran Vía, perdido en mitad de la ciudad, furioso y asustado. Todo el mundo corría hacia algún lado, los más a encerrarse en sus casas y otros, como casi todos los chicos del mercado, en dirección contraria, hacia el espectáculo y el peligro. Un puñado de hombres se arremolinaban en la esquina de Fuencarral y se decían los unos a los otros con excitación:

«¡Es *Fortuna*! ¡Ese de ahí es *Fortuna*!»

Es tal el egocentrismo de la adolescencia que, de primeras y por unos instantes, llegué a pensar que se referían a mí. Pero no. Era otro. Había otro.

Fortuna era el apodo de un matador de unos treinta y cinco años, Diego Mazquiarán, que se había casado con una bella y vivía por ahí al lado, en la calle Valverde. Este Mazquiarán era un torero veterano; hacía mucho que su mejor momento había pasado y ahora estaba instalado en la decadencia, cada vez más bajo de cartel. Esa mañana, en fin, salía en dirección al parque del Retiro para darse una vuelta, cuando se encontró con el toro perdido. Se quitó la gabardina y le dio al animal dos o tres regates, para evitar que siguiera corriendo y sembrando el pánico por la avenida arriba; y en ese momento los taxistas, que eran prácticamente los únicos conductores de vehículos a motor que transitaban entonces por Madrid, tuvieron el improvisado y tácito ingenio de bloquear la calle con sus coches, formando así una especie de plaza en la Gran Vía, frente al antiguo café Pidoux, entre las calles de Fuencarral y Peligros. Tenías que haber visto la escena: aquel torazo oscuro bufando en medio de los elegantes edificios, los taxis relucientes, las bellas asomadas a las ventanas, los mirones abajo con la boca abierta. Era un mundo mucho más ingenuo, más inocente, y casi cualquier cosa nos dejaba pasmados. Un camarero del Pidoux fue a casa de Mazquiarán a buscar el estoque, y *Fortuna,* ayudado de su gabardina, mató al toro. El asunto se convirtió en un acontecimiento nacional; *Fortuna* recibió la cruz de Beneficencia, se volvió a poner de moda como matador y firmó contratos sustanciosos durante un par de temporadas, haciendo honor a su sobrenombre. Yo quedé deslumbrado: había descubierto una manera de vivir que era legal y que podía ser tan intensa como atracar bancos, con la ventaja de que la única vida humana que ponías en riesgo era la tuya propia, cosa que resultaba para mí fundamental, perseguido como estaba por la mirada vidriosa de mi muerto. Para colmo, el torero se llamaba como yo. Me pareció un buen augurio, una coincidencia favorable. ¡Sí, una coincidencia! También a mí me pueden impresionar las casualidades, pero no veo la necesidad de inventarse rocambolescas teorías al respecto. Además, apenas si tenía doce años. De algún modo sentí que todo aquello, la fuga del toro, el oportuno paseo de Mazquiarán, el cercado de taxis, el estoque certero, había existido sólo para mí. Que el acontecimiento se había celebrado en mi beneficio.

En Barcelona no había tenido ningún contacto con el mundillo taurino, porque además allí era prácticamente inexistente. Pero en Madrid los toros ocupaban un lugar importante de la vida pública. Empecé a frecuentar los ambientes de aficionados; toreaba de salón con mi mandil, merodeaba por los alrededores de las plazas cuando había corrida y me hacía amigo de los maletillas. Transcurrieron así un par de años con lentitud horrible. Víctor regresó, aunque permaneció en la clandestinidad. Nos veíamos a escondidas, muy de cuando en cuando. Me contó que Ascaso y Durruti estaban en Francia: eran demasiado conocidos como para atreverse a volver. Ambos se habían echado dos novias francesas, mejor dicho, dos esposas, porque convivían con ellas en toda regla y con esa absoluta seriedad que los anarquistas ponían en lo privado. Mi hermano no entendía mi súbita pasión por lo taurino:

«Tú estás chalado, Félix, tú es que estás chalado», decía Víctor, que siempre se negó a llamarme *Fortuna*.

Le parecía que mi vocación torera era una frivolidad, una tontería. Que me alejaría de la actividad revolucionaria y del sindicato, que era para él lo fundamental. Víctor quería que yo siguiera sus pasos y los de nuestro padre. Con más control y más cabeza que la que había demostrado tener con la bomba de México, pero sin dejar de entregarme por completo a la causa. Durruti, enterado de mi vocación y del desagrado de mi hermano, mandó un mensaje desde Francia: le parecía bien siempre que estudiara. «Déjale en paz, todavía es muy niño», le dijo a mi hermano. «Que se forme en los textos anarquistas y que se distraiga con los toros durante algunos años.» De manera que Víctor me dejó. La palabra de Durruti seguía siendo ley entre nosotros.

Conseguidos todos los beneplácitos, a los quince me convertí yo mismo en maletilla y me dejé crecer la coleta en la nuca a la manera antigua, aunque ya se estaba empezando a generalizar el uso del postizo. Pero no para mí: yo me trenzaba mi auténtico pelo en el cogote y luego lo sujetaba en lo alto de la cabeza con una horquilla, llevándolo debajo de la gorra o del sombrero. Porque me compré un sombrero de fieltro: me parecía que un torero tenía que estar en torero a todas horas, uno era torero todo el día, desde por la mañana hasta la noche. También me compré los trastos de matar, la muleta, el capote; y un traje de tercera o cuarta mano, azul y plata, que me tuvo que arreglar Paquita (eso sí, refunfuñando horriblemente todo el tiempo) porque me estaba enorme. En cuanto que cumplí los dieciséis me fui a Barcelona para hablar con mi hermano y con Durruti, que acababa de regresar del exilio. «Quiero dedicarme en serio a torear», les dije, muy nervioso. «Tengo ya dos corridas apalabradas para dentro de un mes.» Recuerdo la escena con claridad; estábamos en una mesa del bar del Paralelo: Ascaso, Buenaventura, Víctor. Ascaso sonrió chungón y despectivo: «Vaya con el pequeño Félix Roble, nunca acabará de sorprenderme.

A los once años ponía bombas y era el anarquista más anarquista, y ahora resulta que todo aquello se ha olvidado y es el torero más torero. Tú lo que de verdad quieres es que te admiren las mujeres. Tú lo que quieres es ser rico y burgués y señorito.» Observé que Víctor empalidecía: supongo que pensaba de mí lo mismo que Ascaso, pero no podía soportar que se pusiera públicamente en entredicho el buen nombre de nuestra familia. Cortocircuitado entre dos sentimientos tan contradictorios, mi hermano apretaba las mandíbulas y sudaba. Me sentí una basura, menos que una basura, un rizo de serrín: porque había algo de verdad en las palabras de Ascaso, siempre tan hábil y tan certero para herir; y, por su manera de decirlo, mis ambiciones parecían sucias, traidoras, miserables. Bajé la cabeza, acongojado. Durruti me dio un cariñoso pescozón en el cogote y me obligó a mirarle: «Deja a estos pelmazos y vente conmigo, *Fortuna*. Vamos a darnos una vuelta.»

Caminamos el uno junto al otro por las calles, Durruti hablándome de sus problemas económicos y de sus dificultades para encontrar trabajo ahora que había vuelto. «Así es que quieres ser torero», dijo al fin. «Sí», contesté. «Me parece muy bien. Un hombre tiene que hacer lo que de verdad le gusta. A mí me gusta mi trabajo. Soy un buen mecánico, un buen metalúrgico.» Anduvimos un rato sin hablar. «El anarquismo no es una religión», dijo Durruti. «Ni es tampoco una obligación que otro puede imponerte, como quien se mete en el Ejército. No. El anarquismo está dentro de uno, es una necesidad del corazón y de la cabeza. Y hay muchas maneras de trabajar para la causa.» Nuevo silencio. «¿Qué tal la mano?» Su pregunta me sorprendió. Habían pasado cuatro años desde que perdí los dedos. Para mí, entonces, una vida entera. «Bien», contesté. «¿Y lo otro?», dijo. «¿El qué?» «El recuerdo del hombre. De tu muerto.» Nunca habíamos hablado antes de eso. La precisión de sus palabras me estremeció: de mi muerto, sí, así lo sentía yo, exactamente. Meneé la cabeza con desaliento, me encogí de hombros y gruñí un poco, todo al mismo tiempo; y esperé que ese conjunto de sonidos y gestos fuera respuesta suficiente para Durruti, porque no sabía qué decir. Seguimos caminando. Pensé en toda la vida que tenía por delante, hermosa y fascinante pero también inquietante y oscura; y en lo fácil que era matar y tal vez morir. «Tengo miedo», musité, sin saber muy bien qué era lo que temía. Pero Buenaventura sí que debía de saberlo: «Yo tengo tanto miedo como tú», dijo. «El miedo y el valor vienen juntos. A veces no sé dónde termina uno y empieza el otro.» Cuando regresamos al bar del Paralelo dijo a los demás: «Yo creo que le puede venir muy bien al sindicato que *Fortuna* se dedique a los toros y parezca *limpio*. Así le podremos utilizar en momentos difíciles.» Y pidió una botella de vino para brindar por mi éxito. No hubo más que hablar sobre el asunto, como siempre. Cuatro semanas después pisaba por vez primera un ruedo. Decidí usar como nombre profesional el apodo de *Fortunita*, para que no me confundieran con el otro.

No os podéis imaginar cómo era el mundo de los toros entonces. Aunque quizá fuera mejor decir que no os podéis imaginar cómo era el mundo, a secas, porque los toros no hacían sino reflejar la brutalidad general de aquella vida. El ambiente taurino, desde luego, era atroz y era épico. No había penicilina, y las cornadas derivaban en gangrenas inevitablemente. Para luchar contra la infección, las heridas no podían coserse, de manera que las curas se convertían en un martirio interminable. Durante tres o cuatro meses había que quemar la herida todos los días; y todos los días tenían que sacar y meter por el boquete metros y metros de gasa empapada en éter. Cada año moría una decena de toreros, y eso que entonces había muchos menos de los que hay ahora, porque era un oficio demasiado duro, insoportable. Era una realidad de sol y de vértigo, de sangre y de vísceras. Los caballos de los picadores eran destripados todas las tardes por los toros; les metían las entrañas a puñados por la herida, les recosían en vivo en el patio de cuadrillas y les volvían a sacar al ruedo. Cuando la dictadura de Primo de Rivera estableció el uso del peto, acabando así con la matanza de caballos, el filósofo Ortega y Gasset escribió un artículo espeluznante diciendo que con esa medida protectora se había acabado el arte de los toros y que él no volvería a pisar una plaza. Y eso que Ortega era un intelectual, un buen intelectual. Ya os he dicho que la vida, entonces, era salvaje. Toda esa ferocidad y esa violencia estallaron después en la guerra civil.

Además, no sabíamos nada. Los toreros aprendices, quiero decir. No había televisión que emitiera corridas, no teníamos dinero para pagar la entrada de los toros. Llegábamos al ruedo sin haber visto torear a nadie, encandilados por vagos sueños de gloria y empujados por el hambre y el analfabetismo. A torear se aprendía toreando por los pueblos, en plazas de carros sin picadores y sin médicos. Cada novillero, cada matador, estaba obligado a llevar una cuadrilla de tres toreros, según las ordenanzas. Pero por los pueblos se cobraba muy poco, así es que el matador fracasado o el novillero primerizo llevaba tan sólo a un verdadero torero, a un subalterno profesional a quien pagaba, y a un par de *tocinos*, que eran los novatos que querían aprender a torear, y a los que tan sólo costeaba los gastos.

Y eso hice yo, naturalmente: a los dieciséis años me puse de *tocino*. Me arrimé a un viejo subalterno, *Crespito*, un hombre cabal, una buena persona y un buen torero, y él me fue metiendo en las corridas a las que le llamaban. En septiembre de aquel primer año, era 1930 y yo apenas si llevaba un par de meses de *tocino,* nos fuimos a torear a una plaza de carros en el pueblo de Bustarviejo. Íbamos de cuadrilla con Teófilo Hidalgo, un novillero de veintisiete años que parecía un anciano. Salió un toro serio. Eran malos toros, los toros de los pueblos, y su peligro aumentaba al estar sin picar. Eran animales sin clase y sin bravura, bichos de seis años y 25 arrobas, o sea, 300 kilos, ágiles y fuertes como demonios. Y aquel de Bustarviejo era un toro serio. Recuerdo a *Crespito* exhortándole a Teófilo desde el burladero: «¡Ligero! ¡Ligero!» Pero aquel muchacho que parecía un anciano no fue lo suficientemente ligero. El toro lo agarró y le pegó cuatro cornadas monumentales. Le partió el pulmón, le sacó los órganos genitales. Cualquiera de las cornadas hubiera sido mortal, pero fueron cuatro. Se quedó en el suelo como un muñeco roto. Recuerdo el sol cegador, siempre es cegador el sol cuando hay una cogida, aunque esté nublado. Recuerdo el resol, mis ojos entrecerrados y lagrimeantes, el olor de la sangre, el rugido del público. Eran las fiestas del pueblo y estaban borrachos. Borrachos y excitados por el espectáculo de la muerte. Se llevaron a Teófilo a la escuela, que servía de enfermería improvisada. Allí quedó tirado sobre la mesa astillada de la maestra, como un gato reventado por un carro. *Crespito,* en la plaza, dijo: «Este toro hay que matarlo.» Es el rito, es lo justo, no ha de poder la bestia con el hombre, no ha de salir el animal entero de la plaza hacia la ignominia del matarife. De manera que *Crespito* cogió el estoque. A mí las mujeres me agarraban, desde sus asientos sobre los carros las mujeres me agarraban por el cuello, por los hombros, de la cabeza: «¡No salgas, chico, no salgas!» Yo apenas si era un niño y les daba lástima; temían verme destripado, como a Teófilo. Pero la banda de música empezó a tocar y, después de que *Crespito* acabara con el animal aquel, quisieron obligarnos a lidiar el otro toro, y nos amenazaron con meternos en la cárcel. La vida no valía un céntimo por entonces y ni siquiera la tragedia de una muerte pública y violenta como la de Teófilo podía ennoblecer, aunque sólo fuera por un momento, el aturdimiento de una fiesta de pueblo, toda sudor y polvo y alcohol barato. Cuando regresamos a Madrid, Paquita quemó mi traje azul y plata en la estufa del cuarto, y luego me sentó en una silla y cortó mi coleta de un solo tajo. Yo la dejé hacer: no era cuestión de resistirse a sus poderosas manos de Sansona. Pero dos semanas más tarde estaba toreando de nuevo con *Crespito,* con un traje prestado que tenía que atarme a la cintura con una cuerda.

A *Crespito* le partió un toro la femoral en Torrelaguna al año siguiente, o sea, en 1931. Y murió un mes después de la cornada. El toro dejó el cuerno clavado en la madera de la plaza de carros, después de atravesarle. *Crespito* tenía cincuenta y tres años y ya estaba torpe; por eso ahora se veía obligado a torear esas corridas de mala muerte. Antes, en su buen momento, había sido un subalterno muy solicitado y había ido con maestros. Aquel día en Torrelaguna el burladero estaba lleno de gente, gente que no debía de haber estado allí, y por eso *Crespito* no se pudo guarecer cuando lo necesitó. Un médico que estaba entre el público le ligó las arterias. Pero yo vi que se moría. Me vine a Madrid desesperado para buscar una ambulancia. Pero en aquella época sólo había tres ambulancias para atender a toda la ciudad, y no consintieron en desplazarse. Entonces cogí todo el dinero que tenía y empeñé mi traje y el capote; y gracias a Paquita, que me dio lo demás, alquilé un taxi con conductor, uno de esos grandes Citroën *Pato;* y metí un colchón dentro del taxi y ahí me traje a *Crespito.* Ya se le había gangrenado la pierna y en Madrid se la tuvieron que amputar. «¡Y que ese toro se haya quedado vivo!», repetía él con lamento obsesivo, porque el animal que lo había clavado contra el carro había sido devuelto a los corrales. Aguantó el hombre lo que pudo, pero a los veinte días se murió. «Es que a esas edades...», decía el médico, como si se tratara de un anciano ¡Y sólo tenía cincuenta y tres años! Y en cambio aquí me tenéis a mí ahora, con ochenta, pudriéndome por dentro como a *Crespito* se le pudrió la pierna.

Luego me puse de novillero, y trampeé por los pueblos intentando hacer una carrera de figura. Solía llevar, como subalterno profesional, a un buen hombre llamado Primitivo Ruiz; ese Primitivo tuvo durante mucho tiempo una fístula en el ano de una cornada y se tenía que poner paños en los pantalones, pero como necesitaba el dinero seguía trabajando. Un día que fui a buscarle para marcharnos a torear a algún pueblo me lo encontré lívido, temblando, con una fiebre enorme. «No puedo ir, mira cómo estoy.» Me quedé horrorizado. «Primitivo, voy solo. No llevo nada más que dos *tocinos.*» Y Primitivo, que era un profesional y sabía todo lo que podía pasarle a un torero solo y a dos *tocinos* en una maldita plaza de carros de un maldito pueblo, se puso sus paños, se vistió y se vino. Era un mundo de honor.

Pero no todo era tan atroz, naturalmente. No todo era dolor y necesidad y cuerpos rotos. También estaba la emoción del arte de torear, la embriaguez del peligro, el brillo siempre evasivo de la gloria. Uno era torero las veinticuatro horas, ya lo he dicho. Ser torero era tener donaire, era ser arrogante, era disfrutar de la vida porque se estaba vivo. Ser torero joven, y más si eras rubio como yo, era conquistar el favor de las hembras. Recuerdo que en el año 1934 le brindé un toro a un apoderado que conocía de vista, y que estaba acompañado de unas mujeronas muy aparentes. Cuando fui a recoger la montera, la señora situada a la derecha del tipo me la devolvió con una nota: «Vale por una dormida a elegir mujer.» La señora aquella era Adela *la Botones,* una *madama* célebre. Fueron años felices. Incluso llegué a tener cierto éxito; y toreé en Madrid junto a Pascual Montero *El Señorito*, un novillero que estaba de moda.

Siendo joven como yo lo era, la vida torera era una buena vida. Sobre todo entre corridas, cuando no había que dejarse matar en una plaza de carros. Por la mañana entrenabas durante algunas horas, como hacen los atletas. Y a la hora del aperitivo te ibas al *Rompeolas*, que era la parte alta de la calle Sevilla. Ahí nos reuníamos a la vez los cómicos y los toreros. Los cómicos a un lado, junto al Café Inglés, y los toreros al otro lado, esquina con Alcalá. Nos estudiábamos los unos a los otros, separados tan sólo por unos cuantos metros de acera, sin que se mezclaran nunca los corrillos. Éramos dos razas de vanidosos, y rivalizábamos en garbo, en rumbo y en majeza. Estábamos tiesos, no teníamos entre todos una peseta, pero alardeábamos muchísimo. Recuerdo un chascarrillo que circuló durante algunos días por el *Rompeolas:* en un punto intermedio de los corros coinciden un par de taurinos y un par de actores. Los actores preguntan: «¿Y esos nuevos de allá?» «Son también toreros», les contestan los otros. Los cómicos se burlan: «¡Toreros! ¡Aquí todos fanfarronean de ser toreros, pero si apareciera de repente un toro por aquí ya verían ustedes la que se armaba!» «Pues no pasaría nada, porque antes de que la pobre bestia hubiera podido llegar hasta los toreros, ustedes los cómicos se la habrían comido», contestan los otros. Allí, en el *Rompeolas,* conocí a tu padre, que era algo menor que yo; él no se acuerda de mí, pero yo me quedé con su cara, porque luego le seguí viendo en los teatros.

Después, por la tarde, te ibas a la tertulia. Y al caer la noche comenzaba la fiesta. Y qué fiestas aquellas. Era una mezcolanza de flamencos, y artistas, y toreros; de ladrones y señoritos finos; de escritores y de picadores analfabetos; de putas regeneradas y convertidas en estupendas señoras o de jovencitas inquietas y demasiado hermosas que iban para putas. La gente de bronce, como decía Valle-Inclán. Eran noches que nunca se acababan, las noches eternas de la juventud, que vistas desde mi edad, os lo aseguro, llegan a fundirse en una sola.

Era una vida fronteriza, en muchos sentidos mísera y marginal, pero que al mismo tiempo te permitía codearte con la aristocracia de la sangre y del dinero. Era una vida transgresora y nada convencional que se adecuaba muy bien a mi ideología. Sin embargo, cosa extraordinaria, la mayoría de los taurinos eran políticamente de derechas. Yo me fingía republicano y discutía con ellos, pero me cuidaba mucho de mostrar mis verdaderas inclinaciones: seguía manteniendo mi vertiente libertaria en el secreto. Era una cautela necesaria: los anarquistas continuaron siendo la bestia a perseguir durante la República, hasta el punto de que en 1932 Durruti y Ascaso fueron deportados durante varios meses al África Oriental. Cuando no estaban deportados, cuando no estaban en la cárcel, yo me veía clandestinamente con ellos y con mi hermano Víctor, que se había convertido en un dirigente del sindicato. Me usaban para las ocasiones extremas: para pasar unas órdenes escritas que nadie más podía pasar porque la policía los vigilaba, o para sacar de Madrid, camuflado de *tocino,* a un compañero en fuga: y qué miedo pasó el aguerrido activista cuando tuvo que salir al ruedo a hacer el paripé de su trabajo.

Un día, recuerdo, mi hermano me aconsejó que acudiera a una subasta: «Va a ser divertido. Tú ve allí y mira.» El Gobierno de la República había confiscado de modo abusivo las rotativas de *Solidaridad Obrera,* el periódico libertario, y las sacaba a la venta aquella tarde. Acudí por mi cuenta, intrigado, y al llegar a la sala de la puja empecé a reconocer entre la gente a una veintena de compañeros del sindicato. Comenzó la licitación, se remataron unos cuantos objetos, y llegó al fin el turno de la imprenta. En cuanto que se abrió la puja, Durruti levantó la mano y dijo: «Veinte pesetas.» Era una cantidad ridícula, una burla. Un comerciante calvo, situado algunas filas más atrás, ofreció entonces mil; al instante siguiente el cañón de una Browning le aplastaba una oreja, así es que el comerciante comprendió la indirecta y retiró lo dicho. Nadie se atrevió a añadir palabra. Y entonces Ascaso, con sorna achulapada, hizo una nueva puja: «¡Cuatro duros!» Así estaban las cosas por entonces. Todo era un deambular de pistoleros, un latir soterrado de los preparativos para la guerra.

Pero hubo también otros momentos más conmovedores. Recuerdo de manera especial una visita a Buenaventura Durruti ya casi al final de todo, en la primavera de 1936. Yo había ido a torear al sur de Francia, y al regresar a Madrid pasé por Barcelona con la intención expresa de visitar a mi antiguo héroe. Durruti estaba atravesando momentos muy difíciles; llevaba muchos años incluido en la lista negra y nadie le ofrecía trabajo, y el sindicato era demasiado pobre como para poder ayudar económicamente a sus líderes. Vivía en una covacha inmunda junto a Emilienne, su compañera, que le había seguido desde Francia, y Colette, la hijita de ambos, que debía de tener entonces cuatro o cinco años. Emilienne trabajaba de cuando en cuando como acomodadora en un cine, y de esos magros ingresos malvivían. Fui a verle acompañado por Germinal, un medio primo mío de Barcelona, también anarquista. Nos encontramos a Durruti con un delantal atado a la cintura, fregando platos y preparando la cena para la cría y para su mujer, que aún no había vuelto del trabajo. Germinal se echó a reír: «Pero, hombre, esto es cosa de señoras…» Era cierto que Buenaventura resultaba chistoso con ese delantal de mujer que parecía diminuto en su pecho de toro, y con su cabeza de gorila emergiendo por encima de los volantes. Pero entonces Durruti se irguió, y su entrecejo se encapotó, y sus ojos relampaguearon; y ya no pareció chistoso en absoluto, sino feroz y peligroso. Germinal dio un par de pasos para atrás y yo mismo, aun queriendo a Durruti como se quiere a un padre, no pude por menos que encogerme en mi asiento. «Toma este ejemplo», tronó Buenaventura, señalando con el dedo al amedrentado Germinal. «Cuando mi mujer va a trabajar, yo limpio la casa, hago las camas y preparo la comida. Además, baño a la nena y la visto. Si crees que un anarquista tiene que estar metido en una taberna o un café mientras su mujer trabaja, es que no has entendido nada.»

No, no entendíamos nada todavía. No imaginábamos lo que se nos venía encima, aunque olfateáramos nerviosamente el aire como perros excitados que intuyen la proximidad de la caza. No sabíamos que muy pronto todo se acabaría. Adiós a los sueños libertarios, adiós para siempre a los amigos; y a los toros, a la juventud y la vida alegre. El mundo conocido caminaba a su fin.

Pero por entonces no sabíamos nada de esto; éramos inocentes, es decir, unos ignorantes, y teníamos la cabeza llena de esos pequeños afanes que siempre nos ocupan a los humanos, de esas nimiedades que luego quedan en suspenso ante las catástrofes. Yo estaba satisfecho con el avance de mi carrera taurina y quería tomar la alternativa; y además, y por primera vez, tenía una novia en serio. Pero sobre todo estaba feliz de poder encontrarme con Durruti, a quien hacía mucho tiempo que no veía. Buenaventura también parecía contento con mi visita; tras el rapapolvo a Germinal, su ceño de niño grande volvió a distenderse. Bajó a comprar vino a la taberna y a pedir unos huevos prestados a la vecina. Preparó una estupenda tortilla de patatas y cuando llegó Emilienne nos dimos un banquete de tortilla, chorizo, queso y *pa amb tomaca*. Durruti estaba un poco achispado y de muy buen humor. «Vaya con el niño Félix, todo lo que ha crecido», dijo. «Aquí le tenéis, haciéndose una figura del toreo. Me parece muy bien, pero que no se te olvide que la lucha sigue siendo lo más importante. La lucha, la solidaridad y la libertad. Se lo debes a tu padre y a tu hermano. Me lo debes incluso a mí, coño. Pero sobre todo se lo debes a todos los pobres, a todos los desgraciados. Félix Roble *Fortunita*, el torero de moda… Siempre tuviste buena estrella, cabrón… Brindo por ti, *Fortuna*. Me alegro de que hayas venido. Seguro que me vas a dar suerte, y la necesito.»

Aquella fue la última vez que vi a Durruti. Apenas un mes después estalló la guerra.

A grandes males, grandes remedios. En vista de que pasaban los días y no volvíamos a tener noticias de Ramón, Félix ideó un plan de emergencia:

—Tenemos que viajar a Holanda cuanto antes.

Adrián y yo nos quedamos atónitos. Chochea, pensé para mí con inquietud.

—Podría ir yo solo, pero creo que sería conveniente que me acompañaras. Y si lo desea, también puede venirse el chico con nosotros.

—Vaya, hombre, gracias —dijo Adrián con sorna.

—Pero ¿por qué a Holanda? ¿Y para qué? —pregunté.

—Porque es el centro mundial del comercio ilegal de diamantes. O por lo menos lo era en mis tiempos de activismo político. Y seguro que sigue ocupando un papel relevante en el negocio: un imperio clandestino como ese no es fácil de derribar.

—Pues sigo sin entender nada. ¿Qué tenemos nosotros que ver con los diamantes?

—Dejadme hablar. Sois los dos demasiado impacientes, demasiado jóvenes. Veréis, el grueso del dinero negro que circula en el mundo se convierte en diamantes, bien para blanquearlo o bien por la facilidad que ello supone para mover grandes cantidades. Estoy hablando del dinero negro de verdad, de sumas importantes y que han de recorrer trayectorias difíciles. Hablo de los narcotraficantes y de los comerciantes de armas, por ejemplo, pero también del dinero *político*. Las mafias italianas compran a sus ministros y sus jueces con diamantes, la ETA y el IRA utilizan diamantes en sus operaciones, Gaddafi paga con diamantes los movimientos terroristas de los países que pretende desestabilizar. De mis tiempos de pistolero aprendí que hay muchos mundos en el mundo, y el más amplio, el más sólido y más estable es el mundo clandestino de la criminalidad internacional. La alta delincuencia es la mayor multinacional que existe en el planeta; posee unas normas estrictas, una administración colegiada, una jerarquía bien establecida. Y funciona en todos los países de la tierra. Eso sí que es internacionalismo, y no los sueños bolcheviques o libertarios. Yo conozco en Amsterdam a un tipo, o lo conocía, tal vez se haya muerto, que mandaba bastante en el comercio de los diamantes. Podemos ir allí e intentar hablar con él; y si no es con él, con sus descendientes: suelen ser negocios familiares. Hay un puñado de comerciantes holandeses que ocupan un lugar elevado en la jerarquía mundial de la delincuencia. Puede que ellos conozcan algo de Orgullo Obrero, o, en su defecto, por lo menos sí nos podrán decir a quién tenemos que dirigirnos en España para aclarar el caso. Porque todo se trata de saber a quién preguntar, como en un ministerio. Pregunta a la persona adecuada y obtendrás respuestas. Yo creo que deberíamos probar: no tenemos nada que perder. Vámonos a Holanda e intentemos encontrar a mi viejo amigo.

Explicado así, tal y como Félix lo explicó, el asunto sonaba exótico pero bastante fácil, como si una pudiera llegar a una oficina de información en Amsterdam, y presentar una instancia, y ser introducida en un despacho ante un funcionario correctísimo dispuesto a contártelo todo amablemente.

—Está bien, ¿por qué no? —concedí—. Vámonos a Holanda. Me envenena la sangre permanecer aquí sin hacer nada.

Aunque Félix estaba empeñado en pagarse el viaje de su bolsillo (Adrián no tenía un duro, y se dejaba invitar con ese desparpajo que suelen mostrar los jóvenes a la hora de explotar económicamente a los mayores), conseguí convencerle de que usáramos el dinero sobrante de la caja de seguridad: habíamos recogido 201 millones de pesetas, pero sólo habíamos entregado 200 a los de Orgullo Obrero.

—No es dinero mío, no es dinero limpio, no me gusta y no lo quiero. Qué mejor fin que gastarlo entre todos para intentar descubrir alguna pista.

Una vez tomada la decisión, nos pusimos a organizar el viaje con diligencia. Me costó un buen rato convencer a Félix de que no se llevara su Trabuco-Pistola; tuve que explicarle que no habría manera de evitar los arcos de metales y los túneles de rayos X de los aeropuertos; que detectarían el revólver y acabaríamos teniendo un problema, puesto que Félix carecía de permiso de armas. Mi vecino fruncía con enojo sus hirsutas cejas blancas: no estaba del todo convencido de mis palabras. Por su confusión respecto a las medidas de seguridad, descubrí que hacía muchos, muchísimos años que no volaba:

—Es que a Margarita, mi mujer, le daba miedo el avión, y luego yo, ya de jubilado, pues… —se justificó con cierto rubor.

Qué extraño personaje, este Félix Roble; tan pronto sabio, cosmopolita y conocedor de los más profundos arcanos de la vida, como sedentario ancianito pensionista que ni tan siquiera sabe que no puedes pasar un cañón por un aeropuerto. Aunque, en realidad, me dije entonces, qué estrambóticos éramos todos, qué trío tan absurdo. Félix, que ya estaba fuera de la vida por ser viejo, pero que no se resignaba a su vejez y andaba jugando al pistolero; Adrián, que estaba fuera de la vida por ser joven, un chico sin oficio ni beneficio, sin pasado y sin un futuro previsible; y yo, Lucía Romero, la peor de todos, justo en la edad del ser y del estar, pero ni estando en ningún lado ni sabiendo quién era, pura contradicción y desconcierto, una cuarentona mareada de miedo. A nuestros pies, la Perra-Foca hacía el mismo ruido al respirar que un motor de explosión con las bujías sucias; dormitaba feliz y absolutamente convencida de que nosotros la protegeríamos, de que éramos dioses omnipotentes capaces de nutrirla y rascarla y pasearla durante toda la eternidad perruna, en vez de vernos como en el fondo éramos, unos humanos miserables y atónitos. Al otro lado de las ventanas, el resto de las personas de la tierra se afanaban en sus obligaciones; iban y venían, laboriosos, como si tuvieran razones suficientes para moverse; y cumplían horarios, plantaban árboles, daban papillas a los niños, compraban pasteles los domingos, se iban de vacaciones en agosto con un remolque-caravana. Hacían cosas. Vivían.

Bien, ahora nosotros por lo menos íbamos a hacer *algo:* nos marchábamos a Amsterdam a buscar la verdad. Porque ya no era Ramón, o no era sólo Ramón, lo que estaba en juego. Tuve que admitir la evidencia en el aeropuerto, mientras revivía, con cierto escalofrío, la desaparición de mi marido; y durante el vuelo, mientras yo fingía dormitar y Adrián y Félix discutían; y en el taxi, camino del barato y deprimente hotel donde nos alojamos, cercano a las calles de escaparates de las putas. Lo que ahora me movía era el afán de desentrañar la verdad, si es que tal cosa existe y tiene entrañas. Sí, quería recuperar a Ramón, y socorrerle, en el supuesto de que le hiciera falta ser socorrido. Pero también necesitaba saber qué había hecho mi marido para acabar así; cuál era su implicación con Orgullo Obrero; cómo era en realidad aquel Ramón con quien conviví más de diez años; por qué me dejé engañar tan fácilmente. Quién era, en fin, esta Lucía Romero que habitaba en la inopia.

La mañana de nuestro primer día en Amsterdam amaneció oscura como (¿por qué siempre dicen «como boca de lobo»? Pobres lobos, de colmillos resplandecientes y lenguas rosadas), oscura como boca de urinario subterráneo. Hacía un frío extremado y una desagradable aguanieve hería las mejillas. Amsterdam, tan hermosa como siempre, mostraba un aspecto solemne y sepulcral bajo el cielo de plomo. Las calles estaban vacías, los canales negros y revueltos, y en cualquier esquina podía estarse cometiendo un asesinato. Salimos del hotel envueltos en lúgubres presagios. Esas eran mis sensaciones, por lo menos; a Félix se le veía animado y verborreico. Tal vez fueran los nervios.

La Tweede Onno Ligtvoetstraat estaba a dos minutos de Rokin, la arteria principal de los comerciantes de diamantes. Comerciantes legales, con joyerías honorables y dignas; sólo que, amparados en el sólido prestigio de los orfebres holandeses, unos pocos empleaban la trastienda para el otro negocio. Para las transacciones millonarias y secretas.

En la Tweede Onno Ligtvoetstraat estaba la venerable joyería Van Hoog, una pequeña tienda de portada de madera labrada y aspecto orgulloso en cuyo frontispicio se podía leer «Founded in 1754» en letras talladas y estofadas en oro. Remoloneamos un poco alrededor del pequeño escaparate antes de atrevernos a entrar: en los exhibidores había sobre todo diamantes, pero también esmeraldas, aguamarinas o rubíes; y hermosas joyas antiguas, dispuestas con primor sobre fondos de terciopelo rojo. Por ningún lado se veían las horrorosas cadenitas de oro para turistas, con miniaturas de molinos o de zuecos, que solían atestar las demás tiendas. Van Hoog era una joyería exquisita, un lugar de categoría y con buen tono.

De manera que entramos y nos detuvimos frente al mostrador, un poco pavisosos y apocados.

—*Can I help you?*

Quien se había ofrecido a atendernos era un duque de unos cuarenta años. Digo yo que era duque porque llevaba el traje gris perla más elegante que jamás he visto, con doble botonadura y una tela increíble; camisa azul a juego, corbata de seda en amarillos. Por encima de eso, una cara de príncipe consorte de Inglaterra, con punzantes ojos grises, la nariz aguileña y un mentón nobilísimo que consentía en dirigirse a nosotros con cortesía. Son tan magnánimos los verdaderos aristócratas...

—*May I speak with Mr Van Hoog, please?* —dijo Félix con aceptable sintaxis y calamitoso acento: ¿Puedo hablar con el señor Van Hoog? Qué sorpresa: ignoraba que el viejo supiera idiomas.

—Yo soy el señor Van Hoog. ¿Qué desea? —contestó el duque en su inglés exquisito.

—No, perdone, usted no; me refiero al viejo señor Van Hoog, un hombre de mi edad. Somos antiguos conocidos, aunque hace mucho que no lo veo. Espero que todavía esté vivo —explicó Félix.

—Supongo que se refiere usted a mi padre. Se ha retirado

del negocio. Ya no viene nunca por aquí. ¿En qué puedo servirle? —respondió el hombre, imperturbable.

Félix me miró, un poco agobiado. Bien, puestas así las cosas, no había más remedio que aventurarse. Le vi prepararse para dar el salto y aguanté la respiración cautelosamente.

—Bueno, se trata de... Es un asunto un poco difícil de abordar... —empezó Félix con voz titubeante—. Me llamo *Fortuna* y... Mi hermano y yo pertenecíamos a la guerrilla anarquista española... Éramos pistoleros anarquistas, ¿sabe usted? Y hace años veníamos aquí para comprarle a su padre diamantes del mercado negro.

Aunque estábamos solos en la tienda, Félix había bajado la voz.

—Me temo que está usted equivocado, señor. Nosotros jamás trabajamos en el mercado negro —respondió el duque sin menear un músculo.

—Perdóneme que insista, pero por lo menos cerramos cuatro o cinco transacciones con su padre. Y yo fui el encargado de venir a esta tienda y traté en persona con el señor Van Hoog.

—Le repito que se ha equivocado.

—Mire, sólo quiero hablar un momento con su padre. ¿Por qué no me pone en contacto con el señor Van Hoog? Si no, no tendré más remedio que buscarlo por otra parte. Tendré que ir a hablar con los vecinos de esta calle. Contarles mi historia. Preguntar por él.

A medida que Félix insistía, el plan general de este viaje a Holanda y el particular de esta visita a la joyería Van Hoog empezaban a parecerme una auténtica locura. Aun en el caso de que Félix no hubiera confundido sus recuerdos (la memoria de los viejos es como un calcetín agujereado) y estuviéramos en el lugar correcto, ¿quién nos mandaba ir diciendo semejantes burradas a un principesco hijo que probablemente ignoraba las andanzas juveniles de su padre? Claro que la cosa todavía podía resultar peor. Aun podía ser cierto que este establecimiento tan exquisito fuera el centro de una mafia mundial; y, en ese supuesto, venir a tartamudearles impertinencias, como Félix estaba haciendo, se me antojaba ahora una de las cosas más inconvenientes e insalubres a las que uno podía dedicarse en la vida.

Intenté tragar saliva, pero tenía la boca tan seca como un barril de harina.

—Bien… —el seudoduque dejó vagar por un instante su mayestática mirada gris en la lejanía—. Supongo que este no es el lugar más adecuado para discutir el asunto. Si son tan amables, ¿no les importaría acompañarme al piso superior?

No nos importó, naturalmente, aunque para mi coleto yo estaba convencida de que nos iban a pegar una paliza en cuanto que nos metieran en la trastienda. Pero no, me equivoqué. De la joyería pasamos a una minúscula salita con archivadores y sillones de cuero, y de ahí, por una escalera de madera chirriante que el príncipe consorte subió en primer lugar (se disculpó por pasar por delante y explicó que era para enseñarnos el camino), ascendimos hacia el piso superior, primero a un corredor oscuro y luego a una sala. Fue ahí donde nos atizaron.

Es decir, le atizaron a Adrián. Nada más entrar en la habitación, dos enormes *gorilas* vestidos de Armani se abalanzaron sobre nosotros; en un santiamén sujetaron a Félix y al muchacho, retorciéndoles los brazos por detrás de la espalda. El duque, mientras tanto, me agarró por el cuello. Fue una humillación: me llevaba medio en volandas, casi de puntillas, como un conejo. Se acercó a Félix conmigo colgando de una mano.

—¿Quiénes sois y qué queréis? —dijo el hombre, con voz tranquila, planteando las preguntas de rigor.

—¡He dicho la verdad! —gritó Félix—. No vengo en busca de problemas, sólo necesito un poco de ayuda de su padre; pregúntele al señor Van Hoog sobre *Fortuna* y Víctor *el Figurín*, los anarquistas españoles…

El hombre no pareció muy convencido. Levantó el puño derecho y por un momento pensé que lo iba a estrellar en la cara de Félix. Pero debió de parecerle de mal gusto golpear a un anciano: el duque era un señor muy fino, desde luego. De modo que giró un poco sobre sí mismo y golpeó la boca de Adrián. Fue un puñetazo notable, teniendo en cuenta que apenas si había tomado impulso, que su equilibrio estaba desnivelado por el peso de mi cuerpo en su mano izquierda y que no parecía estimulado por la pasión o la saña: el príncipe consorte seguía tan civilizado y tranquilo como antes. Casi esperé que le pidiera disculpas a Adrián por haberle manchado la camisa con la sangre que caía de su labio roto.

Las cosas hubieran podido ponerse bastante tenebrosas para nosotros si no hubiera sido porque de repente sonó una voz enérgica que dijo algunas frases en flamenco. Podrían haber sido las palabras con que Moisés separó el mar Rojo: los *gorilas* dejaron libres a Félix y a Adrián de manera instantánea, y el duque soltó mi cogote y se alejó unos cuantos pasos. Acudía a presentar sus respetos a un viejo que entraba en la habitación apoyándose en un andador de tubos metálicos. Era un viejo lindo, envuelto en una alegre bata de franela a cuadros, con pantuflas a juego y un gorro de lana de dormir como los de los cuentos, rojo, largo y acabado en punta con un pompón. Por debajo del gorro se escapaban unos rizos blancos despeinados que enmarcaban una cara rosada y mofletuda, de cándidos ojos azules y aspecto bonachón. Parecía Papá Noel a punto de acostarse.

—¿Tú dices que anarquista? —preguntó el viejo en mediano español—. ¿Tú hermano de dos hermanos guerrilleros? Veremos.

Se acercó penosamente con el andador hasta colocarse a un palmo del rostro de Félix. Le escrutó con interés durante un rato.

—Sí... Recuerdo... ¿Tú *Suerte*?

—*Fortuna*, soy *Fortuna*, señor Van Hoog.

—Eso sí, *Fortuna*. Y hermano Victoria.

—Víctor. Víctor *el Figurín*.

—Eso sí.

Van Hoog volvió a pasar revista a Félix de arriba abajo.

—Mmmm... Tú bien, muy bien, ¡yo cojo! Viejo, un asco. ¿Cuántos años tú?

—Ochenta, señor Van Hoog.

—¡Yo setenta y nueve! Tú cabrón.

Pero sonreía, tal vez encantado de encontrarse con un antiguo conocido de los tiempos jóvenes. O a lo mejor es que se aburría estando jubilado.

Esa sonrisa de Papá Noel lo cambió todo. El hijo cruzó unas cuantas frases en flamenco con su padre y después nos dedicó una somera inclinación de cabeza y se bajó a la tienda. Los guardaespaldas vestidos de Armani se transmutaron en atentos camareros y nos sirvieron un café con pastas, en delicadas tazas de porcelana inglesa, sobre una mesita de caoba. Incluso trajeron una bolsa de hielo para el labio tumefacto de Adrián.

Estuvimos con él toda la mañana, bebiendo café y mordisqueando pastas. El viejo Van Hoog sólo se comía las guindas que hay en el centro de esas pastitas radiales como soles pequeños. Devoraba guinda tras guinda y la masa la tiraba a una papelera. A medida que se iban acabando las pastas de ese tipo, los Camareros-Gorilas traían más.

Le explicamos con minucia nuestra historia, y me parece que la encontró amena. Cabeceaba y asentía con pequeños gruñidos a las explicaciones de Félix, a mis comentarios; pero cuando terminamos de hablar, empezó a hablar él. Nos contó sus andanzas juveniles cuando la Segunda Guerra. Cómo participó en la Resistencia contra los nazis; cómo ayudó a la fuga de judíos. Sus novias, sus amigos, sus primeros negocios. Todo esto en su lengua de trapo, en su español comanche. A eso del mediodía ya estábamos los tres desesperados. No nos decía nada sobre nuestro asunto y la conversación empezaba a languidecer. En un momento dado, el viejo Van Hoog cerró los ojos e inclinó la barbilla sobre el pecho.

—Y ahora va y se nos duerme, el tío —farfulló Adrián, que estaba comprensiblemente indignado por la hinchazón creciente de su morro.

—No duerme, pienso —se agitó el joyero, abriendo los ojos y enderezándose en la silla.

Levantó una mano y pidió algo en flamenco a uno de los *gorilas*. El Mayordomo-Matón salió de la habitación con expresión solícita y regresó al poco tiempo con una preciosa caja de laca china. Van Hoog sacó unas cuartillas de un papel de magnífica textura, cremoso y con grumos irregulares. Desenroscó una Mont-Blanc tripuda y escribió con letra temblorosa:

«*They only want to talk. They are my friends.* (Sólo quieren hablar. Son mis amigos.)»

Firmó debajo con su nombre completo y luego puso un sello en tinta verde al pie de la hoja: una torre rechoncha de almenas recortadas, en todo parecida a una pieza de ajedrez.

. —Eso sí. Hablar con...

Volvió a agitar una mano en el aire y se acercó el *gorila*, quien, tras escuchar la orden de su jefe, abandonó la habitación. Esperamos todos en silencio. A los tres minutos regresó el energúmeno con una hoja en la mano y se la dio a Van Hoog.

—Hablar con Manoel Blanco, eso sí —dijo el joyero leyendo la nota—. Teléfono Madrid, aquí papel. Él pequeño hombre nuestro. ¡Pequeño! Ayudará. Aquí mi documento. Mi sello. Mi firma. Ayudará también. Muchos amigos Madrid. Algunos grandes. Ellos sí saben. Es todo. Adiós. Próxima vez yo y tú te vemos, *Fortuna*, los dos un poco muertos. Eso sí.

Y se rió a carcajada abierta de su propia gracia, más parecido a Papá Noel que nunca. Luego dijo algo al guardaespaldas y éste le levantó en brazos como quien levanta una muñeca. El otro *gorila* agarró el andador metálico, y el grupo desapareció sin añadir palabra por la pequeña puerta del rincón. Ahí quedamos nosotros, con los dos papeles que nos había dado el viejo, los restos del café y una cesta llena de pastas mordisqueadas. Salimos por nuestra cuenta del local (el despacho del piso de abajo tenía una puerta directa a la calle que nos evitó el paso por la tienda) y cuando estuvimos fuera respiramos.

—Lo hemos conseguido.

Era increíble, pero lo habíamos conseguido. La euforia burbujeó dentro de mí, como el principio de una borrachera. Habíamos hablado con un pez gordo, teníamos un contacto en Madrid, incluso disponíamos de una especie de carta de recomendación, ¡y todo eso sin que nos partieran la boca! O, por lo menos, sin que nos la partieran demasiado.

—Pobre Adrián. ¿Qué tal estás? —dije, recordando el puñetazo y advirtiendo que el muchacho iba demasiado callado.

—Bien. No es nada —contestó.

Pero al acercarme a él advertí que estaba temblando.

—¿Qué te pasa?

Le toqué una mejilla: era como arrimar la mano a una caldera.

—Tienes fiebre. Yo creo que mucha fiebre.

—Ya me encontraba mal esta mañana.

Cierto, lo había dicho. Había dicho que se sentía mareado, aunque yo, con la tensión del día, no le hice mucho caso. Ahora iba dando tumbos por la calle, con los ojos desenfocados y brillantes. Cogimos un taxi y nos trasladamos al hotel; subimos a pie los dos tramos de sórdida escalera y entramos los tres en la habitación de Adrián, que era angosta y larga, con una camita virginal y estrecha, un armario desvencijado a los pies y una ventana que daba a un patio oscuro.

—Métete en la cama enseguida —dije inútilmente, porque Adrián ya se estaba desatando las zapatillas deportivas—. ¿Quieres que te ayudemos?

—No, no —respondió él, aturdido y torpe, sacándose el jersey por la cabeza.

Aunque para torpe yo, que no sabía si irme o si quedarme. Pensé: que un muchacho de veinte años se quede en paños menores es una nimiedad; si no me gustara, no me daría ningún apuro que Adrián se desvistiera frente a mí. Pero el problema era que me gustaba. Miré a Félix, turbada.

—Pues parece que no nos necesita.

Para entonces Adrián se había quitado los vaqueros y se había quedado en calzoncillos, y al instante siguiente estaba ya metido entre las sábanas. Un relámpago de carne blanca y sólida, un pecho robusto y delicioso de hombre ya cuajado.

Pero dentro de la cama, mostrando tan sólo su cara de gato entristecido, parecía un niño.

—No os vayáis —dijo.

Pequeño, muy pequeño. Y muy mal tenía que estar para pedir que nos quedáramos. Adrián nunca pedía nada. Ese era uno de sus problemas.

—Quédate tú con él. Yo voy a ir a buscar un médico —dijo Félix.

Y, en efecto, se marchó a la calle para volver más tarde con un doctor que dictaminaría que Adrián tenía una amigdalitis, es decir, anginas, unas anginas gordas y rabiosas como las de los críos. Pero eso fue más tarde. Ahora Félix se acababa de ir y yo me senté en una esquina de la cama. Adrián ardía, casi me parecía verle humear, irisar el aire en torno a su cabeza, como sucede con las arenas del desierto bajo el sol calcinante. Tenía las mejillas enrojecidas, los ojos fulgurantes, el labio superior deliciosamente hinchado por el golpe. Estaba hermoso hasta el dolor, atractivo como un abismo. Cómo deseé acariciar su cara. Pasar un dedo por la rosca suave y caliente de sus orejas. Por su cuello. Por sus labios resecos. Pero no podía hacerlo. Él pensaría que le acariciaba por amor maternal, porque estaba enfermo. No por rijo y lujuria y frenesí y hambre desaforada de su cuerpo.

—Lucía...

—Sí.

—Esa torre, la torre de la nota, la torre del sello...

—¿Sí?

—No, nada. Es una casualidad, hoy he soñado uno de mis sueños... De las adivinanzas. Y había una torre. Una torre de piedra con muchos, muchos pisos, muchísimas ventanas, una torre muy alta. Pero está toda rota, medio derruida. Un hombre. En lo alto de la torre hay un hombre triste. Se asoma al vacío; y entonces se tira. Pero mientras va cayendo por el aire, camino de la muerte, de repente oye un ruido. Entonces pone una expresión de extrema desesperación y grita: ¡Nooooooooo!

—¿No?

—¡Noooooooo!

—¿Y después?

—No hay más. Me desperté. Todavía no sé por qué grita, no sé la solución. Como estoy con fiebre...

Cerró Adrián los ojos, agotado por el esfuerzo de contarme la adivinanza. Pero una de sus manos trepó por el embozo como un cangrejo ciego y me buscó. Se metió el cangrejo, seco y ardiente, entre las palmas de mis manos, como buscando un refugio seguro. Para no caerse de la torre. Yo me quedé quieta, muy quieta. Tal vez así, pensé, Adrián no notará que estoy temblando.

Conocí a Van Hoog en mis andanzas finales como pistolero. Pero eso fue en la posguerra, y antes de llegar a la posguerra hay que hablar de la guerra, aunque resulte amargo —dijo Félix Roble—. Cuando empezó la guerra yo tenía veintidós años, y una novia formal, Dorita, Dorotea, y una responsabilidad que cumplir. Una responsabilidad política, social, libertaria. Como dijo Durruti, se lo debía a mi padre; pero sobre todo se lo debía a mi madre, muerta de miseria, y a mí mismo. A mi idea de lo justo. A los sueños y la rabia de mi niñez.

Aunque todo el país esperaba la guerra, yo había preferido ignorar los preparativos, los crecientes signos del combate. Por eso, cuando al fin estalló, me sentí culpable. Me abrumó entonces mi falta de compromiso con la causa; los escrúpulos anteriores, esa pequeña angustia que siempre me acompañó por la muerte de mi muerto, se me antojó de repente una excusa egoísta para librarme de la parte más dura de la militancia, para dedicarme a mi propio placer y a mis pasiones, a torear, a gustar a las mujeres, a vivir. Me había comportado como un desahogado, como un maldito parásito, casi peor que los burgueses a los que pretendía combatir (la burguesía expropiada y el Estado abolido: así se emanciparía la clase obrera), porque yo *sabía*. De modo que la asonada de Franco supuso para mí una profunda crisis de conciencia. Volví a sentirme ardiendo de furor anarquista, de solidaridad y de esperanza histórica. Había llegado el momento de la verdad. La Revolución o la muerte. Teníamos a nuestro alcance el Paraíso.

Aquel 18 de julio yo hubiera tenido que torear en Calatayud. Abandoné mi equipaje en la pensión, el traje de luces, el capote, todo, y me marché con unos compañeros de la FAI en un agitado viaje hacia Barcelona. Quería ponerme a las órdenes de Buenaventura: quería entregarle mi vida y que él hiciera con ella lo que quisiera. La Revolución y la guerra (porque los anarquistas hicimos las dos cosas) eran como el ojo de un huracán: lo chupaban todo, de manera que nada tenía importancia fuera de ellas. Nada de índole personal, quiero decir. Ni la emoción de los toros, por ejemplo; ni el amor de Dorita. A ella le pilló el alzamiento en Madrid. No volví a verla en muchos años. Era una buena chica: fue la primera mujer que me enterneció, la primera a la que quise arropar cuando dormía a mi lado. Pensé que eso era el amor; creí que *ya* lo había conseguido, que *ya* había llegado. Cuando se enamoran por primera vez, los jóvenes creen que ese amor es una meta, el lugar definitivo en el que instalarse; cuando en realidad es la línea de partida de la peripecia amorosa, que es como una larga carrera de obstáculos. Me encontré una vez con Dorita en una estación de metro en los años sesenta, cuando regresé a Madrid. La reconocí enseguida, aunque había engordado y tenía la cara marchita y como triste. «Estás igual», nos dijimos mutuamente. Mintiéndonos. Dorita iba con dos adolescentes granujientos y sucios. «Son mis dos pequeños», explicó. «¿Cuántos tienes?» «Cuatro», respondió Dorita con rubor, como disculpándose. Contemplé a los chicos: narigudos, feos. Si hubieran sido míos, pensé con orgullo idiota, habrían sido más guapos.

Pero estábamos hablando de la guerra. Llegué a Barcelona el 20 de julio, justo a tiempo de enterarme de la muerte de Ascaso. Le habían abatido unas horas antes en el asalto a Las Atarazanas. Había sido un héroe, había sido un loco, un valiente, un suicida, nos explicaron diferentes voces. Se había ido él solo, en descubierta, para intentar acallar una ametralladora. Armado con una pistola, nada más. Conociendo a Ascaso, yo pensé que había sido, sobre todo, orgulloso. Que debió de sentir miedo en el asalto al cuartel, tanto miedo que necesitó vencerse con un alarde de temeridad. Le mató su soberbia, la terrible altura del listón con que se medía a sí mismo. Los toreros sabemos bien lo que es convivir con el miedo. Cuanto más miedo tienes y más te sobrepones, más te arrimas. Pobre Ascaso. Vi su cadáver, tumbado sobre una mesa en el local de la FAI. Llevaba un traje ligero marrón, de señorito, elegante y a la moda, aunque ahora arrugado y empapado en su sangre. Y unas alpargatas de obrero. Murió con estilo y con un punto de locura. Tal y como él era.

Yo creía que iba a encontrarme con Durruti en el velatorio de Ascaso, pero no fue así. En aquellos primeros días Buenaventura era como Dios, enorme, ubicuo, omnipotente e inalcanzable, por lo menos para mí. Combatió sin dormir y sin pararse a llorar a su hermano Ascaso hasta acabar con la resistencia de los nacionales sublevados, negoció el poder militar y político con Companys, y organizó en un abrir y cerrar de ojos la columna *Durruti*, que salió cuatro días después hacia Zaragoza, en poder de los nacionales. En esos cuatro días, hasta que se fue, Buenaventura y yo anduvimos buscándonos el uno al otro cuando el tiempo de la guerra lo permitía, pero no conseguimos vernos. Al cabo, Durruti me mandó un mensaje por un cenetista: yo debía conseguir llevar a Bilbao, fuera como fuese, un camión con fusiles para los compañeros vascos. Las armas, ese fue el problema durante la guerra: nos escatimaban las armas a los anarquistas, no teníamos municiones, los oxidados *naranjeros* nos estallaban en la cara. Mientras me preparaban el envío, aún tuve tiempo de ver la partida de la columna *Durruti*. Era una preciosa tarde de verano y las calles de Barcelona estaban abarrotadas: todo el mundo quería despedir a los milicianos. No era un desfile militar, no había paso marcial, ni orden, ni filas que mantener. Era una marcha festiva, tres mil jóvenes vestidos con ropas multicolores, tres mil jóvenes cantando y besando a las muchachas y recibiendo ofrendas de claveles desde las ventanas.

Aunque llevaban granadas prendidas en los correajes, no parecía que aquellos chicos fueran camino de la guerra y de la muerte, y en realidad no lo iban: en aquella radiante tarde veraniega del 24 de julio, la columna *Durruti* marchaba hacia el futuro, hacia el triunfo de la Revolución y hacia la felicidad histórica.

La felicidad, sí. Me refiero al mito de la felicidad colectiva, que tan arraigado está en el ser humano; a la creencia de que en la tierra puede existir el Paraíso, es decir, una dicha horizontal, completa, en la que ningún niño se moriría de hambre. Hoy ya no creemos en la posibilidad de alcanzar una ventura semejante. Digo los occidentales. Los orgullosos ciudadanos del llamado Primer Mundo. No creemos en la felicidad porque ya no necesitamos esa fe. Sólo los pueblos miserables y paupérrimos necesitan creer en la posibilidad de alcanzar el Paraíso. De otro modo, ¿cómo podrían soportar tanto sufrimiento? Los milicianos de la columna *Durruti* salían a recoger esa felicidad, la dicha prometida y al fin llegada, la que se les debía a los pobres y a los desheredados desde hacía milenios, la que se habían ganado, día a día, con su dolor.

Soy un viejo idiota. Por eso se me humedecen los ojos ahora. Nos sucede mucho a los octogenarios: lloriqueamos por cualquier nimiedad como perros falderos con moquillo. Bien, lo admito, me ha emocionado. Creía que ya no dolía, pero aún duele. Recordar aquella entrega, todo aquel entusiasmo. La entereza anónima de tantas y de tantos. Y la justicia histórica: porque era cierto que *se nos debía* la felicidad. Pero enseguida comenzó el horror y nos ahogó la sangre; y ese horror se prolongaría durante varias décadas. Toda guerra es abominable; las guerras civiles son, además, perversas. Ya lo habéis visto ahora en Yugoslavia. En España fue también así. Violencia y crueldad hasta la náusea. En la zona republicana, la fragmentación del poder y el caos de las luchas intestinas dificultaron el control de los excesos. En la zona nacional, las atrocidades las cometía un ejército regular y disciplinado con el beneplácito de las autoridades. Para mí esto implica un grado y una diferencia, pero no creo que estas sutilezas morales le importen mucho al hombre al que le cortan lentamente las orejas antes de darle un tiro en la cabeza. Con el tiempo he aprendido que un muerto es un muerto en todas partes.

El sueño se acabó muy pronto para mí. Yo estaba en Bilbao, adonde había conseguido llegar con mis fusiles, cuando en enero de 1937 los bombarderos alemanes arrasaron la ciudad. La gente, que ya estaba muerta de hambre por el asedio, enloqueció de rabia y de miedo. Turbas desaforadas se echaron a la calle, dispuestas a asaltar las prisiones de los presos políticos. El Gobierno mandó entonces un batallón de la UGT para defender las cárceles, pero los soldados se contagiaron de la locura de la sangre y se unieron a la chusma. En la prisión de Laronga, el batallón de la UGT asesinó a 94 presos; en el convento del Ángel Custodio, a 96. Rematados a golpes, como alimañas. Yo asistí a la fase final del asalto al convento, horrorizado, e intenté detener, inútilmente, a un par de cenetistas a los que reconocí entre el populacho. Oí decir que iban a dirigirse después al convento de las Carmelitas, también convertido en cárcel provisional para presos políticos, y corrí hacia allí para avisarles. Dentro del edificio, ya muy asustados por los rumores de la carnicería, había seis guardias vascos dispuestos a resistir. Decidimos sacar a los presos de sus celdas, y entre todos construimos una gran barricada en la escalera con los muebles. Lo hicimos justo a tiempo, porque ya empezaban a llegar los linchadores. Sólo disponíamos de siete armas de fuego, las de los seis guardias y la mía, y enfrente teníamos un batallón perfectamente equipado y una horda de salvajes provista de los artefactos de matar más variopintos. Pensé que había llegado mi hora y me maldije: ¿cómo se me había ocurrido meterme en ese lío? Los guardias vascos, a fin de cuentas, no tenían más remedio que actuar así, había sido cosa de su destino, estaban moralmente obligados a defender a los presos. Pero yo, ¿qué pintaba yo en esa masacre? ¿Quién me mandaba a mí ponerme quijotesco y dejarme el pellejo por un puñado de fascistas? Aunque en realidad yo no lo hacía por *ellos*. Lo hacía por *nosotros*. Entonces sucedió algo increíble. Uno de los presos, un tipo con buena cabeza y con conocimientos técnicos, tuvo el ingenio de manipular el anticuado y precario tendido eléctrico del convento, de manera que, en un momento dado, consiguió hacer estallar al unísono todas las bombillas del edificio. La muchedumbre, histérica como estaba, creyó que volvían a bombardear los alemanes, y salió corriendo; y de esa manera tan chusca salvamos la vida. He de decir que el Gobierno republicano quedó consternado ante la atrocidad de los hechos; arrestaron a numerosos milicianos, y seis integrantes del batallón de la UGT fueron condenados a muerte y ejecutados. Además, se levantó la censura de guerra de los periódicos, para que pudiesen sacar la noticia de la masacre y la vergüenza pública sirviera de escarmiento. Pero a mí el horrible espectáculo me había dejado sobrecogido, desfondado. Creo que fue entonces cuando empezó a flaquear mi fe en la felicidad histórica. Recuerdo que pensé: hemos perdido la revolución, vamos a perder la guerra. Y si ganamos, será como si la hubiéramos perdido.

Apenas un mes antes había muerto Durruti. Le habían mandado con su columna a defender el frente de Madrid, que estaba en situación crítica bajo el acoso de los nacionales. Yo creo que lo enviaron allí para librarse de él: no era un líder cómodo, era demasiado puro, demasiado honesto, estaba demasiado empeñado en la revolución. Así es que le destinaron a un lugar imposible, sin que sus hombres pudieran descansar, sin equipamiento suficiente. Un superviviente de la columna *Durruti* me dio, muchos meses después, una carta que Buenaventura me había escrito y que no había podido llegar a enviar. Era una carta sencilla, tal y como él era. Hablaba de los políticos cabezas duras, de las dificultades de abastecimiento que encontraba, de que había llorado de rabia en el frente de Bujaraloz porque se habían quedado sin municiones y tuvieron que defenderse con granadas de mano. «La guerra es una porquería —escribía—; no sólo derriba casas, sino también los principios más elevados.» Y al final decía: «Cuídate, *Fortunita*. Te necesito.»

El compañero que me trajo la carta me repitió las palabras que Durruti había dicho a sus milicianos cuando les informó de que se iban a combatir por la capital: «La situación en Madrid es angustiosa, casi desesperada. Vayamos, dejémonos matar, no nos queda más remedio que morir en Madrid.» Bien, son palabras demasiado adecuadas a la realidad histórica para parecer ciertas. Tal vez no fueran exactamente así, tal vez se acuñaran después, dentro del mito póstumo. Pero suenan a él. Suenan a ese maldito bruto cabezota. En cualquier caso, se dejaron matar. En la semana del 13 al 19 de noviembre de 1936 murió el 60 por 100 de esa columna *Durruti* que había salido apenas cuatro meses antes de Barcelona tan confiada y arrogante. Y el 21 de noviembre murió Buenaventura. Su muerte estuvo envuelta en raras circunstancias; se dijo que lo habían asesinado los comunistas, o que lo habían matado los propios anarquistas, cuando Durruti les recriminó que huyeran del frente. Todo es posible, desde luego, pero con los años, tras haber hablado con los testigos del suceso y con los testigos de los testigos, me inclino a creer una versión más patética y estúpida de la historia. Durruti iba hacia el frente con tres compañeros, y al salir del coche se le disparó accidentalmente el fusil y se mató. Fue un accidente absurdo, antiheroico, ridículo. Y si es malo perder al líder carismático en un frente de combate que se derrumba, peor aún es perderlo por su propia torpeza, como un idiota. Por eso mintieron y dijeron que lo había acabado una bala enemiga. Para estimular a los desmayados milicianos a la venganza.

Lenta e inexorablemente fuimos perdiendo todo. Los combates. Las ciudades. Las personas. Murió Paquita *la Sansona*. De un tifus, me dijeron. En realidad, de hambre, de la feroz hambruna en la que agonizó durante tres años el Madrid sitiado. Se había estado quitando la comida de la boca para alimentar a sus hijos, y me contaron que, en los últimos meses, Paquita no era más que una percha de huesos descarnados, un esqueleto andante, con las manos aún enormes pero traslúcidas.

A pesar de mi sobrenombre, no estoy muy convencido de que la buena suerte exista. Pero sí sé que existe la desgracia. La desgracia es como un mundo sin sol y sin estrellas, un mundo paralelo al que vivimos. Un día, tal vez por descuido, por azar, por torpeza, te deslizas sin querer al mundo de las sombras. Al principio apenas si adviertes la diferencia, al principio ignoras que te has equivocado de realidad. Algo se tuerce, algo sale mal, sobreviene el dolor. Pero todos podemos aguantar una dosis alta de dolor en nuestras vidas. Al principio creemos que lo superaremos, que saldremos de esta. Que ya hemos dejado lo peor atrás porque no puede haber nada peor que lo ya vivido.

Pero sí, por supuesto que sí, claro que puede haberlo. No tientes a la desgracia: es un verdugo sádico. Y así, lo que al principio parece una caída momentánea en el sufrimiento se convierte enseguida en un descenso imparable cuesta abajo. Cada vez más lejos de quien fuiste. Cada vez más hundido entre las sombras. La desgracia es un lugar del que regresan pocos.

Yo entré en la desgracia aquel 18 de julio de 1936, y a partir de entonces las cosas no hicieron sino empeorar. Fue como si el mundo se fuera apagando poco a poco: primero la guerra, luego el hundimiento republicano, la confusa desbandada, los campos de concentración franceses, el exilio, el estallido de la Segunda Guerra. Nosotros no nos habíamos rendido. No habíamos aceptado la derrota. Pensábamos que, una vez vencido Hitler, también Franco desaparecería del planeta. Nuestro pasado estaba lleno de caciques y tiranos, y el impulso revolucionario había sobrevivido a todos ellos, cada vez más fuerte, más nutrido, en un desarrollo creciente hasta la guerra. Era cuestión de volver a adaptarse a la penuria. De nuevo la clandestinidad y la guerrilla. De nuevo el sacrificio.

Así es que nos sacrificábamos. Anarquistas, socialistas, incluso los comunistas. En Francia combatíamos a los nazis y asaltábamos las estafetas de Correos controladas por los alemanes para conseguir fondos; en España infiltrábamos comandos guerrilleros e intentábamos reconstruir clandestinamente las organizaciones políticas y sindicales. Era una vida alucinada, en el límite de la desesperación y de las fuerzas. Un heroísmo suicida, embrutecido, una carnicería inútil. Los guerrilleros, desabastecidos y muertos de hambre por los montes, eran cazados como conejos. Y aún era mucho peor la represión social. En el Pozo Funeres, por ejemplo, 22 obreros de la UGT fueron acusados de connivencia con la guerrilla y arrojados por un acantilado; algunos murieron en el acto, pero otros se quedaron descoyuntados ahí abajo, con el cuerpo roto sobre las peñas; a esos los liquidaron después con dinamita. Nadie pidió cuentas de esos asesinatos, naturalmente, aunque ocurrieron en 1948, en un país estabilizado que había terminado la contienda nueve años atrás. Yo me enteré de la atrocidad porque por entonces andaba por España, en uno de mis viajes de clandestino, y conocí a las mujeres de dos de los despeñados. No fue la única brutalidad de aquellos tiempos. Silenciosos horrores de la posguerra negra.

Los más perseguidos, con todo, fuimos los anarquistas. Nos imponían el doble de años de cárcel por los mismos delitos, el doble de condenas de muerte. Los compañeros del interior eran detenidos a centenares; sólo de 1940 a 1947 cayeron diecisiete ejecutivas de la CNT, una cada cinco meses. Se torturaba tanto que, cuando me desplazaba a España de modo clandestino, me extrañaba no escuchar ningún gemido. Esa era nuestra mayor pesadilla por entonces, la tortura. Soñabas con ella día y noche, intentando prepararte mentalmente, calculando si serías capaz de resistirla. Porque, tal y como iba el ritmo de caídas, sabías que antes o después te atraparía el verdugo. Yo tuve suerte: nunca me cogieron. Quizá fuera ese el único destello afortunado en mi travesía del país de la desgracia; o tal vez la desgracia me destinó desde el principio a una tortura diferente.

Teníamos la base operativa en la Francia no ocupada. Desde allí yo me desplazaba a España con frecuencia, para llevar armas, o explosivos, o dinero, conseguidos por medio de nuestros asaltos a los objetivos alemanes. Fue un tiempo muy amargo para mí: en cada viaje me encontraba con nuevos compañeros que me contaban el horrible destino de mis contactos anteriores: los muertos, los torturados, los presos; y cuando nos despedíamos lo hacíamos con el tácito y desesperado convencimiento de que no íbamos a volver a vernos nunca más. Sólo hubo un dirigente del interior, Fabio Moreno, a quien conseguí visitar en sucesivos viajes. Era uno de los principales líderes de la federación catalana, un tipo simpático, aunque me aburría un poco su simpleza ideológica, la extrema inflexibilidad de su fe anarquista, el que soltara un enardecido mitin libertario cada dos palabras. Pero resultaba tan consolador verle sobrevivir año tras año, reencontrarlo una vez más entero y libre, que incluso me conmovía su tedioso entusiasmo. Le tenía cariño a Fabio Moreno.

Hasta que su supervivencia, precisamente, le delató. Había logrado mantenerse a flote desde 1943, mientras a su alrededor caían fulminados los compañeros. Pero para 1947 ya nadie confiaba en su astucia clandestina: era literalmente *imposible* ser tan afortunado. Le tendimos una trampa; le pasamos una información falsa que sólo él sabía. Monsieur Roger Laurent va a cruzar la frontera tal día a tal hora con documentos fundamentales para la guerrilla y un cargamento de armas en el doble fondo de su maleta. Monsieur Roger Laurent pasó en efecto la frontera ese día y a esa hora, pero completamente limpio. Era un compañero francés, sin ningún problema legal y pasaporte auténtico. Le retuvieron durante dos días y destrozaron sus maletas buscando el fondo falso, pero al final tuvieron que dejarlo en libertad. Fabio Moreno estaba sentenciado: ya no cabía duda de que era un infiltrado de la policía.

El 12 de julio de aquel mismo año, 1947, entramos desde Francia tres compañeros, Toño Parado, Jesús Ortiz y yo, para hacernos cargo del asunto. Era un trabajo que me repugnaba; pero yo conocía a Moreno y era su contacto, de modo que no desconfiaría al verme llegar.

Localizamos a Fabio en unos billares de la plaza del Buen Suceso, en Barcelona. «No te esperaba hasta dentro de unos meses», dijo, mirando a Toño y a Jesús con sobresalto. «Tenemos problemas», le contesté. «Problemas muy graves en Madrid. Necesitamos tu apoyo logístico.» Entonces sonrió. Fue su primer error: ¿sonreír Moreno tras decirle que la organización tenía problemas graves? En cualquier otro momento hubiera soltado una trascendental soflama. Ahora sonrió y dijo: «Bien, bien. Haremos lo que podamos. Vamos a ver. Lo mejor será que vaya a buscar a los muchachos.» «De acuerdo. Vamos juntos», le contesté, también sonriendo. Salimos los cuatro de los billares, caminando despacio, muy despacio. Eran las once de la noche. Doblamos por la calle Montealegre, que estaba desierta, moviéndonos cada vez más lentamente, como balones que van perdiendo inercia. La conversación, convencional —qué tal las cosas por allí, qué tal por aquí, cómo ha sido el paso de frontera—, también se fue apagando. La pistola me abrasaba en la sobaquera; de todo mi cuerpo en aquel instante sólo percibía esa quemazón, ese bulto, ese peso. Nos detuvimos los cuatro en medio de la calle, al unísono, sin esfuerzo, por el simple languidecimiento de nuestros pasos. Moreno se volvió hacia nosotros. Me miró. Tenía los ojos desorbitados: «A cada uno según sus necesidades, de cada uno según sus capacidades», farfulló con súbita incongruencia. Casi me dieron ganas de reír: era una de las frases del catecismo libertario. Sí, me hubiera podido echar a reír si no hubiera sido por los deseos que tenía de llorar. Pero los pistoleros anarquistas no lloran, los verdugos no lloran, resultaría grotesco. Temblaba Moreno ante mí y yo tenía la pistola en la mano. No sé cómo había salido esa pistola de su sobaquera, pero ahí estaba. Contemplé a Moreno. El simpático Moreno. El superviviente. «Aprieta el gatillo», pensé. «Es un traidor. Es un confidente. Un miserable. Por él han caído y han sido torturados cientos de buenos compañeros. Mátalo. Acaba cuanto antes.» Moreno tenía los ojos abiertos de par en par fijos en mí. No eran muy distintos de los ojos de mi muerto. De aquel campesino indio que había reventado tantos años atrás. Me dolió el muñón. Me escoció la memoria. Entonces mi cabeza fue ocupada por seis palabras definitivas. A veces sucede, muy de tarde en tarde. A veces sucede que una frase, una idea, ocupa furiosamente tu cabeza desalojando de allí todo lo demás. Son palabras resplandecientes, incontestables. «Murió el inocente. Vivirá el culpable.» Esas fueron las seis palabras irremediables que me poseyeron. Ni siquiera las pensé. Ni siquiera las entendí. Sólo las obedecí. No podía hacer otra cosa. «Murió el inocente. Vivirá el culpable.» Levanté el brazo por encima de mi cabeza y apreté el gatillo. La bala se perdió en el cielo negro. Hubo un momento de estupor y mis compañeros se volvieron a mirarme con incredulidad. Fabio aprovechó el instante, pegó un empujón a Jesús Ortiz, que era quien le pillaba más de cerca, y sacó su arma. Disparó y no nos dio; Toño y Jesús le respondieron y Moreno cayó muerto.

He sido un pistolero y he estado en una guerra, así es que supongo que he matado. He lanzado granadas en trincheras y he disparado al bulto de la gente. Pero nunca he ejecutado a nadie, nunca me he acercado a comprobar mi eficacia mortífera, nunca he visto previamente los ojos de mis posibles víctimas. Sólo conozco los ojos vidriosos de mi campesino, y por eso sólo le tengo contabilizado a él como mi muerto. Aunque tengo otros cadáveres en mi conciencia, pertenecientes a una tragedia de la que fui responsable en última instancia: pero a ese dolor aún no hemos llegado.

Mi repugnancia ante la violencia personal ya me había creado algunos desencuentros con los míos. Pero ahora, a raíz de lo sucedido con Moreno, la situación se deterioró de modo irreparable. Tuve un encuentro terrible con mi hermano Víctor, que era uno de los líderes del activismo en el exilio. Estaba furioso porque se sentía humillado personalmente. Un Roble, su hermano, comportándose como un gallina, casi como un traidor. Manchando el apellido de nuestro padre. Eso decía Víctor. No comprendía que yo necesitaba cerrar de una vez, en mi memoria, los vidriosos ojos de mi muerto. Aunque la verdad es que ni siquiera intenté explicárselo. Para entonces ya llevábamos mucho tiempo sin entendernos.

Yo no veía futuro a aquella vida, a tanto sufrimiento, al sacrificio ciego de miles de militantes, de generaciones y generaciones de libertarios. La Segunda Guerra se había acabado y Hitler había caído, pero Franco no; ahora los anarquistas asaltábamos estafetas de Correos plenamente francesas y empezábamos a convertirnos, para nuestros vecinos, en simples delincuentes. A veces yo llegué a sospechar algo parecido. A veces me preguntaba si seguíamos en la lucha por estrategia y por esperanza auténtica en el futuro o porque ya no sabíamos vivir de otra manera. Mi hermano Víctor, anarquista desde los cinco años, pistolero desde los dieciocho, ¿cómo iba a poder construirse otra vida a los cuarenta? ¿Cómo iba a soportarse a sí mismo sin el embrutecimiento de la violencia, sin el perverso poder del líder clandestino, sin el bálsamo justificador de los sueños de la infancia? Pero cada día tenía menos sentido lo que hacíamos. Cada día estábamos más descontrolados. Más fragmentados. Más enfrentados los unos a los otros. Y cada día quedábamos menos: teníamos demasiados muertos, demasiados detenidos, demasiados traidores. Hubo cosas oscuras. Diamantes de Van Hoog que no llegaron jamás a su destino. Pistoleros que se pasaron al lucro personal y que abandonaron el sindicato. Y cenetistas que se dejaron matar para no tener que reconocer nuestra derrota. Porque lo que estaba sucediendo era exactamente eso. Que estábamos perdiendo otra vez la guerra. Y en esta ocasión nuestro fracaso era definitivo.

Puesto que la enfermedad de Adrián nos obligaba a pasar unos cuantos días más en Amsterdam, bajé a recepción a preguntar si ese hotel cochambroso tenía habitaciones más decentes. Sí, me dijeron; había unas cuantas *suites* en el último piso, pero costaban justo el doble. Las reservé de inmediato: a fin de cuentas, el dinero negro está para pagar buenos cuartos de hotel, y no míseras pensiones. Después de envolver a Adrián en una manta, y de vencer la austera resistencia de Félix, nos trasladamos escaleras arriba. Las nuevas habitaciones estaban bastante bien. Tenían el techo abuhardillado, ventanas al exterior y mucho más espacio. En una de ellas había incluso chimenea, y una cesta con astillas y leña para encender el fuego. Ahí instalamos al muchacho. En realidad, pensé, nos hemos cambiado de cuarto sólo por Adrián. Me apenaba verlo ardiendo de fiebre en la antigua habitación, oscura y deprimente. Reflexioné unos instantes: tanta solicitud me daba miedo. Por este y otros detalles de obsequiosidad y entrega por mi parte, de atención permanente y soterrado mimo, empezaba a temerme que Adrián me tuviera comido el corazón de forma irremediable. Pues la primera fase de amor consiste justo en eso, en encontrar *suites* aceptables incluso dentro de un hotel espantoso; en colgar cortinas (que antes has comprado) en el apartamento de tu amado, cuyas ventanas estaban felizmente desnudas desde hacía años; en buscar por toda la ciudad esa exótica tinta color guinda que a él tanto le gusta para su estilográfica. Resumiendo: en conseguir lo imposible, inventarse lo posible y ser, sobre todo, lo que una no es. Porque la primera fase del amor no la vives tú, sino tu doble, esa enajenada en la que te conviertes.

Aquella tarde en Amsterdam, cuando se le declaró la amigdalitis a Adrián, yo me encontraba en ese territorio fronterizo de la locura, a medias devorada por mi yo amoroso, tan fuera ya de mí, en efecto, que, pese a ser tímida, y emocionalmente cobarde, y a sentir un paralizador espanto ante el rechazo, y a estar convencida de que veinte años de diferencia era una distancia insalvable entre nosotros, empezaba a experimentar la desasosegante certidumbre de que acabaría metiéndome en la cama con él, o por lo menos intentándolo. Era como el borracho que va por una avenida ancha y bien pavimentada, con un solo socavón, tan sólo uno, en mitad de la calle; y el borracho contempla el agujero en lontananza, y sabe que podría pasar sin ningún problema por los lados, pero hay algo, una fuerza fatídica, que dirige sus pasos hacia el hoyo; y mientras se acerca el borracho se dice: «Bien, tranquilidad, todavía puedo salvar el socavón cruzándolo de una simple zancada por encima.» Pero hay algo o alguien dentro de él que le repite: «Te vas a caer, idiota. Te vas a caer en el único hueco que hay en toda la calle.» Y el borracho, en efecto, llega al maldito agujero y se cae dentro. En esa fase terminal me encontraba yo en Amsterdam. Totalmente embriagada y resignada al golpe.

De manera que le cuidé, le mimé y le arropé como una madre lo haría con su hijo. Porque yo hubiera podido ser su madre. Pero no lo era. Pasó dos días Adrián cociéndose en su fiebre y al tercero amaneció sorprendentemente fresco y mejorado: los antibióticos empezaban a hacer su efecto. Entré a verlo a la hora del desayuno: el chico estaba sentado en la cama con una camiseta blanca de manga corta y con la bandeja sobre las rodillas. Pálido y ojeroso, pero devorando los platos como un tigre.

—Te veo mucho mejor.

—Estoy mucho mejor.

Fuera empezó a granizar; los hielos repiqueteaban en el cristal, como aplaudiendo la recuperación de Adrián. Por la ventana entraba una luz insólita, opalina y viscosa; una luz fría y débil que se arrastraba líquidamente por el suelo, como si fuera la linfa del invierno. Mientras Adrián terminaba su desayuno, yo preparé y encendí la chimenea: era un día perfecto para un fuego de leña, para acurrucarse en el cobijo de las llamas mientras fuera se extendía la desolación.

—¿Y Félix? —preguntó el chico.

—Se ha ido al Rijks Museum.

Félix llevaba un par de días inmerso en una inesperada y repentina fiebre turística. Mientras yo cuidaba del muchacho, él iba y venía a los museos y cruzaba canales aferrado a la *Guía Michelín*. Tal vez también él había percibido la proximidad del socavón. Tal vez también él se había dado cuenta de que sobraba. Félix estaba fuera, bajo el hielo implacable, perseguido por los lobos y por el ulular salvaje de los vientos. Sentí una punzada de culpabilidad. Pero se me pasó enseguida. Retiré la bandeja y me senté a los pies de la cama. Adrián me miraba y sonreía con sus labios ligeramente hinchados. Sonreía con lasitud, con cierta debilidad, una sonrisa de convaleciente, de cama sudada, de intimidad carnal. Me sonreía como si fuéramos amantes. Pero no lo éramos.

Para que comprendas mis miedos con Adrián, para que entiendas por qué una diferencia de veinte años me parecía inmensa, te voy a contar algo, sólo como ejemplo, como muestra.

Pertenezco a una generación que fue medio *hippiosa*, y me precié en su tiempo de moverme ligera, de ser capaz de viajar un mes entero con tan sólo un jersey y una muda en la mochila. Ahora, cuando viajo, incluso si me traslado fuera sólo un fin de semana, mis bolsos de mano van tan atiborrados que apenas si puedo cerrar las cremalleras. Y no hablo de ropa o fruslerías, de caprichos inútiles. Oh, no, ni mucho menos. Lo necesito todo. Necesito llevar la caja de lentes de contacto, con dos tipos distintos de líquidos limpiadores y las pastillas para desincrustarles las proteínas. Además de las gafas de recambio, graduadas para la miopía, y de las gafas de sol sin graduar, porque las lentillas me hacen fotofóbica, y de las gafas graduadas para la hipermetropía, porque ahora *también* tengo vista cansada. Esto en lo que respecta a una pequeña parte de mi ser, que son los ojos.

Además llevo unas ampollas que se frotan en el cráneo, porque se me han empezado a caer a mansalva los cabellos; y un líquido que, extendido sobre las piernas, el entrecejo y el labio superior, inhiben el crecimiento del vello, porque cada vez estoy más hirsuta donde no debo (una vez me equivoqué y me eché crecepelo en el bigote y matapelo en la cabeza, y me pasé una semana sin salir de casa). Y me parece que con esto hemos despachado el sector piloso.

El sector de la dermis es peliagudo. Primero, la cara: leche limpiadora, emulsión alisante para los ojos, crema nutritiva de noche, crema hidratante de día, mascarilla semanal reestructurante. Y el cuerpo: espuma endurecedora para el pecho, crema anticelulítica para las nalgas, gel especial de manos antienvejecimiento.

¡Y la boca! Esto es lo más mortificante. Mi boca abarca *ahora* la dentadura de repuesto metida en su correspondiente caja. Seda dental para las piezas de abajo, que aún son mías. Una botella de litro de antiséptico bucal. Pomada para curar las heridas que puede producir la prótesis. Pañuelos de papel para enjugar las lágrimas (todas las noches lloro, todavía, cuando me quito la dentadura para limpiarla).

Hay que añadir, por último, el apartado estrictamente medicinal. Comprimidos de cistina para el pelo. Vitamina C para todo. Almax para la gastritis. Alka-Seltzer para la bebida (*ahora* ya no tengo la resistencia de antes). Aspirina para todo. Nolotil y antiinflamatorios para la boca, porque la mandíbula superior no quedó del todo bien del accidente. Píldoras para dormir. Tonopán con cafeína para despejarse. Creo que con esto he terminado.

Podría ser peor. Podría tener que llevar, pongo por caso, una crema contra los hongos de los pies, o una pomada contra las hemorroides. Pero no, no necesito nada de eso. Todavía.

Todos estos frascos, frasquitos, botellones, tubos, estuches, cajas, pomos, tarros, ampollas, envases y botes se acumulaban de manera indecente en mi cuarto de baño del hotel de Amsterdam, como un recordatorio de mi naturaleza decadente, tan cercana ya a la naturaleza muerta. O así me sentía yo en aquel entonces. Como un cuadro con una jarra de barro en primer plano y un conejo cadáver, tieso como un madero, colgando de la pared por las orejas. Todos esos frascos, frasquitos, botellones, tubos, estuches, cajas, pomos, tarros, ampollas, envases y botes eran la representación misma de mi vida. Al envejecer te ibas desintegrando, y los objetos, baratos sucedáneos del sujeto que fuiste, iban suplantando tu existencia cada vez más rota y fragmentada. Y déjame que te diga lo peor: no es sólo un problema de la carne. Así como la crema antiarrugas sustituye a unas mejillas naturalmente frescas, también un pensamiento tópico de segunda mano puede sustituir a la curiosidad de la juventud, una rutina egocéntrica a un cariño primerizo y tembloroso, y un nuevo coche a las ganas de vivir. A medida que envejecemos nos vamos llenando de lugares comunes y de objetos, para cubrir los vacíos que se nos abren dentro. En Amsterdam, yo contemplaba descorazonada todo ese tarrerío que atestaba mi cuarto de baño y pensaba que a mi edad ya era claramente incompatible con Adrián, cuyo desértico cuarto de baño sólo albergaba una maquinilla de afeitar eléctrica, un desodorante, un cepillo de dientes y un dentífrico, plantados allí como audaces exploradores en la inmensidad blanca y polar de la porcelana.

Quiero decir que yo temía a Adrián, de la misma manera que el borracho que va derecho al hoyo teme partirse la crisma con el golpe. Pero la caída ya era irremediable. Crepitaba el fuego en la chimenea y estábamos solos en el mundo, separados o unidos por la cama. Le miré. Me miró. Tantas escenas románticas comienzan así. En las novelas, en las películas, pero también en la propia vida personal. Hay tantas puertas, sobre todo puertas, en las que se han producido esas miradas expectantes, transidas de anticipación y de riesgo amoroso. Puertas de cuartos de hotel, de habitaciones, de tu casa, de coches. Puertas abiertas para una despedida que se demora un minuto, y dos, y diez. Y siempre esas miradas: de petición, de entrega, sometidas a la duda deliciosa de no saber si al fin os besaréis o no. Golosas miradas que acarician. Así le debe de mirar el pájaro a la pájara cuando bailotea frente a ella sus danzas nupciales; así deben de mirarse las vacas y los toros, y las jirafas entre sí, y las escolopendras. Es una mirada básica, elemental, tan antigua como la certidumbre de la muerte.

Así es que le miré y me miró, pero pasaba el tiempo y no sucedía nada más. La primera fase del amor es como un juego de ajedrez: hay que mover peón y arriesgarse a que te coman una pieza. Pero ¿cuál sería el movimiento más adecuado? Pensé y pensé furiosamente, con el corazón y la cabeza echando humo. Entonces me acordé de Lawrence Durrell. En *El cuarteto de Alejandría,* la madre de alguien seducía al amigo de su hijo. Apenas si recordaba la novela, pero *ella* era una *madre,* desde luego, y *él* era el amigo de *su hijo.* Era el único ejemplo cultural apropiado que se me venía a la cabeza en ese momento. Pues bien, ella le decía: «Tienes algo en la comisura de la boca. Déjame que te limpie.» Y se inclinaba sobre él y pasaba la punta de una lengua muy poco maternal por los labios del chico. Y daba la casualidad de que Adrián tenía una miguita de tostada en la barbilla.

—Déjame que te quite… —comencé a decir, inclinándome hacia Adrián con una mano extendida, mano que esperaba utilizar como avanzadilla del ataque: la pondría sobre la mejilla del muchacho y así podría apuntalar mi boca.

—Vente más cerca… —exclamó Adrián al mismo tiempo, incorporándose bruscamente en la cama y metiendo su ojo derecho en el dedo índice de mi mano extendida.

Bien, por lo menos nos juntamos un poco. Empezó a bufar el chico de dolor, agarrándose el ojo, y yo me aproximé, espantada y solícita, palmeándole la espalda con energía.

—¿Te he hecho daño? ¿Te he hecho mucho daño? ¿Muchísimo daño?

Alzó Adrián un ojo congestionado y lagrimeante, aunque no parecía que fuera a quedarse tuerto.

—No es nada. Creo que será mejor que vaya a lavarme.

Estiró la mano para coger la vieja camisa de franela que estaba sobre la silla, pero no se la puso. Es decir, no se vistió con ella. Lo que hizo fue sentarse en el borde de la cama, colocarse la camisa en torno a la cintura y abandonar entonces el refugio de las sábanas. Comprendí que aparte de la camiseta de manga corta no llevaba nada. Me quedé de pie junto a la cama, torpe, quieta, estúpida. Adrián pasó a mi lado camino del baño, sujetándose la camisa sobre el ombligo. Pero no, espera, no llegó a pasar. Al llegar a mi altura se detuvo. Se volvió y me atrajo hacia él con su brazo libre. Caí en su mullido pecho como quien cae en un montón de heno. Caí en sus labios secos y calientes, en su olor a sudor y a turbación animal y a fiebre y a deseo. Nos separamos un segundo a mirarnos después del primer beso, de la primera humedad, del primer choque. La camisa de franela estaba en el suelo y la breve camiseta blanca apenas si le tapaba las caderas. Adrián se ofrecía a mi vista sonriente y confiado, los brazos relajados junto al tronco, las desnudas y fuertes piernas bien plantadas. Joven, hermoso y mío hasta hacer daño.

No es verdad que las mujeres nos pudramos al cumplir los cuarenta. No es verdad que nos desvanezcamos en el pozo de la invisibilidad. Al contrario: la mujer madura, incluso muy madura, posee un atractivo propio, un momento de gloria. Estamos acostumbrados a reconocer el atractivo que los hombres mayores pueden ejercer en las jovencitas; y el mundo está lleno de felices parejas de este tipo. Lo que ignoramos es que la atracción que ejercen las mujeres mayores sobre los chicos jóvenes es igual de fuerte. De hecho, es un fenómeno tan común en los humanos que probablemente se trate de una etapa natural dentro del proceso de maduración amorosa. Y así, en algún momento de sus vidas, a la mayoría de los chicos y las chicas les atraen las mujeres y los hombres mayores. Puede que se trate de un impulso edípico, como diría un freudiano; o de una predisposición ancestral hacia el aprendizaje: en algunos pueblos de los llamados primitivos, son los mayores de la tribu, mujeres y hombres, quienes inician sexualmente a los adolescentes. No sé de qué manera vuelan los aviones, por qué brota la luz cuando pulso un interruptor, para qué sirve bostezar ni cómo soy capaz de recordar mi propio nombre, de modo que no aspiro a poder entender algo tan vasto y turbio como el amor, algo tan indescifrable como el deseo. No sé por qué sucede todo esto. Pero *sucede*.

Pese a las prohibiciones sociales y los prejuicios, a lo largo de la historia infinidad de mujeres mayores han mantenido relaciones con hombres más jóvenes: lo natural se abre paso a través de la convencionalidad y la hipocresía como el agua a través de las fisuras mal selladas de una presa. No hay más que acercarse un poco a la vida de las mujeres célebres y empiezan a salir historias de este tipo. Con sesenta años, George Sand enamoraba a hombres de treinta; Agatha Christie se casó, a los cuarenta, con un chico de veinticinco; Simone de Beauvoir vivió pasiones con muchachos jóvenes; Eleanor Roosevelt, la primera dama americana, amó y fue amada durante toda su vida por un hombre doce años menor que ella. La lista es interminable: Madame Curie, George Eliot, Edith Piaf, Alma Mahler… Entiéndeme, estas historias no son excepcionales, no son consecuencia de la celebridad de sus protagonistas: por el contrario, es su celebridad lo que ha hecho que estas historias se conocieran, que emergieran del espeso silencio de lo clandestino. ¡Pero si incluso un hombre tan gris, convencional y aburrido como el primer ministro británico John Major tuvo una fogosa historia de juventud con una mujer madura! No hay más que aplicar la lupa sobre las vidas cotidianas para apreciar que vivimos en lo prohibido. Lo que públicamente se entiende por *normal* no es lo más habitual, sino lo normativo, lo convencionalmente obligatorio. Pero dentro del secreto de nuestra intimidad, todos nos desviamos de la regla, todos somos de algún modo heterodoxos.

Todo esto aprendí en brazos de Adrián: fue una revelación inmediata, luminosa. Aprendí que él no notaba que yo tuviera celulitis ni que mis dientes fueran de resina; que le gustaban las arrugas de la comisura de mis ojos y que le importaba un carajo que mis antebrazos estuvieran un poco pendulones. Aprendí que la mirada implacable con la que nos fileteamos y descuartizamos y despreciamos las mujeres es una mirada nuestra, una mirada interna, una exigencia loca con la que nosotras mismas nos esclavizamos; y que el deseo real, el aprecio del hombre, se asienta en otras cosas: en la carne caliente y la saliva fría, en el sudor mezclado entre penumbras, en el olor secreto de la piel, en la plena lasitud de un cuerpo conquistado.

Tras pasar por los brazos de Adrián, en fin, comencé a mirar alrededor y a descubrir que había otros muchachos que me miraban. Soy bajita, ya lo sabes, poca cosa; por lo demás, no me quejo de mi aspecto ni de mi cara, y creo que en conjunto no estoy del todo mal. Pero nunca he resultado llamativa, nunca he ido dejando tras de mí una estela de atención entre los hombres. Ahora, en cambio, me parecía que me miraban más que nunca. Los jóvenes en los autobuses, el chico de la panadería, el muchacho del coche utilitario que se paraba en el paso cebra y me sonreía para dejarme pasar, los estudiantes de la cafetería de la esquina. Este descubrimiento fue un jolgorio, una fiesta, un regalo inesperado de la existencia; no porque pensara dedicarme a partir de entonces a pervertir menores, sino porque el coqueteo inocente y el modo en que mi presencia chisporroteaba en los ojos ajenos me hacían sentirme viva y hermosa y apreciable. Qué desperdicio el de tantas mujeres de mi edad que se han dejado secar de tristeza y derrota sin ver que las miraban, sin darse cuenta del atractivo que ejercían en los jóvenes, sin disfrutar con naturalidad de su tiempo de gloria.

El cielo, si es que existe, debe de ser un instante de sexo congelado. Hablo del sexo con amor, del apasionado encuentro con el otro. Si el sexo fuera una cuestión puramente carnal, no necesitaríamos a nadie: quién nos iba a atender mejor en nuestras necesidades que nuestra propia mano, quiénes nos iban a conocer y querer más que esos cinco deditos aplicados. Si el onanismo no nos es suficiente es porque el sexo es otra cosa. Es salir de ti mismo. Es detener el tiempo. El sexo es un acto sobrehumano: la única ocasión en la que vencemos a la muerte. Fundidos con el otro y con el Todo, somos por un instante eternos e infinitos, polvo de estrellas y pata de cangrejo, magma incandescente y grano de azúcar. El cielo, si es que existe, sólo puede ser eso.

El cielo estuvo en Amsterdam una tarde lluviosa. Crepitaba el fuego en la chimenea, mucho más frío que el sólido pecho de Adrián. Su olor, su carne muelle y tensa, su vientre tan liso, el rizado pubis, las ingles algo húmedas.

—¿Te acuerdas del acertijo de la torre? —dijo Adrián. Yo tenía mi oreja sobre su pecho y su voz resonaba por ahí dentro, un sordo retumbar de caverna marina.

—Creo que sí.

—Lo del hombre que se tira de una torre medio derruida y que a mitad del vuelo grita: ¡Noooooo!...

—Sí.

—Ya sé la solución: es que es el fin del mundo. El mundo se ha acabado, quizá por una guerra nuclear, o por lo que sea; por eso la torre está en tan mal estado. Y el hombre es el último hombre de la tierra. Por eso se suicida. Pero mientras que desciende por el aire...

—... escucha el timbre de un teléfono.

—Exacto. O sea, que no está solo. No tenía que haberse suicidado.

—A saber. Lo mismo el que llamaba era un pelmazo.

—Mira que eres bichejo...

Cuando dos amantes recientes están en la cama y uno le dice al otro «mira que eres bichejo», las palabras suelen ir acompañadas de un achuchón carnal, un abrazo por aquí, un pellizco por allá, un estrujar estas o aquellas redondeces; y los tocamientos enardecen, y los enardecimientos exasperan, y se dispara entonces el dolor hambriento del deseo, cada vez más agudo hasta que se sacia. Eso empezó a suceder también aquella tarde en Amsterdam, mientras yo pensaba en el suicida de la torre. Pobre hombre, tan infinitamente solo. Me había burlado de él, pero le entendía. Le comprendía a la perfección porque ahora Adrián y yo éramos también los únicos seres vivos de la tierra. Los supervivientes del apocalipsis. Y así, enredados nuestros brazos y nuestras piernas, engastados el uno en el otro, náufragos de la carne en el mar del tiempo, aquella tarde en Amsterdam Adrián y yo nos pusimos a ser eternos otra vez durante un rato.

Cuando, ya de vuelta en Madrid, telefoneé al tal Manuel Blanco (desde una cabina, por si acaso) y le dije que llamaba de parte de Van Hoog, al otro lado de la línea se hizo un incómodo silencio. Ahora, conociendo al personaje, me imagino que empleó ese tiempo en cuadrarse servilmente ante el nombre del viejo, pero entonces yo no sabía nada y creí por un momento que el tipo había colgado.

—¿Oiga? ¿Oiga?·

—Sí. Estoy aquí —carraspeó el otro—. Dice que llama de parte de, ejem, del señor Van Hoog...

—Sí. Tengo una carta de él.

—¿Una carta de Van Hoog? —casi chilló Blanco—. ¿Para mí?

—Bueno, no para usted... Es una cartita de... de presentación, de recomendación...

Me sentí como una estúpida al decir esto. Se suponía que estaba hablando con un mafioso o algo parecido, con un hombre que nos pondría en contacto con el submundo de la delincuencia, y, sin embargo, ahí estaba yo, mencionando cartitas de recomendación como si estuviera intentando conseguir empleo en una empresa de embutidos. Lo mismo estaba metiendo la pata, pero, claro, a saber cuáles eran las normas de urbanidad en el ámbito canalla.

—O sea, el señor Van Hoog explica que somos sus... Sus amigos.

El otro suspiró:

—¿Y en qué puedo ayudarles?

—Sólo queríamos hablar un rato con usted. ¿Qué le parece si nos tomamos un café esta tarde en el Paraíso?

Le parecía bien, de modo que a las cuatro y media en punto nos encontramos frente a la pesada barra del local. Con la primera ojeada comprendí que Manuel Blanco no era exactamente un mafioso, sino como mucho algo parecido. Era un tipo menudo e insignificante, seguramente menor de treinta años, con el pelo engominado y cara de conejo. Vestía una ropa de buena calidad pero que le sentaba fatal, un traje de consejero-delegado que parecía heredado de alguien más corpulento, porque las mangas le llegaban a mitad de la mano y los pantalones se le desplomaban sobre los impecables mocasines de *pijo*. Daba la sensación de estar disfrazado, de ser un pobre hombre que ha alquilado un traje fino para acudir al funeral de un pariente rico. Nos dedicó una imitación de sonrisa mundana y dejó resbalar su mirada por las mejillas. Se ve que quería contemplarnos con altivo donaire y desde arriba, pero para ello, como era muy bajito, tenía que tronchar el cogote y echar la cabeza hacia atrás de un modo exagerado.

Nos sentamos en uno de los ruinosos sofás de terciopelo del local, en una esquina lo suficientemente lejana y recoleta como para no ser escuchados por nadie, y le explicamos la situación. Vi cómo se iba relajando y encontrándose más a gusto, incluso feliz, a medida que se enteraba de lo que queríamos. Creo que le encantó sentirse requerido como experto. O tal vez le encantara sentirse simplemente *requerido*.

—Bien. Bien —dijo al final, con gesto vanidoso—. Creo que habéis dado con el hombre apropiado, ¿me permitís que os tutee, verdad?, con el hombre apropiado. Ejem. Tengo, ejem, muchos contactos. Y al más alto nivel. Es por mi trabajo. Porque yo soy un *killer*, ¿sabéis? Lo que pasa es que últimamente he estado haciendo otras cosas, pero mi verdadera profesión es la de *killer*.

—¿Quiere decir un asesino? —pregunté con total incredulidad: ni aunque me lo jurara por su madre podría creer que ese tipo fuera capaz de enfrentarse a una mosca.

—No un asesino de verdad, claro, no de puñal y sangre y esas cosas, por supuesto. *Killer* significa *asesino* en inglés, pero no es lo mismo. Yo soy un *killer* económico. En fin, ya veo que no conocéis el término —risita petulante, subidón de barbilla—. En el mundo de las altas finanzas y de los negocios internacionales en el que me muevo, ejem, el *killer* es el especialista en reconversiones empresariales. ¿Que hay que modernizar una firma, hacerla rentable en un tiempo récord y echar a la mitad de los empleados? Pues contratan a un *killer*. Por ejemplo, la multinacional noruega Nilsen-Olsen. ¿Os acordáis del plan de reconversión de Nilsen-Olsen, que cerró todas las plantas depuradoras que tenía en España? Pues ese trabajo lo hice yo.

—¿Pero eso no fue cosa de un tal Sardá? —respondí, recordando el tremendo lío organizado cuando el cierre de las plantas y las fotos de los manifestantes ahorcando un pelele con el nombre de Sardá cosido al pecho.

—Sí, claro, ejem, Sardá, claro. Pero yo era uno de sus ayudantes. Bueno, ejem, podríamos decir que yo fui su mano derecha. Fue un placer trabajar con Sardá. Es un *killer* buenísimo. Con él se aprende mucho. Recuerdo la primera asamblea con los trabajadores de la planta principal, que estaba en Cádiz. Fue en una nave y había por lo menos mil empleados. Y llega Sardá y les empieza a decir que el mundo ha cambiado y que sigue cambiando vertiginosamente. Que a finales de siglo y de milenio ya no cabe esperar que las cosas sean como antes. Tiene un pico de oro, Sardá. Y les dijo que ya no servían para nada los conocimientos de antaño. Que la antigüedad en la empresa era un concepto absurdo, y que la lealtad a la empresa era también una idea tonta y trasnochada. Que ahora lo único importante era cumplir los objetivos comerciales, las necesidades de la firma, eso era lo único real, porque en el mundo de hoy, revolucionariamente competitivo, o cumples los objetivos o no existes, así de claro. ¿Qué preferían ellos, que siguiera existiendo una Nilsen-Olsen rentable y saneada, capaz de dar empleo a trescientas personas, o que no existiera absolutamente nada? De manera que había que echar a mucha gente. A los viejos incapaces de adaptarse a los nuevos tiempos. Y a los vagos, que había muchos. Y por añadidura a todos los que siguieran sobrando, aunque no fueran ni viejos ni vagos. El mundo era así. El mundo había dejado de ser un campo de batalla entre ricos y pobres. La cuestión ya no era si uno podía ganar más o menos dinero y si la empresa podía tener más o menos beneficios, sino si había lugar para sobrevivir. El mundo se nos había quedado súbitamente muy pequeño y ahora ya no había espacio para todos. No lo había para los trabajadores, pero tampoco para las empresas. El poder de decisión ya no se debatía en las mesas de negociación entre la patronal y los sindicatos. Ahora eran la realidad tecnológica y el mercado implacable quienes establecían el orden del cotarro. Eso les decía Sardá, eso les contó aquel día a los trabajadores de Nilsen-Olsen. Y cuando terminó su exposición, añadió: «Y ahora permitidme un consejo: sonreíd. Sonreír más es muy sano, se rinde más en el trabajo, se siente uno mucho mejor. Hacedme caso: sonreíd, por favor.» Yo era muy joven entonces y he de confesar que pensé que nos iban a cortar el cuello; de este lado éramos sólo tres y delante había mil y pico personas. Pero no. No dijeron nada. Se mantuvieron todos muy callados y muy atentos. Fue un momento cumbre. Para que veáis lo bueno que es un *killer* bueno. Para que veáis la fuerza que tiene la verdad, cuando se dice bien.

—¿Pero qué verdad? —me indigné ante la mentecatez del tipejo, imaginando el despavorido silencio con el que los empleados debieron de escuchar las burradas de Sardá—. Al final, Nilsen-Olsen cerró todas sus plantas en España. Ni trescientos puestos de trabajo en una empresa saneada ni nada. Lo que hizo Sardá fue aterrorizarlos y engañarlos para quitárselos de en medio sin problemas.

—Bueno, sí, bien, ejem, un *killer* tiene que saber… ejem, disfrazar la verdad en un momento determinado. Es una cuestión de táctica y de estrategia. Como por ejemplo el trabajo que estuve haciendo yo después. Verás, tú vas a las empresas subsidiarias de una gran firma. En mi caso, a las de Nilsen-Olsen; y entonces llegas por ejemplo a una fábrica que hace unas válvulas para los cierres herméticos, esas válvulas son su única producción y toda la producción la adquiere Nilsen-Olsen. Y les explicas que vienes de parte de la multinacional noruega, y que les vas a hacer un estudio de rentabilidad de la fábrica completamente gratis, un regalo de Nilsen-Olsen a su proveedor. Todos se quedan encantados y te abren sus puertas, te dan los libros, contestan todas tus preguntas. Al cabo de dos o tres semanas ya te sabes la fabriquita de memoria, cuáles son sus fallos de organización, sus costes, sus derroches. Y entonces vas al dueño y le dices: «Nosotros te hemos estado pagando 3.000 pesetas por cada válvula. A partir de ahora te pagaremos sólo 1.500.» El dueño se queda lívido: «¿Cómo? ¿Pero por qué?» Y ese es el momento de gloria del *killer*, donde entra en funcionamiento su poder, que es el poder del conocimiento. «Porque la fábrica está fatal gestionada. Toma estos papeles, este estudio, este plan de rentabilidad. Echa a la mitad de los obreros y haz las cosas como es debido, y las válvulas te costarán la mitad.» Eso le dices, y te marchas. Si el dueño es un triunfador, hace la reconversión. Si es un perdedor, no la hace, o la hace mal, y se lo lleva el viento al infierno de los fabricantes incompetentes. Así es la vida, pequeña.

Y diciendo esto, alzó una ceja en plan chico duro y me lanzó una mirada seductora y tan tórrida como el aliento de un mosquito.

—Qué interesante. Y dime, después de haber desempeñado trabajos tan importantes como el de hundir la fábrica de las válvulas, ¿cómo es que ahora no sigues trabajando de *killer*?

Su cara de conejo se crispó un poco.

—Bueno... Ejem... Esas cosas pasan.

—¿Pero fuiste tú el que hiciste lo de la fábrica de válvulas, no?

—Sí, ejem... O sea, casi sí. Sardá delegó en un ayudante suyo y yo era el ayudante del ayudante. Bueno, se puede decir que yo era su mano derecha. Ejem...

—Y ahora estás en paro.

—Bueno, no... Ahora... Ahora trabajo también para las altas finanzas, y para la gente importante, como los de Holanda.

Sardá me recomendó a... Y entonces yo... Bueno, cuando hay un dinero que hay que mover rápidamente sin que deje huellas, yo me ocupo de eso.

—Me parece que nuestro amigo es un *correo*. Vamos, que este tipo no es más que un transportista. Es el que lleva de acá para allá las maletas con el dinero negro —intervino Félix.

Manuel Blanco apretó los labios, fastidiado:

—Bueno, sí, ejem, hago eso también, además de otras cosas.

—Cosas que, a decir verdad, no nos importan demasiado —atajó Félix—. Estamos aquí para saber algo de Orgullo Obrero y del secuestro de Ramón Iruña. Van Hoog pensó que podrías ayudarnos. ¿Puedes facilitarnos alguna información o no?

El tipo enrojeció violentamente desde el mentón birrioso hasta el comienzo de la brillantina:

—Sí, señor. Creo que puedo —dijo con tono de dignidad ofendida.

—Estupendo. Estamos esperando.

Hubo algunos segundos de silencio. Manuel Blanco sorbió su café, se arregló el nudo de la corbata, carraspeó dos veces. Cuando volvió a hablar ya había reconstruido nuevamente sus aires de hombre duro y mundano.

—Mi trabajo de... ejem, de correo, me pone en contacto con todos los mundos no oficiales. Quiero decir que un correo atraviesa fronteras, y yo me conozco todas las fronteras que existen. No hablo de las fronteras horizontales, esas que van entre países, tan aburridas y llenas de pasaportes y sellos y visados, sino de las fronteras verticales, que están aquí mismo.

Y dibujó con su mano varias líneas paralelas en el aire, unas debajo de otras.

—No sé quienes son esos de Orgullo Obrero, pero sí sé que están detrás de alguna de esas fronteras. La cuestión, ejem, es encontrarlos. Ahora bien, así como en las fronteras horizontales hay ciertas agrupaciones, ahí están los países de la Unión Europea, por ejemplo, o los Estados árabes, pues también en las fronteras verticales hay un orden. La división fundamental, aunque luego haya subclases, es entre organizaciones Diurnas y Nocturnas. Las Nocturnas son las más llamativas. Son lo que la gente común conoce como mafias. Se ocupan en general del sec-

tor de Ocio y Servicios: drogas al por menor, prostitución,
juego, trata de blancas, redes ilegales de pornografía y pederas-
tia, en fin, esas cosas. Hay suministradores fijos, departamentos
específicos, líneas de comercio internacional. Está todo muy
bien organizado. Hoy mismo las dos corporaciones mundiales
más importantes del sector Nocturno son las Tríadas Chinas y
la Jakuza japonesa, que han hecho un acuerdo para repartirse el
planeta; pero luego está la nueva Mafia Rusa, que está apretando mucho y mejorando su rendimiento a ojos vistas. En
cuanto a los italianos, se han quedado los pobres muy anticua-
dos; y los colombianos, aunque aún muy potentes, andan nece-
sitados de una reconversión. Tal vez les conviniera, ejem, contratar a un buen *killer*...

Perdió el tipo la mirada en lontananza, como rumiando la
luminosa posibilidad de que la mafia colombiana le contratara
para mejorar su balance económico. Es un imbécil, pensé, casi
admirada por la dimensión de su estupidez.

—Luego están las organizaciones Diurnas, que son, en conjunto, las más poderosas. En el sector Diurno entran todos los
grupos políticos: terroristas, guerrillas urbanas, movimientos
de liberación, el IRA, la ETA, la Internacional Neonazi. Y las
cloacas administrativas: el terrorismo de Estado, la parte más
secreta de los servicios secretos... Luego están también los
magos financieros capaces de hacer cualquier pirueta con el dinero: limpiarlo o borrarlo. Y más arriba aún, las mafias guber-
namentales de economía negra: sobornos, corrupciones a gran
escala, desviación de fondos públicos. Por último, y arriba del
todo en la cadena del mando, hay que citar a los traficantes de
armas, que son los grandes jefes del sector Diurno y que también son respetados por el sector Nocturno. Esos tipos son los
reyes del mundo, prohombres de la patria que presiden funda-
ciones internacionales de caridad y que terminan convertidos
en estatuas. ¿Os habéis fijado que en cuanto que hay un pequeño resquemor entre dos tribus remotas al día siguiente están
armados todos hasta las cejas? Pues de ese negocio viven los reyes del planeta.

—¿Y dónde cae Orgullo Obrero entre todo este lío? —pregunté.

—Pues, ejem, todavía no lo sé. Pero lo sabremos. Son mundos muy organizados. Aquí nadie se mueve sin que sus superiores respectivos sepan algo. No sé si Orgullo Obrero será una mafia nocturna, unos simples chorizos que se hacen pasar por un grupo político, o si pertenecerán al mundo diurno. Lo primero que haré será enterarme. Preguntaré. Hablaré con alguna gente. El nombre de Van Hoog abre muchas puertas. Habéis tenido suerte al conseguir su ayuda.

Suspiró, yo creo que con envidia ante la calidad de nuestros contactos. Luego se levantó y asumió de nuevo sus aires de grandeza para despedirse, aunque sus pretensiones quedaran algo empañadas por el hecho de que, al darnos la mano, sus dedos apenas si sobresalieran de las mangas, y porque sus pies pisoteaban de manera inclemente el largo y sucio bajo de los pantalones.

—Sabréis de mí. Saludad al señor Van Hoog de mi parte y decidle que Manuel Blanco, ejem, estará siempre encantado de poder atenderle.

—Se lo diremos —mentí plácidamente: para qué contarle que no íbamos a volver a ver al holandés en toda nuestra vida. No hice más que disfrazar la verdad, como lo hubiera hecho un *killer*.

Nuestro encuentro con Manuel Blanco me dejó algo desconcertada. Era un tipo tan estrambótico, y aparentaba ser tan poca cosa, que no resultaba muy creíble que pudiera ponernos en contacto con el mundo subterráneo. O con el más allá de las fronteras verticales, como decía él.

—¿Qué os parece? —pregunté a mis compañeros cuando Blanco abandonó el café.

—Un loco, un tío ridículo —dijo Adrián.

—Pero recordad que su nombre nos lo dio Van Hoog. Así es que, aunque parezca mentira, sí que está de algún modo relacionado con las mafias —dijo Félix con voz apagada—. Es un correveidile, un *hurón*, como les llamábamos nosotros: tipos inciertos que rondan por los confines de la marginalidad, haciendo recados, escuchando cosas, abriendo puertas a los poderosos y sonriendo mucho. Tendremos noticias de él, estoy seguro.

De manera que nos fuimos a casa y nos pusimos otra vez a esperar, aunque en esta ocasión la guardia estuvo endulzada por los brazos de Adrián, por el vientre cálido de Adrián, por la saliva de Adrián resbalando dentro de mi boca. Transcurrieron dos días que en mi memoria se confunden en una sola noche, hasta que al fin una mañana, a eso de las nueve, alguien se apoyó sañudamente en el timbre de la puerta y no volvió a levantar el dedo del botón.

—¡Ya va! ¡Ya va! —grité mientras salía de debajo del cuerpo de Adrián, a medias furiosa por la insistencia y a medias asustada, porque ni siquiera mi relación con el muchacho había conseguido borrar el miedo continuo que experimentaba desde el secuestro de Ramón. Me eché encima la bata y atisbé por la mirilla: era Félix. Abrí a toda prisa.

—¿Qué sucede?

Félix estaba apoyado en el quicio, pálido y tembloroso, con grandes círculos malvas rodeando sus ojos.

—No te preocupes, no pasa nada raro, es algo de lo más natural —jadeó—. Es que me estoy muriendo.

Y se desplomó encima de mí.

Hubiera debido imaginarlo. Hubiera debido saber desentrañar el porqué de la enfermedad de Félix, qué había sucedido para que, de repente, se colapsara así. Pero a la sazón yo estaba sumida en ese arrebato de puro egocentrismo que es el primer momento de un romance, cuando el resplandor del amor te deja ciega y la felicidad te deja tonta, cuando todo es excitación y borrachera y sólo eres capaz de sentirte la piel y de mirar al otro. Así es que cuando Félix se derrumbó en mis brazos preferí pensar en lo más fácil: que era viejo y que a los viejos les suceden esas cosas. Que un día se ponen malos y a lo peor se mueren.

Cuando lo ingresamos en el hospital estaba sin sentido. Él también ardía de fiebre, lo mismo que había sucedido con Adrián apenas una semana antes. Pero a diferencia del muchacho, cuya fiebre olía a anginas escolares, a pan tierno y tarde lluviosa de domingo, la fiebre de Félix evocaba agitados susurros de enfermeras, cuerpos emaciados, pasillos interminables atravesados por corrientes de aire frío. Félix, nos lo dijeron los médicos enseguida, tenía una neumonía. Un diagnóstico preocupante para su edad y para el estado de sus pulmones. Le empezaron a suministrar antibióticos, pero su organismo no respondía al tratamiento. En la ardiente penumbra de la habitación, con la calefacción a toda potencia, yo me desembarazaba del abrigo y luego de la chaqueta y después me remangaba la camiseta y le observaba dormitar durante horas, angustiada por el calor y por la proximidad de la muerte. Antes, vestido con sus amplias chaquetas de *tweed,* Félix había mantenido su prestancia, pero ahora, envuelto en el camisón hospitalario, se le veía huesudo, pingajoso de piel y diminuto, viejo como una gárgola, más pálido que las sábanas, extremadamente delicado y frágil. Le imaginé una semana atrás, paseando solo por Amsterdam bajo vientos polares, con las cejas escarchadas y los pies helados. No era de extrañar que se hubiera cogido una neumonía. Era una cosa más a añadir a la larga lista de mis culpas, junto con el hundimiento del *Titanic* y la desaparición de los dinosaurios. Qué increíble fragilidad la de los humanos: aquí estaba Félix, con toda su larga vida detrás y sus recuerdos, a punto de desaparecer en un solo instante como el humo que se desvanece en el aire. Recordé, no sé por qué, a Compay Segundo, el anciano artista cubano que cantaba canciones arrastradas de viejo *cabaret,* músicas sensuales y ceñidas, cálidos sones para noches del trópico. Compay era más o menos de la edad de Félix: y él también, como Félix, debió de ser joven y voraz en el pasado. «Yo vivo enamorado, Clarabella de mi vida, prenda adorada que jamás olvidaré; por eso yo, cuando te miro y te considero como buena, yo nunca pienso que me tengo que morir», cantaba ahora Compay, desde la altura de sus ochenta años: y cada vez que le oía me lo imaginaba preso de la nostalgia de sí mismo, de aquel Compay que antaño tuvo que ser, con el pecho fuerte, los ojos seductores y el hambre de las hembras aún en los labios. En los hombres llenos de vitalidad, como Compay o Félix, la melancolía del tiempo fugitivo era más aguda, más conmovedora. A mí, por lo menos, me conmovía. La intensidad de mi preocupación por Félix Roble me tenía sorprendida: hacía apenas mes y medio que le conocía y ya formaba parte de mi vida. Pasé muchas horas en aquel cuarto seco y tórrido del hospital, vigilando al enfermo y sintiendo oscuramente que estábamos llegando a un punto final, que algo se acababa.

Al tercer día, cuando los médicos se disponían a probar con Félix el cuarto antibiótico distinto, Adrián y yo nos pasamos un rato por casa para cambiarnos de ropa, cosa que, curiosamente, terminamos haciendo dentro de la cama y con gran entusiasmo. Cuando sonó el teléfono estábamos medio dormidos. Pegué un respingo y miré el despertador. Eran las siete de la tarde.

—¿Sí?

—Li-Chao. Te espera en el El Cielo Feliz. Dentro de media hora. Lleva la carta del amigo holandés.

Eso dijo Manuel Blanco, porque era él, sin duda, antes de colgar abruptamente.

—¡Pero qué estúpido! ¿Es que no se imagina que tenemos el teléfono intervenido? —bufé—. Y además dentro de media hora. ¿Qué es eso de El Cielo Feliz?

—Un restaurante chino, claro —dijo Adrián.

Por supuesto: tuvimos que mirar en la guía de teléfonos para encontrar la dirección. Paseo de la Cuesta del Río, 11. Nos vestimos a una velocidad inverosímil y tuvimos la suerte de encontrar un taxi nada más salir del portal, pero tanto el taxista como nosotros ignorábamos dónde se encontraba la calle y nos perdimos. Llegamos al restaurante casi una hora más tarde. Había caído la noche y el solitario paseo de la Cuesta del Río tenía un aspecto bastante siniestro, delimitado en toda su extensión por muros de fábricas abandonadas, talleres mecánicos cerrados y solares atestados de basuras. En medio de la negrura, un pequeño restaurante chino hacía parpadear tantas bombillas rojas como un carricoche de verbena. Nos detuvimos ante la puerta, amedrentados, mientras el taxi se perdía a nuestras espaldas. Cómo echaba de menos a Félix; aunque no era más que un anciano, su aplomo me hacía sentirme más segura. Tomamos aliento y empujamos el pomo, que era un dragón de plástico enroscado. Entramos en el local: rectangular, pequeño, con siete mesas preparadas para la cena pero aún vacías. Farolillos chinos de papel, paredes bastante sucias. Olor a pescado hervido.

—¿Hola? —aventuré—. ¿Hay alguien?

Salió una chica por una puerta. China, naturalmente. Muy joven, despeinada, simpática.

—Hola. Lestaulante celado todavía. Media hola después.

—No venimos a cenar. Tenemos una cita con… Con el señor Li-Chao.

La chinita dejó de ser simpática.

—Un momento.

Desapareció por la puerta interior y yo pensé una vez más en salir corriendo. Pero no me dio tiempo. La joven asomó la cabeza:

—Pasen.

Y pasamos. A la cocina, pringosa y llena de perolos humeantes que un par de tipos removían; a un pasillo oscuro; y a un cuarto de estar. La chinita cerró la puerta detrás de nosotros.

—Siéntense, por favor.

Obedecimos. Li-Chao era un hombre más bien grueso, con un rostro carnoso, liso y blando que recordaba a una ciruela madura. Podía tener unos cuarenta años y vestía de occidental, con una chaqueta gris y una camisa negra, sin corbata y abrochada con primor hasta el gaznate. Estaba sentado ante una mesa camilla, y frente a él tenía una bandeja de laca con una tetera y varias minúsculas tacitas de porcelana.

—¿Un poco de té?

Aceptamos los dos, Adrián y yo, supongo que para poder tener algo entre las manos. Estábamos en un cuartito pequeño, casi ocupado por completo por la mesa camilla y media docena de sillas baratas de respaldo alto y recto. Detrás de Li-Chao había un aparador estrecho, y sobre el aparador una talla de jade representando a un viejo pescador y una caja abierta de *corn-flakes* de Kellog's. Lo único extraordinario era la luz: un farolillo de papel la teñía de color rosa, de un rosa denso, pegajoso, tan dulce como un caramelo desleído, un rosa atosigante que te hacía sentir dentro de una burbuja, en la boca de un pez, entre membranas. Asfixiaba ese aire.

Nos sirvió el té con parsimonia y colocó las tazas frente a nosotros. Por supuesto que no nos ofreció azúcar, y el té, además de estar hirviendo, era tan amargo que resultaba corrosivo. Volví a dejar la taza sobre la mesa y sonreí educadamente a

Li-Chao con mis labios abrasados. He estado en China, y sé que los prolegómenos corteses se llevan cierto tiempo.

—De manera que son ustedes amigos de mi amigo Van Hoog...

Hablaba un español perfecto. Cabeceé para mostrar mi asentimiento: el gesto me pareció menos comprometedor que decir que sí de viva voz. Saqué la carta y se la tendí sobre la mesa.

—Tenemos una nota suya.

Li-Chao cogió el papel y se enfrascó en su lectura durante un tiempo inconcebiblemente largo, teniendo en cuenta que el escrito sólo constaba de una línea. Luego levantó la mirada y también él cabeceó. Yo le imité con mi mejor sonrisa de cortesía, y advertí que Adrián también hacía lo mismo a nuestro lado. Ahí estábamos los tres, en ese aire confitado de casa de muñecas, sonriendo estúpidamente y basculando arriba y abajo las cabezas como si fuéramos tentempiés. En ese meneo nos pasamos otros dos minutos.

—Dice mi amigo Van Hoog en su carta que ustedes sólo quieren hablar —dijo al fin Li-Chao—. Pero en realidad ustedes lo que quieren es escuchar. Ustedes quieren que hable yo.

Cerró los ojos y se quedó quieto como un buda. O como un hombre dormido. Sus ojos estaban rodeados de una infinidad de arrugas muy menudas. No debía de tener cuarenta años, sino bastantes más. Cincuenta, quizá incluso sesenta.

—Ustedes quieren saber, y eso, la búsqueda del conocimiento, es una ambición muy noble. Pero yo no quiero hablar, porque la discreción es una virtud también muy loable. «El silencio es un amigo que jamás traiciona», como dice el...

—Confucio —interrumpió Adrián.

Le miramos los dos con cierta sorpresa.

—Es una frase de Confucio —repitió Adrián, un poco turbado.

—Como dice el gran Kung-Fu-Tsé, a quien, en efecto, ustedes llaman Confucio —prosiguió el hombre, imperturbable—. Celebro que nuestro joven amigo tenga tan buen conocimiento de nuestros clásicos, cosa que, por desgracia, no se puede decir de la juventud china de hoy. Enhorabuena. Sin embargo, ninguno de nuestros jóvenes, pobres incultos como son, se hubiera atrevido jamás a interrumpir las palabras de una persona mayor y de respeto, y menos aún si dicha interrupción sólo tuviera como objeto la vanagloria del muchacho, puesto que su comentario no añadía a la conversación nada que no supiera de antemano su interlocutor y no era sino un alarde necio de conocimientos. No obstante, y teniendo en cuenta su condición de joven y de occidental, y por consiguiente de doble ignorante, no tendremos en cuenta por esta vez la evidente falta de educación de nuestro invitado. A decir verdad, este humilde servidor vuestro ya ha olvidado por completo el incidente.

Sentí, más que vi, cómo Adrián enrojecía con violencia a mi lado: despedía verdadero calor y emitía un ruidito sordo y entrecortado, como un pequeño motor a punto de pararse.

—Perdón —farfulló.

—¿Más té? —ofreció Li-Chao con amabilidad exquisita.

Adrián y yo cabeceamos frenéticamente nuestro asentimiento. El hombre nos sirvió. Observé que sólo utilizaba la mano izquierda. La derecha había permanecido sumida en las profundidades de la mesa desde el comienzo de nuestro encuentro. Tal vez fuera manco, pensé. O tal estuviera escondiendo una pistola. Por otra parte, esa mano izquierda con la que desempeñaba todos los movimientos estaba cubierta de manchas, seca y arrugada, con los nudillos deformados por la artrosis. Setenta. Li-Chao debía de tener lo menos setenta años. O quizá incluso ochenta. Era la mano de un anciano.

—Yo soy un buen amigo de mis amigos y ustedes son amigos de mi amigo —prosiguió Li-Chao tras la pausada ceremonia de las tazas—. Me gustaría ayudarles. Pero tenemos un conflicto, puesto que deseamos cosas contrapuestas. Escuchar y callar. Saber y silenciar. Ahora bien, la vida es siempre así, ¿no es cierto? Llamamos vida al complejo equilibrio que nace del choque entre contrarios. La realidad es siempre paradójica. Las cosas se definen por lo que son, pero también por lo que no son; sin el otro, sin lo otro, no existiría nada. La luz no se entiende sin la oscuridad, lo masculino sin lo femenino, el yin sin el yang. El Bien sin el Mal.

Inclinó la barbilla sobre el pecho y volvió a cerrar los ojos. Transcurrió un minuto interminable. Quizá Félix hubiera sabido qué hacer en una situación tan rara y desconcertante como esta, quizá Félix hubiera sabido encontrar la palabra exacta para que el chino saliera de su pasmo y nos contara algo aprovechable. Pero en esos momentos Félix se encontraba enfermo en el hospital, tal vez incluso agonizando. La vida sin la muerte.

—Mis hermanos y yo sabemos que el Mal forma parte del Bien y el Bien forma parte del Mal. El hombre virtuoso entenderá esto y contribuirá a la armonía universal, a la concordancia de los contrarios. Mis hermanos y yo llevamos milenios siendo piezas humildes dentro de la gran rueda de la vida. Administramos el Mal, y gracias a nosotros el Bien existe. Es un trabajo altamente moral y muy difícil. Se lo voy a decir de otra manera, para que incluso ustedes, con sus pequeñas mentes occidentales, puedan entenderlo. Les daré un ejemplo: España en el año 1992. La Exposición Universal, los Juegos Olímpicos... ¿No les extrañó que no hubiera ningún percance terrorista durante las celebraciones? Tanto la Exposición de Sevilla como los Juegos de Barcelona eran acontecimientos gigantescos, imposibles de vigilar en su totalidad. Con la tecnología actual, cualquiera puede dejar una bolsa explosiva en una papelera. La seguridad de un evento semejante es algo por completo inalcanzable. Y, sin embargo, no sucedió nada. ¿Se han preguntado ustedes alguna vez por qué?

Tuve que admitir que no, que no me lo había preguntado.

—Porque donde hay tradición y organización, el orden impera. Ustedes tienen la ETA, que es un poderoso interlocutor del mundo subterráneo. El Gobierno sólo tuvo que pagar secretamente a ETA el precio de una tregua para conseguir la paz en esos meses; y por su parte, ETA se encargó de que no hubiera advenedizos que rompieran el pacto. Eso es orden. Eso es armonía. Los barrios chinos de las grandes ciudades occidentales están limpios de delincuencia. Usted y este humilde servidor se podrían pasear por las calles del Chinatown de Nueva York a cualquier hora de la noche sin que nos sucediera nada malo. Porque mis hermanos y yo cuidamos de ello. Eso es orden. Eso es armonía. Sin embargo...

Detuvo su exposición Li-Chao y suspiró tenuemente. Su mejillas frutales, blandas y amarillas, retemblaron un poco.

—Sin embargo el caos avanza y el desorden nos devora. Y no se trata de ese desorden cósmico del que el orden nace, sino de la confusión, de la imprecisión, de la falta de lugar y contenido. La tradición se pierde, la memoria se rompe. La Nada nos acecha.

Diciendo esto, Li-Chao sacó su brazo derecho de las profundidades y lo apoyó sobre la mesa. Tuve que hacer un considerable esfuerzo para no demostrar mi sobresalto. La mano era un muñón abrasado, una garra cerrada sobre sí misma, un despojo encarnado y derretido que parecía haber sido asado a fuego lento.

—Son ustedes amigos de mi amigo y yo soy buen amigo de mis amigos, así es que de todas maneras les diré algo. Dos pequeñas cosas. Dos menudencias. Primero, que Orgullo Obrero es uno de los nombres del desorden. Y segundo: tenga usted cuidado de con quién habla. Porque una de las personas de su entorno está implicada.

—¿Quién?

Li-Chao sonrió e ignoró mi pregunta.

—Les ofrecería más té, pero está frío. Servir el té frío es una descortesía imperdonable. Pero, claro, el tiempo transcurre sin que nos demos cuenta. Espero que sepan disculpar este descuido de su humilde servidor.

—Somos nosotros quienes le pedimos disculpas —dije inmediatamente, entendiendo el mensaje—. Creo que le hemos entretenido demasiado. Gracias por recibirnos.

Mientras hablaba, no pude evitar que mis ojos se desviaran de nuevo hacia la mano herida, hacia ese horrible amasijo de tendones al aire y carne atormentada. Li-Chao atrapó mi mirada y yo advertí que me había visto. Enrojecí.

—Observo que le llama la atención el estado de mi mano. Esto también es una consecuencia del desorden.

Levantó el muñón en el aire: los dedos, o lo que quedaba de los dedos, parecían estar fundidos entre sí.

—Sin embargo, el dolor puede formar parte del equilibrio universal. Lo mismo que la violencia. Y la venganza.

Y, diciendo esto, abrió dificultosamente su garra descarnada: allí, en lo que una vez había sido la palma de la mano, había un pequeño pomo de vidrio transparente relleno de un líquido que parecía agua; y flotando dentro, como un pez diminuto en su pecera ínfima, había un ojo humano. Blando, redondo, absorto.

Salí de El Cielo Feliz aguantando las náuseas a duras penas. Crucé como una exhalación el todavía vacío restaurante, abrí la puerta de un empellón y me precipité a la calle, aspirando con ansiedad el aire frío. Apoyada en el muro de una fábrica, fui recuperando el resuello poco a poco. Adrián, a mi lado, estaba verborreico. Los nervios le producían a veces ese efecto.

—Joder, qué tío, qué cosa tan siniestra; cuando me dijo lo de Confucio creí por un momento que me iba a cortar el gaznate allí mismo, y eso que no nos había enseñado todavía el ojo, qué asco, y la mano, qué horror, y esa luz rosada, que era una pesadilla, y...

—¿Cómo vamos a salir ahora de aquí? —le corté.

Porque estaba empezando a percatarme de la situación a medida que el juicio volvía a mi cabeza. Adrián miró alrededor: una calle extrema de un barrio extremo, desolada, desierta, amedrentante. Ni una persona a la vista, ni un maldito coche. Por no haber, no había ni una sola ventana encendida. En toda la calle no se apreciaban más luces que las mortecinas farolas del alumbrado público y el centelleo barato del restaurante chino.

—Podríamos regresar a El Cielo Feliz y llamar un taxi por teléfono —sugirió Adrián.

—¿Volver a entrar ahí? Ni pensarlo.

—Pues entonces habrá que caminar.

De manera que echamos a andar hacia uno de los extremos de la calle, aunque no sabíamos muy bien por cuál de los dos lados saldríamos antes de ese barrio horrible: el taxi había dado mil vueltas para llegar.

—¡Tranquila, Lucía! Vas casi corriendo. Con lo pequeñita que eres y me cuesta seguirte —dijo Adrián con una sonrisa, mientras encendía un cigarrillo como para darle una apariencia de naturalidad a la noche antinatural y tenebrosa.

—Tengo miedo. No me gusta este sitio. Estoy deseando llegar a algún lugar civilizado.

—Yo tengo un truco estupendo para atravesar con tranquilidad los lugares siniestros. Cuando voy caminando por algún sitio un poco sobrecogedor, lo que hago es imaginarme que el asesino soy yo. Si yo soy el atacante, no puedo ser el atacado. Funciona muy bien.

Le miré, atónita. Nunca acabaría de entender a los hombres. A nuestra espalda, un coche encendió los faros y arrancó. Me sentí vagamente aliviada: por lo menos había alguien más en la calle, además de nosotros. Tal vez fuera cosa de la imposibilidad de asumir su propio miedo, seguí reflexionando; quizá los hombres preferían imaginarse asesinos antes que reconocerse cobardes. El coche que había arrancado poco antes no nos había sobrepasado todavía. Una inquietud pequeña como un garbanzo empezó a endurecerse en la boca de mi estómago. Eché un vistazo hacia atrás por encima de mi hombro. El coche venía detrás de nosotros, casi a nuestra altura, manteniendo la velocidad de nuestros pasos. La inquietud se convirtió instantáneamente en una gran piedra encajada en mi pecho que apenas si me dejaba respirar.

—Adrián… —susurré.

—Ya lo he visto.

La calle se extendía delante de nosotros negra y larga, sin portales en los que guarecerse, sin posibilidades de esconderse, sin que la velocidad de nuestras piernas pudiera librarnos de la persecución.

—¿Qué hacemos? —dije.

—Sigamos caminando. Deprisa, pero sin correr. Haz como si no los hubieras visto.

Nuestros pasos repiqueteaban en las baldosas rotas de la calle: una zancada de Adrián, dos saltitos míos. Y el ronroneo del coche que nos seguía. Con el rabillo del ojo, atisbé el morro del vehículo. El resplandor de los faros impedía ver nada con precisión, pero a través de los cristales me pareció advertir al menos dos siluetas.

—Tranquila, hay gente ahí delante.

—¿Cómo?

—Hay gente ahí delante —repitió Adrián.

En efecto, unos metros más allá se veía a dos o tres personas junto a una farola amarillenta. Apretamos un poco más el paso:

me dolía el costado, una punzada aguda al respirar. Eran tres, ahora ya se podían ver con claridad, tres hombres jóvenes de aspecto muy común, dos con vaqueros, uno con traje. El coche seguía deslizándose muy cerca de nosotros, junto al bordillo.

—Adrián…

No me gustaba lo que veía, no me gustaba nada. Los tres hombres nos estaban mirando, no hablaban entre sí, sólo nos contemplaban fijamente y se extendían en una línea a todo lo ancho de la acera. A su lado había aparcado otro vehículo, un automóvil grande, caro.

—¡Adrián!

Nos habían cortado el paso. Me sentí como una oveja hábilmente pastoreada que entra por sí sola al matadero. Redujimos la marcha hasta detenernos. A nuestra espalda se abrieron y cerraron las puertas del coche que nos seguía: alguien se bajaba. Pero no miramos para atrás, o al menos yo no lo hice. Toda mi atención estaba concentrada en los tres hombres que teníamos delante. Los dos que vestían pantalones vaqueros estaban situados en los extremos. Llevaban unas pistolas negras y relucientes con las que nos apuntaban. El individuo del centro era pelirrojo, alto y musculoso, con aspecto de galán de culebrón televisivo. Era uno de esos tipos tan pagados de sí mismos que convierten su guapeza en una agresión a los demás. Sentí cómo alguien me arrimaba desde detrás algo frío y metálico a la oreja. Debía de ser el cañón de un arma, porque Adrián tenía un pistolón pegado a la garganta.

—Pero qué sorpresa —dijo el pelirrojo con voz pituda—. Mira quién está aquí: la pobre y desconsolada esposa.

—¿Qui… quiénes son ustedes? —dije, con una voz tan tenue y temblorosa que creí que no me oirían.

Pero el Caralindo debió de escuchar algo.

—Preguntas mucho, querida, ese es el problema. Para vivir tranquilo hay que cerrar la boca.

Hizo un gesto con la mano y volví a escuchar cómo se abría una puerta de coche a mis espaldas. Al instante entró en mi radio de visión un hombre nuevo que arrastraba algo enganchado por una cadena. Reconocí el gemido aun antes de verla: era la

Perra-Foca. El animal intentó venirse conmigo, pero el tipo la tenía sujeta por el collar y no se lo permitió.

—¿Qué hace ella aquí? —farfullé.

—¿Lo ves? Eres incorregible: no paras de preguntar —dijo el pelirrojo.

Se agachó y comenzó a acariciar a la Perra-Foca.

—No es de buena educación ir de acá para allá preguntando cosas y molestando a tanta gente. No señor, no lo es.

En vista de que la cosa se prolongaba, la Perra-Foca suspiró y optó por tumbarse, a la espera de que los extravagantes humanos tuviéramos a bien acabar con esa situación para ella incomprensible. El pelirrojo se puso en cuclillas junto a ella.

—Qué perra tan bonita.

No era bonita. Era gorda y despeluchada y vieja y estaba desparramada sobre el suelo. Se me encogió el corazón.

—Tengo amigos, amigos muy importantes, a los que no les gusta la gente preguntona —dijo el Caralindo.

Y se sacó una navaja del bolsillo. Era de resorte, con una hoja muy puntiaguda, fina y estrecha.

—Mis amigos me han dicho: Vete y adviértele a esa chica que preguntar es muy malo para la salud.

Comenzó a pasar la punta de la navaja por encima de la Perra-Foca. Sin apretar, como si fuera una caricia, el pico de metal marcando un camino por las ingles del animal, por el lomo, por el cuello.

—Vete y adviértele a esa chica que preguntar demasiado es más perjudicial para la salud que ser *yonqui*, o que caerse de un décimo piso.

El puñal merodeó perezosamente por el vientre de la Perra-Foca.

—Preguntar puede terminar convirtiéndose en algo muy doloroso, mutilador, violento…

La afilada punta recorrió las peludas patas delanteras y empezó a subir por la línea del cuello hacia la cabeza; la Perra-Foca dio un lametón a la mano del pelirrojo y se lo quedó mirando, miope y plácida. El ojo, pensé alucinada. Como el ojo de Li-Chao. Le va a sacar un ojo al animal y no seré capaz de soportarlo. En ese momento el matón sujetó la cabeza de la perra contra el suelo con su mano derecha. Era zurdo. Debí de hacer algún tipo de movimiento, no lo recuerdo, porque sentí que me retorcían los brazos y que el cañón del arma se me clavaba en la cara con más fuerza.

—Algo muy desagradable, te lo aseguro.

Todo fue muy rápido: era habilidoso el Caralindo. Con un solo movimiento de muñeca, el hombre alzó la mano y rebanó de raíz una de las orejas de la Perra-Foca, que empezó a chillar como si la estuvieran matando y a sacudir la cabeza, salpicándolo todo con su sangre. Entonces la soltaron y el animal se vino hacia mí en busca de cobijo. Adrián y yo nos inclinamos para cogerla y calmarla; estábamos libres, los hombres habían guardado sus pistolas y se estaban metiendo a toda velocidad en sus grandes vehículos. El pelirrojo fue el último en retirarse:

—Ya lo sabes, querida, no sigas preguntando. No vuelvas a enfadar a mis amigos.

Hubo un estruendo de portezuelas al cerrarse y los dos coches desaparecieron con gran rugido de motores por la calle vacía. La Perra-Foca gimoteaba y se daba cabezazos contra mis rodillas: la herida debía de dolerle, pero podría haber sido mucho más grave. Me temblaban tanto las piernas que apenas si era capaz de caminar. Tardamos cerca de veinte minutos en llegar hasta una cabina de teléfonos y conseguir un taxi.

Lo primero que hicimos fue acercarnos a un veterinario de urgencia, y lo segundo, llamar al inspector García, que acudió a vernos enseguida. Era feo y estúpido, pero servicial. Yo estaba tan aterrorizada que me dieron ganas de besarle cuando llegó.

—Lo peor es que para llevarse a la perra han tenido que entrar en casa. Y no parece que la puerta esté forzada —dije, tras explicarle nuestro desagradable encuentro de esa noche.

García revisó con plúmbea laboriosidad todas las ventanas y cerraduras de la casa.

—Todo en orden. Nada forzado. Trabajo de profesionales. Pero no se preocupe. No volverán. Por ahora. Era un aviso. ¿Qué hacía usted en el paseo de la Cuesta del Río?

Porque yo no le había contado *toda* la verdad. No había hablado de Van Hoog, ni de Manuel Blanco, ni de Li-Chao. Ahora estuve tentada de decírselo todo. Abrir mi corazón al inspector y abandonar la búsqueda. Acabar con las preguntas, como dijo el abominable pelirrojo, y con el miedo. Pero no, no podía porque *también* me daba miedo Li-Chao. Estaba segura de que al chino no le haría ninguna gracia que habláramos de él con la policía. Habíamos ido ya demasiado lejos. Lo clandestino debía de seguir siendo clandestino.

—Habíamos ido a… A un taller mecánico de la zona para… Nos habían dicho que vendían una moto de segunda mano en buen estado y Adrián quería comprarla.

—¿Qué taller?

—No… No lo encontramos. Nos perdimos. Taller Sánchez, era. Pero no lo encontramos. Por eso dimos un montón de vueltas por ahí. Y luego se nos hizo de noche y no había manera de pillar un taxi.

La cara de García se crispó en un gesto de melancólico disgusto.

—Soy un profesional. Usted miente. Yo callo. Usted cree que me ha engañado. Yo callo. Usted cree que soy idiota. Y yo callo. Pero si sigue usted husmeando por ahí, le pasará algo muy feo. Quédese quieta. No juegue a detectives. Deje que los profesionales trabajemos.

García tenía razón. Sí, por primera vez pensé que García tenía razón. Todo había sido una locura, una estupidez. Me había dejado llevar por las fantasías de Félix, por sus viejerías, porque los viejos, ya se sabe, cometen viejerías del mismo modo que los niños cometen niñerías. Y ahora Félix estaba en el hospital, grave, muy grave; y yo tenía miedo y estaba decidida a no volver a plantear ni una sola pregunta. Sí, se acabó el jugar a los detectives, como decía el inspector. Si la policía no podía devolverme a Ramón, era una insensatez creer que yo lograría mejores resultados.

Esa madrugada, después de que se fuera el inspector; de habernos tomado todos, Perra-Foca incluida, una ronda de tranquilizantes; de haber hecho el amor desesperadamente e intentado comer sin hambre alguna, me marché al hospital para ver a Félix. De noche, los hospitales tienen una atmósfera reverberante y umbría, el eco submarino de los grandes espacios sigilosos. Recorrí los pasillos medio apagados y entré de puntillas en el cuarto. Félix dormitaba, aparentemente tranquilo, en la suave penumbra de la lámpara nocturna. Un viejo en una cama de hospital, de madrugada. Como en aquella Nochebuena con aquel anciano desconocido. Pero esta vez el viejo era mío y yo era yo.

Me senté a su lado. Hay momentos en la vida en que todo es muerte. En los que la cotidianidad se hace pedazos y el horror se convierte en un destino inevitable. Sádicos pelirrojos que sacan ojos, niñas violadas y estranguladas, muchachitos que torturan y asesinan a bebés, mendigos quemados vivos por neonazis. Hay momentos en los que la atrocidad te anega de tal modo que te asombra haber llegado relativamente indemne hasta ese día. Es tan impensable el horror cuando se piensa. No cabe en la cabeza y te vuelve loco.

—Lucía...

Me sobresalté. Hice un esfuerzo por regresar al mundo. Estaba lejos, muy lejos, en el abismo.

—Lucía, ¿qué te pasa?

Era Félix. Se había despertado y me miraba. Tenía un rostro hermoso, pulcro, inteligente.

—Nada. Bueno, sí. Estaba un poco angustiada. Pero no es nada. Ya se me está pasando. ¿Qué tal estás?

—¿Cómo dices? —se esforzó, enroscando una mano sobre la oreja.

—Que qué tal estás —repetí, modulando con cuidado las palabras.

—Bien. Creo que no tengo fiebre.

Le toqué la frente. Parecía fresca.

—Estás temblando —dijo Félix.

—No me siento muy bien —respondí, intentando no llorar.

Félix me palmeó el dorso de la mano.

—Lucía, cariño, yo no tengo ganas de dormir. ¿Quieres que te cuente una de mis historias?

esde la ejecución del traidor Moreno todo empezó a
desmoronarse —dijo Félix Roble—. Yo bebía demasiado, y no era el único. Los anarquistas originales, la
gente con la que me crié, eran de una sobriedad rayana en lo
maniático: incluso el café les parecía una droga peligrosa. Pero
ahora algunos bebíamos, y otros empezaban a mostrar demasiado apego a sus armas y al dinero conseguido con ellas. Las
discusiones eran constantes: cada uno de nosotros tenía un criterio diferente sobre la estrategia a seguir. Empecé a alejarme
del grupo y de mi hermano. No es que lo hiciera de manera vo-
luntaria y consciente, es que no disponía de sujeciones suficientes, estaba a la deriva. Me sentía como hueco. Un papel arrugado que la brisa arrastra.

Fue entonces, en ese tiempo hosco y aturdido, cuando conocí a *Manitas de Plata*. Siempre recordaré la fecha: era el 7 de
mayo de 1949. Tras lo de Moreno, la organización de Barcelona
había quedado gravemente dañada. Entonces a Víctor se le ocurrió volver a poner el marcha a los *Solidarios*. La idea consistía
en crear una guerrilla urbana totalmente independiente del sin-

dicato clandestino. El grupo de activistas estaría compuesto por personas venidas del exterior, gentes limpias para los archivos policiales de las que los cenetistas locales no sabrían nada.

«Así, si vuelve a caer la dirección del sindicato, que tal como están las cosas es muy posible, no podrán delatar a los *Solidarios*», dijo Víctor.

«Muy bien, montamos otra vez un grupo de pistoleros en España. ¿Y qué? ¿Qué crees que vamos a conseguir con esto?», le discutí. Últimamente le discutía todo.

«¿Que qué vamos a conseguir? Parece mentira que seas hijo de tu padre. Pelear, cojones, eso es lo que vamos a conseguir. Pelear contra los oligarcas y los fascistas. Como siempre, hermano. Como siempre.»

Víctor tenía razón y al mismo tiempo se equivocaba. La lucha no nos llevaba a ningún lado, pero, por otra parte, luchar era lo único que nos quedaba. De manera que acabé plegándome a su voluntad, como casi siempre.

Yo fui el primero en irme a España, de cabeza de puente, para organizar la infraestructura. A decir verdad, agradecí la misión: me obligaba a disciplinarme de nuevo y me sacaba de la abulia. Además, siempre podía morir en el empeño. Y no es que por entonces quisiera de verdad morirme, todavía no, eso vendría después; pero en aquella época la vida ya había perdido para mí su brillo y su razón, eso sí era cierto; y ponerte en peligro tenía por lo menos el atractivo de otorgarle cierto sentido a tu existencia: el de sobrevivir hasta el día siguiente.

Así es que llegué a Barcelona a finales de abril de 1949 tras cruzar clandestinamente la frontera. Llevaba conmigo unos papeles falsos magníficos que en realidad eran legales. Pertenecían al novio de una cenetista, un chico que se había matado al caer de un tejado; era huérfano y carecía de familia, y los compañeros habían tenido presencia de ánimo suficiente como para enterrar el cadáver en secreto, de manera que sus papeles se quedaron limpios. Yo era ahora ese muchacho: me llamaba Miguel Peláez, era albañil y tenía treinta años. En realidad, había cumplido treinta y cinco y no sabía manejar la llana, así es que me instalé en una pensión de las Ramblas y encontré un trabajo en el puerto, de estibador. Tenía que dar el 30 por 100 de mi paga al capataz que me contrató, y aun así estaba de suerte. Según mis papeles, es decir, según los papeles de Miguel, yo estaba clasificado como *indiferente*. Después de la guerra civil, todos los españoles fuimos clasificados por nuestra ideología en *afectos al Régimen, desafectos* e *indiferentes*. Los *desafectos*, como puedes imaginar, tenían una vida negra: o estaban en la cárcel o depurados, sus bienes habían sido generalmente confiscados y no podían encontrar trabajo. Los *indiferentes* lo tenían mejor; pero en la práctica no podían ser maestros ni profesores, ni trabajar como funcionarios, ni recibir ayudas estatales; y tampoco les era sencillo encontrar un buen empleo. Así es que yo me sentí bastante satisfecho de poder romperme el lomo trabajando como estibador, aunque tuviera que entregar una parte de mi sueldo al mafioso de turno.

Aquel mes de mayo la primavera estalló de un día para otro. Yo vivía en una pensión de las Ramblas registrado como Miguel Peláez y además había alquilado una casa pobrísima en el cinturón fabril, con nombre falso, para que nos sirviera de centro de operaciones. Ahora me doy cuenta de que he dicho que esa casa la alquilé con nombre falso, como si el de Miguel hubiera sido auténtico. He vivido durante tantos años una vida doble y clandestina que a veces me cuesta descubrir cuál es mi verdadera identidad. En aquel entonces yo era Félix Roble en la memoria privada de mi infancia, *Fortuna* para los compañeros de clandestinidad, Arturo Pérez para el carnicero que me realquiló la casita del extrarradio y Miguel Peláez para todo el mundo con quien me trataba en mi vida cotidiana en Barcelona. Sobre todo fui Miguel Peláez para *Manitas de Plata;* y por eso aún hoy me parece que esa era mi identidad auténtica. Porque con ese nombre fui amado.

Pero te decía que aquella primavera el calor llegó de un día para otro. Era un domingo por la tarde y no tenía nada que hacer. Salí de la pensión y bajé por las Ramblas. El cielo estaba de un color azul sólido, como si fuera esmalte, y el aire olía a flores, a verano y a polvo, ese polvo festivo que levantan los pies de las familias al pasear por las avenidas en domingo. Los primeros días de calor de primavera son extraordinarios: se te meten debajo de la piel, te hacen bullir la sangre lo mismo que bulle la savia en un arbusto. Te hacen sentirte renovado y joven, incluso ahora me sucede, que ya estoy casi muerto; incluso ahora, los primeros calores me hacen sentir como si pudieran brotarme hojas de los dedos. Así es que bajé por la calle un poco aturdido ante tanta vida, recordando otros tiempos, mi juventud primera, cuando me llamaban *Fortunita* y paseaba por las Ramblas junto a mis compadres, la gente de bronce, antes o después de una corrida, mirando a las chicas y sintiendo las piernas ágiles y fuertes; y la espalda, recta y sin pesadumbres; y todo mi cuerpo, el cuerpo de la juventud, hambriento de placeres, ese cuerpo que contoneaba ligeramente Ramblas abajo con paso achulapado de torero para impresionar a las muchachas.

Todo aquello se había terminado, ese mundo se había ido para siempre, y ni siquiera las Ramblas eran las mismas: ahora formaban parte de una ciudad humillada y vencida. Pero la primavera sí era igual; y el calor, y el cielo deslumbrante. De modo que la culpa de todo la tuvo la temperatura. Si no hubiera hecho un día tan hermoso, yo me habría comportado con más cautela, con más disciplina. Pero la primavera me había trastornado.

Dio la casualidad de que mis pasos me llevaron hasta la plaza de Cataluña justo cuando allí se desarrollaba una pequeña escena: una mujer era violentamente zarandeada por un hombre. La situación no era en sí nada extraordinaria: en las callejas cercanas a las Ramblas los chulos pegaban a sus prostitutas abiertamente, y en los ambientes obreros más de una mujer aparecía con el ojo morado por las mañanas. Nunca las mujeres anarquistas, desde luego. O casi nunca. En los círculos libertarios la mujer siempre ocupó un lugar preeminente.

Pero aunque la situación no fuera extraordinaria, los personajes implicados sí lo eran. Sobre todo, ella. Ella era una dama, no sé cómo explicarte. Vestía un traje sastre color cereza, de falda estrecha y chaqueta muy ajustada. Y un sombrerito redondo del mismo tono con un velo negro sobre la cara. Entonces nadie vestía así, con esa elegancia, con esa sofisticación, con ese refinamiento. Nadie llevaba sombreritos con velo a media tarde. Parecía una actriz de Hollywood. Decir esto es una banalidad, pero es lo que se me pasó de verdad por la cabeza. En la España de los cuarenta, miserable y sombría, aquella mujer parecía proceder de un planeta remoto. Y eso era la estética de las películas de Hollywood para nosotros, un producto de Marte. En fin, era una mujer impresionante. En el tipo, en el porte, en la boca roja y carnosa que asomaba por debajo del velo; en el relampagueo furioso de sus ojos tras la suave penumbra de la redecilla.

En cuanto a él, me sorprendió comprobar que reconocía su cara. Era un actor joven y medianamente famoso por entonces. Estaba fuera de sí, desencajado. Había cogido por los hombros a la mujer y la sacudía frenéticamente mientras gritaba con voz ronca: «No me puedes hacer esto, no me puedes hacer esto.» Ella intentaba resistir los empellones agarrada a las muñecas del hombre, pero sus fuerzas empezaban a quebrarse: la cabeza se le movía como un badajo loco, los pies perdían apoyo. Entonces intervine yo. No sé por qué. Nunca debí hacerlo. Iba en contra de todas las normas. Un militante clandestino que está en una misión no puede jugar a ser caballero andante. Pero supongo que olía demasiado a verano como para ser prudente.

Me acerqué y puse la mano en el hombro del actor: «Hombre, qué haces, cálmate», le dije, o algo parecido. Tampoco quería pegarme con él, si no era necesario. Pero el tipo ni se enteró de mi presencia, tan trastornado estaba. Así es que tuve que pegar un tirón y arrancarle literalmente de la mujer. Se me quedó mirando atónito y boqueante, como un perro rabioso al que separas de otro. «Tranquilo, no hay que ponerse así, ya está bien; seguro que puedes arreglar las cosas de otro modo.» Pero él seguía obnubilado. Extendió un dedo hacia mí y dijo: «Tú… tú eres su amante… Ya lo sabía… Lo sabía… Voy a matarte.» Estaba como loco. Así es que al final tuvimos que pegarnos. Fue fácil; él se lanzó sobre mí como un toro ciego, sin saber qué golpeaba. No debía de tener costumbre de pelear. Yo sí, yo estaba entrenado para ello, y eso lo cambia todo. Yo sabía que las peleas se ganan en el primer golpe, y que todo consiste en ser tú quien da ese golpe y en hacer el mayor daño posible, porque a lo peor no tienes una segunda oportunidad. Y hay que atacar sin saña y con la cabeza fría, pero al mismo tiempo sin clemencia. Eso es lo que hice, y el actor quedó tendido en la acera con el segundo puñetazo. Me dejé los nudillos destrozados.

La mujer se agachó a inspeccionar al vencido. Con el zaran-
deo se le había caído el sombrerito. Estaba muy calmada y muy
hermosa. «Damián, por favor, ¿puedes venir?», dijo después,
llamando a alguien a mi espalda. Miré hacia atrás: estábamos
rodeados de espectadores. No se habían detenido a ver cómo
sacudían a una mujer, pero la pelea entre nosotros dos había
conseguido formar un atento corro. Damián se acercó: era un
hombre mayor al que luego llegué a conocer bastante, el portero
del teatro Barcelona, que estaba en la misma plaza de Cataluña.
«Por favor, Damián, llévatelo a casa. Y ocúpate de que esté
bien», le dijo la mujer, metiéndole un billete en el bolsillo. Y Damián se ocupó, con la ayuda de un par de tramoyistas.

«Gracias», me dijo entonces ella, dándome la mano y apre-
tándola como si fuera un pelotari: mis doloridos nudillos gimie-
ron. «Me llamo Amalia Gayo. A lo mejor me conoces. Soy
artista. Trabajo en el teatro», continuó, señalando con un movimiento de barbilla al Barcelona. En aquellos tiempos las mujeres llevaban las cejas depiladas y pintadas muy finas, pero
Amalia llevaba sus cejas naturales, muy negras, medianamente
anchas y maravillosamente dibujadas sobre la amplia frente,
como gruesos trazos de tinta china; y ya sólo por eso llamaba la
atención, sólo por eso parecía extraña y un poco salvaje. Tenía el
pelo suelto y ondulado sobre los hombros y sus ojos grises des-
tacaban contra la piel morena.

«Me tengo que ir», añadió la mujer. «Está bien», contesté.
Ella se echó a reír; luego me diría que le intrigó mi displicencia,
que estaba acostumbrada a que los hombres se pegaran a ella
como moscas. «Es un buen chico, pero ya ve usted que está un
poco loco», explicó, refiriéndose al actor. «Son cosas que pasan», contesté. «Muchas gracias de nuevo», dijo ella, dándome
otra vez la mano; y la retuvo un poco, añadiendo con coquetería: «Se lo digo de corazón; y le advierto que no suelo dar las
gracias a los hombres muy a menudo.» «Ha debido de tener
usted una suerte muy mala con los hombres», respondí. Volvió
a reír: «Al contrario: buenísima», dijo, y se alejó de mí con ta-
coneo garboso. Me la quedé mirando. A los pocos metros se
volvió: «¿Quiere usted verme?», preguntó desde lejos. «La in-
vitaría a un café con mucho gusto», contesté. «¡Me refiero al

teatro!», rió ella maliciosamente, satisfecha de haberme atrapado. «Que si quiere venir a ver la función. Empieza en media hora.» Y sí, quise. Algo tan simple como eso, decir un sí en vez de un no, desencadenó la catástrofe y cambió mi vida para siempre.

Tal vez te suene el nombre de Amalia Gayo. Fue también conocida como *Manitas de Plata*. Llegó a ser muy famosa durante un par de temporadas: era la más directa competidora de Concha Piquer. Amalia cantaba tan bien como la Piquer, y además bailaba maravillosamente. Pero lo que mejor hacía era tocar la guitarra española; en esto era muy original, porque por entonces no había mujeres guitarristas. Por eso la llamaban *Manitas de Plata*. Ella decía que era hija de un francés y de una gitana española, y que Gayo era el apellido de su primer marido. Tal vez fuera cierto o tal vez no: era una mujer enigmática, secreta. Nunca he conocido a nadie como ella; todo cuanto hacía, todo cuanto era, tenía una intensidad extraordinaria. Cuando reía, cuando actuaba, cuando se enfadaba, cuando amaba, lo hacía con tanta determinación y tanta fuerza que parecía estar inventando la risa, el arte, la furia, el amor. Hubo noches gloriosas en las que sentí que ella me quería como nadie jamás me había querido antes: era el paraíso, la abundancia. Pero al día siguiente se te escapaba de las manos, volvía a convertirse en una criatura inasible y misteriosa. Era como una llama, abrasadora e imposible de apresar. Volvía locos a los hombres. A mí me volvió loco.

A partir de aquel domingo de mayo empezaron unos meses de éxtasis y de martirio. Empezó la desgracia. No hay hombre en la tierra que no conozca o no intuya el daño de la mujer, el dolor que la otra puede infligirte, cómo a través del amor llega la peste. Y no me estoy refiriendo sólo al desamor, a que ella no te ame bien, o te deje, o te engañe con otro. Estos son dolores simples de corazón, aunque sean lacerantes como un cuchillo al rojo. No, a lo que me refiero, el verdadero peligro de la mujer en su sustancia, es todo lo indecible que engloba al otro sexo, es el espejo oscuro, esa perversión que nos refleja. La mujer, una mujer, puede sacar a la luz toda la locura y la destrucción que tenías dentro ti, adormecidas. Porque todos llevamos dentro nuestro propio infierno, una posibilidad de perdición que es sólo nuestra, un dibujo personal de la catástrofe. Pues bien, Amalia desencadenó para mí las tempestades.

Nunca había sentido algo semejante por una mujer. Mi historia con Dorita, la novia que la guerra me hizo perder, y a quien yo creía haber amado profundamente, me parecía ahora una relación superficial, casi infantil, poco más que un cariño rudimentario y fraternal. No lo digo por alardear, pero siempre me fue bien con las mujeres e intimé con bastantes. Pero todas ellas tuvieron que competir en desventaja contra mis prioridades: el anarquismo y mi pasión por los toros. Amalia, en cambio, se adueñó de mí por completo. Ella era como un sol, derretía y fulminaba el entorno con su presencia. Y así, todo desapareció, incluso mi propia identidad. Aunque, ahora que lo pienso, tal vez Amalia pudo brillar tanto para mí en aquel momento precisamente porque toda mi vida anterior había empezado ya a desmoronarse. Porque los toros se habían acabado, los fascistas nos habían vencido, el anarquismo se desintegraba. Con ella, con Amalia, cuando todo iba bien, cuando nos amábamos como desesperados, me sentía tan vivo y tan invulnerable que todas las pérdidas anteriores desaparecían como por ensalmo de mi memoria. Este tipo de amor es como una droga. Te ofrece el paraíso, pero te mata.

Al principio el placer fue mayor que el dolor. Poco después el dolor empezó a superar al placer; y al final, eso fue lo peor, el dolor *se convirtió* en placer, o al menos uno y otro comenzaron a ser indistinguibles. Amalia seguía viendo al actor que la había zarandeado y yo enfermaba de celos asesinos. Empecé a perseguirla, me escondía en portales malolientes para espiarla, le monté grandes broncas, chillé, lloré, me humillé, la zarandeé yo también, le pedí perdón, soñé con matarla. ¿Lo estoy contando demasiado deprisa? Créeme que no sé hacerlo de otro modo: el recuerdo de aquellos meses es un borrón confuso en mi memoria, como el recuerdo de una pesadilla. Dejé mi trabajo en el puerto, descuidé por completo mi labor clandestina, no pagué la pensión y un día me pusieron la maleta en la calle. Pero ella me llevó a su piso y me dio dinero para poder vivir. Siempre fue generosa en eso. Era un verdugo tierno y cuidadoso.

Una tarde salía de casa de *Manitas de Plata* para ir a recogerla al teatro al final de la función cuando me encontré con mi hermano. Me había localizado no sé cómo y me estaba esperando frente al portal. Tenía una cara terrible, una expresión desencajada y dura. «Me parece que tenemos que hablar», dijo, cogiéndome por el brazo con tal fuerza que me hizo daño. Yo me dejé hacer. Para entonces ya no estaba en mí, apenas si existía. Víctor me explicó luego que había ido decidido a matarme. Entonces yo no lo sabía, pero mi descuido en pagar el alquiler del piso franco había hecho que el dueño entrara en la casa y descubriera los panfletos y las armas. Yo había desaparecido sin dejar huella, y esto, unido a mi comportamiento cuando el asunto Moreno, les hizo sospechar que les había traicionado. Por eso vino Víctor a buscarme; pero cuando me agarró ante el portal de Amalia, y sintió en su mano el calor de mi fiebre, y vio mi delgadez y mi aspecto enajenado y maciento, comprendió que me sucedía algo terrible. Y se convirtió otra vez, la última, en el hermano mayor, en el protector abnegado y generoso. Me llevó con él, sin siquiera dejarme recoger mis cosas en el piso; nos instalamos en una pensión, y allí me cuidó y escuchó con paciencia exquisita. Pobre Víctor: hacía muchos años que no nos sentíamos tan cerca. Desde la infancia, desde la muerte de nuestra madre, desde México.

En dos o tres semanas me había recuperado de mi dolencia física, que tal vez fuera una bronquitis provocada por el deseo mismo de morirme que a la sazón sentía. Pero la dolencia moral seguía intacta. Disimulaba ante mi hermano, le decía que ya había olvidado a *Manitas de Plata*, pero no era cierto. Llevaba dentro de mí su ausencia como una llaga. Me volví a meter en las actividades clandestinas, me comprometí más que nadie en la reestructuración de los *Solidarios,* en parte para hacerme perdonar por los compañeros y en parte para intentar aturdirme con la lucha y borrar el recuerdo obsesivo de esa mujer. Pero el deseo seguía, cada vez más agudo, más perentorio.

Mientras tanto, la situación política iba empeorando por momentos. En las últimas semanas habían estallado en Barcelona diversos ingenios explosivos, unos artefactos chapuceros que parecían el trabajo de un aficionado. Los cenetistas, inquietos ante una escalada terrorista con la que ellos no tenían que ver y que sin embargo parecía incriminarlos, enviaron frenéticos mensajes a Francia pidiendo aclaraciones: tenían noticias de que andaba un comando por Barcelona intentando reconstruir a los *Solidarios* y querían saber si éramos los responsables de las bombas. Los dirigentes en Francia conectaron con nosotros y nos transmitieron la preocupación de nuestros compañeros. Pero nosotros tampoco habíamos puesto los explosivos, de modo que parecía bastante probable que se tratara de una añagaza de la policía española para comprometer a los anarquistas. Decidimos romper nuestro aislamiento y tener una reunión con José Sabater, el célebre líder cenetista, para elaborar una estrategia común. Al fin acordamos encontrarnos en un piso franco del sindicato. Era el mes de noviembre de 1949. Me desgarra el corazón hablar de esto.

La cita era a las siete de la tarde, y por la mañana Víctor me encargó que hiciera la ronda habitual. Hay un mecanismo básico de seguridad en la vida clandestina consistente en comprobar de manera periódica que todos los integrantes del grupo están bien, que no ha caído nadie. Tengo entendido que los antifranquistas de los años posteriores llevaban a cabo esos controles por medio de llamadas de teléfono a horas específicas y con un número de timbrazos previamente convenido. Pero en 1949 había muy pocos teléfonos, de manera que las rondas de seguridad se hacían personalmente. Se establecían una serie de citas y había que ir y confirmar que todo marchaba bien y que la organización se mantenía intacta e impermeable, sobre todo en los momentos previos a un encuentro tan importante como aquel.

A mí me tocó conectar con tres compañeros; con los dos primeros no hubo ningún problema: nos encontramos en las esquinas y a las horas acordadas. Iba ya camino de la tercera cita cuando me hundí. Tuve mala suerte, eso desde luego: necesitaba coger un autobús cuya parada salía justamente de la plaza de Cataluña. Pero podía haber dado un rodeo, podría haberme ido andando hasta la parada siguiente para evitar la plaza, como venía haciendo en las últimas semanas. Sin embargo, no lo hice. Me justifiqué diciendo que tenía prisa. Que ya había pasado mucho tiempo. Que no podía seguir huyendo de mí mismo. Uno siempre puede encontrar centenares de justificaciones para adornar sus errores y sus debilidades. Creo que, al principio, sólo quería ver una vez más la preciosa cara de *Manitas de Plata* en el cartel anunciador de la fachada del teatro, su rostro malamente dibujado a una escala gigantesca, con tres metros desde la frente a la barbilla; y leer su nombre en las grandes letras. Cuando arrecia la desesperación del amor, cuando uno no puede más de angustia y añoranza, ver o repetir el nombre de la amada calma un poco, lo mismo que le sucede al alcohólico, que cuando necesita urgentemente una nueva copa y no dispone de ella, manosea con avidez la botella vacía para intentar buscar alivio a su ansiedad.

De modo que entré en la plaza de Cataluña con las piernas temblando y entonces sucedió lo peor que podía haberme pasado: ya no estaba allí el rostro de Amalia. Los cartelones del teatro eran nuevos y ahora anunciaban una comedia. Me acerqué a la taquilla a preguntar: el espectáculo de variedades del que *Manitas de Plata* era la principal estrella había terminado su contrato. Sí, Amalia Gayo se había ido. No, no tenían ni idea de dónde estaba.

Sentí que el mundo se borraba. Estoy hablando de algo físico, de una percepción directa de la nada. Dejé de escuchar los ruidos de la calle y me sentí flotando dentro de una masa gris de volúmenes amorfos. Amalia se había ido. Había desaparecido. Nunca más la encontraría. La había perdido para siempre.

Para un drogadicto, y el amor de este tipo es una droga, las palabras *para siempre* no tienen un significado temporal, es decir, no se extienden delante de ti de modo horizontal como una sucesión de días y meses y años, sino que tienen un efecto inmediato y vertical, como si bajo tus pies se abriera un abismo. Y haces lo que sea por llenar ese hueco. Por paliar el dolor insoportable de la caída. Yo me fui a casa de Amalia. No sé cómo lo hice, no me puedo recordar cubriendo el trayecto que separaba el teatro de su casa. Sólo me veo delante de la puerta pintada de marrón y apretando el timbre furiosamente, convencido de que todo era inútil, de que se había ido. Pero entonces se abrió la hoja. Era ella. Con el pelo despeinado, la cara pálida, los ojos engastados en ojeras violeta. Estaba descalza y llevaba un batín de seda china. Recuerdo que nos quedamos mirando el uno al otro, sin decirnos nada durante un largo rato; y luego ella se desató el quimono. Soy de otra generación y no me gusta hablar de estas cosas tan íntimas; pero te puedo decir que en sus brazos volví a renegar de mi propio nombre. No fui a comprobar la tercera cita, y tampoco fui esa tarde a la reunión con los dirigentes cenetistas. A decir verdad, no es que se me olvidara: se trató más bien de un sacrificio, de una ofrenda interior que le hice a Amalia, la ofrenda de mi vida, de mi dignidad, de mi cordura. Este tipo de amor exige víctimas.

A la mañana siguiente, bajo la despiadada luz del día, con el cuerpo ahíto y el deseo cumplido, el peso de la culpa comenzó a asfixiarme. Sabía que Víctor estaría preocupado, que creerían que me había detenido la policía, que mi ausencia probablemente les había obligado a hacer una desbandada preventiva. Me avergonzaba de tal modo mi comportamiento que comprendí que tenía que tomar una resolución definitiva. Con doloroso esfuerzo, decidí volver a la pensión y afrontar las iras de mi hermano. Le conté una excusa a Amalia, que seguía creyendo que yo era Miguel Peláez e ignoraba toda mi parte clandestina, y salí hacia la pensión. Pensaba explicarme con Víctor y luego dejaría la lucha para siempre y regresaría con *Manitas de Plata*. Para amarla y para odiarla, para vivir y para morir. No sabía lo que me podía deparar mi futuro con Amalia, pero sí sabía que era incapaz de estar sin ella.

Siempre recordaré, para mi desgracia, aquella mañana, aquella escena. Cuando entré en el portal del edificio en cuyo cuarto piso estaba nuestra pensión, la sobrina del portero se encontraba fregando las escaleras. Nada más verme se levantó del suelo, riendo y secándose sus rojas y agrietadas manos en el mandil. «¡Vaya, primo Raimundo, te esperábamos el próximo domingo!», dijo, o algo así, mientras echaba los brazos a mi cuello y me besaba en ambas mejillas. «¡Qué buen aspecto tienes! ¿Y la tía Domitila?», prosiguió. «Bien», contesté, poniéndome alerta. «El tío está en la bodega. Si quieres, te llevo con él», dijo la muchacha, y me agarró del brazo y me arrastró fuera del portal. Era una chica robusta y fea, como de unos veinticinco años;

cruzamos la calle y anduvimos unos metros charlando animadamente de cosas absurdas hasta doblar la esquina. Ahí la muchacha se detuvo. «No sé quiénes sois y no quiero saberlo, —dijo entonces, repentinamente seria—, pero la policía te está esperando arriba.» «¿La policía?», me inquieté. «¿Y mi hermano?» «Ah, pero ¿no te has enterado?», dijo la chica; y se sacó un recorte de periódico del pecho y me lo metió en la mano. «No vuelvas por aquí. Y si te cogen, yo no te he visto», dijo antes de salir corriendo. «¿Por qué haces esto?», le pregunté. La muchacha se encogió de hombros: «Mi padre era del Partido. Y lo mataron.» Así es que ya ves las vueltas que da el mundo; yo, anarquista e hijo de anarquistas, le debo la vida a un comunista.

En fin, supongo que puedes imaginar lo que decía ese recorte. Que había habido un tiroteo entre miembros de la policía y veinte *delincuentes*, como siempre nos llamaba el Régimen. Que habían muerto un policía y seis de los *bandoleros*. Uno de ellos era José Sabater, el líder cenetista; otro era mi hermano.

Con el tiempo me enteré de lo que había pasado. Un compañero había sido detenido y confesó en la tortura el lugar de la reunión. Ese infortunado era Germinal, el chico que me acompañó a cenar con Durruti antes de la guerra; y era la persona a quien yo hubiera tenido que ver en mi tercera cita de seguridad, aquella que no hice. Si hubiera ido a su encuentro, me habría dado cuenta de su ausencia y habría alertado a los demás. Pero no lo hice; y ellos acudieron a la reunión, a la emboscada, inocentemente.

Hay dos pensamientos que me martirizan de manera especial. En primer lugar, ¿por qué mi hermano no sospechó nada cuando yo no volví? ¿Por qué no abortó él mismo el encuentro con Sabater, puesto que no se había completado mi ronda de seguridad? Sólo se me ocurre una respuesta: que Víctor intuyó la verdad, es decir, que yo había regresado con Amalia; y que quiso cubrirme, dándome una nueva oportunidad, a la espera de que yo regresara a la hora de la reunión. Ya digo que en aquellas últimas semanas estábamos de nuevo muy unidos.

Su generosidad fraternal, esa confianza postrera en mí que le supongo, me hace aún más doloroso imaginar lo que sucedió allí, en aquel piso. Lo peor es tener la certidumbre de que, cuando empezó el asalto policial, sólo faltábamos dos, Germinal y yo. Alguien les había traicionado, alguien les había delatado, y sólo podía ser uno de nosotros, o tal vez los dos. Soy ateo y estoy convencido de que no hay otra vida después de ésta. Quiero decir que Víctor murió para siempre, y murió creyéndome un traidor. No hay forma de arreglar esto, no puedo enmendarlo de ningún modo. Durante muchos años fue un pensamiento insoportable. Todavía tengo pesadillas por las noches.

Y, en efecto, yo *era* un traidor. Mía era la culpa de la matanza y no del pobre Germinal, que se rompió en el suplicio. Cuando los supervivientes del tiroteo se encontraron con Germinal en la cárcel, llegaron al total convencimiento de que yo había sido un confidente de la policía: a fin de cuentas, seguía desaparecido. Yo no hice nada por sacarles de su error. Quería que me odiaran. Quería que me consideraran menos que una rata. Quería humillarme, castigarme, hacerme a mí mismo tanto daño que pudiera olvidarme de mi dolor.

El infierno existe. Yo he estado allí. El infierno son todos aquellos años que vagué por el mundo queriendo escapar de mis recuerdos. Es la soledad indescriptible, el embrutecimiento, la agonía. No volví a ver a Amalia, por supuesto: no hubiera podido soportar su presencia. Me fui directamente de Barcelona a la frontera y crucé a pie los Pirineos. Llevaba conmigo los papeles de Miguel Peláez, que, por una extraña casualidad, seguían limpios: la pensión había estado a nombre de mi hermano y los compañeros me conocían como *Fortuna*. Conseguí un pasaporte en París y embarqué hacia Hispanoamérica. Anduve dando tumbos por allí. No lo recuerdo mucho, porque casi todo el tiempo estaba borracho. Al principio estuve trabajando como pistolero y guardaespaldas para los mismos oligarcas y caciques a los que había combatido treinta años antes con Durruti. Luego llegué a estar tan tirado que ni siquiera ellos me quisieron contratar. Incluso los despreciables caciques me despreciaban. A mí, que treinta años antes, siendo un mocoso, me había sentido un príncipe ante ellos. Un príncipe del Glorioso Reino de los Pobres, una avanzadilla de la Revolución pendiente e inevitable.

Y un buen día, cosa extraordinaria, el infierno acabó. Sucedió en México y fue algo bastante raro. Yo había pasado la noche en el albergue de caridad de unas monjitas y por la mañana me había lavado bien en la fuente del patio. Luego me senté fuera, en un banco de piedra, pensando en cómo sacar algo de dinero para comprar alcohol. Debía de llevar como quince horas sin beber. Entonces se me sentó al lado un hombre mayor. En cuanto que abrió la boca reconocí su procedencia: era un gachupín, un español, y había venido a México para visitar a una hija monja. Él también adivinó mi origen en el acento y comenzó a interrogarme: ¿Llevaba mucho tiempo en el país? ¿Acaso estaba aquí por razones políticas? Y se apresuró a explicarme que podía hablarle con toda confianza, que aunque tuviera una hija monja y nunca hubiera militado en ninguna parte siempre se había sentido republicano y liberal.

Lo más asombroso es que la verborrea del hombre no me molestaba. Al contrario. Allí estaba yo, calentito en el banco al sol de la mañana, con el cuerpo limpio y el pelo aún mojado sobre el cráneo, tratado con respeto por ese caballero y completamente sobrio, sin que eso, la sobriedad, me infundiera ganas de chillar, como casi siempre sucedía. Entonces el hombre me preguntó que a qué me dedicaba. Me agarré las manos para que no se me notaran los temblores y contesté: «Soy torero.» «¡Torero!», se admiró el español. «Yo soy un buen aficionado. ¿A lo mejor le he visto alguna vez?» «No sé. Yo era... Yo soy Félix Roble, *Fortunita*», le dije. Y sí, me había visto, ¡se acordaba de mí! Estuvimos hablando de tardes de toros, de pases memorables, de mis propias faenas. «¿Por qué no vuelve usted a España?», me dijo el tipo, al cabo. «Es inútil que espere a que Franco se marche, porque a mí me parece que tenemos Generalísimo para rato. Además, las cosas están cambiando; y han empezado a regresar muchos exiliados.» Yo le escuchaba hablar mientras me repetía mentalmente: «Soy Félix Roble, soy *Fortunita*, soy Félix Roble.» Era como si me hubieran enterrado vivo durante un tiempo interminable y ahora estuviese sacando la cabeza. Era salir a la luz desde las tinieblas. Entonces me di cuenta de la fecha en que estábamos: era noviembre de 1959 y habían pasado diez años desde la muerte de mi hermano. Diez años de infierno, pensé, ya eran bastantes.

No he vuelto a beber una gota de alcohol desde entonces. Encontré un trabajo, saqué dinero suficiente para el pasaje de regreso y me vine. No tuve problemas con las autoridades: como no me habían detenido nunca, mi nombre auténtico estaba relativamente limpio; siendo hijo y hermano de quien era, se sospechaba que había podido estar implicado en algún tipo de activismo libertario, pero también constaba mi participación en defensa de los presos de Bilbao, y eso resultó definitivo. Volví a España en 1960. Tenía cuarenta y seis años y todo el pelo blanco, ¿te lo quieres creer? Tan blanco como ahora.

Las cosas no me fueron mal. Mis antiguos amigos del mundo de los toros me consiguieron un trabajo de repartidor de refrescos por los pueblos de la sierra de Madrid. Llevaba unos meses en el empleo cuando la Guardia Civil mató en Gerona, en el transcurso de un tiroteo, a otro Sabater, el más famoso: a Quico Sabater, el último guerrillero cenetista. Con él se acabó el activismo libertario clásico.

Unos días después de haberme enterado de esa noticia me tocó pasar por la localidad de Somosierra con la camioneta de reparto. Estaban en fiestas y me quedé. Por entonces el pueblo no estaba asfaltado y sólo había luz eléctrica en las calles, no en las casas. Habían instalado una tarima en la gran plaza de tierra y una orquestina tocaba pasodobles. Era el mes de agosto, pero por las noches se levantaba la brisa, ese frescor serrano y afilado que encendía dos rosetones en las mejillas de las mozas y que les hacía arrebujarse en sus rebecas de perlé. Las macilentas bombillas se balanceaban en los cables, enredadas con las cadenetas de papel. Los niños correteaban y se perseguían, los mozos y las mozas se miraban con ojos ruborosos, los matrimonios arrastraban los pies al compás de la charanga levantando una nube de polvo alrededor. En realidad, era una fiesta muy pobre, muy oscura y muy triste, y, sin embargo, tal vez te parezca absurdo, pero recuerdo que contemplé la escena y pensé: «Esto es la felicidad.» Y casi se me saltaron las lágrimas. Entonces, fíjate qué tópico, fíjate qué simple, para no llorar saqué a bailar a la primera chica que tenía al lado. Y esa chica era Margarita, y fue mi mujer.

Nos quisimos mucho. Con un cariño apaciguado y cómplice.

Estuvimos juntos treinta años, hasta que ella me traicionó muriéndose antes que yo, pese a ser más joven. Qué caprichosos somos los humanos: he estado aburriéndote con mi labia y empleando muchísimas horas, como un viejo pesado, para contarte parte de mi vida, y ahora resulta que despacho treinta años en un par de frases. Siempre me llamó la atención esa desproporción en el cálculo del tiempo que tenemos todos. Yo leo muchas biografías, o las leía antes, cuando tenía mejor la vista, antes de operarme de cataratas, porque ahora los ojos se me cansan; y a todas las biografías les sucede lo mismo, que se extienden páginas y páginas en los años jóvenes, pero luego pasan a toda velocidad por la edad madura, como si ya no hubiera nada que narrar, como si la vida hubiera perdido su sustancia. O como si el tiempo hubiera adquirido un ritmo infernal, vertiginoso. De hecho, esto último es una verdad literal: cuanto más mayor eres, más se acelera el tiempo. Y no creo que la diferencia de velocidad sea una apreciación ilusoria y subjetiva, sino una realidad física. La percepción del tiempo de una mariposa que vive cuarenta y ocho horas ha de ser forzosamente distinta de la de un cocodrilo que alcanza los ciento veinte años. De niños, el reloj interno de los humanos está más afinado, va más lento; de mayor, todas tus viejas células se precipitan hacia el fin. Imagínate: si te he contado mis treinta años con Margarita en un par de frases, el momento actual de mi vida ya no merece una palabra, ni siquiera una letra: cabe todo él en un suspiro, que se convertirá muy pronto en estertor.

Te voy a decir algo que te va a sorprender: esta es la primera vez que le he contado a alguien toda mi vida. La primera vez que no me oculto y que no finjo. Margarita nunca supo de mi existencia anterior; de mis actividades libertarias, de la clandestinidad y de los atracos. Cuando nos conocimos inventé para ella un pasado discreto: había sido torero, sí, y luego, aunque sin militar concretamente en ningún lado, partidario de la República, razón por la que me había exiliado tras la guerra. Esa era también mi biografía oficial para los archivos policiales, y no quise poner en riesgo a Margarita. Estábamos en pleno franquismo y las dictaduras son así: llenan la vida de secretos. Mi caso no era el único; millares de familias borraron tan diligentemente su pasado que, a la llegada de la democracia, hubo muchos hijos adultos que descubrieron, estupefactos, que su padre había pasado cuatro años en la cárcel tras la guerra, por ejemplo, o que el abuelo había muerto fusilado y no en la cama. Con la democracia, sin embargo, yo seguí callando. Porque quería olvidar. Así es que prolongué mi mentira. Y, sin embargo, Margarita fue sin duda la persona que mejor me conoció en toda mi vida. A pesar de mi fingimiento y de mi impostura, ella *sabía* de mí. La identidad es una cosa extraña, casi tan extraña como el deseo y como la memoria y como el amor. ¿Sabes lo que más recuerdo de Margarita, lo que más me enternece de ella? Pues los momentos en que se enfadaba conmigo. Era una mujer ordenada y metódica, y le sacaban de quicio mis *ingeniosidades*, como ella decía, cuando yo cambiaba los planes en el último momento o se me ocurría alguna extravagancia. Entonces ella torcía la cabeza como una ardilla, me miraba de soslayo apretando los labios, furibunda, y soltaba dos o tres sonoros resoplidos. Después de eso yo ya sabía que se iba a pasar un par de horas sin hablarme. Hoy daría todos los días que me quedan, aunque ya sean un tesoro escaso, porque Margarita pudiera estar de nuevo aquí, mirándome de soslayo, indignándose conmigo y resoplando.

El caso es que Félix Roble no se murió. No se murió *entonces*, quiero decir. Porque, si se mira bien, todos los humanos nos estamos muriendo, todos estamos recorriendo en un frenético pataleo el corto trayecto que separa la negrura previa al nacimiento de la negrura posterior a la muerte; bien es verdad que algunos, los viejos, los enfermos, se están muriendo un poco más que los otros, pero en definitiva todo es cuestión de tiempo y de esperar un poco. Así es que Félix Roble no se murió *todavía*, y se recuperó de la neumonía y salió del hospital fresco como una rosa de ochenta años.

Nuestra búsqueda, por otra parte, llevaba varias semanas en punto muerto. Desde el encuentro con Li-Chao no habíamos vuelto a tener noticias de ningún tipo. El inspector García nos telefoneaba o visitaba periódicamente para informarnos con su laconismo habitual de que no había nada nuevo. Al principio, la preocupación por la salud de Félix y las turbulentas emociones de mi relación con Adrián me impidieron obsesionarme demasiado con el estancamiento de la investigación: mi cabeza no daba para más. Pero con el transcurso de los días el desasosiego fue en aumento. Al fin decidimos bajar a una cabina y llamar de nuevo a Manuel Blanco, el improbable *killer* económico.

—Sí, sí, sí, sí —dijo el tipo al otro lado del teléfono, con énfasis ejecutivo, en cuanto que me identifiqué—. Sí, señora, sí. Nuestro negocio de calabazas va por buen camino.

—¿Cómo?

—Ya me entiende, ¿no? La partida de calabazas en la que estaba interesada. O sea, usted estaba interesada en algo, ¿no? En calabazas. Pues el mayor vendedor de calabazas de España está dispuesto a concederle una cita. O sea, como si dijéramos, ¿no? Ya-me-en-tien-de —dijo con un retintín y unas segundas intenciones tan marcadas que desde luego entendí a la perfección que hablaba en clave, de la misma manera que debieron de entenderle todos los que estuvieran *pinchando* su teléfono—. Alguien conectará con usted en los próximos días para decirle dónde y cuándo.

Esa llamada pareció ponerlo todo de nuevo en movimiento. Salía yo sola de casa al día siguiente, creo que para ir al supermercado, cuando se me acercó una figura menuda cubierta con un chubasquero amarillo con capucha: era una tarde lluviosa y desagradable. Caperucita Amarilla me miró a los ojos (teníamos la misma altura) y susurró:

—Tú il mañana a las doce de mañana al palque Juan Cal-los Plimelo, jaldín álabe.

Era una china joven y guapa, tal vez la misma que vimos en el restaurante del paseo del Manzanares.

—¿Cómo? —exclamé, más por la sorpresa que por la incomprensión del mensaje.

—Tú il mañana pol la mañana al jaldín álabe, palque Juan Cal-los Plimelo. A las doce —repitió Caperucita con impaciencia poco oriental.

—¿Por qué?

—Es lecado de honolable Li-Chao. Honolable Li-Chao decil tú te intelesa il mañana palque Juan Cal-los Plimelo. Jaldín álabe. Tú sentalte jaldín y espelal tiempo, mucho tiempo.

—¿Cómo esperar mucho tiempo? ¿Esperar, por qué? ¿Esperar, a quién? ¿Va a venir Li-Chao?

La china frunció el ceño, disgustada.

—Tú sentalte jaldín y espelal mucho tiempo. Sentalte en banco dentlo de celosías. No levantalte. No hacel ningún luido. Escondelte. Y espelal mucho tiempo. Eso es todo. ¿Te has enterado?

Sí, me había enterado. La figurita amarilla dio media vuelta y se perdió ágilmente entre los peatones, y yo subí a casa para contar a Adrián y a Félix el extraño mensaje. Después de mucho discutirlo, decidimos que el viejo no vendría. Haría frío en el parque y Félix aún estaba convaleciente, y además Li-Chao sólo nos conocía a nosotros dos, tal vez no le agradase que aumentara el número de interlocutores. Si es que era Li-Chao quien iba a venir.

Aquella noche cayó una tromba de agua y a la mañana siguiente el mundo era un lugar inundado y desapacible. Yo no había estado nunca antes en el parque Juan Carlos Primero, y no creo que aquella fuera la mejor ocasión para estrenarme. El lugar, de reciente creación, era una inmensidad desolada y ventosa, con árboles raquíticos acabados de plantar y pretenciosas esculturas de un posmodernismo faraónico. El hecho de que el suelo fuera un barrizal y el cielo una apesadumbrada lámina de plomo no mejoraba las cosas. Salvo unos adolescentes que hacían volar cometas a la entrada, el enorme parque estaba vacío. Nos adentramos en él con el ánimo encogido.

El jardín árabe se encontraba casi al fondo del recinto y era, por supuesto, una plazuela recoleta y con estanques, con un habitáculo rodeado de celosías en el centro y un par de bancos de piedra en el interior. Llegamos allí a las doce menos diez, nos sentamos en uno de los bancos y esperamos. A las doce y cuarto ya no sentía los pies. A las doce y media se me habían congelado las rodillas. A la una menos cuarto temí que la violencia de mi castañeteo de dientes provocara el desprendimiento de la nariz, como un carámbano. ¿Qué entendería Li-Chao por *mucho tiempo*? ¿Y qué demonios estábamos esperando?

—Creo que viene alguien —susurró Adrián.

Hice ademán de ponerme de pie y Adrián tiró de mí hacia abajo.

—Recuerda las instrucciones. Creo que no quiere que nos vean.

Tenía razón. El jardín árabe, rodeado de arbustos y en una hondonada, era un lugar bastante hermético. Desde dentro, sin embargo, y atisbando a través de las celosías, se tenía una visión relativamente buena de los alrededores, y sobre todo del llamado jardín hebreo, próximo al nuestro, que era una extensión pelada y abierta. Por la loma de ese jardín hebreo aparecía ahora un hombre, precisamente. Miró alrededor y se detuvo en mitad de la planicie. Debía de estar a unos trescientos metros de nosotros.

—Me parece que es... —musitó Adrián dentro de mi oído, y resopló bajito.

—Sí, es él —gemí yo.

Era el Caralindo que nos había asaltado a la salida de El Cielo Feliz, el matón que le había cortado la oreja a la Perra-Foca. No cabía la menor duda, su cabeza pelirroja ardía contra la negrura del horizonte. No sé si algún día has necesitado quedarte inmóvil para salvar la vida. Si ha sido así, sabrás que la quietud es absoluta, que tu carne se vuelve de mármol y tu sangre detiene su carrera por las venas, e incluso el corazón se te para entre dos latidos como si fueras un faquir. Así estábamos nosotros, congelados, petrificados y muertos de miedo, vigilando al pelirrojo desde el jardín.

El Caralindo, por el contrario, no se estaba quieto: pateaba el suelo para calentarse y echaba furiosas columnas de vapor por las narices. Estaba esperando a alguien, eso era seguro. Al fin le vimos estirar la espalda y dejar colgando las manos a ambos lados del cuerpo, en un gesto atento y precavido. Inmediatamente apareció una nueva figura por la vereda: un hombre envuelto en un abrigo azul oscuro con algo extrañamente familiar en su apariencia. Llegó junto al matón y le saludó con la cabeza. Luego se colocó de perfil hacia nosotros. La brumosa luz recortó su cara. Era José García, el inspector.

El lugar de su cita no estaba mal pensado. Al tener una disposición tan limpia y despejada, el jardín hebreo les permitía controlar un radio de varios cientos de metros a su alrededor. Nosotros estábamos tan lejos que, por supuesto, no podíamos escuchar lo que decían. Les vimos hablar un rato, cabecear, intercambiarse algo. El encuentro apenas si duró cinco minutos. Después, cada cual se marchó en dirección distinta.

—Ahora sí que estamos jeringados —dictaminó Adrián con acento sombrío.

Y era verdad, lo estábamos. Esperamos media hora más en el jardín para estar seguros de no encontrarnos a ninguno de los dos hombres y después regresamos a casa. Lo primero que hicimos fue ir en busca de Félix; pero apretamos el timbre de su puerta durante cinco minutos sin conseguir que abriera. Empecé a inquietarme.

—Qué raro.

—A lo mejor está en tu piso. O se ha desconectado el sonotone y no nos oye —dijo Adrián.

Intenté entonces abrir la puerta de mi casa y resultó imposible. Parecía que la llave estaba metida por detrás. Eso abonaba la tesis de que el viejo se encontraba dentro, pero por otro lado resultaba bastante irregular. Y, además, tampoco aquí contestaba nadie a nuestros repetidos timbrazos.

—¿Y ahora qué hacemos?

Desde el encuentro con el pelirrojo a la salida del restaurante chino, yo había fortificado mi casa como si fuera la sede de la CIA. Había puesto una puerta blindada, tres cerraduras de alta seguridad a prueba de manipulaciones y una alarma conectada con el marco que se disparaba automáticamente en la centralita de una compañía de seguridad. Una compañía privada, afortunadamente, pensé ahora con alivio, recordando que la policía estaba implicada en el asunto. El caso era que se trataba de una puerta infranqueable, según me habían dicho los expertos, y ahora que no la podía abrir me empezaba a preguntar si tendría que hacer un agujero en la pared para entrar en mi casa.

—Insiste con el timbre —aconsejó Adrián.

Insistí hasta que se quemó el fusible y quedó mudo. Además, pateamos la puerta, y subimos a casa de Adrián a llamar por teléfono a mi propia casa (siempre saltaba el contestador con mecánica obediencia), y gritamos el nombre de Félix con la boca arrimada a la cerradura, por ver si así el sonido traspasaba el espeso blindaje de la hoja. Empecé a imaginar escenas dantescas, pasillos con tiznaduras de sangre en las paredes, venta-

nas batientes como en las pesadillas, cuerpos descoyuntados
por la violencia.

—Le ha tenido que pasar algo, esto no es normal, algo malo
ha ocurrido...

—Pues a la policía no la podemos llamar —dijo Adrián.

—No, a la policía, no. ¿Y si avisamos a los bomberos?

Justo entonces, cuando llevábamos más o menos media hora
de brega con la puerta, sonó el cerrojo y se abrió la hoja dulce-
mente. Al otro lado apareció Félix con cara turulata.

—Ah, pero ¿estabais aquí? —dijo.

—¿Cómo que si estábamos aquí? Llevamos media hora apo-
rreando.

—¿Qué? Esperad, que me enchufo el bicho este —dijo Félix,
encajándose el sonotone con manos torpes—. Perdonad, chicos,
pero es que me había quedado dormido en el sofá.

—¿Qué es este olor?

La casa apestaba a desinfectante.

—¿Esto? Ah, son los del servicio antiplagas del Ayuntamiento.

—¿Los qué de qué?

—Sí, han venido dos tipos del Ayuntamiento a fumigar. Hay
una plaga de cucaracha negra y están fumigando por todas partes. Primero vinieron a mi casa y luego me preguntaron si el
portero tendría llave de aquí. Así es que como yo sí que tengo
llave les he abierto.

—¿Y les has dejado pasar? —me espanté.

Félix nos miraba con expresión aturdida. Félix, el astuto Félix, el Félix veterano en luchas clandestinas, parecía ahora un
desvalido anciano a quien cualquier desaprensivo podría en-
casquetar el timo del *toco-mocho*. Desde su estancia en el hospital había dado un bajón quizá irreversible; y en ocasiones su cerebro comenzaba a manifestar un funcionamiento un tanto
errático.

—Por Dios, Félix, qué has hecho, ¿les pediste por lo menos
que se identificaran?

Félix se pasó la mano mutilada por la cara, desconcertado.

—Sí, es verdad. Tienes razón. No sé por qué les he dejado

pasar. Qué estúpido. No sé. Me duele la cabeza. Estoy un poco mareado.

Le sentamos en el sofá.

—Bueno, no te preocupes, ya está hecho —le consolé, arrepentida de haberle gritado—. Total, da igual que pidieras o no la identificación, porque podría ser falsa. Además, es posible que sean funcionarios del Ayuntamiento de verdad.

Pero por dentro pensaba con angustia: y si nos han puesto micrófonos, y si han colocado una bomba, y si… La nuca se me congeló:

—¿Dónde está la perra? —pregunté con voz estrangulada.

—¿La perra? —repitió Félix torpemente—. Ah, sí. La castigué. Tiró el cubo de la basura y la castigué encerrándola en la cocina.

Corrí a la cocina y abrí la puerta: allí estaba ella, desde luego. Desparramada como un cojín peludo sobre el suelo. Cuando me vio intentó ponerse en pie. Algo raro sucedía, algo no iba bien. Se escurrió, las patas se le doblaron, dio con el morro contra el suelo; al fin se incorporó, comenzó a hacer eses. Salió de la cocina renqueando y en el umbral se puso a vomitar. No sé qué fue lo que me iluminó, cómo se me ocurrió la idea salvadora. Miré hacia atrás y vi que Adrián estaba sacando un cigarrillo.

—¡Quieto! —chillé—. ¡No enciendas!

Los bomberos nos explicaron después que, en efecto, el gas acumulado podría haber estallado con la llama. Y si eso no funcionaba, la intoxicación hubiera dado suficiente cuenta de nosotros. Si no hubiéramos encerrado a la perra en la cocina, que es donde se encuentra la caldera, el envenenamiento progresivo nos hubiera producido una lenta estupefacción, un amodorramiento imperceptible. Todos los años muere un buen puñado de personas de esta muerte insidiosa: como ellas, nosotros tampoco nos hubiéramos dado cuenta. Fuera quien fuese, estaba claro que no quería que me entrevistara con el Mayor Vendedor de Calabazas de España, como decía el imbécil de Blanco. La conducción del gas tenía una fisura. Era un caño de cobre nuevo y reluciente, pero algo, quizá ácido, había llagado fatalmente el metal. Los policías municipales, avisados por los bomberos, cortaron el pedazo de tubería y se lo llevaron. Ninguno de ellos estaba enterado de que hubiera en Madrid una plaga de cucaracha negra.

—Eso es en los veranos. Pero ahora...

A petición mía revisaron las calderas de Félix y de Adrián, y las dos estaban en perfecto estado. Por supuesto: tres cañerías picadas al mismo tiempo hubiera sido una casualidad demasiado evidente. Los municipales estaban un poco desconcertados ante mi insistencia de que repasaran meticulosamente las conducciones de los otros pisos, cuando además yo me obstinaba en repetir que, por supuesto, la rotura del tubo tenía que deberse a un accidente. ¿Cómo iba a decirles otra cosa? La implicación del inspector García me había enmudecido.

Me ponía tan nerviosa tener que mentir que al final opté por dejar que Adrián y Félix despidieran a los municipales y a los bomberos mientras yo bajaba a la calle a la pobre Perra-Foca para que tomara el aire y se despejase de la intoxicación. Andaba la bestia hociqueando con deleite por los parterres más malolientes de la plaza, ya más o menos recuperada, cuando sentí que alguien me daba un golpecito en el hombro derecho. Giré la cabeza: era el inspector José García. Di un salto y un chillido.

—¿Qué le pasa? —se extrañó el inspector. Todavía llevaba el abrigo azul de por la mañana.

—Perdón —balbucí, disimulando, con la lengua súbitamente convertida en papel secante—. Creía que... Tengo los nervios un poco disparados.

Miré alrededor. Mi portal estaba apenas a cien metros, y en el cuarto piso, tras las ventanas de mi casa, abiertas de par en par para que se aireara, había un batallón de guardias municipales y bomberos. Pero no podían verme, no podían oírme. Debían de ser las cinco de la tarde y la calle se encontraba prácticamente desierta. Al otro lado de la plazoleta ajardinada, en la zona de los columpios infantiles, unas cuantas mujeres vigilaban el juego de sus críos.

—Lo sé todo. Muy desagradable —dijo García.

Enloquecí un poco: ¿a qué *todo* se refería? ¿Nos habría visto en el parque esa mañana?

—Lo del gas. Los municipales avisaron.

—Ah, sí —resoplé, soltando un poco del lastre de mi paranoia. Y di un paso hacia atrás.

García dio un paso hacia delante.

—Muy desagradable —repitió.

¿No estaba muy cerca? ¿No estaba el inspector García demasiado cerca de mí para lo que era habitual y decente y educado?
Miré con el rabillo del ojo sobre mi hombro: al lado del bordillo
había un coche grande. Negro, con los cristales ahumados. No
se veía nada, pero era seguro que había gente dentro; y el coche
estaba muy cerca de mí, demasiado cerca. A sólo una zancada o
un empujón. La paranoia volvió a dispararseme como un co-
hete. El suelo empezó a bailar debajo de mis pies.

—Está usted muy rara —dijo García.

Yo había dado otro paso hacia atrás y él otro hacia delante.

—Es el… el susto —dije, totalmente veraz en mi respuesta.

García me cogió por el antebrazo.

—Debemos ir a comisaría. Aquí tengo el coche.

Intenté liberarme, pero la mano del tipo me sujetaba con firmeza.

—¿Por qué? ¿Para qué?

—Para poner la denuncia. Es muy importante. Vamos. Venga.

—No puedo —dije, plantando los pies sobre la tierra. Miré
ansiosa hacia mi portal: ¿no saldrían por casualidad los municipales, no vendría Adrián a buscarme?—. Está… Está la perra.
La subo a casa y después nos vamos, ¿vale?

—La perra también viene. Prueba testifical. Intoxicada. Haremos análisis. Vámonos deprisa.

García empezó a tirar de mí en dirección al coche. Casi había
perdido el disimulo: en un segundo más me daría un empellón.
Podría gritar, podría debatirme, desde luego, pero eso no impediría que me secuestrara. El vehículo estaba demasiado cerca y
las mujeres de la plaza, únicas personas a la vista, no reacciona-
rían con suficiente rapidez ante la siempre confusa confronta-
ción entre dos extraños. Cuando quisieran ponerse en movimiento, yo ya estaría muy lejos.

—¡No llevo encima mi documento de identidad! —exclamé.

—¡Es igual! —contestó García desabrido. Y aumentó la presión de sus dedos sobre mi brazo.

Una pelota botó junto a nuestros pies. Miramos los dos al unísono hacia abajo y vimos a un niño de unos cuatro años, forrado de anoraks como si fuera a cruzar a pie el Polo Norte, que había venido corriendo detrás de su balón. No lo pensé dos veces: me incliné y agarré al niño en brazos. De algo me tenía que servir alguna vez ser tan bajita: pude echar mano al crío sin que el inspector me hubiera soltado.

—Mire qué ricura de niño —dije, mientras el chico se retorcía como una anguila.

Pero ya se sabe que la desesperación te proporciona una fuerza insospechada. No sólo pude contener al escurridizo niño entre mis brazos, sino que además me las apañé para atizarle un buen pellizco en el culo a pesar de la gruesa envoltura del anorak. El niño abrió una boca tan grande como el túnel del metro y se puso a berrear como un poseso. García y yo miramos hacia atrás: una manada de madres salvajes venía a todo correr hacia nosotros en feroz estampida. El policía me soltó.

—Hummm... Mejor lo dejamos para otro día —dijo.

Y se subió precipitadamente al asiento de atrás del coche, el cual arrancó de inmediato y se perdió calle abajo con un zumbido de motor potente. Deposité al niño en el suelo mientras las madres me rodeaban con la clara intención de lapidarme. Lo primero que hice fue identificarme, darles mi nombre completo y mi dirección. Por fortuna, una de las mujeres me conocía de vista:

—Sí, es vecina, es verdad. Vive en ese portal, yo la conozco —dijo con cara adusta.

Entonces intenté explicarles la situación con la mayor serenidad posible. Opté por contar más o menos la verdad, que ya era lo bastante increíble como para andarse con mentiras.

—Ya os digo que lo siento muchísimo, pero me parece que el tipo ese estaba intentando secuestrarme, así es que agarré al niño para llamaros la atención e impedírselo —repetí por décima vez.

—Pues ya podías haberte agarrado a tu puta madre, guapa —dijo la madre del chaval, con el gracejo castizo propio de mi barrio, que pertenece al Madrid viejo y popular.

—Pues sí, tienes razón —convine fácilmente; empezaba a

sentirme eufórica, era la borrachera de la adrenalina tras el riesgo vencido—. Si mi madre hubiera estado cerca, también me habría agarrado a ella. En fin, lo siento mucho, ¿qué más puedo decir? Si no estás satisfecha, llama a la policía.

Y me marché hacia casa riéndome para mis adentros de mi broma macabra.

Como es natural, el descubrimiento de la implicación del comisario García me dejó tiritando. Después de haber sido rescatada de sus garras en el último instante por el pelotón de madres iracundas, Adrián, Félix y yo, reunidos en urgente cónclave familiar en la cocina, decidimos abandonar la búsqueda de Ramón por el momento y salir escopetados hacia algún lugar anónimo y seguro.

—Pero en realidad vosotros no tenéis que marcharos —objeté con la boca pequeña, porque no sentía ningún deseo de fugarme sola.

—Yo iré allá donde tú vayas —dijo Adrián con mucho sentimiento, como quien canta la línea de un bolero—. Y, por otra parte, me parece que Félix y yo tampoco estaremos muy seguros si nos quedamos aquí.

—Eso desde luego —corroboró el viejo—. Además, creo que ya se me ha ocurrido adónde ir. Veréis, a menudo el mejor escondite es el más próximo. El hermano de Margarita sigue teniendo una casa de labor en el pueblo de Somosierra. Es un caserón muy grande y vive solo, porque está viudo y sus hijos se marcharon a la ciudad. Me ha pedido muchas veces que me vaya a pasar con él una temporada. Seguro que nos recibe bien, y, aunque la granja está apenas a ochenta kilómetros de Madrid, en realidad está a cien años-luz de todo esto. Allí no nos descubrirán jamás.

El plan ofrecía la ventaja añadida de ser barato. Por entonces me encontraba en una situación económica casi catastrófica. El sueldo de Ramón había sido congelado cautelarmente, nos habíamos pulido en un santiamén el millón de pesetas sobrante del rescate y yo llevaba mucho tiempo sin escribir una sola línea. Unas semanas atrás había ido a ver a mi editor para pedirle un adelanto sobre los derechos de mi próximo libro; siempre amabilísimo, Emilio se había deshecho en disculpas y en exagerados elogios sobre mi obra:

—Sabes que me encanta tu *Gallinita Belinda,* sabes que para nosotros tú eres nuestra autora estrella, pero por desgracia ahora estamos atravesando, precisamente, un bache de liquidez terrible; hemos tenido que renegociar varias letras y nuestra situación es tan delicada que incluso cabe la posibilidad de que la editorial se nos vaya al garete. No sabes cómo lo siento, pero no puedo ayudarte.

Adrián nunca había tenido ni una peseta y yo me negaba a esquilmar los magros ahorros del pobre Félix, de manera que el estado de nuestras finanzas empezaba a ser bastante preocupante. Por eso la propuesta de Félix fue acogida con especial interés. Decidimos irnos de inmediato y corrimos a preparar las maletas. Yo llamé a mi padre y a mi madre y les expliqué que me marchaba a París por algún tiempo.

—Muy bien, cariño, seguro que lo necesitas con toda esta cosa horrible del secuestro. ¡Qué más hubiera querido yo que poder irme a París cuando me sentía deprimida! Pero, claro, en mi época era imposible. Como yo apenas si tenía dinero propio, como supedité mi carrera a la de tu padre… ¿Y luego todo eso para qué, me quieres decir? Y además estabas tú por medio, y no te podía dejar sola. No es que me arrepienta de eso, entiéndeme, pero no sabes lo bien que has hecho tú no teniendo hijos —dijo mi madre.

—¡Estupendo! Así me puedes traer una chaqueta preciosa

que le he visto a un amigo; es de una tienda de los Champs Elisées. Por cierto, ¿sabes algo de Ramón? —dijo mi padre.

Sus comentarios no me sorprendieron en absoluto: ambos se atuvieron a la perfección a sus papeles respectivos. Siempre fueron incapaces de decir lo que yo necesitaba que me dijeran.

A la media hora estábamos dispuestos para irnos. Cerré todas las ventanas, eché las siete llaves en la puerta y bajamos las escaleras de puntillas, como presos que se fugan de Alcatraz. No sirvió de nada. En el portal había dos muchachos grandes como torres, los dos con expresión de bobería inocente, los dos pulcramente vestidos con el mismo tipo de traje, barato y de color gris. Parecían niños de primera comunión demasiado crecidos.

—¿Doña Lucía Romero? —preguntó uno de los gemelos con cortesía exquisita.

Empecé a sudar.

—No sé —contesté—. Vive en el piso cuarto. Suban a ver si está.

—Señora Romero —dijo el muchacho, imperturbable, enseñándome su identificación—. Somos de la Policía Judicial. Tiene usted que venirse con nosotros. La juez Martina nos ha enviado para que la llevemos ante ella.

—¿La juez? Pero ¿por qué?

—Lo ignoramos. Sólo sabemos que tenemos que traerla con nosotros.

—Pero esto… ¡esto es irregular, es inconstitucional, esto es un secuestro!

Adrián dio un paso hacia delante; el otro chico le puso suavemente una mano en el pecho. Le sacaba dos cabezas a Adrián y era el doble de corpulento.

—No exagere, señora, por favor; no dramatice.

Qué buen vocabulario, pensé de modo intempestivo; qué uso tan adecuado del verbo «dramatizar». Cómo había mejorado últimamente la cultura general de los matones.

—Lo único que queremos es llevarla con nosotros para hablar durante un rato con la juez. Eso es todo.

Para hablar con la juez. A mí no me gustaban los jueces demasiado. Eran unos señores y señoras que salían de las oposiciones, esto es, de años y años de vivir en la inopia, encerrados como somormujos con sus librotes legales, y que de repente, sin tener ninguna madurez personal, sin haber experimentado nada de la vida, se las daban de dioses y se ponían a juzgar de manera implacable a los humanos. Además, el único contacto que había tenido anteriormente con jueces y juzgados, al margen de esta triste historia del secuestro, fue un caso delirante que dejó muy mermada mi confianza en el funcionamiento de la Ley. Una vez me robaron el bolso con todos mis documentos; presenté denuncia y renové los papeles, como siempre se hace en estos casos. Pero cuatro años después empecé a recibir diversas citaciones del juzgado. Alguien tenía un coche registrado a mi nombre, un Ford Fiesta al cual iba estampando, con contumaz impericia, contra diversos elementos: otros coches, un escaparate, una bicicleta aparcada a la que dejó hecha trizas. Para empeorar las cosas, el Fiesta carecía de seguro, y de ahí la razón de los juicios: todos los damnificados me pedían dinero, porque yo era, legalmente, la dueña de aquel coche. Conseguí enterarme de que el vehículo había sido adquirido a través de una gestoría y me fui a hablar con el dueño de la oficina:

—Por supuesto, claro que me acuerdo de aquel Fiesta. Fue usted misma la que estuvo aquí hace cuatro años para comprarlo, junto con su marido el iraní —contestó el tipo.

De nada me valió jurar que el Fiesta no era mío, porque en todos los registros aparecía mi nombre. Tuve que seguir acudiendo a todos los juicios y continuar pagando todos los daños hasta que al fin dejaron de llegarme más demandas. Tal vez el tipo se hubiera vuelto a Irán, o tal vez habría muerto del cáncer de hígado que le deseé todas las noches durante año y medio, o quizá, esto es lo más probable, se cambió de vehículo y de papeles. Esto me enseñó que a veces la justicia no sólo era ciega, sino también imbécil. En fin, no eran unos antecedentes demasiado halagüeños como para acudir dando cabriolas a la llamada de la juez.

De una juez, además, de la que desconfiaba especialmente. Porque la primera vez que hablamos ella y yo estaba delante el inspector García. ¿Qué demonios pintaba el callado e impávido García en aquella entrevista? Ya entonces me sorprendió la presencia del policía en el cuarto, pero ahora el asunto empezaba a parecerme siniestro: ¿estarían tal vez los dos en connivencia? Claro que todavía había una posibilidad peor que esa: y era que estos gorilas pulcros y aniñados estuvieran mintiendo. Que los hubiera enviado el inspector García. O los terroristas de Orgullo Obrero. O tal vez aquel pavoroso matón pelirrojo que ya nos había amenazado a Adrián y a mí.

—¿Y cómo sé yo que ustedes son lo que dicen ser, cómo sé que de verdad me van a llevar delante de la juez?

—Ya ha visto nuestras identificaciones.

—Vaya una garantía. Pueden ser falsas. O a lo mejor son auténticas, pero lo que están falsificando son las intenciones.

El *gorila* que había hablado conmigo suspiró:

—Entonces creo que no va a tener más remedio que confiar en nosotros.

Y eso fue lo que hice, confiar. La intuición es un impulso, una descarga eléctrica que circula por tus neuronas acarreando una información subliminal, unos datos tan sutiles que ni siquiera eres consciente de ellos. Yo siempre fui intuitiva, y siempre me fue bien cuando seguí ese primer impulso. Ahora la intuición me decía que esos muchachos no olían a peligro, y que sería peor enfrentarse con ellos. Así es que puse mi mano sobre el brazo de Félix y le di un pequeño apretón alentador.

—Enseguida vuelvo. No va a pasar nada. Esperadme aquí.

Un minuto más tarde estaba instalada en el asiento de atrás de un coche, camino del juzgado. O eso suponía. En realidad, estábamos dando bastantes vueltas y doblando esquinas inesperadas. Empecé a recordar, con súbito desasosiego, las veces pasadas en las que mi famosa intuición había fallado de modo estrepitoso. Como cuando le abollé la moto a un tipo: me apeé de mi coche para hablar con él porque parecía simpático y casi me estrangula. ¿Y no hubo otra ocasión en la que le di 200.000 pesetas a un tío que vendía ordenadores baratísimos recién importados de Estados Unidos y luego resultó que era un estafador? O aquel otro chico tan encantador con el que estuve coqueteando en un bar y que después me había robado la cartera. Estaba llegando ya al ominoso convencimiento de que todas las veces que me había dejado llevar por la intuición me había equivocado, cuando el coche dio un giro último y extraño y de-

sembocamos sorpresivamente en la calle del juzgado. Suspiré
con alivio: me encontraba a salvo. Por el momento.

La juez me recibió en el mismo cuartucho inmundo de la primera vez. Sin embargo, había unas cuantas y notables diferen-
cias. La más importante era que en esta ocasión no estaba presente el inspector García. La más asombrosa, que la juez no sólo
había dado a luz en el entretanto, sino que se había traído al
despacho a su retoño y ahora lo tenía instalado junto a la mesa
en un moisés, una pizca de carne sonrosada dentro de un alud
de perifollos y puntillas. También la gata había parido: estaba
repantingada en un rincón sobre el cojín amarillo-gallina, la-
miendo a media docena de gatitos con aire de tigresa satisfecha.
Había una atmósfera caliente y espesa, como de incubadora,
con olor a talco y a calostros.

—Estamos al principio del final —proclamó la juez, nada
más verme, con aire algo solemne.

—Bien —aventuré por decir algo. Estaba deseando irme de
ese cuarto asfixiante, de ese despacho-útero.

—Me disculpará por haberla traído hasta aquí de una manera un tanto abrupta, pero el tiempo apremia y la situación es
crítica.

—Bien.

—Le hablaré claramente: su marido no es más que la punta
del iceberg. Un delincuente *arrepentido* nos ha pasado fotoco-
pias de cheques, listados que hubieran debido ser destruidos,
documentos secretos. Este hombre trabajaba como contable
para Capital S.A. y Belinda S.A., las dos empresas fantasma a
las que ingresaba su marido el dinero robado; pero al parecer
hubo problemas. El contable dice que le traicionaron, que no le
pagaron lo convenido y que ahora teme por su vida. Es posible.
También es posible que el contable haya querido hacer chantaje
a sus colegas y que el negocio le saliera mal. Pero las razones de
nuestro confidente no nos interesan por ahora. Lo importante es
la información que nos está suministrando.

La juez calló unos instantes, como recapacitando por dónde
seguir o hasta cuánto contar. Abrió y cerró un par de carpetas
con cierto nerviosismo, sin sacar ningún papel de dentro de
ellas.

—Dadas las evidencias que poseemos, creemos que su marido no fue forzado a robar para Orgullo Obrero. La información que tenemos es todavía algo confusa, porque el contable, nuestro confidente principal, es un sinvergüenza que intenta guardarse cartas en la manga y miente más que habla. Pero a estas alturas ya no cabe duda de que hay una trama negra organizada para robar dinero del Estado, grandes cantidades de dinero, a través de distintos ministerios. Su marido formaba parte de esa mafia.

—Eso tendrá que probarlo —dije, automáticamente, en un reflejo de defensa casi animal: porque Ramón seguía siendo mío de algún modo. Pero en mi interior empezó a latir la fatal certidumbre de que la juez Martina estaba diciendo la verdad.

—Eso se lo probaré, no se preocupe. Pero le decía que su marido formaba parte de esa mafia, que tiene conexiones con delincuentes comunes y con organizaciones terroristas como Orgullo Obrero. Ramón Iruña, sin embargo, no era más que una pieza de mediana categoría: en el asunto están implicados altos cargos de la Administración. Por ahora tenemos indicios firmes contra varios directores generales, tres secretarios de Estado, dos tenientes coroneles y al menos tres ministros o ex ministros. De hecho, la corrupción parece estar tan extendida dentro del aparato del Estado que hay que tener mucho cuidado de con quién se habla. El inspector García, por ejemplo, trabaja para ellos.

¿Sería una trampa? ¿Estaría la juez Martina cebando mi confianza con sus informaciones para hacerme confesar así todo lo que yo sabía? El bulto de carne rosada del moisés se puso a berrear. La magistrada extendió una mano y meneó la cuna con energía. Cuando conocí a María Martina ya me había parecido una mujer pequeña, pero ahora se la veía diminuta, sin la opulencia de la barriga y sin la elevación suplementaria del cojín. Apenas si asomaba la cabeza por encima del desvencijado escritorio. Qué demonios, pensé; esa miniatura de señora no tenía ningún aspecto de delincuente. Claro que tampoco tenía aspecto de juez, pero preferí desdeñar esa segunda parte de mi razonamiento.

—Sí, lo sé. Lo de García, digo. Vimos cómo el inspector hablaba con un pistolero.

Y entonces le expliqué a la juez detalladamente todo lo que nos había sucedido. María Martina fue tomando nota de mis palabras en un pequeño cuaderno, trémula y afanosa, como un ratón a la vista del queso.

—Bien —dijo al final—. Bien. Todo concuerda, por supuesto.

—Pues yo no entiendo nada. Según usted, entonces, ¿mi marido no ha sido secuestrado?

—Eso no lo sabemos todavía con certeza. Desconocemos si los políticos implicados en la corrupción tuvieron problemas con Orgullo Obrero, o si su marido dejó en efecto de satisfacer algún pago al grupo terrorista. Puede que lo secuestraran, o puede que se trate de una cortina de humo. Este caso está todavía demasiado lleno de incógnitas. Tan lleno que, de hecho, nos sería muy útil que usted mantuviera su encuentro con el supuesto Vendedor de Calabazas. Lo que ese hombre le diga podría proporcionarnos algún indicio.

—¿Cómo dice? —me espanté—. No. Ni hablar. Ni lo sueñe. No pienso encontrarme con ese tipo. No puedo. Mire, me han intentado matar, ya se lo he dicho. Me voy. Si no me hubieran detenido sus *gorilas,* a estas horas ya estaríamos en un buen escondite.

La juez se pasó una mano por la cara. Parecía un monito cansado.

—Mis *gorilas…* Esos chicos son de la Policía Judicial. Escogidos por mí. Lo mejor del Cuerpo, se lo aseguro. Son los únicos en quienes puedo confiar. Y sólo son esos dos, y otro más que está ahora mismo investigando un chivatazo. Esos tres muchachos casi recién salidos de la academia son mi único apoyo. Estoy sola. Ni siquiera he podido cogerme la baja por maternidad porque sé que aprovecharían mi ausencia para desbaratar el caso.

Se calló unos instantes, pensativa. Luego me miró a los ojos con aire resuelto.

—No la quiero engañar: todo esto es peligroso. Incluso muy peligroso. Sin embargo, creo que sería muy provechoso para la investigación que usted pudiera mantener esa entrevista que le prometió su contacto, ese encuentro con el Mayor Vendedor de Calabazas. Sólo le pido eso: quédese en Madrid hasta hablar con ese hombre, cuénteme lo que le ha dicho y luego, si lo desea, desaparezca.

Me agobió la responsabilidad. Sentada en el filo de la silla, tragué con dificultad una dosis de miedo y de saliva.

—¿Quiénes son los ministros? —pregunté.

La juez sonrió de medio lado:

—Eso pertenece al secreto del sumario. Pero, en fin, como quiero que nos ayude y confío en usted, le voy a decir un nombre que aparece citado muy a menudo: Zurriagarte. Se lo cuento dentro de la más absoluta confidencialidad, naturalmente.

¡Zurriagarte! Pero ¿cómo? Tenía tan buena pinta. ¡Pero si pasaba por ser uno de los políticos más sinceros y honestos del país! ¿No era él el que había dicho eso de «Sin ética no hay política»?

—No es posible… —farfullé.

—Sí, resulta difícil de creer. A mí también me sorprendió —dijo la juez—. Aunque ahora estoy empezando a hacerme cierta idea de cómo sucedió todo. De cómo suceden las cosas, quiero decir. Verá, no es más que una hipótesis operativa, pero pongamos que la nombran a usted ministra de alguno de los ministerios que están implicados en la mafia. Porque no están todos, pero hay varios. Bien, la nombran ministra de uno de esos ministerios, digo, y usted acepta. Su nombramiento se hace público, llega el día de la toma de posesión y usted jura o promete, le hacen las fotos pertinentes, la felicita todo el mundo y llega usted a su nuevo despacho impregnada de gloria y de vanidad. Y ahí, a pie de despacho, la espera un hombrecito con una cartera negra. Usted ya ha hablado con el ministro saliente, ya conoce el estado general de los asuntos, ya ha sido presentada a los secretarios y subsecretarios y subsubsecretarios, pero hasta ahora nadie le había hablado de este hombrecito con su cartera negra. Entonces el tipo cierra cuidadosamente la puerta del despacho y abre el portafolios. Y de ahí empiezan a salir sapos y culebras: qué delincuentes estamos pagando, quién está robando para nosotros, cómo se reparte el dinero de la corrupción desde el ministro para abajo. Y cuántos muertos llevamos con todo esto, porque también hay asesinatos en la cartera. Entonces usted puede hacer dos cosas: o bien renunciar al cargo de inmediato, con todo el fenomenal escándalo que ello traería, o bien hacerse a la idea de que ser ministra es también eso.

No sé por qué decidí ayudar a la juez Martina, con el espanto que me estaba dando todo lo que contaba. Y, sin embargo, antes de que la magistrada hubiera terminado su exposición yo ya había tomado la estúpida determinación de hacerme la heroína. Tal vez fuera por egocentrismo: todos queremos creernos imprescindibles. O quizá me espoleara el puro asco.

—Está bien. Ejem. Me quedaré.

La juez cerró los ojos un instante y suspiró.

—Gracias.

Ahora el mísero despacho ya no me parecía un útero asfixiante, sino una barquita a la deriva, la lancha en donde se apiñaban los supervivientes de un naufragio, mujeres y niños primero, acosados por un mar de tiburones. El bebé volvió a ponerse a chillar de un modo insoportable.

—Es muy... Muy mono el niño —dije por decir algo.

María Martina se levantó y cogió en brazos al ensordecedor trozo de carne.

—Es una niña. Lo siento. Es un lío que esté aquí. Pero es que... —la juez me lanzó una ojeada rápida y turbada—. Es que no quiero dejarla sola en casa, ¿sabe? Recibo tantos... mmmm... anónimos desagradables. Por si acaso. No me atrevo a separarme de ella.

Regresé a casa abrumada por el miedo y por el conocimiento. Porque el saber sí ocupa lugar. Hay saberes que pesan en la memoria como una carga de leña, y conocimientos que envejecen más que una enfermedad dolorosa e incurable. De hecho, hay saberes que *son* una enfermedad dolorosa e incurable. Permanecen dentro de ti como una llaga palpitante, como un menoscabo irremediable en la mirada con la que contemplas la realidad. Ramón, por ejemplo. La imagen de Ramón se iba haciendo trizas dentro de mí. Mi relación con él era cada vez más desapasionada, más lejana. A decir verdad, ya no me sentía su esposa, sino más bien su viuda, porque para mí estaba medio muerto.

—He soñado otra adivinanza —dijo Adrián aquella noche, yo creo que para intentar sacarme de mis lúgubres pensamientos.

Eran las nueve y estábamos los tres en la cocina tomándonos un poco de pan con queso, lo primero sólido que nos metíamos en el cuerpo desde la hora del desayuno.

—Trata de tres hombres que se encuentran en una ciudad portuaria —prosiguió el muchacho—. Son viejos conocidos y hace tiempo que no se ven. Deciden entrar a comer en un restaurante frente al mar; se sientan en una mesa y piden tres asados de gaviota. Les traen los platos y empiezan a comer. Dos de ellos no dicen nada, pero el tercero llama al camarero muy agitado. «¿Pero esto es de verdad gaviota?», le pregunta. Y el camarero contesta: «Sí.» Entonces el hombre se levanta de un salto, sale chillando despavorido del restaurante y se arroja al mar.

—Pues sí que debía de estar asqueroso el guiso ese —masculló Félix con la boca llena.

Yo no dije nada porque el queso se había pegado a mi dentadura postiza y la había sacado de su lugar, de modo que estaba concentrada en intentar arreglar el estropicio con la lengua sin que se me notara demasiado.

—Muy gracioso —bufó Adrián.

—Además, las gaviotas no se comen. Todo el mundo sabe que tienen un sabor repugnante —insistió Félix.

Qué consoladoras eran las adivinanzas de Adrián, pensé mientras les escuchaba discutir por enésima vez. Tontos misterios en apariencia incoherentes que luego tenían un porqué, una explicación, una causa suficiente. Las adivinanzas de Adrián te ayudaban a creer que la existencia tenía en el fondo algún sentido. Que la vida no era caótica y absurda, sino simplemente enigmática, una especie de enorme acertijo que uno podría llegar a desentrañar a fuerza de reflexionar sobre el asunto. Pensando estaba yo en todo esto, en las dulzuras del entendimiento, cuando sonó el timbre de la puerta.

Resulta siempre un tanto ridículo intentar identificar a voz en grito a alguien que se encuentra al otro lado de una puerta blindada y bien cerrada, pero eso fue lo que hicimos, apiñarnos temerosamente en el pasillo y berrear como energúmenos.

—¿Quién es?

—¿Lucía Romero?

—¿Qué quiere?

—Venimos de parte de Manuel Blanco.

No se me escapó el plural de la forma verbal. Según la mirilla eran al menos dos. Jóvenes, bien rasurados, bien vestidos, voluminosos, poco memorables.

—¿Y quiénes son ustedes?

—Abra la puerta, por favor.

—¿Para qué?

—Mire, es usted quien está interesada en hablar con nuestro jefe. Si quiere, nos abre. Si no, nos vamos.

El Vendedor de Calabazas. Tenían que venir precisamente hoy de parte del Vendedor de Calabazas. Estaba empezando a ser un día larguísimo. Abrí la puerta.

—Así es más fácil —sonrieron los tipos.

Eran muy parecidos a los policías judiciales de María Martina. La misma edad, la misma corpulencia, una guapeza anodina similar, idénticas mandíbulas cuadradas de sanos comedores de chicle que jamás se han fumado un cigarrillo. La única diferencia perceptible estribaba en que éstos vestían mejor. Los trajes eran también grises, pero de firma. Al parecer, los *gorilas* privados tenían sueldos más elevados que los *gorilas* funcionarios.

—Venimos en su busca. Nuestro jefe le ha concedido una entrevista. Ahora mismo.

—¿Y cómo sé yo que ustedes son lo que dicen ser?

—Me parece que tendrá que confiar en nosotros.

Ese diálogo me sonaba repetido.

—Ellos vienen conmigo —dije, señalando a mis amigos.

El *gorila* me miró dubitativo. Me apresuré a hablar antes de que nos soltara una negativa y luego se viera forzado a mantenerla por puro desplante.

—Supongo que sabrán ustedes quién es el señor Van Hoog. Pues bien, el amigo de Van Hoog es este hombre —dije, señalando a Félix—. Y tenemos una carta del holandés para su jefe que se refiere a nosotros tres.

El tipo cabeceó parsimonioso:

—Está bien. Ya sabíamos que andaba usted con alguien.

De modo que volví a meterme en la trasera de un coche, esta vez encajada entre Félix y Adrián, y de nuevo me crucé la ciudad camino de un destino desconocido. Que luego resultó ser no tan desconocido: el coche se detuvo con suavidad frente al Paraíso.

Uno de los matones se bajó con nosotros y nos guió por el atestado salón del café hasta depositarnos delante de un hombre de unos cincuenta y cinco años que estaba solo en una mesa. En el velador de al lado, cuatro energúmenos vestidos de gris intentaban disimular su clamorosa condición de guardaespaldas. El hombre maduro nos hizo una seña con la mano para que nos sentáramos. Lucía un ostentoso pelo plateado que peinaba hacia atrás con brillantina, dejando una espumilla de rizos sobre el cogote. *Blazier* negro, pantalón rojo oscuro, un pañuelo de seda anudado al cuello y en conjunto un repugnante aspecto de *play-boy* carroza y marbellí.

—¿Y qué se cuenta mi querido amigo Van Hoog? —dijo el tipo a modo de saludo.

—Nada de particular. Ejem. Está muy bien —contesté.

—¿Qué ha decidido hacer por fin con Ludmila?

—Pues la verdad es que no lo sé. Ejem, ejem. No llegué a preguntárselo —improvisé.

—La última vez que estuvimos con él se pasó toda la mañana contándonos batallitas de juventud, de cuando colaboraba con la Resistencia contra los nazis. En fin, ya sabe usted cómo es él —añadió Félix con toque maestro.

—¡Un fantasioso! Eso es lo que es. Porque eso de que luchó en la Resistencia... Bah, no me lo creo. Ahora puede decir lo que quiera, pero Van Hoog siempre estuvo en donde había que estar, naturalmente.

El tipo sonreía, ufano y seguro de sí, enseñando unos dientes magníficos que debían de costar unas 300.000 pesetas la pieza, más o menos. De modo que este era el Mayor Vendedor de Calabazas: pues no parecía tan peligroso. De hecho, lo encontré tan común y corriente que cometí la torpeza de discutir sus palabras.

—¿Qué quiere decir con eso? ¿Que apoyar a los nazis era lo adecuado?

Félix me dio un rodillazo y yo misma me arrepentí al instante de haber hablado. Pero la cosa ya no tenía arreglo. El hombre me lanzó una ojeada fina como un punzón. Me estremecí bajo aquella mirada. Después de todo, tal vez aquel patrón de yate sin yate no fuera tan común y corriente. Tal vez no.

—Tengo entendido que busca usted información —empezó a decir con voz perezosa—. Y sí, la verdad es que la veo un poco despistada. Verán, yo también les voy a contar una batallita, lo mismo que hizo mi amigo Van Hoog. Pero en esta ocasión la batalla no es mía, sino de mi abuelo. Mi abuelo era militar y en 1921 participó en lo que se conoce como el desastre de Annual, que en realidad no sucedió sólo en Annual, sino en diversos puntos del norte de África. En el verano de 1921, y durante veinte días, los rebeldes rifeños destrozaron al ejército colonial español. No eran más que unos cuantos desharrapados armados de machetes y gumías, pero masacraron a un número indeterminado de soldados españoles, tal vez doce mil o quizá más. No se sabe muy bien cuántos soldados había en el Rif, porque los números estaban hinchados: algunos mandos se debían de estar quedando con las pagas sobrantes. La corrupción, la cobardía y la ineptitud de gran parte de los oficiales fueron la verdadera causa del desastre. Yo lo sé porque mi abuelo fue uno de los cobardes y me lo contó. Por entonces él era coronel y estaba sirviendo con el general Navarro. Por lo que decía mi abuelo, la catástrofe del Rif fue algo dantesco. El ejército se colapsó, los soldados huían pisoteando a los heridos, los oficiales de baja graduación se arrancaban las insignias para no ser reconocidos como oficiales y los de alta graduación escapaban en los vehículos a motor, los llamados *coches rápidos,* pasando a veces por encima de los cuerpos de sus propios soldados. Los rifeños mataban a pedradas a los españoles que huían y torturaban hasta la muerte a los heridos: les clavaban a las paredes, les abrasaban los genitales, les ataban las manos con sus propios intestinos. Por supuesto que en medio de este horror hubo también innumerables casos de increíble heroísmo. Como los 690 jinetes del regimiento de Alcántara, por ejemplo, que cargaron una y otra vez contra el enemigo para proteger la retirada de las tropas. La última carga la hicieron al paso, porque ya ni caballos ni jinetes tenían fuerzas para nada más. Cayó el 90 por 100 del regimiento, el mayor porcentaje de bajas que jamás ha tenido una unidad de Caballería europea; cuando el ejército español reconquistó el Rif encontraron los cadáveres del regimiento de Alcántara tal y como murieron, aún en formación de combate. De manera que en el desastre de Annual hubo de todo, proezas y vilezas. Por ejemplo, el general Navarro fue un héroe y el coronel Morales un ruin. ¿Qué les parece esto?

Me encogí de hombros, sorprendida. Estaba fascinada por el relato, pero no tenía la menor idea de adónde iba a parar.

—No sé. ¿Qué me tiene que parecer?

—¡Pues mentira! Le tendría que parecer mentira, porque sucedió justo al revés: el general Navarro se comportó de modo miserable y el coronel Morales murió como un caballero, combatiendo pistola en mano hasta el final mientras a su alrededor todos huían. Morales luchaba codo con codo con unos pocos oficiales; se habían juramentado para matarse entre sí y evitar de este modo que los rifeños les torturaran. Al fin, Morales cayó herido; pidió a sus compañeros que cumplieran su palabra, pero éstos, dos tenientes, no se atrevieron a rematarle. Probablemente se echaron atrás por pura cobardía personal, pensando que, si ejecutaban a su superior, después podrían ser sometidos a un consejo de guerra. El caso es que huyeron, dejando solo al coronel, herido e indefenso, en las laderas del Izzumar; y allí mismo, en efecto, Morales fue torturado hasta la muerte por los rifeños. En cuanto al general Navarro, decidió rendirse con sus 2.300 hombres en Monte Arruit, aunque sabía que los rebeldes mataban a los vencidos. Y así fue: mientras Navarro se refugiaba en casa de un moro principal junto a nueve oficiales, un intérprete y siete de tropa, los rifeños acabaron con los 2.300 soldados. Tampoco en ese caso todos los oficiales se comportaron del mismo modo. Por ejemplo, Navarro invitó al comandante Alfredo Marquerie, padre del que luego sería el famoso crítico teatral, a que se quedara con ellos. Pero el comandante prefirió morir con sus soldados. ¿Qué les parece?

—Estremecedor.

—Pues a mí me parece una estupidez. Mi abuelo, en cambio, fue de los oficiales que se quedaron con Navarro. Y salvó la vida. Tras el desastre de Annual se hicieron las pertinentes investigaciones, por supuesto, y hubo unos expedientes instruidos por unos cuantos militares picajosos en los que consta claramente la culpabilidad de los altos mandos, empezando por el general Berenguer, que era la cabeza del ejército en África. Pero por fortuna el general Primo de Rivera proclamó la dictadura en 1923 y evitó que se depuraran las responsabilidades. Ya ve, los cobardes que salvaron la vida acabaron salvando también todo lo demás, hasta el honor, porque la memoria de las personas es muy débil. Mi abuelo, que ya tenía dinero por su casa, hizo después buenos negocios, aumentó el patrimonio y terminó sus días como un honorable patriarca, un verdadero padre de la Patria: una importante avenida de Madrid lleva su nombre. Mi padre continuó su estela y supo multiplicar el alcance de nuestro apellido en los azarosos años de la posguerra. Y luego he llegado yo y he seguido trabajando en la misma línea. Hoy somos una de las familias más influyentes de este país. No salgo en los periódicos y mi rostro no es popular, pero no hay palacio que no abra sus puertas de par en par cuando yo llamo. El verdadero poder siempre está en la sombra.

El hombre detuvo su perorata y se bebió de un trago la media copa de fino que tenía delante. A nosotros ni siquiera nos había preguntado si queríamos tomar algo. Estábamos escuchándole a palo seco.

—Voy a contarles cómo lo veo yo. Cómo es el mundo. A veces, entre la heroicidad y la ruindad apenas si hay distancia. Quiero decir que, para muchos de los hombres que se vieron de pronto atrapados en el Rif, esa fue la primera vez en toda su existencia que tuvieron que decidir entre el Bien y el Mal, o entre el honor y la vida. En cuestión de horas o incluso de minutos se lo jugaban todo: podían ser fieles a unos ideales y caer en manos de los torturadores, o bien podían traicionarse y sobrevivir. Había que escoger, y todos escogieron. Unos, los heroicos, fallecieron, a menudo sometidos a muertes atroces. Otros, los cobardes, regresaron a España, vieron crecer a sus hijos, hicieron negocios, acabaron en ocasiones convertidos en prohombres de la sociedad, como mi abuelo. ¿De qué sirvió soportar las torturas, de qué sirvió el sacrificio de los hombres de Alcántara? Se lo voy a decir yo: de nada. No salvaron vidas, porque de todas formas los rifeños hicieron una degollina. No salvaron la posición, porque el territorio cayó en poder de los rebeldes. Y lo peor es que España, incapaz de mantener por más tiempo su desfasado imperio colonial, terminó devolviendo el Rif a sus pobladores. Por otra parte, ni siquiera recordamos a los héroes: ya han visto ustedes que les puedo engañar con facilidad y decir que el valiente fue un gallina o viceversa sin que a nadie le importe lo más mínimo. No, los héroes son simplemente inútiles. Mientras que los constructores de países son siempre los otros. Los que huyen y traicionan. Los que saben guardar la ropa mientras nadan. Los supervivientes, porque ellos son, en definitiva, quienes escriben la Historia. Lo digo con orgullo, porque no es fácil ser el vencedor. He usado las palabras cobardía y heroísmo para entendernos, pero en el mundo real tienen otro significado que el que generalmente se les atribuye. En el mundo real, la cobardía es sabiduría y el heroísmo es una estupidez. Pertenezco a una larga estirpe de triunfadores que siempre hemos sabido hacer lo que había que hacer para ganar. ¿Que para ello hay que internarse en la ilegalidad? Bueno, es que la ilegalidad también ha de ser gestionada para que la máquina funcione. Que no me hablen de los héroes muertos y olvidados: no son más que unos pobres perdedores. Mientras que a nosotros nos levantan estatuas y nos dedican calles. Así son las cosas, este es el verdadero orden del mundo.

A mi lado, Félix se removía en el asiento y apretaba los puños. Ahora fui yo quien le dio un rodillazo de advertencia.

—Usted quiere saber qué le ha sucedido a su marido. Le diré que últimamente estoy oyendo hablar de su marido con excesiva frecuencia. Le diré que empiezo a estar harto de su marido y de los amigos de su marido. Un hombre de mi posición no frecuenta sólo los palacios, como antes le dije. Un hombre de mi posición también tiene que tratar con gentes de medio pelo, botarates. Los amigos de su marido son unos *parvenus*. Pretenden conseguir en tan sólo unos años el mismo lugar de poder que familias como la mía llevamos generaciones edificando. Y eso es imposible, por supuesto. Ese orden del mundo al que antes me refería es una construcción social que tiene milenios; la realidad se ha ido organizando así desde el principio de los tiempos, y posee unas normas y una jerarquía. Pero los *parvenus* siempre lo confunden todo. Son unos ignorantes y además unos horteras, pero ya ve usted, son necesarios: alguien tiene que desempeñar el trabajo sucio, y los *parvenus* están dispuestos a hacer lo que sea con tal de medrar. Para nosotros son, ¿cómo le diría yo?, como animales domésticos: cuando empiezan a producir molestias, cuando dejan de rendir lo suficiente, se les cambia por otros y santas pascuas. Es un sistema un poco caro, pero muy eficaz. Le explico todo esto porque ahora nos encontramos, precisamente, en uno de esos momentos de renovación. Usted quiere saber qué ha sucedido con su marido y nosotros estamos hartos de esos zoquetes. De manera que voy a ayudarla: quédese tranquila porque dentro de poco tendrá usted noticias de primera mano. Dígaselo así a la juez Martina: dígale que le brindo mi colaboración con mucho gusto. Yo no quiero problemas. Si ha entendido usted todo lo que le acabo de explicar, se habrá dado cuenta de que a mí no me pueden interesar los escándalos, puesto que formo parte fundamental del orden establecido. Dígaselo así a la juez. A ver si nos ayudamos los unos a los otros y acabamos con este estúpido incidente. ¿Qué le parece?

—Pues verá, le agradezco su buena disposición, pero quisiera…

—Entonces ya está todo dicho —me cortó el tipo, extendiendo la mano hacia mí para despedirse—. Denle mis recuerdos al bueno de Van Hoog.

Los matones de la mesa de al lado se levantaron para escoltarnos hasta la salida. Estaba claro que la reunión se había terminado, y el tono de voz era lo suficientemente imperativo como para salir corriendo. Pero Félix apoyó los dos puños sobre la mesa de mármol y se inclinó hacia delante. El tipo seguía sentado y los demás estábamos de pie y rodeados de *gorilas*.

—La medida del hombre —dijo Félix.

—¿Qué? —preguntó el Vendedor de Calabazas.

Uno de los guardaespaldas agarró a mi vecino por el codo,

pero su jefe le hizo una indicación con la cabeza para que le soltara.

—Lo que usted decía antes —prosiguió Félix—. Eso de que para qué servía conducirse con dignidad. Sirve para darnos la medida de lo que somos. Mire, los humanos somos incapaces de imaginarnos lo que no existe; si podemos hablar de cosas tales como el consuelo, la solidaridad, el amor y la belleza es porque esas cosas existen en realidad, porque forman parte de las personas, lo mismo que la ferocidad y el egoísmo. En situaciones extremas esos ingredientes se precipitan, y por eso hay de todo, comportamientos grandiosos y actitudes mezquinas. ¿Que para qué sirvió el sacrificio de los hombres de Alcántara, por ejemplo? Pues para ser como somos. Aunque inútiles desde un punto de vista práctico, sus muertes corroboran que los humanos somos *también* así. Que, aun en el peor de los casos, siempre hay algo en nosotros capaz de lo mejor. Si no hubiera habido ningún acto heroico en Annual, es decir, si en las personas no existiera también ese impulso automático hacia la dignidad, el mundo sería un lugar inhabitable y los humanos pareceríamos animales feroces.

—Puede ser —respondió el hombre, atusándose con coquetería los caracolillos del cogote—. Quizá tenga usted razón. Pero en ese caso, y en ese mundo, yo formaría parte de los animales feroces dominantes, y usted, mi querido *Fortuna,* sería lo mismo que es ahora, un maldito perdedor. Viejo, pobre y encima anarquista. Un historial lamentable, amigo mío. No ha hecho más que ir de derrota en derrota.

De modo que lo sabía todo. Que yo estaba en tratos con la juez Martina, que Félix había sido de la CNT. Parecía un *pijo* de guardarropía, un rico de sainete, pero lo sabía todo. Ahí estaba, seguro de sí mismo, radiante y satisfecho de ser como era. Los cuentos de la infancia no son ciertos. Los malos no acaban siempre pagando su maldad, los buenos no siempre reciben recompensa, los villanos no se reconcomen de bilis y de desasosiego. Por el contrario, hay infinidad de miserables francamente felices. Agarré a Félix de un brazo y tiré de él.

—Vámonos.

Se dejó llevar, tal vez algo aturdido. Los muchachos de gris nos acompañaron hasta la salida y allí nos dejaron. Nosotros tres cruzamos la puerta del Paraíso y nos quedamos al otro lado, sobre la acera, intentando serenarnos con el frío de la noche. Una hermosa luna llena, azulada e invernal, se paseaba por las azoteas de los edificios. Permanecimos paralizados un buen rato, demasiado extenuados quizá para reaccionar. La jornada había sido interminable. Primero habíamos descubierto la traición de García, luego habíamos estado a punto de saltar por los aires con una explosión de gas, después el inspector había intentado secuestrarme, luego la juez me explicó que Ramón era un cerdo sin paliativos y por último un mafioso impresentable nos había intentado convencer de que el mundo era suyo. Todo esto sin pararse ni a comer, con tan sólo un poco de queso en el estómago. Estábamos agotados y nuestro cansancio se parecía demasiado a la derrota. Por encima de nosotros, la luna era el sañudo y tuerto ojo con el que la negrura nos miraba.

Resignación, esa es la palabra de la gran derrota.

La vida es un trayecto extenso y fatigoso. Es como un tren de largo recorrido que en ocasiones ha de atravesar regiones en guerra y territorios salvajes. Quiero decir que el camino está plagado de peligros y que el descarrilamiento es un accidente bastante común. Pero hay muchas maneras de perder el rumbo. Por ejemplo, uno puede irse directamente al infierno, como le pasó a Félix Roble durante algunos años. Otros, en cambio, no llegan a salirse de los raíles, sino que tan sólo van aminorando la velocidad, más y más despacio cada día, hasta que al fin se paran por completo y se quedan ahí, medio muertos de pasividad y de fracaso, oxidando la hojalata y las ideas bajo las inclemencias del tiempo.

Eso era lo que le había ocurrido a Lucía Romero. En semejante situación se encontraba nuestra protagonista al comienzo de este libro.

Una noche, Ramón y ella estaban haciendo el amor. A veces sucedía: Ramón se empeñaba y ella ya no encontraba razones para negarse. Ramón forcejeaba sobre ella y Lucía fruncía el ceño. Cuando hacían el amor, el ceño era la única parte de la anatomía de Lucía que se ponía en funcionamiento: se le apelotonaban las cejas de disgusto, hasta el punto de que luego le quedaba la frente dolorida. Esa noche llovía y el agua repiqueteaba blandamente sobre el alféizar de la cocina, formado por una plancha de cinc que cubría una fresquera antediluviana. Lucía escuchaba el pequeño tumulto de las gotas desde el dormitorio, mientras Ramón se afanaba sobre su cuerpo anestesiado o tal vez muerto. Hacía un milenio que Lucía no sentía su propio cuerpo, que no deseaba perderse en unos labios, que no se dejaba fundir en la carne del hombre. Ahora aguantaba los jadeos de Ramón y pensaba en los tiburones, felices criaturas que disponen de varias filas de dientes, de manera que cuando pierden un juego de colmillos pueden reemplazarlos con la serie siguiente. Tamborileaba la lluvia en el cinc de la cocina y en cada gota se ahogaba un segundo, tiempo de vida desperdiciado. ¿Adónde iría a parar el tiempo perdido? Tal vez anduviera merodeando por el limbo de los extravíos, junto con los libros no escritos, las palabras no dichas, los sentimientos no vividos y los dientes de Lucía, los verdaderos, arrancados de raíz en aquel estúpido accidente. Ahora Lucía tenía la dentadura de resina y el cuerpo de madera, insensible bajo las manos de Ramón. ¿Acaso ya no iba a sentir el deseo nunca más? Toc, toc, toc, contestó la lluvia. Y Lucía entendió: nunca más, nunca más. Bien, se dijo entonces: es evidente que me he rendido. Y casi se sintió en paz.

De esta paz fúnebre y mortífera la sacó el secuestro, la amistad con Félix y, sobre todo, el amor de Adrián. Si has vivido alguna vez una pasión amorosa entenderás la fiebre de Lucía, porque la pasión siempre se repite: es como una sesión de cine en donde proyectas una y otra vez la misma película con el mismo galán en la pantalla. Y así, aunque Adrián era veinte años menor que ella, créeme que en la pasión Lucía no era ni un minuto más vieja que ese muchacho, porque en el alucinamiento del amor todos somos estúpidos y perpetuamente jóvenes. Por otra parte, las pasiones eternas suelen durar una media de seis meses; y luego, si las cosas marchan bien, se reconvierten en amores para toda la vida, que duran aproximadamente dos años más. En total, el espasmo cordial abarca, por lo general, unos dos años y medio. Teniendo en cuenta esta regla del corazón no escrita, pero tan cierta como la existencia del agujero de ozono, Lucía no hubiera debido preocuparse por la diferencia de edad entre Adrián y ella: antes de que los años la convirtieran en una anciana putrefacta, la relación se habría hecho fosfatina (lo cual, bien mirado, era un pensamiento reconfortante). Pero Lucía sí que se preocupaba. Y no sólo por la diferencia de edad, sino, sobre todo, por la diferencia de sus necesidades.

Al principio todo fue luz y delirio, porque en los comienzos del amor los humanos siempre nos mostramos encantadores, infatigables en nuestra tierna entrega y gloriosos en todo; pero luego este esfuerzo épico se agota y vuelven a salir a la superficie nuestras vidas pequeñas. Pues bien, las vidas menudas de Adrián y Lucía también acabaron emergiendo y empezaron a chocar entre sí, como icebergs flotando a la deriva en un mar cada vez más helado.

—Te he estado esperando durante toda mi vida —le decía Adrián a Lucía, sin advertir que era una ofrenda breve—. Estoy seguro de que nos conocemos de otras encarnaciones, he soñado contigo desde que era pequeño.

Era un muchacho y confundía aún su deseo de amar con el amor. Era tal su ansiedad que el aire crepitaba en torno suyo. A medida que pasaban los días y que se crispaban las horas y que la relación se iba atirantando, Adrián aumentaba el ritmo de sus declaraciones amatorias:

—Te quiero, te quiero tanto, te quiero tantísimo... —gemía sobre Lucía, reluciente de sudor, extenuado.

Buscaba el Paraíso porque ignoraba que era un lugar inexistente. Buscaba la completud, pero el agujero negro de su interior se hacía cada vez más grande. Hubo gestos agrios, palabras acérrimas. Una noche, Adrián le dijo a Lucía una vez más:

—Quiero casarme contigo, quiero estar contigo para siempre.

—Recuerda que todavía estoy casada con Ramón.

—Pues entonces vivamos juntos. Somos una pareja, ¿no lo entiendes?

—¿Para qué tantas prisas? ¿No estamos bien así? Además, tú

todavía tienes que vivir demasiadas cosas… —empezó a decir Lucía, como en tantas otras ocasiones.

Pero esta vez él perdió los nervios. Se puso en pie de un salto, estaban desnudos y en la cama, y la alzó en vilo cogida por los brazos. Las manos de Adrián eran dos tenazas, hierros de dolor clavados en la carne:

—¡Suéltame, me haces daño!

—¿Por qué eres así? ¿Por qué me tratas así? ¿Por qué me haces esto? ¡Me estás volviendo loco! —rugió Adrián, congestionado y ronco.

Y mientras decía esto la zarandeaba, ella como un pelele, los pies rozando apenas las baldosas, la cabeza rebotando como un badajo, así puedo morir, pensó Lucía, así puede matarme, sé que estas sacudidas a veces son fatales. Pero antes de que el abrupto pánico inicial se convirtiera en un miedo denso y sostenido, Adrián abrió las manos y la dejó caer sobre sus talones. Ahí estaba el muchacho, mirándola con cara alucinada, casi irreconocible en su expresión porque en ese instante era incapaz de reconocerse a sí mismo.

—Lo siento… Oh, Dios mío… Lo siento tanto, Lucía…

Permanecieron el uno frente al otro durante unos segundos, estupefactos y más allá de toda palabra. Luego, él extendió la mano y pasó un dedo titubeante y suave por la mejilla de ella. El dedo llegó a la comisura de la boca, merodeó por el borde rosado de los labios y al fin se introdujo de un pequeño empujón en el interior húmedo y caliente. Salió de allí ensalivado y empezó a descender cuello abajo, luego por el desfiladero de los pechos, más tarde en las estribaciones del ombligo, ese oasis en el que se detuvo unos instantes. Para acabar la expedición, ya apresurado, buscando la madriguera entre las ingles. Con ese dedo dentro, Lucía se tumbó de espaldas en la cama. Trepó sobre la mujer Adrián con la misma desesperación con que un *sherpa* medio congelado treparía al último risco del Everest. Todo el esplendor, las chispas de la carne de los primeros días, se habían convertido ahora en un trabajo penoso, en la angustia de no poder estar a la altura de los propios deseos. Lucía sentía al chico encima de ella, pero en realidad le notaba muy lejos, prisionero de sí mismo, luchando como un esforzado galeote por sacar adelante un orgasmo mecánico y furioso. Al final, tras llegar a la meta, se abrazó a Lucía:

—Te quiero tanto como nunca pensé que podría querer a nadie —dijo, llorando.

Y ella comprendió con toda claridad que la historia se estaba terminando.

Después de nuestra entrevista con el gran mafioso no podíamos hacer otra cosa que aguardar acontecimientos. En realidad, llevábamos toda la novela así, aguardando a que alguien nos viniera a buscar, o nos llamara, o contactara con nosotros; esto es, sumidos en una pasividad forzosa y desquiciante. Yo empezaba a tener la sensación de que mi piso era un escenario teatral en el que se representaba un vodevil, con personajes entrando y saliendo todo el tiempo y cada uno diciendo un parlamento previamente acordado. Sólo que en esta representación los *malos* estaban tan bien interpretados que corrías el riesgo de que te asesinaran de verdad.

—No teman: con el apoyo implícito que les ha prometido el Vendedor de Calabazas, nadie se atreverá a tocarles —dijo la juez Martina cuando le contamos nuestra entrevista.

Debía de estar en lo cierto, aunque me asqueaba tener que agradecerle algo a ese canalla de pelo embetunado. De manera que nos fuimos a casa relativamente tranquilos y nos sentamos a esperar en torno a la mesa de la cocina, mientras chupábamos naranjas y bebíamos humeantes tazones de café con leche.

A la tarde siguiente de nuestra entrevista en el Paraíso sonó el timbre de la puerta. Atisbé a través de la mirilla: alguien llenaba todo mi campo de visión con una cabellera pelirroja y ondulada.

—Creo que es el matón ese, el que nos atacó cuando vimos al chino —bisbiseé con espanto.

Nos quedamos un instante paralizados y sin saber qué hacer. Entonces escuchamos con claridad una voz angustiada que llegaba desde el otro lado de la hoja.

—¡Lucía! ¡Lucía, por favor! ¡Ayúdame!

Era Ramón. Sin duda, era Ramón. Volví a mirar por el agujero: ahora se distinguía bien la satisfecha cara del matón, y detrás de él se percibía la presencia imprecisa de otro hombre. Podía ser mi marido.

—¡Por favor, Lucía! ¡Sólo cuento contigo!

—Tengo que abrir —susurré, consternada.

Félix cabeceó su asentimiento, y Adrián, que en los últimos tiempos había desarrollado una inquina feroz contra Ramón, bufó nervioso e irritado. Descorrí los cerrojos y entreabrí la hoja, dejando la cadena de seguridad echada. Por la rendija aparecieron el Caralindo y otro tipo más joven. Ni rastro de mi marido. El pelirrojo sonrió con expresión desagradable: llevaba una pequeña grabadora entre las manos y ahora estaba rebobinando. Luego la cinta comenzó de nuevo su andadura. Volví a escuchar la voz plañidera de Ramón:

—¡Lucía! ¡Lucía, por favor! ¡Ayúdame! ¡Por favor, Lucía! ¡Sólo cuento contigo! ¡Mi situación es terrible! ¡No me dejes abandonado! ¡Por favor, acompaña a estos hombres! ¡Me han prometido que no te harán ningún daño! ¡Te traerán hasta mí y dejarán que nos veamos durante un rato! ¡Por favor, Lucía! ¡Sigo secuestrado y si no vienes no sé qué será de mí!

El tipo cortó la grabadora y acentuó un poco más su desagradable sonrisa de alimaña.

—Por favor, Lucía… —repitió, burlón. Y señaló la cadena.

Bien, esto era en realidad lo que estábamos esperando. Ya nos lo había dicho el Vendedor de Calabazas: «Dentro de poco tendrá usted noticias de primera mano», había prometido. Y este era el cumplimiento de su promesa. O eso esperaba yo.

Eso esperaba. Quité la cadena con mano temblorosa. El pelirrojo empujó la puerta con un dedo y entró pavoneándose, mientras Adrián, Félix y yo retrocedíamos hasta la sala. Cuando la Perra-Foca reconoció al Caralindo salió despavorida y se intentó esconder debajo del sofá. Sólo le cupo la cabeza bajo el mueble: el resto de su rolliza anatomía quedó fuera.

El pelirrojo empezó a dar vueltas por la sala, levantando un libro aquí, cogiendo una foto allá y pasando un dedo por encima de las estanterías, todo ello sin perder su mueca sardónica, como si estuviera revisando nuestro nivel de pulcritud doméstica. Era evidente que quería ponernos nerviosos. El otro tipo, muy joven y más parecido a los clónicos del traje gris, se había quedado junto a la puerta de la sala, las piernas abiertas, las manos entrelazadas, estólido y carnoso.

—Bien, bien, bien… —dijo al fin el Caralindo—. Parece ser que tienes algún amigo en las alturas…

Mientras hablaba no nos miraba: permanecía prendido de su propia imagen, que se reflejaba en el espejo de la pared. Se contempló de frente, se golpeó ligeramente con el dorso de los dedos la mínima papada y luego aquilató sus dos escorzos, hacia la derecha y hacia la izquierda, con gesto satisfecho. Hizo chascar sus labios de galán antiguo y sonrió de nuevo.

—Y este amigo quiere que vayas a ver a tu marido.

—¿Dónde está, cómo está? —dije.

De pronto lo encontré junto a mí. El pelirrojo había girado sobre sí mismo con increíble rapidez, había dado una zancada y estaba junto a mí. Me agarró la cara con su mano derecha. Apretó tanto mis mejillas que mi boca salió proyectada hacia delante, como el morro de un pez.

—Ya te he dicho que no debes hacer tantas preguntas. Te lo he dicho.

Adrián vino en mi ayuda, pero cuando quiso llegar junto a nosotros el matón ya me había soltado.

—Eh, tú, no la toques —dijo mi querido Adrián, en el más perfecto estilo de héroe de película, dando un empellón en el hombro de su enemigo.

Y al instante siguiente se desplomó de rodillas sobre el suelo.

Al parecer, el matón le había arreado un puñetazo en la boca del estómago, aunque yo ni siquiera llegué a advertir el movimiento. Me precipité hacia el muchacho, que intentaba coger aire con inhalaciones espasmódicas.

—¡Animal! —grité.

—Calma, nena. Calma —dijo el chulo—. Esto no es más que un transporte gratis. Vengo a llevarte conmigo y así no pagas taxi. No lo hagamos innecesariamente desagradable.

Senté al jadeante Adrián en el sofá e intenté serenarme.

—Está bien. En cuanto que se recupere, nos vamos.

—¿Que nos vamos? ¿Quiénes nos vamos, guapa? Para este viaje sólo tienes billete tú. Estos dos se quedan.

Félix carraspeó.

—Eso no puede ser. Mire, señor, no vamos a dejar que vaya sola con usted.

El pelirrojo se echó a reír:

—¿Cómo dices, abuelo? ¿Que no vais a dejar que qué? —dijo con aire zumbón.

Félix se acercó hacia el tipo con paso renqueante. Se me pusieron los pelos de punta. El viejo no aguantaría un puñetazo como el de Adrián sin partirse en dos.

—Déjalo, Félix. No importa, déjalo —le dije ansiosamente.

Pero Félix prosiguió impertérrito con su torpe avance de tortuga hasta pararse frente al chulo.

—Que lo dejes, viejo, ¿no lo oyes, so «chalao»? —dijo el pelirrojo, curvando los labios hacia abajo, despectivo, mientras agarraba a Félix por las solapas.

Tengo que hacer algo, pensé, tengo que intervenir. Estaban en mitad de la habitación, apenas a un par de metros de distancia de mí, Félix de espaldas y el matón de frente. Y entonces sucedió una cosa digna de verse: la cara del pelirrojo empezó a palidecer hasta ponerse de color ceniciento. Vi que soltaba el cuello de Félix con cuidado. Y después advertí que Félix le había hincado en la barriga la punta de su pistolón.

—Bien. Date la vuelta —dijo Félix.

—Cuidado, abuelo, que esas cosas las carga el demonio…

—¡Date la vuelta!

—Ya voy, ya voy.

El jovenzuelo que aguardaba junto a la puerta había dado dos pasos hacia nosotros, pero la pistola de Félix, hábilmente dirigida a uno y otro matón de modo alternativo, había detenido su avance en seco. Algo había en el gesto y los movimientos de mi vecino, algo en su calma y en la naturalidad con que manejaba el arma, que le hacía parecer lo suficientemente peligroso como para obedecerle. El pelirrojo se giró y quedó de espaldas. Entonces Félix le agarró la chaqueta por el cuello, a la altura de la nuca, y dio un tirón seco hacia abajo. La chaqueta se volvió del revés y se deslizó por la espalda hasta apelotonarse a medio camino, trabándole los brazos al mafioso. Desde atrás, y con hábiles dedos, Félix sacó el arma del pelirrojo de la sobaquera, que había quedado al descubierto.

—Y ahora túmbate en el suelo con las piernas abiertas.

—Tranquilo, abuelito…

—Túmbate o disparo.

El pelirrojo se dejó caer patosamente sobre la moqueta, golpeándose la barbilla al no poder usar las manos. Adrián se levantó del sofá aún encorvado sobre sí mismo:

—¡Hay que desarmar al otro! —dijo, dirigiéndose hacia la puerta.

—¡Quieto, no te acerques a él! —le paró Félix—. Tú, quítate la chaqueta.

El *gorila* joven miró dubitativo a Félix.

—¡Hazle caso, imbécil! —gimió el Caralindo desde el suelo—. ¿Quieres que nos mate?

Félix le atizó un puntapié al pelirrojo en un costado. El tipo soltó un grito.

—Conque quieres que nos mate, ¿eh? —gruñó el viejo.

—¡Yo no he dicho eso!

—¿Cómo que no? ¡Te he oído! «Quiero que les mates», le has dicho a este joven.

—¡No, no! «¿Quieres que nos mate?», eso es lo que he dicho, ¡eso es lo que he dicho! «¿Quieres que nos mate?»

Félix se rascó la cabeza con la mano no armada:

—Vaya. Pues se ve que he oído mal. Siento lo de la patada. Es que estoy un poco sordo. A ver, ¿cómo llevamos lo de la chaqueta?

El jovenzuelo ya se la había quitado y la había arrojado a sus pies. También llevaba sobaquera.

—Agarra la pistola con dos dedos, muy despacio, y tírala sobre el sofá.

El chico lo hizo.

—Ahora ven aquí, coge esa lámpara y ata los pies y las manos de este mierda con el cable.

Félix se refería a una pequeña lámpara de madera cuya pantalla imitaba la piel de un leopardo, una fruslería posmoderna que estaba encima de la mesa rinconera y que tenía un cable larguísimo. El *gorila* jovencito la cogió y ató al pelirrojo con esmero.

—Ayúdale a levantarse.

Ahora el matón no parecía gran cosa, atados los pies, las manos a la espalda, con la chaqueta hecha un burruño entre los codos y una lamparita de piel de leopardo sintética colgando de sus muñecas. A instancias de Félix y de su pistola, el pelirrojo fue dando saltitos, ayudado por el joven, hasta el gran armario empotrado del pasillo, en donde fue metido y encerrado con dos vueltas de llave.

—¡Estás chalado, viejo, te vas a enterar, te vas a acordar de mí! —amenazó a gritos desde el otro lado de la puerta, recuperando algo de su chulería al comprobar que no iban a cargárselo.

Félix se volvió serenamente hacia el otro pistolero.

—Y ahora tú nos vas a llevar a donde nos ibas a llevar antes. Pero a todos. ¿De acuerdo? Con tranquilidad. No queremos líos.

El chico se encogió de hombros.

—Por mí...

El viaje en coche nos tomó cierto tiempo. Salimos de Madrid por la autopista de La Coruña. Conducía el jovenzuelo y a su lado iba Adrián. Detrás, Félix y yo. Al principio, Félix llevaba la pistola pegada a la nuca del *gorila*, pero al cabo de algunos kilómetros el chico protestó educadamente:

—Mire usted que por aquí hay bastantes baches y lo mismo nos sucede una desgracia.

Félix consideró que era una observación prudente y retiró el arma. Esas fueron, por otra parte, las únicas palabras que pronunció el muchacho durante todo el trayecto: conducía tan calmoso, ausente y aburrido como un chófer profesional que cubre una ruta turística archisabida. Al fin llegamos a nuestro destino, una granja de perros en las proximidades de Valdemorillo que, según los carteles, estaba especializada en la cría de dóberman. El tipo paró el coche y Félix le palmeó apreciativamente las pesadas espaldas:

—Lo estás haciendo muy bien, chico. A ver si sigues así de tranquilito.

—No me toque las narices, abuelo —contestó el muchacho en un tono juicioso, casi amable, como si fuera verdaderamente nieto de Félix.

Y, saliendo del automóvil, se alejó a grandes zancadas. Nosotros nos apresuramos a seguirle.

La granja era una horrible construcción de hormigón y ladrillo amarillo que imitaba la forma de un castillo. Estaba medio oculta entre pinos y rodeada por una amplia extensión de terreno vallado. Nosotros habíamos aparcado en una especie de patio enlosetado que había delante del edificio. No se veía a nadie, salvo a los perros, que, metidos en grandes perreras de tela metálica, estaban organizando un escándalo formidable. Debía de haber por lo menos una docena de animales.

El muchacho se dirigió en derechura hacia una de las jaulas, la más grande, que estaba adosada a la pared lateral de la casa. Dentro, tres robustos dóberman se desgañitaban de ansias mordedoras. El chico sacó un pequeño silbato de una cadena que llevaba en el cuello y sopló dos veces. Al oír los pitidos, los tres perros se serenaron inmediatamente. Metieron el rabo entre las piernas y se dirigieron al extremo más lejano de la jaula, en donde se sentaron muy modosos. El *gorila* abrió la perrera.

—Adelante.

—¿De verdad? —dijo Adrián, mirando de reojo a los tres bichos.

—Son unos corderitos. A la de la derecha la he amamantado yo con biberón.

Entramos en la jaula en fila india y nos dirigimos hacia la pared del fondo. Allí el tipo manipuló unos ladrillos y al instante se abrió una puerta simulada. Dentro había una segunda puerta con picaporte, y más allá una habitación de dimensiones regulares con el suelo de madera, sillas, una mesa y otras tres puertas cerradas. Sentados a la mesa y jugando a las cartas había tres matones de mediana edad y fatal catadura. Estaban en mangas de camisa y llevaban las pistolas en las sobaqueras. No tenían ningún aspecto de terroristas de extrema izquierda: más bien parecían figurantes de una película de gángsters. El más mayor se levantó al vernos. Era calvo y tenía los dientes podridos y amarillos.

—¿Este es el paquete? —preguntó, señalándonos con la barbilla.

—A ver —dijo el chico—. No van a ser turistas japoneses.

El tipo no contestó. Me apuntó con un dedo rematado por una uña sucísima.

—Sólo pasa ella a ver al marido. Los otros se pueden quedar aquí esperando.

Me apresuré a hablar antes de que Félix organizara una balacera.

—Está bien. ¡Está bien! Aguardadme aquí.

El hombre de los dientes pochos echó a andar hacia una de las puertas, la única que tenía cerradura. Sacó una llave del bolsillo para abrirla, y luego se hizo a un lado y me dejó pasar. Oí cómo volvía a echar el cerrojo a mis espaldas.

—Lucía…

Ramón parecía más delgado y tenía el pelo alborotado. Vestía un pijama barato y calzaba pantuflas. Se encontraba de pie en mitad de la habitación, tembloroso y pálido. Pobre Ramón. Corrí hacia él y nos abrazamos. Mi marido gimoteó un poco sobre mi oreja.

—Gracias por venir. Gracias por venir.

—¿Qué tal estás?

—Bien. Mal. No, estoy bien. No te preocupes.

Nos sentamos sobre la cama, porque había una cama, y le cogí las manos. La izquierda mostraba la clamorosa ausencia del meñique. El muñón había cicatrizado bien, pero aún se veía tierno y sonrosado. Acaricié los cuatro dedos supervivientes de esa mano y me aguanté las ganas de llorar.

—Ay, Ramón, Ramón… ¿pero en qué líos te has metido?

—Te lo puedo explicar todo. Todo. Me chantajearon. Tuve que hacerlo. Me amenazaron con matarme, con hacerte daño. Tuve que hacerlo.

Le miré con incredulidad: pero parecía tan sincero. Tal vez la juez estuviera equivocada con respecto a Ramón. A fin de cuentas, había dicho que todavía quedaban muchos puntos oscuros en la historia. Miré a mi alrededor: estábamos en una habitación pequeña y sin ventanas pero confortable, con un sofá de orejas, una estantería con libros y un televisor.

—Pero si ya hemos pagado, ¿por qué no te sueltan?

—Porque les conozco, porque les he visto. O porque querían utilizarme de rehén, no lo sé. Pero ayer me dijeron que me pondrían en libertad. Al parecer, hay gente importante que quiere que esto acabe.

Pobre Ramón. Estaba sentado en el borde de la cama, con las rodillas muy juntas, embutido en su rústico pijama. Parecía un niño con miedo a la oscuridad. Su cara tan conocida, sus arrugas, la pequeña marca en zigzag de la barbilla de cuando aquel gato le arañó tantos años atrás. En aquella ocasión yo le curé con agua oxigenada mientras él daba respingos y chillaba.

—Ay, Ramón, Ramón.

No sé cómo pasó. Supongo que fueron los nervios, la emoción del encuentro después de tantos meses o la conmoción de verle ahí encerrado, en manos de esos matones abominables. El caso es que yo le abracé, y entonces él me abrazó, y yo le besé en la mejilla, y él me besó en los labios, y caímos de espaldas sobre la cama, y los pijamas baratos son increíblemente fáciles de entreabrir. Yo intenté resistirme, abrumada por lo inadecuado de la situación: los secuestradores podían entrar en cualquier momento y sorprendernos. Pero eso mismo hizo que sintiera una excitación indescriptible, que Ramón me atrajera mucho más de lo que jamás me había atraído. Ni siquiera llegamos a desvestirnos: fue el polvo más rápido de mi vida. Fue algo loco, abisal, un fogonazo; nos separamos al instante, sin aliento, retocándonos las ropas, turulatos.

—¿Y cuándo… cuándo han dicho que te van a soltar? —pregunté, aún medio ahogada pero simulando serenidad y cordura, mientras buscaba por debajo de la cama uno de mis zapatos.

—Enseguida, pero he tenido que prometerles algo —contestó Ramón.

—¿Qué?

Su tono de voz no me gustaba nada.

—Para que me suelten, he tenido que prometer que me iría lejos. A Brasil o a Centroamérica o a la isla Mauricio o algún sitio así.

—¿Cómo?

—Sí, ¡tengo que desaparecer durante un par de años! Para que no me interrogue la policía, ¿entiendes?

—No. No entiendo. Es todo muy raro.

—Pues está muy claro. Yo me voy y tú te quedas tranquila. En cuanto pueda, te telefoneo y te digo dónde estoy. Y tú vienes a verme o incluso a vivir conmigo, si quieres. O un tiempo vives conmigo y otro tiempo en Madrid. Durante un par de años. Hasta que los de Orgullo Obrero se olviden de mí.

—Ramón, no entiendo nada. Todo esto que me dices me parece absurdo. ¿Qué me estás ocultando?

—¿Yo? Yo no te oculto nada. Te lo juro, cariño, te lo juro. ¿Acaso te he mentido alguna vez? —dijo Ramón con persuasiva vehemencia. Y luego se quedó atónito contemplando algo por encima de mi hombro, con la mirada vidriosa y la boca abierta.

Me volví siguiendo la línea de sus ojos: en el quicio de la puerta había aparecido el inspector García. Porque era García, desde luego, aunque se le veía distinto: llevaba unos pantalones beige de tergal muy apretados en el culo y una cazadora de cuero negro estrecha y muy macarra. Además estaba peinado de otro modo, y, lo que era más extraordinario, sonreía. Del bolsillo del pantalón colgaba un llavero con la bandera de España. Antes parecía un policía gris y funcionario, una rata de archivo, y ahora parecía un policía chulo y canallita, de los que le rompen la boca a los detenidos.

—Para el carro, tarugo. Deja de soltarte el rollo y cuéntale la verdad a la señora.

Ramón se puso verde:

—Pe… pero ¿qué dice? —balbució.

—Que te relajes, tío. Estamos perdidos. La puta de la jueza lo sabe todo. Y los cabrones de arriba nos han vendido, de manera que se acabó lo que se daba. Los judiciales están a punto de echarnos el guante y este primo se esfuma. Tú puedes hacer lo que te salga de la punta del nabo. Pero cuéntale, cuéntale a tu chica de qué va la historia, a ver si enchironamos a un par de capullos antes de irnos.

—Pero usted… —dije, asombrada—. Pero usted no parece usted. Ni viste como vestía ni habla como hablaba…

—Natural —dijo García con una sonrisa orgullosa y ufana—. ¿Daba el pego, eh? Pues era una actuación, así de simple. O sea, yo estaba haciendo como que hacía, ¿sabes cómo te digo? Pensé que con ese aspecto parecería menos sospechoso, ¿sabes cómo te digo? También sé imitar a Colombo. Se me da de perlas actuar. He hecho montones de servicios de emboscado. Que si hoy soy un *yonqui*, que si mañana un cura. En el Cuerpo me llaman *el Marlon*, por lo del Marlon Brando. ¿Y todo ese derroche de arte para qué, me quieres decir? Pues para que ahora nos vendan unos cabrones.

Me volví hacia mi marido:

—¿Qué está sucediendo?

Ramón se puso rojo:

—Te lo puedo explicar, te lo puedo explicar, verás…

—¡No quiero que me lo expliques! Ya veo cómo son tus malditas explicaciones. Quiero que me lo cuentes desde el principio hasta el final. Todo. Y sin adjetivos. ¿Has oído? La verdad descarnada.

—Te lo voy a contar yo, guapa. Te lo voy a contar yo. Tu marido lleva sacándose un estupendo sobresueldo desde hace la intemerata de años. O sea, sisaba en el ministerio y firmaba inspecciones falsas y esas cosas. Pero no es que robara. No, señor. Porque sus jefes estaban en el ajo. Todo el mundo está en el ajo. Ministros, militares, abogados gordos. Y banqueros más gordos todavía. Pero los que vamos a ir de paganos vamos a ser el melón de tu marido y yo, hay que fastidiarse.

García se calló durante unos instantes, sumido en un nuevo arrebato de autocompasión.

—Entonces lo que decía la juez Martina era verdad... —murmuré.

—¿Qué decía esa zorra? —preguntó García.

—Ahórrese las zafiedades, si no le importa.

—Vamos, tía, no te pongas finolis que no tenemos tiempo. ¿Qué decía?

—Que Ramón formaba parte de una trama de corrupción que incluía a varios ministros. Y que usted estaba metido en el asunto.

—Pues sí. Tal cual. Es lista la zorrita.

—Lucía, déjame explicártelo —intervino Ramón, que había permanecido callado y retorciéndose las manos durante nuestro diálogo.

Lo miré indignada.

—No quiero más mentiras.

—No, no. Esta vez sí que te estoy diciendo la verdad. Mira, yo nunca... Yo no... He pensado mucho en todo esto, sobre todo aquí encerrado durante los últimos meses, y me he dado cuenta de que yo nunca hubiera hecho nada malo por mí mismo. Soy demasiado... Demasiado cobarde, creo. Y quiero creer que también soy demasiado honrado para eso. O sea, lo era. Bueno, por lo menos un poco honrado sí que fui.

—Me vas a hacer llorar, pichón —se burló García.

—Yo creo que en el mundo hay un puñado de gente sin escrúpulos —prosiguió Ramón sin hacerle caso—. No son muchos, pero son tipos verdaderamente impresentables. Personas sin principios y que abusan de su poder y todo eso...

—Pero qué pajarracos tan malos hay por el mundo... —rebuznó García con una risotada.

—Y luego hay otro puñado de gente decente. Pero decente de verdad, ese tipo de personas que son fuertes y generosas y llenas de seguridad moral y que jamás harán nada malo aun en la peor de las circunstancias. Pero tampoco son muchos los tipos decentes.

—A Dios gracias —apuntó el inspector.

—Y yo creo que en medio de estos dos extremos se extiende una masa amorfa de individuos, la enorme mayoría, personas bien intencionadas y agradables, pero débiles, o cobardes, o demasiado ambiciosas, o inseguras, o quizá estúpidas… Esta enorme masa se portará de maravilla durante toda su vida si no es tentada a portarse mal. Pero en épocas de desmoralización o de infamia o de corrupción caerán en el delito o por lo menos lo permitirán y se harán cómplices. Acuérdate del III Reich: todos los alemanes sabían lo de los campos de exterminio y prefirieron ignorarlo.

La exposición de mi marido me recordó de un modo angustioso al Ramón de antaño. Al Ramón izquierdista y *progre*, que se enorgullecía de haber pertenecido a una célula marxista radical durante los años universitarios y de haber corrido delante de los *grises* soltando un reguero de octavillas.

—Hay que ver cuánta palabrería histórica para contar que uno ha metido la mano… —bufó García.

—Yo soy de esos, Lucía. Un débil y un mediocre. Verás, uno no se corrompe de la noche a la mañana. No es que uno llegue a los cuarenta años virgen de componendas y de repente entre en tu despacho un tipo con una maleta de cocodrilo cargada de billetes y te diga: «Te voy a pagar 200 kilos si mañana tiras por las escaleras a tu abuela.»

—¡Joder! Vaya un ejemplo más imbécil —dijo el inspector.

—No sucede así, no sucede así. Al contrario, las tentaciones son pequeñas, múltiples, graduales. Vivir es ser tentado, sabes. Todos los días de tu vida tienes que tomar decisiones que poseen cierto fondo moral. Y uno decide. Vas dando pasitos. Para adelante, para arriba o para abajo. Y cada pasito te conduce al siguiente. Por ejemplo, empiezas aceptando un pequeño sobre mensual para redondear tu sueldo. Puede ser una cantidad modesta, cincuenta o cien mil pesetas como mucho, y es un dinero que aparece en los presupuestos disfrazado como una compra de material de oficina, por ejemplo. Sí, claro, es una irregularidad, pero, en fin, ya se sabe cómo es la Administración, hay que hacer estas trampas porque si no la burocracia impediría que te aumentaran el sueldo. Y tú crees merecer esas cincuenta mil pesetas de más, eso desde luego. Las mereces, te dice tu jefe, que es quien te las paga y se paga de paso el triple a sí mismo. Y además, ¡es tan poca cantidad! Y todo el mundo recibe el mismo sobre, no vas a ser tú el único idiota que se queda sin ello.

—Muy bien contado, sí señor —aplaudió el policía.

—Empiezas así, con una tontería, y después vas necesitando más dinero y eres cada vez más ancho en tus criterios. Entonces te piden pequeños favores a cambio de ese sobresueldo, y tú vas aceptando; y así pasan los años, y tú has seguido diciendo que sí a todo; y al final te descubres encerrado en una habitación como esta, explicándole a tu mujer que eres un cerdo.

Casi me había conmovido. Casi le había perdonado. Pero entonces recordé lo que me había hecho. El miedo, la angustia y sobre todo el engaño, ese engaño insoportable, inadmisible: ¡Pero si había vuelto a mentirme unos minutos antes!

—Sí, explicándome que eres un cerdo, pero con doscientos millones en el bolsillo.

Por los labios de Ramón bailoteó una mueca vagamente parecida a una sonrisa. Al final se contuvo con esfuerzo y suspiró:

—Sí. Eso es verdad.

—Y me parece que no estarías dispuesto a echarte para atrás por mucho que dramatices las cosas ahora. O sea, creo que prefieres tener doscientos millones y ser corrupto a ser inocente y no tenerlos.

Volvió a suspirar:

—Pues a lo mejor tienes razón. ¿Qué quieres que le haga, Lucía? Las cosas son así. Lo siento.

—¿Y Orgullo Obrero?

—No existe. Cuando supimos que empezaba a haber filtraciones nos inventamos esa organización fantasma y escribimos las cartas haciéndolas pasar por más antiguas. Unos meses antes ya se había utilizado un truco parecido con un tío de Valencia, y funcionó. El plan consistía en parar las investigaciones en el primer nivel, es decir, en el nuestro. Que la juez creyera que el dinero había ido a parar a un grupo político y dejara de rastrear la huella de las cuentas bancarias.

—Pero ¿por qué no te llevaste tú mismo los doscientos millones? ¿Para qué todo ese lío de la caja de seguridad?

—Así la historia parecía más creíble —dijo García—. Se me ocurrió a mí. Una idea estupenda, ¿no?

—¿Y el intento de atraco?

—También fue cosa mía —se pavoneó el inspector—. Para

quitarnos de problemas. Porque lo de entregar el dinero de un rescate siempre es complicado y te pueden echar el guante. Además, así quedaba más natural que luego tu marido no apareciera. O sea, si no había dinero para pagar el rescate, entonces los cabrones de los terroristas se podrían haber cargado al rehén, ¿no?

—Y yo mientras tanto desesperada... Pero qué miserables... —me indigné.

—C'est la vie, que dicen los gabachos —chuleó García—. Así son las cosas, nena. También a éste le tuvimos que cortar el dedo, y eso que no quería. Pero se tuvo que joder.

—¿Y para qué ha servido, eh? —le contestó Ramón con rabia—. ¿Para qué ha servido? Si ahora se ha descubierto todo el pastel, ¿para qué sirvió que me cortaras el dedo, pedazo de animal?

—Pero qué dices, tío, si fue un toque maestro. Y no te quejes, que bien que te han pagado ese dedito.

—¿Cómo que te han pagado?: —me extrañé.

—Sí, bueno... —Ramón se ruborizó—. Es que... No ha sido por el dedo, o sea, no por el dedo sólo, sino por quitarme de en medio. Por dejarme *quemar*, para que los de arriba se salvaran. A cambio de eso me dieron otros... Ejem... Otros doscientos millones. Por eso me reía antes cuando... Me sonreía cuando... Cuando tú dijiste lo del dinero que...

No pudo seguir hablando porque rompió en irrefrenables carcajadas, con acompañamiento de fuertes palmadas sobre el muslo y espasmódicas sacudidas de diafragma. Me lo quedé mirando estupefacta.

—Perdón... Ji, ji, ji... Ay, perdón... —dijo al fin, secándose las lágrimas e intentando contenerse con aire contrito—. Son los nervios.

Bien, ya no teníamos nada más de qué hablar. Habíamos vivido diez años juntos y yo conocía de él cosas tan íntimas como el olor de su cuerpo tras una noche de sudor y de fiebre, pero no teníamos absolutamente nada que decirnos. Hasta ahora, Ramón había sido una parte mía, pero hoy era ya una parte muerta. Como el recorte de una uña. Tejido orgánico de desecho. Me di cuenta de que todo había terminado; y ni siquiera sentía el deseo de reprocharle o de pedirle cuentas. Sólo quería marcharme de allí; y olvidarme de él, y no volver a verle. Esto último parecía fácil, puesto que Ramón y sus compinches iban a huir con destino desconocido en las horas siguientes.

—Me voy —exclamé, abalanzándome hacia la salida con una súbita sensación de asfixia.

—Pero Lucía... —dijo Ramón con voz pedigüeña.

—Ni una palabra más. No digas ni una palabra más. No quiero volver a verte. Desaparece.

García metió entre mis manos un sobre grande cerrado con cinta adhesiva:

—Toma, cielito. Un regalo para ti. Son un montón de documentos la mar de interesantes. Enséñaselos a la jueza: si esa zorra es tan lista como parece, seguro que con esto podrá enchironar a más de uno. Digamos que son las instrucciones para cazar capullos.

Di un empujón a García, abrí la puerta y abandoné el cuarto de una zancada. Al otro lado me estaban esperando Félix y Adrián, tan inquietos como dos leopardos en una jaula. Les miré, aferrada aún al sobre color pardo y casi asfixiada de congoja. La piel de Ramón. Su carne de hombre mayor, músculos macerados por toda la vida ya vivida. Me había emocionado esa piel tan hecha por el tiempo, la especial blandura con la que cedía bajo mis dedos. Me había conmovido hacer el amor con Ramón, y no sólo porque fuera él, sino porque era un hombre maduro. Venía desde lejos, como yo misma. Y estaba medio deshecho, como yo. Frente a mí, Félix y Adrián me seguían contemplando con expectación. Tragué con esfuerzo un nudo de lágrimas:

—Se acabó —dije.

Y me sentí aliviada y un poco muerta.

He mentido. Llevo escritas cientos de páginas para este libro y he mentido en ellas casi tantas veces como en mi propia vida. He mentido, por ejemplo, respecto a mi situación profesional. Al principio he dicho que era capaz de vivir de mis textos, y esto ya hace mucho que dejó de ser verdad. Los cuentos de la *Gallina Belinda* han ido experimentando un firme y sosegado decaimiento en sus ventas al público durante la última década, y al final llegaron a ser tan invisibles como los textos del *Boletín Oficial del Estado.* Fracasar en algo que de por sí te parece un fracaso es rizar el rizo de la derrota: yo me dedicaba a algo que me parecía una porquería y encima lo hacía mal.

El languidecimiento de mi estrella como escritora infantil me fue comiendo la moral; en vez de buscar otros medios de ganarme el sustento, había ido apoyándome más y más en el sueldo de Ramón. Con el tiempo me convertí en una mantenida: yo, que siempre había abominado de la esposa pasiva tradicional. La situación contribuyó a distanciarnos y acabó con las pocas briznas de orgullo que me quedaban; llegó un momento en que no tenía confianza en mí misma ni para ir a hablar con el cajero de mi banco. Hasta que al fin un día sucedió lo que tanto había temido. ¿Recuerdas que he dicho que fui a pedirle un adelanto a mi editor? Pues bien, su respuesta no fue como antes la he descrito. Al contrario: cuando le pedí dinero, Emilio tosió, se sofocó y encendió un cigarrillo. Lo cual me pareció una señal de muy mal agüero, porque ya tenía otro cigarrillo humeando delante de sí en el cenicero.

—Lo... Lo siento mucho, Lucía, pero no va a poder ser.

—¿No puedes adelantarme el próximo libro? ¿Estás mal de liquidez? —intenté ayudarle y ayudarme.

—No, no es exactamente eso, es... No puedo darte un adelanto, Lucía, porque los resultados económicos de tus últimos trabajos han sido muy... Desesperanzadores, digamos. Quiero decir que todavía no hemos recuperado el dinero que te dimos en los últimos cinco libros, y ya es imposible que lo recuperemos, porque los ejemplares sobrantes van a ser guillotinados.

—¿Pero por qué? ¿No es una tontería destruir unos libros tan bonitos? Aguantad un poco, estoy segura de que terminarán marchando bien, ha sido cosa de la crisis económica...

—No te engañes, Lucía. La *Gallinita Belinda* no interesa. A lo mejor es estupenda, no lo niego, pero a los niños no les interesa. Y vamos a guillotinar los ejemplares que nos quedan porque no hay manera de venderlos y el almacenaje nos sale muy caro. Lucía, no sabes cuánto siento todo esto y cómo me cuesta tener que decirte lo que te digo. Pero se acabó la *Gallinita Belinda*. No te puedo dar un adelanto porque ya no habrá más adelantos. No vamos a sacar más libros tuyos.

Sentí que me caía en un pozo, que me volvía pequeña y deleznable, Alicia en el País de las Ignominias.

—Pero puedo cambiar de personaje, puedo inventarme al *Oso Primoroso* o a *Paquita la Hormiguita*, yo qué sé, Emilio, no me hagas esto, por favor.

—Lo siento, Lucía. Ya sabes que yo no soy el único socio en esta empresa. Por el momento hemos decidido no seguir publicando tus obras. Pero no es el fin del mundo, mujer. Inténtalo con otra editorial.

No me atreví a intentarlo, por supuesto: tenía el orgullo tan despellejado que era incapaz de aguantar otra negativa. Qué extraña cosa es el orgullo herido: es como un animal que brama dentro de tu pecho. Y es ese chillido de bestia agonizante lo que te vuelve loco, lo que te hace mentir para olvidarlo. Para poder soportar lo insoportable.

Ánimo, Lucía: un pequeño esfuerzo más, cuéntalo todo. No podrás terminar este libro si no dices todo lo que tienes que decir. Sobre Ramón, por ejemplo. Porque también he dado una imagen falsa de Ramón. Mi relación con él no tiene nada que ver con lo que aquí he dejado intuir. He dicho que era un ser tedioso y abrumadoramente gris, y tú te preguntarás: «Entonces, si era tan aburrido, ¿por qué se fue a vivir con él?» Te lo voy a contestar: porque le amaba.

Al principio, cuando nos conocimos, sentí por Ramón la habitual pasión loca acompañada de los correspondientes desenfrenos: palpitaciones, estrangulamientos del estómago, sudores de agonía, éxtasis seráficos al escuchar su voz al otro lado del teléfono, al oler su piel o morder sus labios. Y luego todo eso se pasó. Murió, como mueren siempre las pasiones. Se apagó dentro de la rutina y del desdén.

Soy yo la culpable, lo sé bien. Fue a mí a quien se le derrumbaron la ilusión y el deseo. Siempre me sucede lo mismo: es una catástrofe repetitiva e inexorable. Al cabo de un par de años o algo así envío a mi pareja al espacio exterior, o tal vez sea yo la que se marche mentalmente a la Luna. A partir de entonces el embeleco se deshace y El Hombre se transmuta en un hombre cualquiera con el que de repente me descubro durmiendo. Es una decepción ese descubrimiento.

Los humanos casi siempre terminamos nuestras pasiones así, con un proceso de demolición interior, pero el hecho de que se trate de la insensatez más común del planeta no aminora en lo más mínimo mi sensación de responsabilidad y de fracaso. Porque además, y aunque parezca mentira, hay algunas personas que se salvan de este sino fatídico. Conozco a una mujer que lleva casada catorce años con un arquitecto con el que ha tenido un bonito muestrario de cinco hijos: niños, niñas, rubios, morenos, un surtido completo. Pues bien, esta señora y este señor se siguen deseando el uno al otro con tórrida fiereza, y a veces echan de su casa abrupta y casi groseramente a las visitas para poder así desnudarse a bocados y ensartarse como adolescentes en el sofá. Se trata del único caso de este tipo del que tengo constancia: es una rareza extraordinaria, una suerte tremenda, como si les hubiera tocado la Bono Loto. Pero, aunque escasos, este tipo de afortunados especímenes existen: y eso le amarga a uno la existencia. Imagínate que hubiera una persona en el mundo, aunque no fuera más que una, que estuviera libre de la muerte. Eso, la excepción, haría que el morir fuera una atrocidad aún mayor de lo que ya es. Pues bien, con el amor y el deseo sucede algo semejante: porque algo muere dentro de ti cuando se te acaba la ilusión, cuando ya no encuentras la voluntad necesaria para seguir queriendo a la misma persona. Otros lo consiguen, te dices, torturada, mientras te abres de piernas y encapotas el ceño. Otros lo consiguen y yo no; y lloras con discreción lágrimas secas por el fin de todo lo que tuviste.

Cuando conocí a Ramón, ese deterioro del amor me había sucedido ya demasiadas veces. Pensé que él, tan tranquilo y de tan buen talante, un hombre con el que no discutí ni una sola vez y al que jamás escuché una palabra airada, sería el punto final de mi peregrinaje, y que apoyada en su serenidad construiría una pareja estable. Pero a los pocos años su serenidad me parecía pachorra, y había llegado al convencimiento de que, si no discutía nunca, era porque todo le importaba un comino. A los pocos años, Ramón se había convertido para mí en un ser débil, desvitalizado e insufrible. ¿Adónde se había ido la belleza del mundo? Toda esa abundancia en la que había vivido, el ubérrimo paraíso de la pasión, ¿dónde se había metido? Prefiero que me traicionen y que me abandonen, prefiero perder al amado mientras dura el paroxismo del amor, y arrancarme de congoja los cabellos en noches de insomnio y de relámpagos, a sentir otra vez cómo se van apagando dentro de mí las estrellas del cielo, cómo el desamor lo agosta todo como una plaga bíblica, cómo esa vida antaño tan jugosa se reseca como un fruto podrido y al final sólo queda en tu garganta el regusto polvoriento de la pena.

Porque la pena siempre sabe a polvo, aunque a mí en una ocasión me supo a sangre. Fue hace tres años, cuando me estrellé

contra la trasera de un camión. Había niebla, el asfalto estaba
resbaladizo, era de noche, yo me encontraba muy cansada, iba
demasiado deprisa, di la vuelta a una curva y ahí estaba el camión casi parado. Esto no es más que la fría enumeración de la
catástrofe. He pensado en todo ello muchas veces, intentando
alterar en mi imaginación alguno de los elementos coincidentes.
¿Qué hubiera sucedido si no hubiera habido niebla? ¿Y si yo no
hubiese estado tan fatigada y tan deseosa de llegar a mi casa?
¿O si el firme de la carretera hubiera sido firme, como su nombre exige, y no una pista fatal de patinaje? Todos los hierros del
mundo se metieron en mi boca. Todos menos uno, que me agu-
jereó el vientre. Yo estaba embarazada de seis meses. Era una
niña. Las piernas, la cabeza, las manos de deditos enroscados.
La había visto en la pantalla de la ecografía, mi niña en blanco y
negro, totalmente formada, un brumoso prodigio de mi carne.
La maté en aquel choque; y perdí el útero, de paso. Esto último
apenas si importó: de todas formas ya había sido una embarazada bastante mayor. Una primípara añosa, como dicen los médicos con su jerga insultante. Me había llevado todo ese tiempo
llegar a decidirme, vencer esa voz interior que me aconsejaba
que no tuviera hijos, el imperativo de supervivencia que mi madre me susurró al oído. Y ahora estoy *vacía*. Así lo dicen las mujeres que han sido sometidas a la misma operación que yo: *Me
han vaciado*. Como si todo lo que son fuera ese útero. Los roma-
nos no le otorgaban ningún lugar social a la mujer sin hijos.
Y eso está enterrado en nuestra memoria. Los pueblos que llamamos primitivos no conciben a la mujer estéril: es una aberra-
ción casi asocial. Y eso está enterrado en nuestra memoria. ¡Pero
si incluso los fabricantes de productos eróticos acaban de sacar
una muñeca hinchable con un barrigón de embarazada por encima de su vagina practicable!

Sujetaron con alambres mi mandíbula y zurcieron con esmero las piltrafas de encía, pero a la niña no pudieron salvarla.
Soy una mujer que no sabe lo que es parir, y hay quien dice que
eso es como ser un ciervo y no saber correr. Naturalmente, yo
estaba anestesiada cuando me operaron para arrancar de dentro de mí a la niña muerta, de manera que no guardo memoria
de ese trance. Pero cada vez que me quito la dentadura falsa y

veo el vacío negro y sonrosado de la parte de arriba de mi boca, recuerdo el momento en que los hierros se hincaron en mi cara; y el dolor, y la expulsión de sangre, de fragmentos óseos, de trozos de carne. Sangre, carne y huesos acompañados de dolor, como al dar a luz. Pero rotos y revueltos, como la pantomima atroz de un parto siniestro. Mi boca es el sepulcro de mi hija.

Todo esto que ahora estoy contando es algo de lo que nunca hablé. Se puede mentir por omisión, y eso he hecho yo en este caso. Por ejemplo, nunca le dije a Adrián lo de mi embarazo. Claro que las mentiras caen sobre las mentiras, como las gotas de la lluvia caen sobre las gotas previas. Porque mi relación con Adrián tampoco fue como aquí la he explicado. Esto es, todo lo que he dicho es cierto, o de algún modo cierto, o al menos cierto en parte. Pero habría que añadir muchas cosas más. Cosas insuperables, definitivas, que alteran el balance de lo narrado.

Procedíamos de galaxias distintas, como dos cometas que se cruzan efímeramente en el espacio. Él venía de la niñez y no había tenido nunca una pareja estable; quería vivirme hasta agotarme, que montáramos una casa juntos, que soñáramos un futuro, que nos llenáramos de compromisos de eternidad hasta las orejas. Yo provenía de la fatigosa travesía de la edad madura y sabía que la eternidad siempre se acaba, y cuanto más eterna, más temprano. Así es que le escatimé, le negué, le aparté de mí. Cuanto más me exigía él, más me asfixiaba yo; y cuanto más le cicateaba yo, más ansiosamente quería él atraparme. Ahora bien, si él se retiraba, yo avanzaba, y entonces le perseguía y le exigía: porque el amor es un juego perverso de vasos comunicantes.

Adrián empezó a tener celos, a mostrarse alternativamente violento o sentimental. Enloquecimos los dos, si entendemos por locura el total descontrol de tus acciones, la turbulencia de tus emociones, la incomprensión de tus propias palabras, el descubrirte de pie cuando creías estar sentada, o viceversa. Llorábamos mucho, a veces el uno contra el otro, en ocasiones juntos; acabamos haciéndonos daño mutuamente, aunque creo que ninguno de los dos deseó herir. Convertimos nuestra vida en un melodrama, y en medio de ese tango sacamos a pasear nuestros fantasmas. Él era para mí un espejismo de juventud vicaria, un simulacro de todas mis vidas no vividas, de los hijos que no tuve, las cosas que no hice y los años que desperdicié; y tal vez yo fuera para él la última crisis de la adolescencia, una recreación algo morbosa del amor absoluto y lacerante hacia la madre. Pero yo no era su madre, y ni siquiera puedo ser *una madre*. No soy más que una hija cuarentona y talluda, una hija a medio deshacer en el camino de la vida. Aquí estoy, inventando verdades y recordando mentiras para no disolverme en la nada absoluta.

S omos sólo palabras, palabras que retumban en el éter —dijo Félix—. Palabras musitadas, gritadas, escupidas, palabras repetidas millones de veces o palabras apenas formuladas por bocas titubeantes. Yo no creo en el Más Allá, pero creo en las palabras. Todas las palabras que las personas hemos dicho desde el principio de los tiempos se han quedado dando vueltas por ahí, suspendidas en el magma del Universo. Esa es la eternidad: un estruendo inaudible de palabras. Y a lo mejor los sueños también son sólo eso: a lo mejor son las palabras de los muertos, que se nos meten en la cabeza mientras dormimos y nos forman imágenes. Estoy seguro de que todos los sonidos andan a nuestro alrededor formando remolinos: el grito de ¡*Tierra*! con que Rodrigo de Triana saludó las costas americanas durante el primer viaje de Colón, el agónico *Tú también, Bruto* con el que César se lamentó ante sus asesinos, la dulcísima nana con la que mi madre me ponía a dormir. No recuerdo la canción, pero tengo el convencimiento de que está todavía cerca de mí, y eso me consuela. A veces creo que siento pasar las palabras de mi madre, como una brisa muy ligera que acaricia mi frente; y siempre conservo la esperanza de atrapar alguna vez esas palabras por la noche, y volver a revivirlas como si fueran nuevas desde dentro del sueño.

(No sé qué hubiera sido de mí de no tener a Félix a mi lado. Cuando descubrimos por fin toda la verdad sobre Ramón, cuando regresamos a casa y yo me sentía en dique seco y con la línea de flotación torpedeada, cuando se hizo evidente que Adrián y yo no teníamos el mismo futuro por delante, Félix supo decirme lo que yo necesitaba oír para salir del pozo.)

—Te voy a dar una buena noticia, Lucía, porque te veo demasiado obsesionada con el paso del tiempo y con la muerte. La belleza siempre existe, incluso en el horror, incluso en la vejez. Te pondré un ejemplo: probablemente no lo sepas, pero los viejos y las viejas amamos hasta el final. Incluso cuando ya no hay fuerzas ni capacidad para pasar al acto, nos enamoramos del médico, de la enfermera, de la asistente social. Algunos se burlan de estos sentimientos terminales, les parecen chistosos y grotescos, pero para mí son amores tan serios y tan auténticos como cualquier pasión de la juventud. Y tan hermosos. Por ejemplo, yo te quiero, Lucía, perdóname. Te quiero y creo que si estuve a punto de morir de neumonía fue por puro miedo a perderte, ¿sabes? Me refiero a cuando en Amsterdam Adrián y tú... Pero no me gustaría que me malinterpretases: yo te quiero sin aspirar a nada, por supuesto. Me basta con quererte y con que escuches mis batallas de cuando en cuando.

¿Sabes cómo murió Margarita, mi mujer? Tenía diez años menos que yo, pero enfermó de alzheimer. El alzheimer es una dolencia cruel: te va devorando la memoria, de manera que no sólo acaba con tu futuro, sino que también te roba lo que has sido. Tenías que haber visto a mi pobre Margarita: ella, que era tan ordenada y tan meticulosa, empezó a dejarse las luces encendidas, los grifos abiertos. Un día, Margarita se pasó llorando toda la tarde porque se le había olvidado cómo se ataban los cordones de los zapatos. Ella sabía hacia qué tipo de oscuro sufrimiento se dirigía, y prefirió marcharse. Yo la hubiera cuidado hasta el final, hasta que se hubiera convertido en la carcasa vacía de su propia persona. Pero Margarita era tan esmerada, tan minuciosa en todo, y amaba de tal modo la pulcritud, que quiso irse de una manera ordenada y metódica. Vi cómo se preparaba el bebedizo definitivo, cómo abría una a una las cápsulas del somnífero y echaba los polvillos en un gran tazón de café con leche, sus deditos tan ágiles todavía, sus manos firmes y diligentes, esas admirables manos de mujer fuerte, capaces de acariciar, y de retorcerle el pescuezo a un gallo, y de limpiar el culo de un bebé, y de restañar el sudor de un agonizante. Margarita se movía por la cocina con facilidad y precisión, como si estuviera preparando alguno de sus guisos deliciosos en vez de una pócima de muerte; y cuando ya lo tuvo todo dispuesto se sentó a la mesa del desayuno con su tazón de inocente apariencia entre las manos y se lo bebió a pequeños tragos. Por la ventana entraba un brioso sol de finales de febrero y la cocina resplandecía, toda ordenada y limpia, como en una alegre mañana de domingo. Margarita me cogió de la mano y miró a través de los cristales. «Qué día tan bonito», dijo, y sonrió. Ya ves, Lucía: incluso en los confines del ser existe la belleza.

Hay momentos en los que ser viejo es triste, y hay ocasiones en las que resulta insoportable. Entonces la cabeza se te llena de la añoranza de todo lo perdido y te ahoga la melancolía del nunca jamás. Nunca jamás seré el dueño de mi cuerpo como antes lo era, nunca jamás la dulzura de las noches juveniles, nunca jamás la esperanza de futuro y el poderío. Si eres tan viejo como yo lo soy, todo lo que eres ya lo has sido.

Y sin embargo, mi querida Lucía, la ancianidad no es un lugar tan desolado. Hay algo en la misma edad que te protege, algo que te compensa: cierta aceptación, cierto entendimiento. Por ejemplo, cuando llegas a vivir tanto como yo, empiezas a comprender la muerte un poco mejor. Los hombres nos creemos que la muerte es un enemigo que está fuera de nosotros, un extranjero que nos acecha y que intenta invadirnos una y otra vez por medio de las enfermedades. Pero no. En realidad, no morimos de algo exterior y ajeno, sino de nuestra propia muerte. La llevamos con nosotros desde el día que nacemos y es algo cercano y cotidiano, tan natural como la vida. Esto que estoy diciendo es la mayor obviedad del mundo, y sin embargo nuestro cerebro se resiste a aceptarlo.

Cuando llegas a vivir tanto como yo, en fin, empiezas a intuir que dentro del desorden del mundo hay cierto orden. Tal vez sea un producto de mi necesidad, una defensa ante la desolación y el sinsentido, pero lo cierto es que cada día que pasa me parece más evidente que la armonía existe. Que por encima del fragor de las pequeñas cosas hay una serenidad universal, sublime. Tan universal y tan sublime que ciertamente resulta de muy poco consuelo cuando el horror se abate sobre nuestra pequeñez, sobre el aquí y el ahora. Pero a veces la conciencia se consuela con esa percepción global del equilibrio, con la intuición de que todo está relacionado de algún modo. Por ejemplo, el dolor. ¿Sabes que existe un síndrome de incapacidad genética de percibir el dolor? Pues sí, existe; y los niños que nacen con esta enfermedad mueren muy temprano, porque no advierten las heridas que se hacen ni descubren las infecciones en sus inicios. Son críos que se abrasan al apoyarse en estufas hirvientes o que no cambian de postura durante horas, de manera que a menudo se les necrosan los brazos y las piernas. Quiero decir que incluso el dolor, tan abominable, tan impensable, tan inadmisible, puede ocupar un lugar en el sistema, puede tener una razón de ser: de hecho, nos ayuda a mantenernos vivos.

La armonía interna de las cosas. Esto es lo que intenté explicarle al Vendedor de Calabazas: que en lo que somos, por mucho que a él le parezca utópico y ridículo, también interviene el Bien de un modo necesario. Es cierto, eso sí, que en todas las épocas parecen ir ganando los Vendedores de Calabazas; pero si hacemos un esfuerzo por ver el trayecto de la Humanidad en su conjunto, es fácil apreciar la constante tensión entre lo vital y lo mortífero, entre la voluntad de entender y la de depredar. La historia se ha ido construyendo sobre ese combate, y se diría que, pese a todo, van ganando la razón y el entendimiento. Hoy, por ejemplo, la esclavitud es un concepto abominable en todo el mundo, aunque sigan existiendo esclavos clandestinos y se hayan creado otros tipos de esclavitud. Pero el concepto en sí ha sido fulminado en la conciencia social. Parece poca cosa, pero es un avance: porque ese acuerdo común, esa palabra pública libremente aceptada por las partes, es la base de la civilización. Ya te he dicho antes que la palabra lo es todo para nosotros.

Permíteme que te hable de los pingüinos, esas aves patosas

que habitan a millones en la desierta Antártida. Cuando las crías de los pingüinos salen de sus huevos, los padres han de dejarlas solas para irse al mar en busca de comida. Esto plantea un grave problema, porque los pequeños pingüinos se encuentran recubiertos de un plumón tan ligero que resultaría insuficiente para mantenerlos vivos en las temperaturas extremadamente frías del Polo Sur. Entonces lo que hacen los pollos es quedarse todos juntos sobre sus islotes de hielo, miles de pingüinos recién nacidos apretujados los unos contra los otros para darse calor. Pero para que los que se encuentran en la parte exterior del grupo no se congelen, los pollitos permanecen en constante movimiento rotatorio, de manera que ninguna cría tenga que estar a la intemperie más de unos segundos. De haber sido llevada a cabo por hombres y mujeres, esta ingeniosa artimaña colectiva se habría entendido como una muestra de la solidaridad humana; pero los pollos de los pingüinos, al contrario que nosotros, no entienden de palabras, y si se protegen los unos a los otros es porque así tienen más esperanzas de sobrevivir: es una generosidad dictada por la memoria genética, por la sabiduría bruta de las células. Lo que te quiero decir con todo esto, Lucía, es que lo que llamamos el Bien está ya presente en la entraña misma de las cosas, en los animales irracionales, en la materia ciega. El mundo no es sólo furor y violencia y caos, sino también esos pingüinos ordenados y fraternales. No hay que tener tanto miedo a la realidad, porque no es sólo terrible, sino también hermosa.

Te voy a contar algo que jamás le he contado a nadie. Sucedió hace siete años, pocos meses después de la muerte de Margarita. Por entonces se me caía la casa encima y me pasaba los días en la calle. Era invierno, hacía frío y tomé por costumbre irme por las tardes a la estación de Atocha, a la gran sala de las palmeras. Me instalaba en un banco y dejaba morir las horas dentro de esa cálida atmósfera de invernadero. Un día se sentó junto a mí un muchacho de unos veinte años; iba vestido con traje y corbata, y llevaba una cartera que colocó sobre sus rodillas. Empezó a revolver dentro de la cartera con evidente desasosiego; luego sacó un cuaderno de notas escrito con letra diminuta y se puso a pasar las hojas furiosamente. Parecía claro que buscaba algo que no encontraba, y que esa pesquisa infructuosa le estaba poniendo muy nervioso. Al cabo se rindió y quedó inmóvil, con los ojos vidriosos y la mirada fija: sudaba de manera copiosa y tuvo que aflojarse el cuello de la corbata. Yo no sabía por qué me llamaba tanto la atención ese muchacho, pero me encontraba atrapado en su peripecia. Le estudié detenidamente y sin disimulos, porque el joven estaba tan absorto en su desesperación que ni reparaba en mí. Se trataba de un tipo delgado, moreno, de ojos negros, y su rostro no me sonaba en absoluto; y sin embargo, y al mismo tiempo, me resultaba muy cercano, como si fuera un viejo conocido. Hasta el punto de que no pude resistir el impulso de hablar con él y le dije: «No te preocupes.»

El chico dio un respingo y me miró extrañado.

«¿Cómo dice?»

«Digo que no te preocupes. Todos nos hemos sentido alguna vez así, como tú ahora. Hay momentos negros en los que parece que la vida se cierra. Y entonces tememos no ser capaces de soportar lo que nos espera.»

Las palabras venían a mi boca como si alguien las hubiera escrito previamente. El muchacho me contemplaba atónito, pero también interesado. Empecé a sentirme inquieto: yo conocía esa situación, esto que estaba pasando ya había sucedido antes.

«Te voy a decir algo que lo sé porque lo he vivido: esos momentos se pasan, te lo aseguro. La vida es mucho más grande que nuestros miedos. Y somos capaces de soportar incluso mucho más de lo que querríamos. Así es que quédate tranquilo. Algún día, dentro de muchos años, te acordarás de la angustia de hoy y te parecerá mentira. Y aún te diré más: es incluso posible que añores este momento.»

Estas obviedades le dije o algo así, y ahora que repito en voz alta mis frases me parecen paternalistas y bastante tópicas. Pero el chico me escuchó; y lo más sorprendente es que observé que mis palabras le servían. Su rostro desencajado se recompuso un poco y su respiración se hizo más tranquila.

«Suena sensato», dijo, y suspiró. Luego sonrió algo ruborizado: «¿Se me nota tanto?»

«¿El qué?», pregunté.

«Que estoy hecho polvo. ¿Se me nota tanto?»

«Un poco. A lo mejor sólo lo noto yo.»

El muchacho volvió a sonreír. Cerró el maletín, se puso de pie y me tendió la mano.

«Gracias.»

Fue cuando se alejaba camino de los trenes cuando advertí el detalle: su mano izquierda, la mano con la que sujetaba la cartera, estaba mutilada. Le faltaban por lo menos un par de dedos.

Entonces todo cayó súbitamente sobre mí, la comprensión, el recuerdo, el deslumbramiento. Yo había vivido esa misma escena, pero del otro lado, Lucía, del otro lado. No me tomes por loco, no creas que soy un viejo chocho. Hace muchos años, cuando yo era joven, me encontré en una situación semejante a la de ese muchacho. Fue en 1933: Durruti acababa de levantar en armas Aragón y el Gobierno de la República había emprendido una feroz represión. Yo me sentía muy mal: no había estado junto a Durruti, no había hecho nada por la causa, pensé que me estaba comportando como un maldito burgués. Ignoro por qué estaba angustiado el chico de la estación, pero creo que en esos momentos no se quería nada a sí mismo, y eso era lo mismo que me sucedía a mí en aquella tarde de 1933. Yo también estaba sentado en un banco y sumido en mi angustia, cuando se acercó un viejo y me habló con palabras prudentes. Con las mismas palabras, más o menos, que yo le dije años después a ese muchacho. Las mismas palabras, las mismas edades, incluso parecidas palmeras a nuestro alrededor: aquel encuentro sucedió en la explanada de Alicante, ciudad a la que yo había ido para torear. ¿Te das cuenta de lo que te quiero decir? Ni yo mismo me atrevo a expresarlo claramente; pero tengo el íntimo convencimiento de que todos nos cruzamos en algún momento de nuestras vidas con nuestro yo futuro. O con aquel que fuimos. Entiéndeme, no estoy hablando de reencarnaciones ni de fantasmas. Estoy hablando de una realidad que va más allá del tiempo y del espacio, de una continuidad armónica que es infinitamente más grande que nosotros. Hay un todo que nos engloba, un mapa gigante e indescifrable del que formamos parte. No creo que haya Dios, ni Cielo, ni Infierno; pero tal vez exista una especie de ritmo universal que nos acoja. Pertenecer a algo, esa es la gran ambición de los humanos: y así, los creyentes se inventaron las religiones, y los libertarios recurrimos a la Revolución, para darle a esta fugacidad algún sentido. Hoy, sin embargo, creo más en el sosiego sordo y ciego de la materia, en una serenidad sobrehumana que es la raíz de toda la belleza.

Para mí esa continuidad se manifiesta en el interminable rumor de las conversaciones. En todo lo que nos decimos unos a otros los humanos, de generaciones en generaciones. Todas esas palabras que flotan en el éter desde que alguien pronunció la primera sílaba. Por eso, porque sólo somos palabras, es por lo que te he estado contando mi historia a lo largo de estos últimos meses. Soy Félix el feliz, *Fortuna* el afortunado: he sobrevivido y tengo ochenta años, aunque llegar hasta aquí me ha llevado mucho tiempo y esfuerzo. Tantísimas horas, tantos días, tantas penalidades y emociones. Y todo eso se reduce ahora, al final de mi vida, a un montoncito de palabras que he dejado en el aire. Para no morir del todo, en fin, me he puesto en tus oídos. Que es como decir que me he puesto en tus manos.

Estoy sola, y me gusta.

Las cosas han cambiado mucho últimamente. Adrián se ha marchado, camino del resto de su vida. Ahora está en Bilbao, en donde ha montado, junto con otros amigos de su edad, un sello discográfico para música alternativa. Vive en comuna, no tiene ni un duro y creo que es feliz. Está haciendo lo que le corresponde hacer, y estoy segura de que habrá un montón de muchachas que se sentirán encantadas de compartir su colchón en el suelo, la pelota de calcetines sucios del armario y el cuarto de baño mugriento y colectivo. Delicioso panorama que me parece que yo ya he superado. Pero nos queremos bien e incluso nos escribimos con regularidad.

Félix también se ha ido. Conseguí vencer sus protestas y enviarlo de vacaciones a Palma de Mallorca. Como yo imaginaba, ha hecho muy buenas migas con mi madre. Me llaman por teléfono de cuando en cuando, tan atolondrados y risueños como dos adolescentes, explicándome a cuántas playas han ido, cuántos paseos han hecho, qué libros han leído y hasta qué comidas han tomado, minuciosamente detalladas, en los últimos días.

Tengo el convencimiento de que se atraen, de que están viviendo una tórrida pasión octogenaria, y ese pensamiento me hace sentir una satisfacción extraña, un alivio profundo que no acabo de entender enteramente.

De manera que estoy sola, y me gusta. Después de tantos años de convivir con Ramón recupero mi casa con la misma avidez con la que un país colonial se independiza del imperio. Ahora soy la princesa de mi sala, la reina de mi dormitorio y la emperatriz de mis horas. Dejo los discos compactos todos desordenados, leo hasta las cinco de la madrugada y como cuando tengo hambre. Convivir es ceder. Es negociar con otro, pagando siempre un precio, los minutos y los rincones de tu vida. Esa entrega de tus derechos cotidianos se hace por supuesto a cambio de algo: cobijo, cariño, compañía, sexo, diversión, complicidad. Pero cuando la pareja se deteriora el negocio de la convivencia comienza a ser ruinoso. Al final de mi vida con Ramón ya no nos dábamos nada el uno al otro. Una pareja aburrida es como una posada incómoda con demasiados huéspedes. Sin embargo, estoy dispuesta a probar en otra posada. Pero con tranquilidad, sin emborracharme de fantasías; digamos que, después de haberme dejado las pestañas buscando inútilmente al Hombre Ideal, empiezo a sospechar que es más grato y más conveniente encontrar a un buen hombre cualquiera.

He aprendido mucho en los últimos meses. Ahora sé, por ejemplo, que las personas hemos de soportar una segunda pubertad alrededor de los cuarenta. Se trata de un período fronterizo tan claro y definido como el de la adolescencia; de hecho, ambas edades comparten unas vivencias muy parecidas. Como los cambios físicos: ese cuerpo que comienza a abultarse a los catorce años, esas carnes que comienzan a desplomarse a los cuarenta. O como la pérdida de la inocencia: si en la pubertad entierras la niñez, en la frontera de la edad madura entierras la juventud, es decir, vuelves a sentirte devastado por la revelación de lo real y pierdes los restos de candor que te quedaban. Ah, pero cómo, ¿la existencia era esto? ¿La decrepitud de los padres, el envejecimiento personal, el deterioro de las cosas, la insoportable pérdida? ¿Y además las traiciones, las mentiras, la corrupción, la indignidad, la fealdad universal e intrínseca?

LA HIJA DEL CANÍBAL

—Qué mundo tan asqueroso —me quejé un día, presa del desaliento—. Los políticos mienten, los periodistas mienten, los vecinos mienten, todo el mundo se vende y se corrompe, los prohombres de la Patria están implicados en asesinatos y a los Vendedores de Calabazas nadie les toca nunca un pelo y siguen poniendo sus nombres a las calles. Vivimos en el peor momento de la historia.

—Es decepcionante, sí, pero tampoco hay que dramatizar tanto —dijo Félix—. Verás, yo en esto soy un optimista. Ya sabes que los pesimistas creen que las cosas están tan mal que ya no pueden deteriorarse más, mientras que los optimistas pensamos que siempre son susceptibles de empeorar. Pero hablando en serio, la verdad es que creo que todos los humanos tenemos que enfrentarnos a la desilusión; y que en todas las épocas ha habido grandes desengaños colectivos. Mira, por ejemplo, esa novela de Flaubert, *La educación sentimental*. El protagonista, no recuerdo ahora cómo se llamaba, había participado de muchacho en la revolución de 1848, y de mayor mostraba el mismo desencanto ante sus sueños juveniles que el que pude sentir yo al ver cómo se iba desmoronando el ideal libertario. Y, sin embargo, todos esos sueños, repetidos luego de una forma u otra en cada generación, son necesarios para que el mundo siga adelante. ¿Dices que ahora estamos en el peor momento de la historia? No, no lo creo. Otras utopías se rompieron, como sucedió con la Revolución francesa, por ejemplo, convirtiéndose en espantosos baños de sangre. Como hoy vivimos tiempos acomodaticios y mediocres, las utopías se nos convierten en basurillas, en dinero negro y cuentas en Suiza. Y a lo mejor hasta es preferible que sea así a que te rebanen el cuello en la guillotina.

—Pues a mí todo eso que cuentas me suena muy antiguo —dijo Adrián: porque esta conversación era de cuando todavía formábamos una trinidad y estábamos juntos todo el día—. O sea, que los sueños juveniles son tonterías que luego se te pasan, ¿no? Eso es lo que dice mi padre. Un pensamiento muy aburrido.

—No digo que sean tonterías, antes al contrario. ¿Lo ves cómo no me escuchas? Digo que son esas utopías las que mueven el mundo. Pero sí creo que entre las utopías y la realidad hay una distancia que acaba por imponerse. Crecer es perder y es traicionarse: pierdes a los seres queridos, pierdes la juventud, pierdes tu propia vida y a menudo acabas perdiendo también tus ideales, y ahí es donde empieza la traición a uno mismo. Sólo que hay gente que se traiciona de un modo clamoroso, hasta llegar a la ruindad y la delincuencia, como todos estos mangantes que están saliendo ahora a la luz dentro de la trama de la corrupción, y otros que se las apañan para ir encajando con cierta dignidad las embestidas del mundo real, cediendo tal vez en las pequeñas batallas pero manteniendo una línea de conducta.

—¿Pero por qué vamos a tener que ceder en las pequeñas batallas? —protestó de nuevo Adrián.

—No es que haya que ceder: es que la pureza no existe. El mundo te tienta, te ciega, te empuja. Y los hombres somos mezquinos, vanidosos, ambiciosos, débiles. Somos en verdad muy poca cosa y la vida está llena de tentaciones. Así es que todos vamos reuniendo nuestro montoncito de porquerías y lo llevamos rodando delante de nosotros como escarabajos peloteros: mentiras que hemos dicho para medrar, sentimientos que hemos fingido para no estar solos, cobardías en las que no nos gusta reconocernos. Pero uno no debe confundir estas escaramuzas con las grandes batallas: hay fronteras morales que si se cruzan te conviertes en un miserable, y esas son las traiciones que uno no puede permitirse.

—A ver si lo he entendido: puedo hacer trampas jugando al mus, pero no debo montar una cooperativa sindical de viviendas y fugarme luego a Brasil con el dinero —se burló Adrián.

—Tú ríete. A tu edad probablemente te parezca que el Bien y el Mal son categorías claramente diferenciadas, pero la verdad es que vivimos en un mundo ambiguo y sin perfiles. Y, sin embargo, todos los días tomamos decisiones que tendrán una repercusión práctica y moral en nuestras vidas, de manera que ya puedes prepararte para mantener un código de conducta personal o acabarás como el indeseable de Ramón. Ahora mucho hablar, pero a saber en qué terminará tu vida. No sé por qué te imagino convertido en uno de esos tiburones bancarios que se dedican a desahuciar a las pobres gentes que no pueden pagar las hipotecas de sus casas. Por ejemplo.

—Así que, según tú, crecer es perder y traicionarse —intervine entonces, intentando evitar que se enzarzaran en una de sus habituales discusiones—. No es un panorama muy alentador.

Y entonces Félix dijo algo en lo que quiero creer, algo que me parece que es verdad:

—Pero hay algo que compensa todo eso, y es la sabiduría. Al crecer ganas conocimiento. Es en el único registro de la vida en el que vas mejorando con el tiempo, pero es importante. Hay tanta ignorancia en la inocencia que a menudo me parece un estado indeseable.

Es verdad que el conocimiento puede liberarte. El otro día comí con mi padre. Fuimos a una terraza para disfrutar del tiempo delicioso y desde el primer momento fue un encuentro distinto a cualquier otro. Por lo pronto, le vi mayor: nada más natural, porque ha cumplido ya setenta y ocho años. Pero antes de aquel día ni siquiera había podido imaginar que mi Padre-Caníbal estuviera sujeto a las leyes comunes del envejecimiento. En aquella terraza, sin embargo, descubrí de repente a un hombre casi anciano que no tenía ningún aspecto antropofágico. Al contrario, estaba empeñado en comer sólo unas verduritas, para mantener el tipo y el estómago. Fue un almuerzo divertido y amigable; reímos hasta saltársenos las lágrimas y no discutimos ni una sola vez, a diferencia de lo sucedido en nuestros encuentros anteriores. A los postres, embriagada por la conversación y el vino, se me ocurrió plantearle una pregunta insólita:

—¿Qué fue lo que falló entre mamá y tú?

Mi curiosidad no pareció sorprenderle en absoluto. Escurrió la botella de rioja para servirse un último vaso y suspiró.

—Es una historia larga.

—Tengo tiempo.

—Primero, yo me porté mal, y luego ella se portó mal, y después nos portamos mal los dos, y al final acabamos haciéndonos bastante daño. Pero bueno, si lo que buscas es un culpable, ya lo tienes. Yo fui el primero en fastidiar la cosa. Fui un gilipollas, hija. Y perdóname la palabra.

Pero yo no buscaba culpables. Esta vez, no.

—Lo que quiero saber es lo que pasó. ¿Estuviste alguna vez enamorado de verdad de mamá?

Mi padre enarcó las cejas con fingido escándalo ante la pregunta:

—¿Enamorado? ¡Muchísimo! Como un auténtico borrego. Éramos los dos muy jóvenes. Y Amanda era preciosa, es que no te la puedes ni imaginar. Irradiaba luz. Era la dama joven más prometedora de la escena española. Hacíamos una pareja estupenda. Cuando anunciamos nuestro compromiso nos pusimos de moda. Empezaron a hacernos entrevistas por todas partes, nos saludaban por la calle, los empresarios se nos rifaban, y ella era tan alegre y tan bonita... Parecía que nos íbamos a comer el mundo, sabes, parecía que la vida era un banquete... En fin. Qué cosas.

Mi padre se teñía el poco pelo que le quedaba, trucos obsoletos de actor viejo. A la despiadada luz del mediodía, sus cabellos ralos mostraban con claridad la línea de flotación de las raíces blancas. Estaría mucho mejor con el pelo de su color natural, pensé, recordando la canosa cabeza de Félix.

—¿Y qué fue lo que pasó?

—No sé. Escogimos mal. Tuvimos mala suerte. Hicimos dos o tres temporadas muy flojas, las obras que montamos fracasaron, salieron nuevos actores que gustaron más al público y no tuvimos suerte en nuestros intentos de pasar al cine. A lo mejor no éramos lo suficientemente buenos, yo qué sé. O por lo menos yo: tu madre siempre dice que ella era una actriz estupenda y que yo le he desgraciado la carrera. A lo mejor es verdad. Habíamos formado compañía propia al poco de casarnos, cuando las cosas nos iban bien, y las dos o tres temporadas seguidas de fracasos nos dejaron arruinados y entrampados para la eternidad. Tuvimos que coger todo tipo de trabajos, papeles horribles, para salir del hoyo. Eso tampoco ayudó demasiado, me parece.

—Y entonces empezaron los problemas entre vosotros.

—Pues sí, claro, como es lógico. Lo de contigo pan y cebolla es una imbecilidad. Además, ser actor es muy duro. Somos muy vanidosos, eso está claro, pero lo más fastidiado es que tienes que vivir el fracaso ahí, en primera línea. O sea, quiero decir que todo el mundo fracasa, o casi todos, ¿no? La mayoría de la gente no consigue en su vida lo que quiere. Como tú misma, ¿no? Tú siempre quisiste ser una escritora de éxito, y ahí estás, cumpliendo ya una edad y haciendo esos libritos tontos de gallinas.

—Hombre, papá, muchísimas gracias.

—Perdona, hija, pero no te lo tomes a mal. Primero, porque has hecho mucho más que yo, yo sí que no soy nada, y segundo, porque creo que es bueno darse cuenta y digerirlo cuanto antes. Además, lo principal es saber que esto es lo normal; quiero decir que casi todos llegamos a una edad, miramos para atrás y vemos que no hemos conseguido lo que queríamos. Pues nada, esa es la vida. O sea, fracasar es la vida. Pero la gente fracasa en sus hogares, a la chita callando; y lo más jodido es tener que fracasar en un escenario y delante de todo el mundo, lo más jodido de ser actor es que se note tanto lo mal que te va.

—Me estás deprimiendo, papá. Te lo digo en serio.

—Pues no deberías. ¡Soy un actor cómico buenísimo! Tendrías que partirte de risa sólo con mirarme.

Levanté el brazo para llamar al camarero.

—Esto hay que celebrarlo —dije.

—¿El qué?

—Que seamos dos fracasados que se han dado cuenta de su situación. ¡Maravilloso! Se acabó lo de sufrir para triunfar, se acabó lo de tener miedo de que las cosas te vayan mal. A nosotros ya no nos puede ir peor. ¡Qué libertad!

—Pues sí, hija, tienes toda la razón. Sobre todo a mí, que voy a estirar la pata dentro de nada. ¡Para mí, un whisky! Y al carajo con la próstata.

Brindamos y bebimos como amigos. Nunca me había sentido tan bien con mi padre.

—Sigue —dije al fin, repantingándome en la silla.

—¿Que siga qué?

—Que sigas contando. Estábamos en que cuando os empezaron a marchar mal las cosas profesionalmente también comenzasteis a llevaros mal. A todo esto yo no había nacido, ¿no?

—¡No, no, qué va! Esto fue en los años cuarenta. Tú es que ni siquiera habías asomado por nuestra imaginación.

Calló y hundió la mirada en su vaso de whisky, pensativo.

—En realidad, no fue eso, sabes —dijo al fin—. No es que las dificultades económicas nos estropearan la relación. Bueno, sí, discutíamos y estábamos mucho más nerviosos, eso desde luego. Pero nos queríamos. Llevábamos cinco años de casados y nos seguíamos queriendo. Hasta que pasó lo que pasó.

Volvió a guardar silencio. Yo tampoco dije nada: las confidencias suelen estar enhebradas con unos hilos narrativos tan finos y fácilmente desgarrables que conviene no tirar demasiado del ovillo.

—Nos salió un contrato con una compañía de variedades, una gira larga por provincias: Bilbao, Zaragoza, Valencia, Barcelona... No era un trabajo lo que se dice maravilloso, sabes. Era una cosa popular, un espectáculo con música y canciones y entremedias unos pequeños números cómicos, y ahí interveníamos tu madre y yo. Pero bueno, era un contrato, nos pagaban y por lo menos podíamos estar los dos juntos. Así que lo cogimos. Y entonces me volví loco.

Mi padre agitó su vaso y el hielo repiqueteó como una campanilla contra el cristal.

—Me volví completamente loco por una mujer. No era amor, Lucía, te lo aseguro. Era mucho más. Era una enfermedad. Desde el primer momento en que la vi, perdí el sentido: ya no podía pensar más que en sus ojos, en sus manos, en sus palabras, en su voz, en su boca. En su cuerpo colosal, maravilloso, que se convirtió en el único lugar del mundo en donde yo sentía algún alivio a mi sufrimiento. Porque sufría de un modo insoportable. A ver si me entiendes, con aquella mujer yo no tuve una aventura, sino una catástrofe. Cuando estaba separado de ella me sentía agonizar y cuando estaba junto a ella deseaba morirme. Todavía no he conseguido entender lo que me sucedió, pero me fui muy lejos, más lejos de mí mismo de lo que nunca he estado. Me convertí en un ser indigno. Hice cosas horribles. Por ejemplo, dejé abandonada a tu madre en Zaragoza, en el miserable cuartucho de una pensión. Sin apenas dinero y sin trabajo. Porque la mujer que me volvió loco era la estrella de la compañía de variedades que nos había contratado.

—*Manitas de Plata* —dije; y las palabras se escaparon de mis labios antes de darme cuenta de lo que decía.

Mi padre se quedó estupefacto:

—¿Entonces, lo sabías? —tartamudeó al fin.

—No. No, no sé nada —expliqué. Por mi espalda bajó un escalofrío—. No tenía ni idea, papá, ni idea. Ha sido una casualidad. Leí algo hace poco sobre una estrella de los años cuarenta y… De modo que he acertado. Era *Manitas de Plata*.

—Sí… —suspiró él—. Amalia Gayo. Una mujer extraordinaria. Un ser de otro planeta. No le guardo rencor, ¿sabes? Creo que el daño me lo hice sobre todo yo mismo. Ella era un catalizador. Y además me hizo sentir la vida como nunca la había sentido. Es lo más fuerte que guardo en la memoria, ¿entiendes lo que quiero decir? Cuando me esté muriendo, que será dentro de nada, estoy seguro de que me acordaré de ella.

Volvimos a guardar silencio durante unos instantes. Al cabo, carraspeé y le dije:

—¿Y qué pasó con mi madre?

—*Manitas de Plata* me abandonó a los pocos meses, me echó de su lado; y entonces yo me pasé varios días haciendo barbaridades, la última de las cuales consistió en beberme tres botellas de coñac de una sentada. Desperté en un hospital, y ahí estaba tu madre. La habían llamado a Madrid, porque seguía siendo mi esposa, por supuesto. Y ella había venido. Me cuidó con increíble generosidad durante mi larguísima convalecencia, que duró por lo menos dos años; y no me estoy refiriendo a la salud física, sino a la mental. Y después, cuando consiguió que mis heridas se cerraran, se dedicó a vengarse de lo que le había hecho. Me hizo la vida imposible durante muchos años.

—¿Que mamá te hizo la vida imposible?

—Sí, ya sé que ella siempre ha sido la víctima oficial, y seguramente se siente de verdad así, y además a lo mejor hasta tiene razón, porque fui yo el que rompió primero las reglas y el que se comportó de una manera horrible. Pero lo cierto es que me lo hizo pagar. Me trataba despóticamente, empezó a tener amantes…

—¿Que mamá tuvo amantes?

—Sí, hija, sí. ¡Tampoco es para sorprenderse tanto, Lucía, querida! Esas cosas pasan todo el rato. ¿No eras tan moderna y tan partidaria tú del amor libre? En fin, la vida es así. Probablemente tu madre no lo hizo con mala intención, probablemente quería seguir conmigo y recuperar nuestra historia y ser feliz, pero le envenenaba dentro el dolor que yo le había causado y no pudo contenerse. Total, que después de cierto tiempo yo también empecé a tener amantes, y todo acabó al final como acabó. Cada vez nos tratábamos peor, cada vez había más agravios mutuos, cada vez se deterioraba más la situación.

Así es que, después de todo, mi padre no era un caníbal, sino un tipo normal, lleno de miedos, de debilidades y de errores. Un pobre hombre capaz de perder la cabeza por una mujer y de tirarlo todo por la borda. Me pareció que le veía por primera vez y me compadecí de él. Y en ese instante una pequeña idea empezó a agigantarse dentro de mi cabeza hasta adquirir dimensiones deslumbrantes: si mi padre no era un caníbal, entonces yo tampoco era la Hija del Caníbal.

—¿Y yo?

—Bueno, tú llegaste al principio del deterioro. En esa época todavía intentábamos arreglar lo nuestro y convertirnos en una familia normal. Pero ya ves que no funcionó.

Lo había visto, en efecto. Había advertido desde muy pequeña que la pareja de mis padres no funcionaba, y ahora descubría, en mi madurez, que mis padres habían existido desde antes de mi nacimiento, y que mi presencia no era la sustancia misma de sus vidas. Aún más, ahora me daba cuenta de que mis padres me habían engendrado no por mí misma, sino con la finalidad de entenderse mejor, de quererse más entre ellos. Qué extraordinaria relación une a los hijos con sus padres: nos apropiamos de ellos, les convertimos en las esquinas inmutables de nuestro universo, en los mitos originarios de nuestra interpretación de la realidad. Y así, cuando pensamos en ellos, siempre les vemos como piezas inamovibles del paisaje, forillos teatrales que adornan el escenario en donde se representa nuestra vida. Quiero decir que nos negamos a reconocer que nuestros padres no son sólo nuestros padres, sino personas independientes de nosotros, seres de carne y hueso con una realidad ajena a la nuestra. Tal vez aquellos hijos que a su vez tienen hijos puedan romper antes la cerrazón filial por la que contemplan a sus padres como meros atributos de sí mismos; pero los hijos que no tenemos hijos, los hijos condenados a vivir en la hijez hasta el mismo final de nuestros días, tendemos a eternizarnos en esa mirada umbilical, en la mentirosa memoria hijocentrista.

Yo he necesitado cumplir cuarenta y un años, y que secuestraran a mi marido, y que luego no lo hubieran secuestrado, y que un muchacho al que doblo la edad dijera que me amaba, y que Félix, sobre todo Félix, me contara su vida, para poder liberar a los padres imaginarios que guardaba como rehenes en mi interior, esos padres unidimensionales y esquemáticos contra los que estrellaba una y otra vez mi propia imagen. Ahora sé que mis padres son personas completas y complejas, inaprensibles. Seres libres a los que ahora puedo imaginar en su vida remota, existiendo felices antes de mi existencia. Y les veo bailando en salas de fiestas rutilantes, ella crujiendo en sedas y cancanes, él oliendo a colonia fresca y brillantina, jóvenes y llenos de vida y de deseo, moviéndose al compás de un son cubano en la pista abierta a las estrellas. Por encima de ellos hay una noche de verano y la oscura silueta de unas palmeras que recortan sus hojas contra el cielo caliente, y en el escenario, entre los chispazos de latón que los focos arrancan de los instrumentos, canta un Compay Segundo que todavía es un hombre joven, el pecho fuerte, los ojos seductores, el hambre de las hembras aún en sus labios: «Yo vivo enamorado, Clarabella de mi vida, prenda adorada que jamás olvidaré. Por eso yo, cuando te miro y considero como buena, yo nunca pienso que me tengo que morir.»

Ahora que he liberado mentalmente a mis padres, yo también me siento más libre. Ahora que les he dejado ser lo que ellos quieran, creo que estoy empezando a ser yo misma. La identidad es una cosa confusa y extraordinaria. ¿Por qué yo soy yo y no otra persona? Yo podría ser María Martina, por ejemplo, la aguerrida juez con nombre de madre universal; o podría ser Toñi, la hija desaparecida de aquel viejo que se estaba muriendo en un hospital. Podría ser la mujer del iraní que compró un coche con mi nombre, o la verdadera amante de aquel Constantino que atormentaba a su mujer con mi presencia. Claro que también podría ser Félix, y encontrarme ya al final de mi vida, con todo a las espaldas y muy poco delante. O incluso podría ser la escritora Rosa Montero, ¿por qué no? Puesto que he mentido tantas veces a lo largo de estas páginas, ¿quién te asegura ahora que yo no sea Rosa Montero y que no me haya inventado la existencia de esta Lucía atolondrada y verborreica, de Félix y de todos los demás? Pero no. Yo no soy guineana, como la novelista, ni he escrito este libro originariamente en bubi y luego lo he autotraducido al castellano. Y además todo lo que acabo de contar lo he vivido realmente, incluso, o sobre todo, mis mentiras. Me parece, en fin, que hoy empiezo a reconocerme en el espejo de mi propio nombre. Se acabaron los juegos en tercera persona: aunque resulte increíble, creo que yo soy yo.

Acabo de escuchar el telediario: han vuelto a abrir con el escándalo de la corrupción. Con la ayuda de los papeles que nos dio el inspector García, la intrépida juez Martina ha metido en la cárcel a dos ministros, dos ex ministros y media docena de altos cargos, además del matón pelirrojo, que fue sacado del armario de mi casa por la Policía Judicial y trasladado directamente a la prisión de Carabanchel, de donde por lo visto se había escapado hace un par de años. El inspector García y Ramón están en paradero desconocido, y del Vendedor de Calabazas nadie ha dicho ni una sola palabra, por supuesto, porque el ingente esfuerzo de la juez Martina no ha hecho más que despejar la punta del iceberg. Pero por fortuna la vida es mucho más que todo eso, la vida es más grande que la miseria ajena e incluso mayor que la miseria propia. La periodista del telediario ha recordado mi intervención en el esclarecimiento del caso:

«En sus investigaciones, la juez Martina contó con la ayuda de Lucía Romero, escritora de libros infantiles y esposa de Iruña, uno de los implicados en la trama. Romero, que ignoraba por completo las actividades de su marido, indagó por su cuenta y consiguió reunir pruebas decisivas. Su buen hacer ha obtenido una recompensa espontánea e inesperada: los cuentos de *Patachín el Patito,* el personaje más famoso de la autora, se han convertido en un fenomenal éxito de ventas en toda España.»

Si te digo la verdad, me da lo mismo. Me la refanfinfla que la petarda de Francisca Odón y el oligofrénico de su pato se beneficien de mi supuesta y repentina popularidad. Sin duda, me hubiera venido muy bien ganar algún dinero con mis libros; pero odio tanto a la *Gallinita Belinda* que prefiero no tener que deberle ningún favor. He encontrado trabajo en una guardería infantil. Sí, en una guardería, porque ya no me irritan tanto los niños como antes: ahora sólo me parecen abominables la mitad del tiempo. Tengo horario de mañana, y con lo que gano, aunque es poco, saco suficiente para ir tirando, de modo que por las tardes me dedico a escribir. Ya no pienso volver a hacer un solo libro infantil: de ahora en adelante escribiré para adultos. A veces resulta difícil de creer, pero es verdad que viviendo se aprende. Evolucionas, te haces más sabia, creces. Y la prueba de lo que digo es este libro. Gracias a que he vivido todo lo que acabo de contar he sido capaz de inventarme esta novela.

Como esta es una historia con final feliz, añadiré que la vida de la Perra Foca ha mejorado mucho con la ausencia de Ramón, porque el animal se ha adueñado del sillón de mi ex marido y ahora disfruta de su apacible ancianidad cómodamente entronizada entre cojines. El antiguo Caníbal, por su parte, ha conseguido un papel de abuelo protagonista en una serie de televisión y está feliz, pensando que ahora, a punto de espicharla, como él dice, va a alcanzar el éxito que siempre le fue esquivo (algún día tengo que preguntarle a Félix si aquel hombre que zarandeaba a *Manitas de Plata* frente al teatro Barcelona era mi padre). En cuanto a los ácaros, todas las noches me canturrean a la oreja alegres composiciones corales.

Esto debe de ser la madurez: me parece que me estoy reconciliando con la vida, incluso con la oscuridad de la vida. Pasará el resto de mi existencia como un soplo y moriré, y transcurrirán enseguida cuatrocientos años y luego cuatrocientos mil y ni siquiera entonces habré rozado el largo sueño de los dinosaurios. Está bien, lo acepto: hoy creo entender el mundo. Mañana dejaré de entenderlo, pero hoy me parece haber desentrañado su secreto. Me veo flotando en el tiempo y el espacio, recorriendo los caminos marcados en el mapa invisible de las cosas. Cumpliendo mis días y convirtiéndome quizá en una de esas viejas en silla de ruedas, esas ancianas supersónicas que van de avión en avión por todo el globo. Convirtiéndome tal vez, ahora que lo pienso, en aquella anciana con la que coincidí un día en el ascensor de un aeropuerto, esa vieja desdentada que me dijo: «Disfruta de la vida mientras puedas.» De acuerdo, lo intentaré. A pesar de la pérdida y de la traición, y de los pánicos nocturnos, y del horror que acecha. Pero, como dice Félix, siempre existe la belleza. Y, además, no vamos a ser menos que los pingüinos.